AF204828

ANNIE DARLING

Der kleine Laden in Bloomsbury

ROMAN

RomanAus dem Englischen
von Andrea Brandl

 PENGUIN VERLAG

Die englische Originalausgabe erschien 2016 unter dem Titel
»The Little Bookshop of Lonely Hearts« bei HarperCollins, London.

Die deutschsprachige Ausgabe war zuvor unter dem Titel
»Der kleine Laden der einsamen Herzen« im Penguin Verlag lieferbar.

Sollte diese Publikation Links auf Webseiten Dritter enthalten,
so übernehmen wir für deren Inhalte keine Haftung,
da wir uns diese nicht zu eigen machen, sondern lediglich auf
deren Stand zum Zeitpunkt der Erstveröffentlichung verweisen.

Verlagsgruppe Random House FSC® N001967

PENGUIN und das Penguin Logo sind Markenzeichen
von Penguin Books Limited und werden
hier unter Lizenz benutzt.

1. Auflage 2018
Copyright © 2016 by Annie Darling
Copyright © der deutschsprachigen Ausgabe 2017
by Penguin Verlag in der Verlagsgruppe Random House GmbH,
Neumarkter Str. 28, 81673 München
Umschlag: FAVORITBUERO, München
Umschlagmotiv: FAVORITBUERO, München/Ficus777, Shutterstock.com/
olgach, Shutterstock.com
Redaktion: Lisa Wolf
Satz: Uhl + Massopust, Aalen
Druck und Bindung: GGP Media GmbH, Pößneck
Printed in Germany
ISBN 978-3-328-10319-6
www.penguinverlag.de

Dieses Buch ist auch als E-Book erhältlich.

Aus der London Gazette

Lavinia Thorndyke
1. April 1930 – 14. Februar 2015

Lavinia Thorndyke, Buchhändlerin, Mentorin und unermüdliche Kämpferin im Dienste der Literatur, verstarb vor wenigen Tagen im Alter von 84 Jahren.

Lavinia Rosamund Melisande Thorndyke hatte am 1. April 1930 als jüngste Tochter von Sebastian Marjoribanks, dem dritten Lord Drysdale, und seiner Gattin Agatha, Tochter von Viscount und Viscountness Cavanagh, das Licht der Welt erblickt.

Bereits 1937 fiel Lavinias ältester Bruder Percy im Kampf für die Loyalisten in Spanien, ihre Zwillingsbrüder Edgar und Tom verloren innerhalb von nur einer Woche bei der Luftschlacht um England ihr Leben. Lord Drysale verstarb 1947 und vererbte Titel und den Familiensitz in North Yorkshire an einen Cousin.

Lavinia und ihre Mutter ließen sich daraufhin in Bloomsbury nieder, in unmittelbarer Nähe der Buchhandlung Bookends, die Agatha 1912 anlässlich ihres einundzwanzigsten Geburtstags von ihren Eltern geschenkt bekommen hatte, in der Hoffnung, dass sie sie von ihrer Arbeit bei der Suffragetten-Bewegung abbringen würde.

In ihrer Kolumne in The Bookseller *schrieb Lavinia 1963: »Die vielen Bücher spendeten mir und meiner Mutter großen Trost. In*

Ermangelung einer eigenen Familie war es eine Freude, von den Bennets aus Stolz und Vorurteil, den Pockets aus Große Erwartungen und von Betty und ihren Schwestern gewissermaßen adoptiert zu werden. Unsere Lieblingsbücher gaben uns alles, wonach wir suchten.«

Lavinia besuchte die Camden School of Girls und machte ihren Abschluss in Philosophie an der Oxford University, wo sie Peregrine Thorndyke, den dritten und jüngsten Sohn des Dukes und der Duchess von Maltby, kennenlernte.

Die beiden heirateten am 12. Mai 1952 in der St. Paul's Church in Covent Garden und ließen sich in der Wohnung über dem Bookends nieder. 1963, nach dem Tod von Lavinias Mutter Agatha, zogen die Thorndykes in ihr Haus am Bloomsbury Square, an dessen Küchentisch so mancher junge aufstrebende Autor verköstigt und mit guten Ratschlägen versorgt wurde.

1982 wurde Lavinia für ihre Verdienste in der Buchhandelsbranche mit dem Order of the British Empire ausgezeichnet.

Peregrine erlag 2010 dem kurzen, aber schweren Kampf gegen den Krebs.

Lavinia fuhr fast täglich mit dem Fahrrad zu Bookends – jeder in Bloomsbury kannte sie so. Vor einer Woche, wenige Tage nach einem Zusammenstoß mit einem anderen Radfahrer, von dem Lavinia lediglich ein paar Schrammen und blaue Flecke davontrug, starb sie völlig überraschend in ihrem Haus am Bloomsbury Square.

Sie hinterlässt ihre einzige Tochter, Mariana, Contessa di Reggio d'Este, und ihren Enkelsohn, Sebastian Castillo Thorndyke, IT-Experte.

1

Lavinia Thorndykes Trauerfeier wurde in den Räumen eines Privatclubs literarisch interessierter Damen in der Endell Street abgehalten, dem sie über ein halbes Jahrhundert angehört hatte.

Die Trauergäste hatten sich in dem holzvertäfelten Salon im zweiten Stock eingefunden, von dem aus sich ein großartiger Blick auf die geschäftigen Straßen von Covent Garden bot. Obwohl sie direkt von der Beerdigung kamen, trugen die Damen bunte Sommerkleider, die Herren weiße Anzüge mit cremefarbenen Hemden; einer hatte sich sogar in ein leuchtend gelbes Sakko geworfen, als wollte er der Tristesse des grauen Februartages trotzen.

Sie folgten damit Lavinias eigenen Anweisungen, die eindeutig gewesen waren: »Absolut kein Schwarz, nur bunte Farben.« Möglicherweise war dies der Grund, weshalb die Atmosphäre dieser Feier nicht an eine Beerdigung, sondern vielmehr an eine Gartenparty erinnerte, und zwar an eine höchst ausgelassene.

Posy Morlands Kleid hatte dieselbe blassrosa Farbe wie Lavinias Lieblingsrosen. Posy hatte das Kleid aus der hintersten Ecke ihres Kleiderschranks gezogen, wo es fast zehn Jahre lang gehangen hatte; verborgen hinter einem Leopardenkunstpelzmantel, den sie seit ihrer Studienzeit nicht mehr getragen hatte. Da sie seitdem zahllose Pizza- und Kuchenstücke verdrückt und mit literweise Wein hinuntergespült hatte, war es kein Wunder, dass das Kleid an den Brüsten und Hüften etwas spannte. Doch Lavinia hätte sich Posy in genau solch einem Kleid gewünscht, und so zupfte und zog sie an dem knallengen rosafarbenen Baumwollstoff herum, während sie an ihrem Champagner nippte – der Champagner, ein weiterer von Lavinias ausdrücklichen Wünschen für die Trauerfeier.

Der Champagner floss, die Lautstärke der Unterhaltungen war beinahe ohrenbetäubend. »Jeder Idiot kann den *Sommernachtstraum* inszenieren, aber um jeden einzelnen Darsteller dafür in eine Toga zu hüllen, muss man ordentlich Mumm in den Knochen haben, so viel steht fest«, hörte Posy Morland jemanden in affektiertem Tonfall sagen. Nina, die neben Posy saß, brach daraufhin in heftiges Gekicher aus, versuchte das jedoch eilig mit einem Hüsteln zu kaschieren.

»Keine Sorge, ich glaube, wir dürfen ein wenig Spaß haben«, beruhigte Posy sie und sah zu den beiden Männern in der Ecke, die sich vor Lachen förmlich ausschütteten – einer schlug sich vor Vergnügen sogar auf die Schenkel. »Lavinia hat doch immer gesagt, die besten Trauerfeiern sind die, die in einer wilden Party enden.«

Nina seufzte. Ihr kariertes Kleid war farblich mit ihrer Haarfarbe abgestimmt – aktuell ein leuchtendes Blau. »O Gott, sie wird mir so fehlen.«

»Ohne Lavinia wird die Buchhandlung nie mehr dieselbe sein«, erklärte Verity, die auf der anderen Seite saß. Sie hatte sich für ein graues Kleid entschieden mit dem Argument, grau sei nicht schwarz, außerdem hätte sie weder den Teint noch das Gemüt für bunte Farben. »Ich denke immer noch, sie müsste jeden Moment zur Tür hereinkommen und von irgendeinem Buch schwärmen, das sie die halbe Nacht nicht aus der Hand legen konnte.«

»Und ihr ›Oh, jetzt ist Champagner-Zeit‹ für den Freitagnachmittag«, warf Tom ein. »Ich habe es nie über mich gebracht, ihr zu sagen, dass ich eigentlich keinen Champagner mag.«

Die drei Frauen und Tom, die Belegschaft von Bookends, stießen miteinander an, und jeder Einzelne schien seine Lieblingserinnerung an Lavinia hervorzukramen:

Ihre leicht atemlose Mädchenstimme, die immer etwas geklungen hatte, als käme Lavinia gerade erst aus den 1930er-Jahren.

Ihre Begeisterung, die sie immer wieder für neue Bücher und Menschen aufbringen konnte, obwohl sie ständig gelesen und Gott und die Welt gekannt hatte.

Die Rosen in derselben blassrosa Farbe wie Posys Kleid, die sie immer montag- und donnerstagmorgens gekauft und liebevoll in der angeschlagenen Glasvase arrangiert hatte, die sie in den Sechzigern bei Woolworth erstanden hatte.

Dass sie alle ständig »Darling« genannt und sich dieses Kosewort bei ihr so liebevoll, tadelnd und zugleich neckend hatte anhören können.

Oh Lavinia. Die wunderbare, hinreißende Lavinia mit all ihren zauberhaften Besonderheiten. Nachdem Posys Eltern vor sieben Jahren bei einem Autounfall ums Leben gekommen waren, hatte Lavinia ihr nicht nur einen Job gegeben, sondern sie und ihren kleinen Bruder auch in der Wohnung über der Buchhandlung wohnen lassen. Lavinias plötzlicher Tod erfüllte Posy mit großer Traurigkeit, einer Traurigkeit, die bis ins Mark zu dringen schien und ihr das Herz so unendlich schwer werden ließ.

Aber das war nicht das Einzige: Posy machte sich große Sorgen. Eine nagende Angst hatte Besitz von ihr ergriffen, die in regelmäßigen Abständen aufflackerte. Wie sollte es nun, da Lavinia nicht mehr da war, mit dem Bookends weitergehen? Dass ein neuer Besitzer Posy und Sam die Wohnung über dem Laden mietfrei überließ, war höchst unwahrscheinlich, um nicht zu sagen völlig ausgeschlossen. Kein Mensch, der auch nur ein wenig Geschäftssinn besaß, würde sich auf so etwas einlassen.

Und von Posys magerem Gehalt als Buchhändlerin konnten sie sich bestenfalls einen Hasenstall in irgendeinem Vorort leisten, weit, weit weg von Bloomsbury. Sam würde auf eine andere Schule gehen müssen, oder sie müssten London ganz verlassen und ins walisische Merthyr Dyfan zurückkehren, wo Posy aufgewachsen war. Sie müssten sich dort im Reihenhäuschen ihrer Großeltern einquartieren, und Posy würde versuchen, einen Job in einer Buchhandlung zu ergattern, falls nicht alle dort schon längst dichtgemacht hatten.

Deshalb hatte sie allen Grund, traurig zu sein; traurig und verzweifelt und am Boden zerstört vor Kummer, aber auch halb verrückt vor Sorge. Am Morgen hatte sie nicht einmal eine Scheibe Toast herunterbekommen, sich dann aber geschämt, weil sie an einem Tag wie diesem doch eigentlich nur krank vor Kummer sein sollte – und nicht krank vor Angst um ihre eigene Zukunft.

»Hast du eine Ahnung, was jetzt aus dem Laden werden soll?«, fragte Verity zögernd. Erst jetzt merkte Posy, dass sie beide tief in ihre trübseligen Gedanken versunken gewesen waren und eine ganze Zeit lang geschwiegen hatten.

Posy schüttelte den Kopf. »Nein, aber bestimmt werden wir bald klarer sehen.« Sie bemühte sich um ein ermutigendes Lächeln, das sich jedoch eher wie eine verzweifelte Grimasse anfühlte.

Verity schien es ähnlich zu gehen wie ihr. »Ich war über ein Jahr arbeitslos, bevor Lavinia mir einen Job gegeben hat, und das auch nur, weil Verity Love der schönste Name sei, den sie je gehört hätte.« Verity beugte sich näher zu Posy. »Ich bin nicht sonderlich geschickt im Umgang mit anderen, und Vorstellungsgespräche sind überhaupt nicht mein Ding.«

»Ich hatte nie eines«, sagte Posy – fünfundzwanzig ihrer achtundzwanzig Lebensjahre hatte Posy im Bookends verbracht; ihr Vater hatte hier als Geschäftsführer gearbeitet, ihre Mutter die angeschlossene Teestube geführt. Beim Einsortieren der Bücher hatte Posy das Alphabet gelernt und Rechnen, indem sie den Kunden ihr Wechselgeld überreichen durfte. »Ich habe noch nicht mal einen schriftlichen Lebenslauf, und wenn ich einen hätte, würde er locker auf eine Seite passen.«

»Lavinia hat sich meinen nicht mal angesehen, was wahrscheinlich auch gut so war, weil ich die letzten drei Male gefeuert wurde.« Nina kam zu ihnen und streckte die Arme nach vorne. »Sie hat nur gefragt, ob sie sich meine Tattoos mal ansehen dürfte, und das war's.«

Über Ninas einen Arm zog sich eine Kletterrose mit Blüten und Dornen, über der ein Zitat aus Emily Brontës *Sturmhöhe* stand: *Woraus auch immer unsere Seelen gemacht sein mögen, seine und meine sind gleich.*

Auf dem anderen Arm, quasi als Gegenpol, prangte ein Auszug aus der Teegesellschaft des verrückten Hutmachers aus *Alice im Wunderland.*

Die drei Frauen wandten sich Tom zu, in der Erwartung, dass er ihnen die ungewöhnlichen Umstände verriet, unter denen es ihn zu Bookends verschlagen hatte. »Ich studiere Literaturwissenschaften«, sagte er. »Ich könnte als Lehrer oder an der Uni arbeiten, aber das will ich nicht. Ich will lieber bei Bookends arbeiten. Dort gibt es montags Kuchen!«

»Wir können jeden Tag Kuchen essen«, warf Posy ein. »Im Augenblick weiß keiner, wie es weitergehen soll, deshalb schlage ich vor, wir machen einfach weiter wie bisher, bis … na ja, bis … Lasst uns den Tag heute nutzen, um daran zu denken, wie gern wir Lavinia hatten und …«

»Da seid ihr ja alle, Lavinias verrückte Bücherbande!«, ertönte eine tiefe, angenehme Stimme, die durchaus attraktiv gewesen wäre, hätte nicht ständig dieser sarkastische, höhnische Unterton darin mitgeschwungen.

Posy sah auf und blickte in Sebastian Thorndykes Gesicht, das ebenfalls als durchaus attraktiv bezeichnet werden könnte, würde nicht ständig dieses überhebliche Grinsen um seine Mundwinkel spielen. Für einen Moment vergaß sie, dass sie hier war, um Lavinia zu ehren. »Sebastian«, platzte es aus ihr heraus, »bekannt und berüchtigt als unverschämtester Kerl Londons.«

»Weder bekannt noch berüchtigt«, gab Sebastian auf seine typisch blasierte, selbstzufriedene Art zurück, die er sich bereits im Alter von zehn Jahren angeeignet hatte und die Posy regelmäßig dazu brachte, dass sie die Fäuste ballte. »Da es sowohl in der *Daily Mail* als auch im *Guardian* stand, muss es wohl stimmen.« Sein Blick schweifte über Posy und blieb an ihren Brüsten hängen, die – das musste man fairerweise zugeben – die Belastbarkeit der Knöpfe an ihrem Kleid auf eine harte Probe stellten. Eine unbedachte Bewegung, und der Stoff würde einfach platzen und den Blick auf ihren lächerlichen Blümchen-BH von Marks & Spencer freigeben – grundsätzlich ein indiskutables Malheur, ganz besonders aber auf einer Trauerfeier; vor allen Dingen vor Sebastian, der glücklicherweise den Blick von ihrem Dekolleté löste und durch den Raum schweifen ließ, vermutlich auf der Suche nach jemandem, den er noch nicht in den Genuss einer seiner Kränkungen hatte kommen lassen.

Bei Lavinias einzigem Enkel konnte man nie ganz sicher sein, was gerade in ihm vorging. Posy hatte sich Hals über Kopf in ihn verliebt, als sie mit drei Jahren Bookends das erste Mal betreten und den hochmütigen Achtjährigen mit dem hinreißenden Lächeln und den Augen in der Farbe von Bitterschokolade gesehen hatte. Und daran hatte sich zunächst auch nichts geändert – sie war Sebastian wie ein treues, liebeskrankes Hündchen durch den Laden nachgelaufen, bis sie zehn gewesen war und er sie in die stockdunkle Kohlenkammer unter dem Laden eingesperrt hatte, wo es vor Spinnen, Ratten und sonstigem ekligen Ungeziefer nur so wimmelte.

Er hatte eiskalt abgestritten, etwas über Posys Verbleib zu wissen, bis ihre Mutter völlig außer sich vor Angst die Polizei rufen wollte.

Im Lauf der Jahre hatte Posy ihr Kohlenkeller-Trauma zwar überwunden – weigerte sich allerdings bis zum heutigen Tag, auch nur den Kopf durch die Luke zu stecken –, doch seitdem war Sebastian ihr erklärter Erzfeind. Die ganzen Jahre als mürrischer Teenager hindurch, gefolgt von den Zeiten in den Zwanzigern, als er ein kleines Vermögen mit der Entwicklung grässlicher Websites verdient hatte, und auch heute noch, mit über dreißig, wenn pausenlos sein Foto in irgendeiner Zeitung abgedruckt war, meistens mit irgendeinem hübschen blonden Model oder Starlet am Arm.

Den absoluten Höhepunkt seiner traurigen Berühmtheit

hatte er im Zuge seines ersten und letzten Fernsehauftritts bei der BBC erreicht, als er einem rotgesichtigen Parlamentarier, der sich von den Einwanderern bis hin zu den Steuern für Umweltprojekte über alles und jeden aufregte, ohne mit der Wimper zu zucken geraten hatte, er bräuchte dringend mal eine heiße Nummer und einen anständigen Cheeseburger. Danach hatte eine Zuschauerin aus dem Publikum über die lausigen Gehälter von staatlichen Lehrern schwadroniert, woraufhin Sebastian die Augen verdreht und gestöhnt hatte: »Du lieber Gott, ist das öde. Das hält ja kein Mensch nüchtern aus. Kann ich jetzt endlich gehen?«

Seit dieser Zeit galt er in den Medien nur noch als »der unverschämteste Kerl Londons«, eine Bezeichnung, die er seitdem auch nur zu gern erfüllte – nicht, dass er irgendeine Form von Ermutigung nötig gehabt hätte, um sich wie ein unausstehliches Ekel aufzuführen. Posys Einschätzung nach nahm das Beleidigungsgen mindestens 75 Prozent seiner DNA in Anspruch.

Sebastian zu hassen war das reinste Kinderspiel, gleichzeitig fiel es ihr schwer, sich von seiner Schönheit nicht in den Bann ziehen zu lassen. Wenn sein Gesicht nicht gerade zu einem höhnischen Grinsen verzogen war, hatte er immer noch dasselbe hinreißende Lächeln wie als Kind und verzauberte einen mit den tiefbraunen Augen seines spanischen Vaters (seine Mutter Mariana hatte schon immer eine Schwäche für südländische Männer gehabt) und den dichten dunklen Locken, in denen Frauen am liebsten die Finger vergraben wollten.

Sebastian war groß, schlank und langgliedrig (eins neunzig laut *Tatler*, der ihn trotz aller gegenteiligen Beweise zu einem der begehrtesten Junggesellen des Landes gekürt hatte) und trug am liebsten maßgeschneiderte Anzüge, die sich so eng an seinen Körper schmiegten, dass es schon an Obszönität grenzte.

Lavinias Anweisungen zum Trotz trug er heute einen dunkelblauen Anzug und ein gepunktetes rotes Hemd dazu, farblich abgestimmt auf sein Einstecktuch.

»Hör auf, mich anzustarren, Morland. Du sabberst ja schon«, sagte er, woraufhin Posys Wangen dieselbe Farbe annahmen wie sein Hemd und sie eilig den Mund zuklappte.

Nur um ihn sofort wieder zu öffnen. »Nein, das tue ich nicht! Niemals! Vergiss es!«

Doch ihr Protest prallte an seiner aalglatten Fassade ab. Fieberhaft durchforstete sie ihr Gehirn nach einer passenden Erwiderung – bestimmt fiel ihr gleich etwas ein, womit sie ihm so richtig die Luft herauslassen konnte –, als Nina sie mit dem Ellbogen anstieß. »Sei doch nicht so, Posy«, stieß sie zwischen zusammengebissenen Zähnen hervor. »Immerhin kommen wir gerade vom Begräbnis seiner Großmutter.«

Auch wieder wahr. Und Lavinia war schon seit jeher die Schwachstelle in seiner ansonsten so undurchdringlichen Rüstung gewesen. »Los, Granny, ich lade dich auf eine Runde Cocktails ein«, hatte er verkündet, wann immer er in den Laden gerauscht kam – warum auf normale Weise einen Raum betreten, wenn man auch den großen Auftritt haben konnte? »Wie wär's mit einem Martini? Lass uns gleich einen ganzen Eimer davon trinken, ein Glas ist zu wenig.«

Trotz seiner zahlreichen Unzulänglichkeiten hatte Lavinia Sebastian heiß und innig geliebt. »Man muss das verstehen«, hatte sie stets gesagt, wenn Posy wieder einmal über seinen letzten Fauxpas in der Zeitung gelesen hatte – eine Affäre mit einer verheirateten Frau oder über seine HookUpp, die seelenlose Dating-App, die ihn zum mehrfachen Millionär gemacht hatte. »Mariana hat den armen Jungen einfach zu sehr verwöhnt. Von Anfang an.«

Beim Trauergottesdienst hatte Sebastian eine Trauerrede auf Lavinia gehalten, mit der er sämtliche Gäste begeistert hatte. Während der Großteil der Frauen und auch ein paar Männer die Hälse gereckt hatten, um einen Blick auf ihn zu werfen, hatte er ein so lebhaftes, farbenfrohes Bild von Lavinia gezeichnet, als stünde sie direkt neben ihm. Seine Laudatio hatte er mit einem Zitat aus *Pu der Bär* enden lassen, ein Buch, das sie ihm zahllose Male vorgelesen hatte, als er noch ein kleiner Junge gewesen war.

»*Welch ein Glück, etwas zu haben, das den Abschied so schwer macht*«, hatte Sebastian rezitiert, und nur jemand, der Sebastian so gut kannte wie Posy, fiel diese winzige Sekunde auf, in der seine Stimme plötzlich schrecklich brüchig klang. Zum allerersten Mal während der gesamten Rede hatte er auf seine Notizen geblickt. Doch als er aufgesehen hatte, lag dieses strahlende, unbekümmerte Lächeln wieder auf seinem Gesicht und der Moment war vorbei.

Erst da war Posy bewusst geworden, dass auch er trauerte, mindestens ebenso sehr wie sie selbst.

»Es tut mir leid«, sagte sie jetzt. »Wir alle bedauern deinen Verlust sehr, Sebastian. Ich weiß, wie sehr sie dir fehlen wird.«

»Danke, das ist sehr nett von dir.« Wieder drohte seine Stimme zu versagen, doch in Sekundenbruchteilen hatte er sich bereits wieder gefangen. »*Wir alle bedauern deinen Verlust*. Gott, was für eine klischeebehaftete Gefühlsregung. Eigentlich ist der Spruch doch völlig bedeutungslos. Wie ich diese Worthülsen hasse.«

»So etwas sagt man doch nur, weil einem manchmal nichts Passendes einfällt, um jemandem …«

»Jetzt kommt wieder mal die große Aufrichtigkeitsnummer, Posy. Wie öde. Ich finde es tausend Mal spannender, wenn du zickig bist«, unterbrach Sebastian. Verity, die mit nichts zurechtkam, was auch nur ansatzweise nach Auseinandersetzung roch, tauchte hinter ihrer Serviette ab, Nina stieß ein weiteres Zischen aus, und Tom sah Posy an, als würde er nur darauf warten, dass Posy, berühmt für ihre messerscharfe Schlagfertigkeit, ihm eins überbriet – doch in diesem Fall musste er etwas länger auf eine Erwiderung warten.

»Unverschämt. Absolut unverschämt«, sagte Posy schließlich. »Ich hätte angenommen, dass du an einem Tag wie diesem ausnahmsweise darauf verzichtest, dich wie das Ekel zu benehmen, das du sonst jeden Tag bist. Du solltest dich schämen.«

»Ja, genau, schämen sollte ich mich. Und ich hätte angenommen, dass du dir an einem Tag wie diesem ausnahmsweise die Haare bürstest.« Sebastian besaß sogar die Frechheit, eine Strähne zu packen und anzuheben, bevor Posy empört seine Hand wegschlug.

Posy hätte alles für eine glatte, seidige Mähne oder eine füllige Lockenpracht gegeben. Die Realität sah leider anders aus – braunes Haar mit einem leichten Stich ins Rötliche. Bei bestimmtem Licht konnte man die Farbe noch als Kastanienbraun durchgehen lassen. Viel schlimmer war jedoch, dass ihr Haar die Eigenart hatte, sich ständig zu verknoten. Wenn sie es bürstete, verwandelte es sich in einen explodierten Handfeger, versuchte sie hingegen, ihm mit dem Kamm zu Leibe zu rücken, musste sie Strähne für Strähne vorgehen – eine schmerzhafte und überaus zeitraubende Tortur. Also nahm sie es meistens zusammen und fixierte es mit allem, was sie gerade in die Finger bekam; normalerweise

Bleistifte, aber heute hatte sie sich Mühe gegeben und Haarspangen in unterschiedlichen Farben verwendet. Eigentlich hatte sie gehofft, es würde ihrem Styling einen nachlässigen und bohemienhaften Chic verleihen, aber offenbar traf weder das eine noch das andere zu. »Mein Haar lässt sich nun mal nicht mit der Bürste bändigen«, gab sie trotzig zurück.

»Das stimmt allerdings«, bestätigte Sebastian. »Dein Haar ist eher etwas, worin Vögel gerne nisten würden. So, und jetzt steh auf und komm mit.«

Sein Tonfall war so autoritär, dass Posy reflexartig aus ihrem Sessel aufspringen wollte, ehe ihr bewusst wurde, dass es eigentlich keinerlei Veranlassung dazu gab. Sie saß gut hier, außerdem hatte sie bereits zwei Gläser Champagner auf nüchternen Magen getrunken, weshalb sich ihre Beine wie Pudding anfühlten.

»Ich bleibe hier sitzen, wenn es dir … hey, was soll das?«

Sebastian hatte die Hände in ihre Achselhöhlen geschoben und versuchte, sie aus dem Sessel zu heben, doch da sie deutlich kräftiger und schwerer war als die Mädchen, mit denen er sich sonst so umgab, gelang es ihm nicht auf Anhieb. Er zog und zerrte an ihr herum, bis passierte, was passieren musste: Zwei der Knöpfe an ihrem Kleid sprangen ab, und Posys BH war für jedermann sichtbar, der zufällig gerade in ihre Richtung blickte.

Was rein zufällig so einige taten, schließlich kam es nicht jeden Tag vor, dass sich jemand während einer Trauerfeier entblößte.

»Lass mich sofort los!«, herrschte Posy ihn an, während Verity ihr eilig eine Serviette ins Kleid schob, um ihre Blöße zu bedecken. Die beiden Knöpfe waren mit der Schnellkraft von Projektilen quer durch den Raum geschossen. »Sieh dir bloß an, was du angerichtet hast!«

Sie blickte wütend zu Sebastian, der unverhohlen grinsend auf ihren Ausschnitt starrte. »Wärst du aufgestanden, als ich dich gebeten habe …«

»Aber du hast mich nicht gebeten, sondern mir die Anweisung erteilt. Du hast nicht einmal *bitte* gesagt.«

»Das Kleid war ohnehin zu eng. Es wundert mich nicht, dass die Knöpfe nach der Mühsal gestreikt haben.«

Posy schloss die Augen. »Hau ab. Ich ertrage dich einfach nicht. Zumindest heute nicht.«

Ihre Worte zeigten nicht die geringste Wirkung, denn er packte ihren Arm und begann erneut zu ziehen. »Spiel hier nicht das Weichei. Der Anwalt will dich sprechen. Los, komm.«

Das Bedürfnis, Sebastian an die Gurgel zu gehen, war schlagartig verschwunden, während sich ein mulmiges Gefühl in ihrer Magengegend bemerkbar machte. Plötzlich war sie froh, dass sie bisher keinen Bissen runtergebracht hatte.

»Jetzt gleich?«

Sebastian warf den Kopf in den Nacken und stöhnte laut auf. »Ja. Großer Gott. In der Zeit, die du brauchst, um aus diesem Sessel aufzustehen, wurden schon Kriege gewonnen.«

»Aber du hast nicht gesagt, weshalb ich aufstehen soll, sondern nur an mir herumgezerrt.«

»Dann sage ich es eben jetzt. Ehrlich, Morland, allmählich verliere ich die Geduld.«

Posy schloss die Augen, um die verängstigten Gesichter der anderen Bookends-Angestellten nicht sehen zu müssen. »Wieso will er mich ausgerechnet jetzt sprechen? Auf Lavinias Beerdigung? Kann das nicht warten?«

»Offensichtlich nicht.« Nun schloss Sebastian die Augen und massierte sich die Wurzel seiner elegant geschnittenen

Aristokratennase. »Wenn du dich nicht gleich in Bewegung setzt, werfe ich dich über die Schulter und trage dich, obwohl ich auf den Bruch, den ich mir dabei hole, gut und gern verzichten kann.«

Posy sprang auf. »So viel wiege ich dann auch wieder nicht. Danke, Nina«, sagte sie, als Nina ihr eine Sicherheitsnadel reichte, die sie aus den Tiefen ihrer Tasche zutage gefördert hatte.

Sebastian, der wieder einmal seine Finger nicht bei sich behalten konnte, hielt ihren Ellbogen fest, während sie versuchte, die auseinanderklaffenden Teile ihres Kleids zu befestigen. Als sie fertig war, packte er sie fester und zerrte sie aus dem Raum.

Sie gingen – gut, Sebastian schlenderte, während Posy neben ihm herrennen musste, um Schritt zu halten – einen langen Korridor entlang, der mit den Porträts der ehrenwerten verstorbenen weiblichen Mitglieder des Clubs gesäumt war.

Eine mit »Privat« gekennzeichnete Tür wurde geöffnet, eine zierliche Gestalt erschien, zögerte kurz und warf dann die Arme um Posy.

»Oh, Posy, ist das nicht grauenvoll?«

Es war Mariana, Sebastians Mutter und Lavinias einzige Tochter.

Trotz Lavinias ausdrücklichem Wunsch war sie ganz in Schwarz gekleidet, inklusive einem bildschönen Spitzenschleier, der auf den ersten Blick etwas übertrieben wirkte, doch zu Mariana, die immer schon gerne etwas melodramatisch gewesen war, passte er.

Posy schlang die Arme um Mariana, die sich an sie klammerte, als wäre sie ein Rettungsring auf der Titanic. »Ja, es ist wirklich grauenvoll«, bestätigte Posy seufzend. »Ich hatte in der Kirche keine Gelegenheit, mit dir zu sprechen, aber ich bedaure deinen Verlust wirklich von ganzem Herzen.«

Mariana sah im Gegensatz zu ihrem Sohn offenbar keine Veranlassung, Posys oft zitierte Phrase mit einer sarkastischen Bemerkung zu quittieren; stattdessen umklammerte sie Posys Hände, während ihr eine Träne langsam über die babyglatte Wange kullerte. Mariana hatte viel in ihre Schönheit investiert, doch selbst die professionellsten Faltencremes und eine ordentliche Portion Botox vermochten ihre welkende Schönheit nicht zu kaschieren. Sie erinnerte Posy an eine Pfingstrose, die in voller Pracht gestanden hatte, deren riesige Blüte sich nun jedoch allmählich und auf anmutige Weise neigte und zusehends an Frische und Strahlkraft verlor.

»Was soll ich nur ohne Mami machen?«, fragte Mariana betrübt. »Wir haben jeden Tag telefoniert, und sie hat mir immer Bescheid gesagt, wenn wieder mal ein Lottojackpot nicht geknackt wurde, sodass ich den Butler bitten konnte, mir einen Schein zu kaufen.«

»Ich werde dich einfach künftig anrufen«, versprach Posy, während Sebastian die Arme vor der Brust verschränkte und sich mit einem affektierten Seufzer gegen den Türrahmen lehnte, als hätte er Angst, ebenfalls zum Jackpot-Warndienst verdonnert zu werden.

Viele hielten Mariana für oberflächlich. Sie verströmte eine Aura subtiler Hilflosigkeit, die ihr immerhin zu vier Ehemännern verholfen hatte, einer reicher und gesellschaftlich besser gestellt als der nächste, dabei war sie eigentlich eine Seele von Mensch. Und sie war fast noch fürsorglicher als ihre Mutter: Während Lavinia sich stets geweigert hatte, sich mit Idioten auseinanderzusetzen, war Mariana so weichherzig, dass sie mit jedem Mitleid hatte.

Nach dem Tod von Posys Eltern hatten Lavinia und ihr

Ehemann Peregrine sich als wahre Felsen in der Brandung entpuppt, Mariana jedoch war eigens aus Monaco hergeflogen und hatte Posy und Sam zu einer Shoppingtour in die Regent Street geschleppt. Posy, damals immer noch wie betäubt von der Tatsache, dass sie mit einundzwanzig ohne Vorwarnung Waise und Vormund ihres am Boden zerstörten achtjährigen Bruders geworden war, hatte sich unverhofft bei Jaeger wiedergefunden, wo Mariana ihr ein Kleid und einen Mantel für die Beerdigung gekauft hatte. Wie ein Roboter hatte Posy alles anprobiert, was man ihr reichte. Nach einer Weile war Mariana in die Umkleidekabine gekommen, hatte die Hände um ihr Gesicht gelegt und gesagt: »Ich weiß, dass du mich für eine alberne, eitle Gans hältst, aber die Beerdigung wird hart für dich werden, wahrscheinlich sogar der härteste Tag deines ganzen Lebens, Schatz. Ein schönes Kleid und ein gut geschnittener Mantel sind wie eine Rüstung, die dich schützt. Außerdem sind es zwei Dinge weniger auf der Liste, um die du dir Gedanken machen musst, wo du gerade die Last der ganzen Welt auf deinen armen jungen Schultern trägst.«

Danach war Mariana mit ihnen zu Hamleys Toy Shop gefahren und hatte Sam eine riesige Eisenbahn gekauft, die zusammengebaut praktisch den gesamten Fußboden des Wohnzimmers und eines guten Teils der Diele einnahm.

Seitdem schickte Mariana Posy alle paar Monate eine Auswahl der schönsten Designerkleidung und Sam einen Karton voller Spielsachen. Allerdings schien sie zu glauben, die Größe XS sei perfekt für Posy, obwohl sie mindestens Größe M brauchte, und Sam war in ihrem Kopf die letzten sieben Jahre lang ein achtjähriger Knirps geblieben.

Aus all diesen Gründen wollte Posy nun alles dafür tun, um Mariana an diesem schlimmsten Tag in ihrem Leben ebenfalls zur Seite zu stehen. Sie drückte ihre Hände. »Ehrlich, wenn ich irgendetwas für dich tun kann, völlig egal, was, lass es mich wissen. Ich sage das nicht nur, weil Menschen in dieser Situation so etwas nun mal sagen, sondern ich meine es auch so.«

»Oh Posy, mir kann niemand helfen«, erwiderte Mariana bekümmert. Posy durchforstete ihr Gehirn nach einer anderen tröstlichen Formel, spürte jedoch bereits, wie sich ein dicker Kloß in ihrer Kehle bildete und ihre Augen brannten, als würde auch sie jeden Moment in Tränen ausbrechen. Also starrte sie nur schweigend auf die Sicherheitsnadel, die ihr Kleid zusammenhielt, bis Mariana sich von ihr löste. »Ich muss allein mit meinen Gedanken sein.«

Sebastian und Posy sahen zu, wie Mariana den Korridor hinunterschwebte und verschwand. »Nach drei Minuten allein mit ihren Gedanken stirbt sie vor Langeweile«, bemerkte Sebastian. »Maximal fünf.«

»Das glaube ich nicht«, widersprach Posy, obwohl auch sie Zweifel an Marianas Durchhaltevermögen hatte. Eine Frau mit so vielen Ehemännern war nicht fürs Alleinsein geschaffen. »Also, auf zum Anwalt?«

»Hier drinnen.« Sebastian öffnete die Tür und versetzte Posy einen kräftigen Schubs, als hätte er Angst, sie könne es sich anders überlegen und wieder verschwinden. Reizvoll war der Gedanke jedenfalls. Doch die Hitze seiner Finger schien sich förmlich durch den Stoff ihres Kleids zu fressen, sodass ihr gar nichts anderes übrig blieb, als mit einem Schritt nach vorn seiner Berührung zu entkommen.

In dem kleinen Salon war auf die ansonsten allgegenwärtige Holzvertäfelung zugunsten von Chintz-Stoffen verzichtet worden – Vorhänge, Kissen- und Sofabezüge, überall nur Chintz. Während Posy unsicher herumstand, setzte Sebastian sich auf einen Stuhl und schlug die Beine übereinander. Seine Socken hatten denselben Rotton wie Hemd und Einstecktuch, und sogar die Schnürsenkel seiner auf Hochglanz polierten schwarzen Schuhe waren rot.

Posy fragte sich, ob Sebastian wohl zu jedem Hemd passende Schnürsenkel besaß und ob er selbst jeden Morgen fünf Minuten darauf verwendete, sie einzufädeln, oder ob er einen Lakaien dafür einspannte …

»Erde an Morland! Sag jetzt nicht, dass du erst mal allein mit deinen Gedanken sein musst.«

Sie blinzelte erschrocken. »Was? Nein! Deine Schuhe.«

»*Was*?«, echote er genervt. »Vielleicht möchtest du gern Mr. Powell Guten Tag sagen … aber mich als unhöflichen Klotz bezeichnen.«

Posy riss den Blick von Sebastian los und richtete ihn auf den Mann mittleren Alters im grauen Anzug und einer Lesebrille, der am anderen Ende des Raums saß und zur Begrüßung flüchtig die Hand hob.

»Jeremy Powell, Anwalt der verstorbenen Mrs. Thorndyke«, stellte er sich vor und blickte auf die Unterlagen auf seinem Schoß. »Sie sind Miss Morland?«

»Posy. Hallo.« Sie holte tief Luft. »Geht es um den Laden? Wir fragen uns alle schon … aber ich hätte nicht gedacht, dass es so schnell gehen würde. Wird er verkauft?«

Sie und Sam hatten so viel verloren – ihre Eltern, Peregrine, dann Lavinia und nun auch noch Bookends, das nicht nur eine Buchhandlung war, sondern ihr Zuhause.

»Setz dich hin, Morland, und hör auf zu faseln«, befahl Sebastian barsch und deutete auf das Sofa. »Keiner mag Quasselstrippen.«

Mit einem vernichtenden Blick auf Sebastian trat Posy um das Sofa herum und setzte sich in den Sessel gegenüber von Mr. Powell. Sebastian nahm eine Champagnerflasche aus dem Eiskübel neben ihm, löste die Banderole und die Agraffe und zog mit der Versiertheit des Fachmanns den Korken heraus, der mit einem leisen, aber nachdrücklichen Ploppen aus dem Hals schnellte. Posy hatte die hauchzarten Gläser auf dem Tisch gar nicht bemerkt. Sebastian nahm eines davon, goss einen Schluck ein und reichte es Posy.

»Ich sollte lieber nichts mehr trinken«, sagte sie. Und wenn, dann wäre im Fall von schlechten Nachrichten ein Brandy sicher besser, fügte sie im Stillen hinzu. Oder eine Tasse Tee mit viel Zucker.

»Anweisung von Lavinia.« Posy spürte ihre Entschlossenheit dahinschmelzen. Unter seinem eindringlichen Blick, in dem sich seine feste Überzeugung spiegelte, dass sie die kluge Anweisung sicher nicht in den Wind schreiben würde, konnte sie kaum bestehen. Sie wandte sich ab, und obwohl sie eigentlich nur vorsichtig an dem Glas hatte nippen wollen, ertappte sie sich dabei, dass sie es nicht gerade anmutig in einem Zug hinunterkippte.

»Mr. Powell, wenn Sie vielleicht anfangen möchten …«, sagte Sebastian mit einem blasierten Lächeln, während Posy alle Mühe hatte, keinen lauten Rülpser auszustoßen.

Posy befürchtete das Schlimmste und hoffte, dass es bald vorüber war. *»Bitte räumen Sie die Wohnung so schnell wie möglich, und sehen Sie zu, dass Ihnen beim Rausgehen die Tür nicht in den Hintern knallt«*, würde Mr. Powell bestimmt gleich sagen, wenn auch vielleicht etwas höflicher. Stattdessen beugte er sich vor und reichte Posy einen Umschlag.

Cremefarbenes Briefpapier von Smythson's. Lavinia hatte eine ganze Schachtel davon im Hinterzimmer des Ladens stehen. Posys Name stand in Lavinias schön geschwungener Handschrift in ihrer blauen Lieblingstinte darauf.

Plötzlich schienen Posys Hände ihr nicht länger gehorchen zu wollen. Sie zitterten so heftig, dass sie den Umschlag kaum aufbekam.

»Lass mich das machen, Morland!«

Wie durch ein Wunder schien die Funktionalität ihrer Hände wiederhergestellt zu sein, denn es gelang ihr mühelos, Sebastians Hand wegzuschlagen. Behutsam strich sie mit dem Finger über die Lasche und zog zwei Seiten desselben cremefarbenen Papiers, bedeckt mit Lavinias Handschrift, heraus.

Meine liebste Posy,

ich hoffe, die Beerdigung war nicht allzu trübselig, und am Champagner wurde nicht gespart. Ich fand ja schon immer, dass man Beerdigungen und Hochzeiten am besten leicht beschwipst hinter sich bringt.

Ich hoffe auch, du bist nicht allzu traurig. Ich hatte ein langes, erfülltes Leben, wie es immer so schön heißt, und trotz meines Alters bin ich zwar immer noch nicht überzeugt, dass es ein Leben nach dem Tod gibt, doch falls es doch so sein sollte, bin ich jetzt von jenen Menschen umgeben, die ich so sehr vermisst habe – von meinen Eltern, meinen wunderbaren Brüdern, all den Freunden von früher und vor allen Dingen von meinem geliebten Perry.

Aber was soll nun aus dir und Sam werden, meine liebe Posy? Bestimmt hat mein Tod, mein Ableben, mein Dahinscheiden (egal, welches Wort ich dafür wähle, es ist und bleibt absolut unvorstellbar, dass ich diese alte sterbliche Hülle verlassen haben soll) schlimme Erinnerungen an deine Eltern heraufbeschworen. Aber irgendwann wird dir einfallen, was Perry und ich an jenem Abend zu dir gesagt haben, nachdem der Polizist gegangen war: Dass du dir keine Sorgen zu machen brauchst. Dass Bookends genauso ein Teil von dir ist wie für uns und dass du dort immer ein Zuhause haben wirst.

Posy, mein Liebling, dieses Versprechen gilt nach wie vor. Bookends gehört dir. Mit allem Drum und Dran, auch der Ausgabe von Männer sind vom Mars, Frauen von der Venus, die wir seit fünfzehn Jahren nicht verkaufen konnten.

Ich weiß, dass der Laden in letzter Zeit nicht sonderlich gut lief. Seit Perrys Tod habe ich mich so hartnäckig gegen jede Form von Veränderung gesträubt, doch ich bin davon überzeugt, dass es dir gelingen wird, das Ruder herumzureißen. Sorge dafür, dass der Laden wieder genauso gut läuft wie damals, als deine Eltern ihn betrieben haben. Ich bin sicher, du hast eine Menge Ideen, um der alten Bruchbude neues Leben einzuhauchen. Mit dir als Leiterin wird ein neues Kapitel von Bookends geschrieben, und ich weiß, dass ich es in keine besseren Hände geben könnte als in deine.

Denn du, meine Liebe, weißt am allerbesten, welche Magie eine Buchhandlung besitzen kann und dass schließlich jeder ein Fünkchen Magie im Leben braucht.

Ich kann dir gar nicht sagen, wie sehr es mich freut, dass Bookends in der Familie bleiben wird, denn genau als das habe ich dich und Sam immer betrachtet. Außerdem bist du der einzige Mensch, bei dem ich sicher sein kann, dass du es in der alten Tradition fortführen und für die künftige Lesergeneration bewahren wirst. Ich verlasse mich auf dich, Posy, also lass mich nicht im Stich! Es ist mir sehr wichtig – sozusagen mein letzter Wunsch auf dem Sterbebett –, dass Bookends weiterlebt, auch wenn ich selbst nicht mehr bin. Solltest du allerdings das Gefühl haben, dass du dich nicht damit belasten willst, oder – ich sage es nur sehr ungern – der Laden innerhalb von zwei Jahren keinen Gewinn abwirft, geht der Besitz auf Sebastian über. Ich will um jeden Preis verhindern, dass du etwas auf dich nimmst, dem du dich nicht gewachsen fühlst, meine liebe Posy, aber ich weiß, dass es nicht dazu kommen wird.

Scheue dich nicht, Sebastian um Hilfe zu bitten. Ich bin sicher, du wirst ihn in Zukunft häufiger sehen, da er den Rest von Rochester Mews erbt und ihr dadurch Nachbarn und – hoffentlich – auch Freunde werdet. Es wird Zeit, den Zwist wegen der Kohlenkeller-Affäre zu begraben. Es stimmt, dass Sebastian manchmal ein bisschen aufsässig und gemein ist, aber in Wahrheit ist er kein schlechter Kerl. Was aber keineswegs heißt, dass du dich von ihm einwickeln lassen sollst. Im Gegenteil. Die eine oder andere Abreibung wird ihm sicher nicht schaden.

Adieu, mein Kind. Sei tapfer, stark und erfolgreich. Und denk immer daran, auf deinen Instinkt zu hören, dann kommst du schon nicht vom rechten Weg ab.

In Liebe,
Lavinia

2

Im nördlichen Zipfel von Bloomsbury übersahen viele, die von Holborn die Theobalds Road in Richtung der Gray's Inn Road hinuntergingen, die schmale, kopfsteingepflasterte Rochester Street zu ihrer Rechten. Jene, die sie bemerkten und sich zu einer kleinen Erkundungstour entschlossen, führte sie unweigerlich zu einem kleinen, aber feinen Delikatessengeschäft mit herrlichen Käselaiben, Würsten und allerlei anderen Köstlichkeiten, die liebevoll in Gläser gefüllt im Schaufenster ausgestellt waren.

Vielleicht stöberten manche auch in einer der Boutiquen mit den bunten Kleidern und kuschligen Stricksachen für den Winter. Anschließend kamen sie dann bei der Fleischerei vorbei, dem Friseursalon, dem Schreibwarengeschäft, weiter bis zum Midnight Bell, dem Pub an der Ecke gegenüber der Fish-and-Chips-Bude und einem altmodischen Süßwarenladen, in dem es so traditionelle Köstlichkeiten wie Zitronen- und Kräuterdrops, Anisbonbons, Hustenpastillen, Fruchtgummis und alle möglichen Sorten Lakritze gab, die in gestreiften Papiertüten verkauft wurden.

Ganz am Ende des charmanten Gässchens befand sich ein kleiner Platz mit einem Flair wie aus einem Dickens-Roman: Rochester Mews.

Der Platz war weder hübsch noch malerisch, sondern bestand aus verwitterten, kreisförmig aufgestellten Holzbänken zwischen Blumentöpfen voller Unkraut. Selbst die Bäume wirkten, als hätten sie schon bessere Zeiten gesehen. Auf der einen Seite befanden sich fünf leere Ladengeschäfte, deren ausgeblichene Schilder und abgeblätterte Fassaden daran erinnerten, dass einst ein Blumengeschäft, ein Kurzwarenhandel, ein Tee- und Kaffeeladen, ein Briefmarkenhändler und eine Apotheke darin untergebracht gewesen waren. Auf der anderen Seite befand sich ein größerer Laden mit altmodischen Bogenfenstern und einer verblichenen schwarz-weiß gestreiften Markise – Bookends.

Die Sonne ging bereits unter, als an diesem Februartag ein roter Sportwagen in die Gasse einbog und vor dem Laden hielt. Die Tür wurde geöffnet, und ein Mann in einem dunklen Anzug und einem Hemd im selben Rotton wie der Wagen stieg aus, der sich bitter darüber beschwerte, dass das Kopfsteinpflaster den Stoßdämpfern seines alten Triumph gehörig zusetzte.

Er trat um die Motorhaube herum zur Beifahrerseite und öffnete die Tür. »Komm schon, Morland, ich habe nicht den ganzen Tag Zeit. Ich habe dich nach Hause gefahren, das war meine gute Tat für heute. Könntest du jetzt also bitte deinen Hintern aus meinem Wagen schaffen?«

Eine junge Frau in einem rosafarbenen Kleid kletterte aus dem Sportwagen und stand einen Moment lang leicht schwankend da, als müsste sie sich nach monatelanger Seereise erst daran gewöhnen, wieder festen Boden unter den Füßen zu haben. In der einen Hand hielt sie einen cremefarbenen Umschlag.

»Morland!« Der Mann schnippte mit den Fingern vor dem Gesicht der jungen Frau herum, die nun aus ihrer Trance zu erwachen schien.

»Unhöflich!«, rief sie. »Absolut unhöflich!«

»Was stehst du auch herum wie eine Kuh, wenn's blitzt«, gab er zurück und lehnte sich gegen die Wand, während sie einen Schlüssel aus ihrer Handtasche kramte. »Ich komme aber nicht mit rein«, sagte er und deutete auf den sichtlich vernachlässigten Garten. »Was für eine Müllhalde. Ich fürchte, wir werden uns demnächst mal unterhalten müssen. Mit dir als Mieterin ist mit der Bude ja nicht viel anzufangen.«

Die junge Frau, die immer noch mit den Schlüsseln kämpfte, fuhr herum und sah ihn mit weit aufgerissenen Augen an. »Aber ich bin doch keine Mieterin, oder? Ich dachte, es gehört mir. Na ja, zumindest für die nächsten zwei Jahre ...«

»Nicht jetzt, Morland. Ich bin ein viel beschäftigter Mann.« Er war bereits auf halbem Weg zu seinem Wagen. »Bis dann.«

Sie sah zu, wie er mit knirschender Gangschaltung davonbrauste, schloss die Tür auf und trat hinein.

Posy hatte keinerlei Erinnerung daran, wie sie mit Sebastian den Club verlassen hatte, in seinen Wagen gestiegen war und den Gurt angelegt hatte – absolut keine. Es war, als wäre sie in dem Moment, als sie Lavinias Brief zusammengefaltet und wieder in den Umschlag gesteckt hatte, in ein schwarzes Loch gefallen, aus dem sie erst jetzt wieder auftauchte.

Als sie nun im dunklen Laden stand, den Blick über die vertrauten Regale und Bücherstapel schweifen ließ und den tröstlichen Duft nach Papier und Druckertinte einsog, hielt sie den Umschlag noch immer in der Hand. Sie war zu Hause, und mit einem Mal war die Welt wieder so, wie sie sein sollte; trotzdem stand sie reglos da, weil sie nicht sicher war, ob ihre Beine sie tragen würden, ganz zu schweigen davon, wohin.

In diesem Moment ertönte die Glocke über der Tür. Sie fuhr herum und sah Sam im Türrahmen stehen, die Schultasche lässig über eine Schulter geschwungen, sein Anorak geöffnet, obwohl es eiskalt draußen war und sie ihn jeden Morgen ermahnte, den Reißverschluss hochzuziehen.

»Du meine Güte, du hast mir einen Riesenschreck eingejagt«, rief sie. Inzwischen war es stockdunkel geworden. Sie hatte keine Ahnung, wie lange sie hier gestanden hatte. »Du kommst spät.«

»Heute ist Dienstag. Fußballtraining.« Sam schob sich an ihr vorbei. Posy bemerkte, dass er sich ein wenig ungelenk bewegte, was bedeutete, dass seine Schuhe wieder einmal zu klein waren, er es aber nicht zugeben wollte, weil sie erst im Januar ein neues Paar im Schlussverkauf für ihn erstanden hatte.

Letztes Jahr um diese Zeit war er so groß gewesen wie sie, inzwischen überragte er sie um gut zwanzig Zentimeter, und eines Tages würde er bestimmt so groß sein wie ihr Vater. Als er das Licht anmachte, fiel Posys Blick auf seine abgewetzten Socken, was bedeutete, dass seine Hose mittlerweile zu kurz war und er eine neue brauchen würde – für beides hatte sie in diesem Monat nichts zurückgelegt. Sie blickte auf Lavinias Brief, den sie noch immer nicht aus der Hand gelegt hatte.

»Geht es dir gut, Posy? War's schlimm?« Stirnrunzelnd lehnte Sam sich gegen den Verkaufstresen. »Heulst du gleich? Soll ich schon mal die Schokolade holen?«

»Was? Nein. Ja. Ich meine, die Beerdigung war tatsächlich schrecklich. So traurig. Unendlich traurig.«

Sam linste unter seinem Pony hervor – er weigerte sich

standhaft, ihn schneiden zu lassen, obwohl sie ihm regelmäßig damit drohte, nachts mit der Schere in sein Zimmer zu
schleichen und mit den überlangen Strähnen kurzen Prozess
zu machen. »Ich finde ja immer noch, ich hätte hingehen
sollen. Immerhin war Lavinia auch meine Freundin.«

Posy reckte ihre Arme und Beine, die sich ganz steif anfühlten, trat zum Tresen und strich Sam das Haar aus dem
Gesicht. Er hatte die gleichen blauen Augen wie sie – von
ihrem Vater geerbt. Vergissmeinnichtblau, so hatte ihre
Mum sie immer genannt.

»Ach, Sam, wenn du erst älter wirst, wirst du zu mehr
Beerdigungen gehen müssen, als dir lieb ist. Du wirst es
im Nullkommanichts satthaben. Außerdem gibt es in ein
paar Monaten einen Gedenkgottesdienst, den du besuchen
kannst, wenn keine Schule ist.«

»Aber dann sind wir vielleicht nicht mal mehr in London«, wandte Sam ein. Er wich zurück und das Haar fiel ihm
wieder vor die Augen. »Weißt du schon, was mit dem Laden passieren soll? Ob wir noch bis Ostern hierbleiben dürfen, was meinst du? Was wird aus der Schule? Ich muss bald
Bescheid wissen, dieses Schuljahr ist ziemlich wichtig für
mich.«

Beim Klang seiner brüchigen Stimme musste Posy schlucken. »Niemand wird uns den Laden einfach wegnehmen«,
sagte sie, doch es laut auszusprechen machte es nicht besser – es war immer noch absolut unglaublich. Abgesehen davon schien Sebastian Pläne mit dem Anwesen zu haben, in
denen weder für Bookends noch für sie ein Platz vorgesehen
war. »Lavinia hat mir den Laden hinterlassen. Er gehört jetzt
mir und damit schätzungsweise auch die Wohnung oben.«

»Weshalb um alles in der Welt sollte sie dir den Laden hinterlassen?« Sam öffnete den Mund – vermutlich, um eine wei-

tere Salve von Fragen abzufeuern, besann sich jedoch offenbar eines Besseren und klappte ihn wieder zu. »Ich meine, es ist ja echt nett von Lavinia, aber bisher durftest du ja ohne Aufsicht noch nicht mal die Tageseinnahmen zählen.«

Das stimmte – seit dem Tag, als plötzlich hundert Pfund in der Kasse gefehlt hatten. Allerdings hatte sich herausgestellt, dass das Geld gar nicht weg, sondern nur die Null auf der Tastatur verklebt gewesen war, weil Posy beim Kassieren ein Twix gegessen hatte. »Lavinia wollte sichergehen, dass für uns gesorgt ist, allerdings frage ich mich, ob das die beste Methode ist«, gestand Posy. »Oh Sam, ich bin völlig durch den Wind und kann im Moment keinen klaren Gedanken fassen. Hast du Hausaufgaben?«

»Du willst *jetzt* über Hausaufgaben reden? Jetzt?« Posy hätte schwören können, dass Sam die Augen verdrehte, auch wenn sie es hinter seinem Pony nicht erkennen konnte. »Was ist los mit dir?«

Was sollte sie darauf antworten? »In erster Linie habe ich Hunger. Ich habe den ganzen Tag noch nichts gegessen. Sollen wir Sandwich mit Fischstäbchen zum Abendessen machen?« Fischstäbchen-Sandwich war ihr Standardessen, wenn es einem von ihnen nicht gut ging. In letzter Zeit kam es ziemlich häufig auf den Tisch.

»Und Chips. Und Bohnen in Tomatensauce dazu«, sagte Sam und folgte Posy durch das Hinterzimmer und die Treppe hinauf. »Also, in Englisch muss ich einen Rapsong im Stil eines Shakespeare-Sonetts schreiben. Kannst du mir helfen?«

Später, nachdem sie zu Abend gegessen hatten und Sams Englischhausaufgaben – mit Unterstützung von einem Glas Wein und einer zum Glück überschaubaren Anzahl zugeknallter Türen (vorwiegend von Posy) – zu Papier gebracht waren, ging sie nach unten in den Laden.

Sam sollte sich eigentlich fertig fürs Schlafengehen machen, doch aus seinem Zimmer drang das leise, blecherne Geräusch eines Computerspiels. Posy hatte jetzt nicht die Energie, sich mit ihm zu streiten – nicht nachdem sie mühsam versucht hatte, Jay Zs *99 Problems* in einen jambischen Fünfheber umzuschreiben.

Sie schaltete die Regalbeleuchtung an, sodass der Laden in tiefe Schatten getaucht war, und wanderte ziellos umher. Regale säumten die Wände bis zur Decke, in der Mitte standen ein großer Auslagentisch und drei Sofas in unterschiedlichen Stadien des Verfalls. Durch bogenförmige Durchgänge gelangte man in mehrere durch Regale unterteilte Nebenräume. Immer wieder überkam Posy die Vermutung, dass die Regale sich über Nacht vermehrten. Manchmal, wenn sie im hintersten Winkel des Ladens nach etwas suchte, stieß sie auf ein Regal, bei dem sie hätte schwören können, dass sie es noch nie zuvor gesehen hatte.

Behutsam strich sie mit den Fingern über die Buchrücken, wie bei einer stummen Inventur. Der letzte Raum auf der rechten Seite war durch Glastüren abgetrennt. Hier hatte sich einst die Teestube befunden, die ihre Mutter betrieben hatte, doch inzwischen wurde sie als Lagerraum genutzt. Tische und Stühle waren an die Wand geschoben worden, das Porzellan und ein paar Tortenplatten, liebevoll in Wohltätigkeitsläden, Antikmärkten und Haushaltsauflösungen zusammengesammelt, lagen dort in Schachteln verpackt. Wenn Posy die Augen schloss, sah sie den Raum wieder vor sich, wie er einst gewesen war, hatte noch den Duft nach Kaffee und frisch gebackenem Kuchen in der Nase, sah ihre Mutter mit ihrem blonden Pferdeschwanz zwischen den Tischen herumwuseln, die Wangen gerötet, die grünen Augen strahlend, während sie Kaffee nachschenkte und leere Teller abräumte. Drüben im Laden rollte ihr Vater die Hemdsärmel hoch – er trug stets Hemd und Weste zu seinen Jeans. Meistens fand man ihn irgendwo auf einer Leiter, um ein Buch für einen wartenden Kunden herauszusuchen. »Wenn Ihnen das gefallen hat, werden Sie von diesem hier begeistert sein«, so sein Standardspruch. Lavinia hatte ihn stets als König des Verkaufsgesprächs bezeichnet. Inzwischen stand Posy in der Lyrikabteilung und hielt reflexartig Ausschau nach den drei Gedichtbänden ihres Vaters, die sie stets vorrätig hatten. »Wäre Ian Morland nicht so jäh aus unserer Mitte gerissen worden, wäre er ganz bestimmt einer der bedeutendsten Lyrik-Schriftsteller unseres Landes geworden«, hatte Lavinia in ihrem Nachruf auf Posys Vater geschrieben. Für ihre Mutter hatte niemand einen Nachruf verfasst, was jedoch nicht bedeutete, dass sie weniger schmerzlich vermisst wurde.

Als Posy sich umdrehte und zurückging, war es kein Laden, den sie durchquerte, sondern ihr Zuhause, in dem die Erinnerungen an ihre Eltern immer noch lebendig waren.

An einer der Wände im Hinterzimmer hingen zahlreiche Signaturen großer Autoren, die die Buchhandlung besucht hatten – von Nancy Mitford über Truman Capote bis hin zu Salman Rushdie und Enid Blyton. Ritzen im Türrahmen zeigten die Wachstumsfortschritte aller Bookends-Kinder, angefangen mit Lavinia und ihrer Tochter, bis hin zu Posy und Sam.

Draußen im Vorgarten hatten regelmäßig Sommerfeste und Weihnachtsfeiern stattgefunden. Posy erinnerte sich noch genau an die mit Lichterketten geschmückten Bäume bei Buchpräsentationen oder Lesungen im Freien. Einmal hatten sogar zwei Kunden ihren Hochzeitsempfang im Garten veranstaltet, die sich im Laden kennengelernt und beim

Austausch über eine Ausgabe von *Die unerträgliche Leichtigkeit des Seins* bis über beide Ohren ineinander verliebt hatten.

In der Ecke unterhalb der Regale befand sich eine winzige Kammer, in der ihr Vater ihr eine kleine Leseecke eingerichtet und in der sie es sich mit vier selbst genähten Kissen ihrer Mutter so richtig gemütlich gemacht hatte.

Im Bookends hatte Posy einige ihrer besten Freundinnen kennengelernt. Die Schwestern Pauline, Petrova und Posy Fossil (nach der sie benannt worden war) aus *Ballettschuhe*, dem Lieblingsbuch ihrer Mutter; außerdem Hanni und Nanni, Dolly, aber auch Scout Finch aus *Wer die Nachtigall stört*, die Bennet-Schwestern und natürlich Jane Eyre.

Und an einem Abend, der diesem nicht unähnlich gewesen war – nur tausend Mal schlimmer –, war sie ebenfalls durch den dunklen Laden gegangen, noch immer in ihrem schwarzen Kleid und dem Bild vor Augen, wie die beiden Särge ihrer Eltern in das Grab hinabgelassen worden waren. In dieser Nacht hatte sie in ihrem Bett gelegen, fest entschlossen, nicht in Tränen auszubrechen, weil sie nur zu gut wusste, dass sie ihr Leid hinausgeschrien hätte, aber Sam nicht wecken wollte. Damals hatte sie wahllos irgendein Buch aus dem Regal gezogen und sich in ihrer Leseecke verkrochen.

Es war ein Roman von Georgette Heyer gewesen, *Die Jungfernfalle*, über ein hübsches, lebensfrohes Mädchen namens Judith Tavener, das mit dem dubiosen, aufgeblasenen Julian St. John Audley, ihrem Vormund, aneinandergerät. Zusammen mit Judith stürzte sich Posy in das gesellschaftliche Leben Londons, erlebte die wildesten Abenteuer in Brighton, umgarnte Beau Brummel und den Prinzregenten und führte hitzige Wortgefechte mit dem arroganten Julian. Der Roman hatte Gefühle in Posy ausgelöst, von deren Existenz sie bis zu diesem Zeitpunkt noch gar nichts geahnt hatte. Der Roman von Georgette Heyer reichte zwar nicht ganz an ihr Lieblingsbuch *Stolz und Vorurteil* heran, kam ihm aber ziemlich nahe.

Während der nächsten Wochen, in denen jeder überlebte Tag ein echter Erfolg war, las Posy jeden einzelnen von Georgette Heyers Regency-Romanen. Sie bettelte Lavinia an, noch weitere Titel zu bestellen, und als sie auch diese weggeschmökert hatte, durchforstete sie das Internet nach anderen Autorinnen, die als Heyers Nachfolgerinnen galten: Clare Darcy, Elizabeth Mansfield, Patricia Veryan, Vanessa Gray. Keine von ihnen konnte es mit Heyers beeindruckender Beobachtungsgabe, ihrem Wortwitz und ihrer Liebe zum Detail aufnehmen, dennoch standen auch bei ihnen flatterhafte junge Erbinnen und fiese Männer im Mittelpunkt, die sie zu dominieren versuchten, ehe die Liebe am Ende siegte.

Posy hatte Lavinia überredet, einen ganzen Raum der Buchhandlung ausschließlich mit diesen von ihr so heiß und innig geliebten Romanen zu bestücken. Und als sie schließlich sämtliche davon durchgeackert hatte, verschlang sie andere Bücher, in rauen Mengen: Lovestorys, in denen das Mädchen nicht nur den Mann bekam, den es sich sehnlichst wünschte, sondern alle Beteiligten das Happy End, das sie verdienten. Na ja, fast alle. Serienmörder und Menschen, die Tiere misshandelten oder betrunken Auto fuhren – besonders solche wie der Typ, der über den Mittelstreifen der M4 gebrettert und frontal in den Wagen ihrer Eltern geknallt war –, verdienten natürlich kein Happy End; alle anderen dagegen schon.

Es stellte sich heraus, dass viele der Frauen, die in den nahe gelegenen Geschäften und Büros arbeiteten und in der

Mittagspause zu Bookends zum Stöbern kamen, ebenfalls eine Schwäche für gut gemachte Liebesromane hatten. Da sich keiner für trübselige Memoiren oder stocklangweilige Bände über Militärgeschichte interessierte, brachte Posy Lavinia dazu, ihr zwei weitere Räume zu überlassen.

Aber heutzutage kauften die Leute einfach nicht mehr genug Bücher, völlig egal, welchen Genres. Zumindest nicht bei Bookends. In ihrem Brief hatte Lavinia überzeugt gewirkt, dass Posy eine wasserdichte Strategie aus dem Hut zaubern würde, um potenzielle Käufer in den Laden zurückzulocken, doch sie hatte nicht die geringste Ahnung, wie ihr das gelingen sollte.

Plötzlich ertrug Posy die übervollen Regale keine Sekunde länger. Der Laden war stets ihr Hafen der Freude gewesen, ihr Fixstern, ihre behagliche Decke aus Holz und Papier, doch nun schien sie der Raum gleichsam zu erdrücken. All die Verantwortung, die damit verbunden war – denn Verantwortung zu übernehmen gehörte nicht gerade zu Posys Stärken.

Sie löschte die Lichter, schloss die Tür zum Treppenhaus, die sonst immer offen stand, und ging langsam nach oben. Gerade als sie Sams Zimmertür aufreißen wollte, fiel ihr die Anklopf-Regel wieder ein, die sie eingeführt hatten, nachdem er sie eines Tages unter der Dusche dabei ertappt hatte, dass sie laut »Bohemian Rhapsody« in die Shampooflasche, ihr Mikro, schmetterte.

»Sam? Machst du gerade etwas Unanständiges?« *Gütiger Gott, bitte mach, dass er es nicht tut, ich bin einfach noch nicht so weit*, dachte sie. »Kann ich reinkommen?«

Ein bestätigendes Grummeln drang durch die Tür. Sie öffnete sie vorsichtig. Sam lag bäuchlings auf dem Bett und starrte in seinen Laptop. »Was gibt's?«

Posy setzte sich auf die Bettkante und betrachtete seine knochigen Schultern. Selbst jetzt, obwohl er bereits seit fünfzehn Jahren ein fester Bestandteil ihres Lebens war (Wunder-Baby, hatten ihre Eltern Sam genannt, obwohl Posy mit ihren dreizehn bei der Vorstellung, was ihre Eltern getan hatten, um dieses Wunder-Baby zu erschaffen, vor Scham am liebsten im Boden versunken wäre), überkam sie häufig noch der Drang, ihn zu knuddeln, bis er quiekte. Sie liebte ihren kleinen Bruder heiß und innig. Sie wollte ihm das Haar zerzausen, doch er wandte sich ab. »Finger weg! Hast du getrunken?«

»Nein!« Posy stieß ihn mit dem Ellbogen an. »Ich muss mit dir reden.«

»Aber wir haben doch schon über Lavinia gesprochen, und ich habe dir gesagt, dass ich traurig bin und es echt beknackt finde und alles, aber, ganz ehrlich, Pose, ich habe keinen Bock mehr auf das Gefasel über Gefühle und all den Quatsch.« Er verzog das Gesicht. »Geht es nicht ohne?«

Posy stand das Gerede über Gefühle und Trauer ebenfalls bis oben, trotzdem war sie die große Schwester. Die Person, die ihm die Eltern ersetzen musste. Die Erwachsene, die Verantwortung übernehmen musste. »In Ordnung. Aber wenn du reden willst, können wir das gerne tun. Ich bin immer für dich da.«

»Klar, weiß ich doch.« Sam löste den Blick vom Bildschirm und lächelte dünn. »War's das?«

»Na ja, eigentlich wollte ich noch über etwas anderes mit dir sprechen.« Das Arrangement galt für beide Seiten: Posy sollte mit Sam über alles reden können – außer über ihre Periode, ihr Gewicht, ihr nicht-existierendes Liebesleben (Sam hatte eine Liste mit allen Punkten zusammengestellt) –, aber das Ganze war heikler als vermutet. »Ich weiß ja, dass du nicht viel Zeit zum Nachdenken hattest, aber was hältst du davon, wenn ich den Laden übernehme? Ich könnte es schaffen, oder nicht? Immerhin liegt mir das Buchgeschäft im Blut. Wenn du mich mit dem Messer schneidest, kommen wahrscheinlich Wörter aus meinen Adern, und deshalb gibt es vermutlich keinen, der geeigneter für die Aufgabe wäre als ich, oder?« Posy ließ die Schultern sacken. »Andererseits würde es bedeuten, dass ich dann erwachsen und verantwortungsbewusst sein müsste.«

»Ich sag's ja echt nicht gern, Pose, aber du bist achtundzwanzig und damit erwachsen.« Sam stützte sich auf die Ellbogen, sodass Posy seine skeptische Miene sehen konnte. Sie nahm sich vor, nicht Sam zu konsultieren, sollte sie jemals einen Leumundszeugen brauchen. »Und eigentlich bist du ja auch verantwortungsbewusst … auf deine Art. Ich meine, die letzten sieben Jahre warst du für mich verantwortlich, ich lebe noch und habe weder Rachitis noch sonst etwas bekommen.«

Das war nicht unbedingt das Lob, das Posy hören wollte. »Aber wie soll das mit dem Laden gehen? Ich habe zwei Jahre Zeit, um ihn zum Laufen zu bringen und dafür zu sorgen, dass er Profit abwirft.«

»Sogar weniger als zwei Jahre. Der Laden wirft doch keinerlei Gewinn ab, und es gibt ihn nur noch, weil Lavinia ein gewaltiges Vermögen hatte, das sie reinpumpen konnte.« Sam zuckte die Achseln. »Das hat Verity zu Tom gesagt, als er nach einer Gehaltserhöhung gefragt hat.«

Mit Sam gab es zwei massive Probleme: Erstens war er eigentlich viel zu klug, und zweitens schnappte er ständig Dinge auf, die er eigentlich nicht aufschnappen sollte, und machte sich Sorgen über Dinge, um die sich eigentlich nur Posy kümmern sollte.

»Wir müssen ja nicht bleiben. Wir könnten den Laden auch aufgeben, irgendwo anders hinziehen, wo ich mir einen Job suche ...«

Sam hob abrupt den Kopf. »Was? Nein! Ich kann unmöglich die Schule verlassen, nicht jetzt, wenn die Abschlussprüfungen quasi vor der Tür stehen. Und wo sollten wir denn hin? Hast du eine Ahnung, was Wohnungen in London so kosten?« Er sah aus, als würde er gleich in Tränen ausbrechen. »Wir müssten ewig weit rausziehen ... in einen Vorort oder so.«

Aus Sams Mund klang es, als wären sie damit zu einer Existenz in einer Jauchegrube verdonnert. »Die meisten Leute wohnen in einem Vorort, Sam. Wir könnten auch in eine andere Großstadt ziehen, die nicht ganz so teuer ist wie London. Nach Manchester oder nach Cardiff oder so. Wenn wir nach Wales zurückgehen würden, wären wir näher bei Oma und Opa.«

»Aber Manchester oder Cardiff sind nun mal nicht London, oder? Wieso sollte jemand anderswo wohnen wollen als hier?«, fragte Sam mit der Arroganz eines Glückspilzes, der sein ganzes Leben im Herzen Londons verbracht hatte. Coram's Fields war gewissermaßen sein Garten, und das British Museum mit all den Mumien, Fossilien und historischen Waffen sein Kiosk an der Ecke. In fünf Minuten waren sie in Soho, in der Oxford Street oder in Covent Garden. Sie brauchten nur in den Bus oder die U-Bahn zu steigen, und schon gehörte die Stadt ihnen.

Viele, die London nicht kannten, fanden die Stadt kalt und unpersönlich, aber auf ihr London traf das definitiv nicht zu. Posy und Sam kannten jeden Ladenbesitzer in der Rochester Street (Posy war sogar Mitglied in der Rochester Street Traders' Association) und bekamen auf alles Kollegenrabatt – von Fish and Chips bis hin zu Duftkerzen. Sie kannten die Angestellten im Sainsbury's gegenüber der Holborn-Station mit Namen, einmal in der Woche besuchte Posy Sams alte Grundschule und gab Kindern mit Leseschwäche Nachhilfe, und Sams beste Freunde, Pants und Little Sophie, die samstags in der Buchhandlung aushalf, wohnten direkt um die Ecke in dem riesigen Apartmentkomplex der Stadt.

Es war, als würde man in einem Dorf leben, nur mit den Annehmlichkeiten einer Großstadt. Bei ihren Großeltern in Wales wurden um sechs Uhr abends die Bürgersteige hochgeklappt, donnerstags schlossen die Geschäfte um eins, und sonntags machten sie gar nicht erst auf – Gott bewahre, wenn man vergessen hatte, die Schokoladenbestände aufzustocken.

»Du willst also hierbleiben?«, fragte Posy noch einmal. »Und du glaubst, dass ich den Laden auf die Erfolgsspur bringen kann?«

»Klar. Du musst es wenigstens versuchen, oder? So wollte es Lavinia doch.« Seufzend blickte Sam wieder auf seinen Laptop. »Das Problem ist nur … ich will ja nicht behaupten, dass es so weit kommt, aber was wird aus uns, wenn alles den Bach runtergeht? Am Ende sind wir vielleicht nicht nur bettelarm, sondern haben auch noch Schulden. Und was wird dann aus dem Schulgeld und allem?«

Wieder überkam Posy das Bedürfnis, ihn an sich zu drücken; eilig schob sie die Hände unter die Oberschenkel. »Darum brauchst du dir keine Sorgen machen«, sagte sie und schluckte. »Mum und Dad hatten eine Lebensversicherung, von der ich bisher keinen Penny ausgegeben habe. Stattdessen habe ich es für die Uni zurückgelegt. Es ist genug, dass du einen Abschluss machen kannst … wenn du nur Instantnudeln isst, reicht es vielleicht sogar noch für ein Aufbaustudium. Was das angeht, kannst du also ganz beruhigt sein.«

»Ernsthaft? Wahnsinn. Damit hab ich nun wirklich nicht gerechnet.« Sam stieß einen tiefen Seufzer aus. »Ich habe mir schon überlegt, wie wir das Schulgeld bezahlen sollen. Aber wenn du das Geld wirklich brauchst … für Löhne oder so etwas, könnte ich die Uni sausen lassen und mir gleich einen Job suchen.«

»Du gehst an die Uni«, erklärte Posy nachdrücklich. »Nur, dass das klar ist.«

»Na gut«, lenkte Sam ein. Einen Moment lang glaubte sie, ein Lächeln auf seinem Gesicht aufblitzen zu sehen. In dieser Woche war Lächeln Mangelware gewesen. »Und bis dahin bleiben wir hier, was gut so ist, weil ich Veränderungen überhaupt nicht mag.«

»Ich auch nicht«, bekräftigte Posy. »Denn meistens sind es dann keine Veränderungen zum Positiven, stimmt's?«

Sam stützte sich auf den Ellbogen. »Wegen des Ladens …«, sagte er. »Du machst das schon. Besser als das. Du wirst die beste Buchhändlerin aller Zeiten werden. Das ist echt wichtig, Pose, sonst werden wir obdachlos, obwohl ich doch eigentlich meinen Abschluss machen soll. Gibt's noch eine bessere Motivation?«

»Ich denke, das sollte genügen«, sagte sie ruhig, obwohl Sams Worte ihr in Wahrheit eine Heidenangst einjagten. »Eine halbe Stunde, dann Licht aus, klar?«

»Du darfst mir auch einen Kuss geben«, erklärte er großmütig. »Auf die Wange.«

Posy zerzauste ihm lieber das Haar, weil sie wusste, dass Sam vor Wut ausflippen würde. Das war aber auch der einzige Grund, weshalb sie lächelte, als sie sein Zimmer verließ.

3

Sam zu erklären, dass sie Bookends übernehmen und alles in ihrer Macht Stehende tun würde, um den Laden auf die Erfolgsspur zu bringen, war für Posy der reinste Sonntagsspaziergang im Vergleich dazu, ihre Freunde und nun Angestellten über den neuesten Stand zu informieren.

»Wo bist du denn gestern abgeblieben?«, fragte Verity, als sie, dicht gefolgt von Tom und Nina, am nächsten Morgen zur Arbeit erschien. »Du bist mit dem grässlichen Sebastian verschwunden, und danach hat dich keiner mehr gesehen.«

Nina, die im Hinterzimmer den Wasserkessel aufsetzte, spähte grinsend heraus. »Hat er sich etwa Unanständigkeiten erlaubt, und du hast ihm eine geknallt?«

»Nein, das nicht, aber geknallt hätte ich ihm trotzdem am liebsten eine, mehrmals sogar«, erklärte Posy und trat zur Kasse. »Irgendwann stand es wirklich auf der Kippe.«

»Hat er dich nicht zu Lavinias Anwalt geschleppt?« Tom sah von seinem Sandwich auf. »O Gott, du hast schlechte Nachrichten, stimmt's? Wird der Laden verkauft?«

Sie sahen alle drei so aus, als stünde ihnen der Weltuntergang bevor, obwohl das – zumindest in Posys Augen – keineswegs der Fall war.

»Nein, keiner will das Geschäft verkaufen.« Posy klammerte sich an der Kante des Verkaufstresens fest, spürte das zerschrammte, polierte Holz unter ihren Fingern. »Lavinia hat mir die Buchhandlung vermacht, und ich werde nirgendwo hingehen.«

Posy hielt inne, obwohl sie nicht recht wusste, was sie erwartete: aufrichtig empfundene Gratulationen oder ein »Du machst das schon, Posy!«? Stattdessen herrschte betretenes Schweigen. Sie blickte in die drei verblüfften Gesichter ihrer Kollegen. Hatten sie auch nur ein Fünkchen Vertrauen in sie? Offenbar war Lavinia die Einzige gewesen, wobei ihr Glaube in Posys Fähigkeiten offensichtlich absolut unangebracht zu sein schien.

Angespannt rieb Posy die Hände aneinander. »Natürlich wird es nicht leicht werden, aber Sam und ich wollen uns der Herausforderung stellen. Na ja, Sam zumindest. Ich … wir … es wird ein paar Änderungen geben, aber … zum Guten … äh, aufregende Veränderungen.«

»Das heißt, du bist ab sofort unsere Chefin?« Posy hatte nicht die leiseste Ahnung, wie Verity darüber dachte. Ihre Gedanken waren meist schwer zu durchschauen. Auch nach vier Jahren Freundschaft fiel es Posy nicht leicht, sie einzuschätzen. Verity war die stellvertretende Geschäftsführerin, was bedeutete, dass sie die meiste Zeit im Hinterzimmer saß, die Buchhaltung erledigte und sich um die Bestellungen kümmerte. Kundenkontakt mied sie grundsätzlich. Sie war Lavinias rechte Hand gewesen, wohingegen Posy sich hauptsächlich darum gekümmert hatte, im Laden mehr Platz für ihre Liebesromane zu schaffen.

Ohne Verity würde Bookends innerhalb weniger Tage komplett zusammenbrechen. Ach was – innerhalb weniger Stunden.

»Chefin ist so ein hartes Wort«, wiegelte Posy besänftigend ab. »Gar nichts wird sich ändern. Na ja, ein paar Dinge schon, aber ich werde mich ganz bestimmt nicht in eine Despotin verwandeln und solche Sachen quer durch den Laden brüllen wie ›Entweder es läuft so, wie ich es will, oder du kannst deine Sachen packen‹. Nein, ich werde auch künftig Tee kochen, die Regale einräumen und Schokolade besorgen.«

»Dann ist mein Job also nicht gefährdet?« Was in Nina vorging, lag auf der Hand. Sie kaute angespannt auf ihrer Unterlippe und sah Posy verängstigt an, als fürchtete sie, Posy hätte längst ihre Papiere fertig gemacht (nicht, dass Posy gewusst hätte, wie das überhaupt ging) und würde sie kurzerhand vor die Tür setzen. »Und Tom kann nach wie vor Teilzeit hier arbeiten, oder, um es anders auszudrücken, uns mit seiner Anwesenheit beehren, wann immer ihm der Sinn danach steht? Oder muss derjenige als Erster gehen, der als Letzter eingestellt wurde? Ich bin ja erst seit zwei Jahren hier, andererseits habe ich mehr Stunden gearbeitet als er.«

»Halt den Mund«, zischte Tom. »Posy setzt niemanden vor die Tür, weil Posy unsere Freundin *und* unsere neue Chefin ist. Unsere wunderbare, freundliche, süße Freundin. Und darf ich bei der Gelegenheit anmerken, Posy, dass du auch heute mal wieder hinreißend aussiehst?«

»Darfst du, wobei ich dich dann wegen sexueller Belästigung abmahnen könnte«, sagte Posy und tat so, als würde sie eine Notiz in ihr Buch machen. Dieses Geplänkel zwischen ihnen gab ihr ein Gefühl von Normalität – Tom mimte Entrüstung, und Nina verschwand in die Teeküche. Nur Verity stand immer noch mit in die Hüften gestemmten Händen da.

»Ich freue mich wirklich für dich, Posy. Es wäre ein Jammer gewesen, wenn du und Sam plötzlich auf der Straße gestanden hättet, aber es wird nicht lange dauern, dann kannst du dir überhaupt keine Angestellten mehr leisten, weder Voll- noch Teilzeit«, fügte sie im Flüsterton hinzu, obwohl

Tom sich mehr für sein Sandwich als für ihre Unterhaltung interessierte. »Diese Veränderungen, von denen du gesprochen hast … was genau hast du damit gemeint?«

Tatsächlich wusste Posy bislang noch nicht, wie diese Änderungen genau aussehen sollten. Sie musste erst einmal in Ruhe nachdenken, vielleicht Listen zusammenstellen oder ein Tortendiagramm entwerfen. Dann käme ihr – hoffentlich – die zündende Idee, wie Bookends wieder erfolgreich werden könnte; was sie brauchte, war ein Konzept, das sie Verity und den anderen voller Leidenschaft und mit all ihrer Überzeugungskraft präsentieren konnte. Und das sollte doch nicht so schwer sein, oder doch?

Als sie Veritys Blick auszuweichen versuchte, kam ihr in den Sinn, dass sie möglicherweise gar nicht zur Führungspersönlichkeit geboren war. Andererseits war sie ebenso wenig die typische Mitläuferin oder ein Arbeitstier – immerhin gelangten Arbeitstiere über kurz oder lang an ihr Ziel. Nein, Posy war jemand, der sich einfach treiben ließ. Sie war zufrieden, wenn sie in Ruhe ihr Ding machen konnte. Was jetzt gerade hier passierte, war ihr alles ein bisschen zu viel und ging alles ein bisschen zu schnell. Sie war doch immer noch damit beschäftigt, Lavinias Tod zu verarbeiten.

»Wie gesagt, es sind Veränderungen zum Positiven«, murmelte Posy vage, spürte jedoch bereits, wie sich Schweißperlen auf ihrer Stirn und ihrer Oberlippe bildeten und ihre Hände eiskalt wurden. In ihrem Mund schmeckte sie plötzlich etwas Bitteres, als hätte sie an einer Batterie geleckt – es war der Geschmack purer Angst, unfassbarer, alles verschlingender Angst. Sie verzog den Mund zu einem zuversichtlichen Lächeln, scheiterte jedoch gnadenlos. »Spannende Veränderungen. Sehr, sehr spannende. Und ich werde deine Hilfe brauchen. Allein schaffe ich es jedenfalls nicht.«

Verity nickte. »Solange die Veränderungen nicht so sind wie damals, als du die Bücher unbedingt nach Farben und nicht nach dem Alphabet sortiert haben wolltest.«

»Aber hübsch ausgesehen hätte es schon«, protestierte Posy lahm.

»Du lieber Gott.« Verity schüttelte den Kopf und ging zurück ins Hinterzimmer.

Ihren Kollegen zu sagen, dass sie künftig ihre Angestellten sein würden, hatte sich als ziemlich schwierig entpuppt, und erst jetzt wurde ihr bewusst, dass von nun an auch die Zukunft der anderen in ihren Händen lag. Es ging nicht länger nur um sie und Sam. Posy wollte auf keinen Fall schuld daran sein, dass Verity, Nina und Tom in die Arbeitslosigkeit oder gar Armut schlitterten.

Als Posy am nächsten Morgen aufwachte, hatte sie das Gefühl, sofort loslegen zu müssen. Sie würde eine To-do-Liste erstellen und vielleicht in die schicke neue Foyles-Filiale in der Charing Cross Road gehen, um sich einen Eindruck von ihrer Konkurrenz zu machen.

Weder sie noch Sam waren Morgenmenschen. Stattdessen herrschte im Hause Morland die feste Regel, dass beim Frühstück nur in Notfällen gesprochen werden durfte. Schlaftrunken machte Posy Rührei und Toast für Sam, das er verschlang, während er seine letzten Geschichtshausaufgaben erledigte. Eigentlich hätte er sie bereits am Vorabend machen sollen, aber Posy brachte nicht die Energie auf, ihn deswegen zu rügen – nicht vor der ersten Tasse Tee.

Sam stellte sein Geschirr in die Spüle und machte sich mit einem gemurmelten Gruß auf den Weg, während Posy mit ihrem Tee und einer Ausgabe von *Englische Liebschaften* noch sitzen blieb – sie wusste nicht mehr, wie oft sie den Roman bereits gelesen hatte. Er erinnerte sie an Lavinia und ließ sie erahnen, wie ihr Leben vor dem Krieg gewesen sein musste.

Posy genoss diese eine Stunde am Morgen, die nur ihr allein gehörte und in der sie es sich im Schlafanzug in Ruhe gemütlich machen konnte. Ein Jammer, dass das keiner demjenigen gesagt hatte, der gerade an die Ladentür hämmerte, obwohl auf dem Schild unten deutlich zu lesen war, dass sie erst um zehn öffneten. Eigentlich erwartete sie auch keine Lieferung, und selbst dann hätten die Fahrer gewusst, dass sie ums Haus gehen und läuten konnten.

Posy stellte ihre Tasse ab und schlurfte in ihren Hausschuhen die Treppe herunter, während das Hämmern immer lauter wurde. Mit einem unterdrückten Fluch trat sie zur Tür.

»Hör auf, so einen Lärm zu machen!« Posy schlug mit der Hand gegen die Glasscheibe. »Ich schließe ja schon auf.«

»Mein Frühstückstermin ist abgesagt worden«, erklärte Sebastian und drängte sich an ihr vorbei in den Laden. »Gott, Morland, du bist ja noch nicht mal angezogen.«

Eigentlich war Posy sehr wohl angezogen – sie trug eine Schlafanzughose mit aufgedruckten Christmas-Pudding-Motiven, ein altes Minecraft-Shirt von Sam und ihre leicht fadenscheinige Strickjacke. »Es ist noch nicht mal halb neun, Sebastian. Ich hatte keinen Besuch erwartet.«

»Gehst du etwa so ins Bett?« Er musterte sie mit zusammengekniffenen Augen. Posy hätte schwören können, dass er durch den Shirtstoff erkennen konnte, dass sie keinen BH trug. Sie kreuzte die Arme vor der Brust.

»Die Hose ist ja der reinste Liebestöter.«

»Halt den Mund! Was willst du überhaupt hier?«, fragte sie, doch Sebastian hatte ihr bereits den Rücken zugekehrt und eine Runde durch den Laden gedreht.

»Ich dachte, ich sehe mir den Laden noch mal an, bevor

ich eine Entscheidung treffe«, rief er, halb auf den Stufen. »Los, komm schon, ich habe nicht den ganzen Tag Zeit!«

Posy folgte ihm. »Was für eine Entscheidung?«, japste sie, als sie die Treppe hinaufrannte. »Das hier ist mein Zuhause, du kannst hier nicht einfach reinplatzen, wie es dir gerade passt.«

Sebastian hatte bereits die Tür zu Sams Zimmer aufgerissen. »Nein? Wieso denn nicht? Was für unaussprechliche Dinge treibst du denn hier oben? Hast du etwa einen Mann versteckt?«

Der letzte Mann, der den Weg hier heraufgeschafft hatte, war Tom gewesen, der ihren tropfenden Wasserhahn reparieren sollte. Doch beim Anblick der Rohrzange, die Posy ihm in die Hand gedrückt hatte, hatte er bloß die Schultern gezuckt und gemeint: »Nur, weil ich ein Mann bin, heißt das noch lange nicht, dass ich weiß, was ich damit anstellen soll.« Mit diesen Worten hatte er sich umgedreht und war schleunigst wieder nach unten verschwunden.

Der Hahn tropfte immer noch, und auch an Sebastian schien kein Handwerksmeister verloren gegangen zu sein. Beißender Sarkasmus und völlige Respektlosigkeit vor der Privatsphäre anderer Menschen, das waren eher seine Stärken.

»Was ich in meiner Freizeit mache, geht dich überhaupt nichts an«, stieß sie empört hervor. »Wenn ich wollte, könnte ich eine ganze Fußballmannschaft hier oben beherbergen, ohne dass ich dich darüber in Kenntnis setzen müsste.«

Sebastian verließ Sams Zimmer, schlug die Tür zu und warf ihr einen wissenden Blick zu. »Höchst unwahrscheinlich. Soweit ich weiß, stehen Fußballspieler eher auf Mädchen, die nicht in Schlafanzughosen mit aufgedruckten Scheißhaufen herumlaufen. Du bist wirklich ein seltsames Mädchen, Morland.«

»Das sind keine Scheißhaufen, sondern Christmas Puddings. Außerdem ist es *meine* Schlafanzughose!« Trotzig zog Posy an ihrer Hose herum, obwohl schon jetzt klar war, dass sie sie nie wieder anziehen würde.

»Aber wir haben Februar«, wandte Sebastian ein und ging an ihr vorbei ins Wohnzimmer. »Rein brandschutztechnisch ist die Bude ja die reinste Katastrophe. Wozu brauchst du all diese Bücher? Hast du unten nicht schon genug davon?«

Posy folgte ihm. »Die sind für mich privat«, erklärte sie geziert, als hätte sie noch nie im Leben ein Buch aus den Regalen im Laden genommen, es, sorgsam darauf bedacht, bloß den Buchrücken nicht zu knicken, gelesen und anschließend unbemerkt wieder zurückgestellt. »Außerdem kann man gar nicht genug Bücher haben.«

»Oh doch, man kann.« Sebastian trat vor eines der Regale in den Nischen links und rechts des Kamins, in dem sich die Bücher in Dreierreihen stapelten. »Wenn du mich fragst, hast du den Bücherzenit schon vor Jahren überschritten. Die Dinger stehen ja überall!« Angewidert fuhr er herum, wobei er gegen einen Bücherstapel auf dem Boden stieß. »So wie ich es sehe, gehen mindestens drei zerstörte Regenwälder auf dein Konto.«

»Ich recycle leidenschaftlich, das gleicht es wieder aus.«

Allem Anschein nach hatte Sebastian nicht vor, so schnell wieder zu verschwinden – aus nicht nachvollziehbaren Gründen knipste er jetzt auch noch die Deckenbeleuchtung an und wieder aus –, deshalb beschloss sie, ihn sich selbst zu überlassen und eine frische Kanne Tee aufzusetzen. »Möchtest du was trinken?«, fragte sie – schließlich sollte er nicht denken, dass sie überhaupt keine Manieren hatte.

»Kaffee«, sagte Sebastian und ließ den Blick über den Esstisch schweifen, auf dem noch die Teller vom Abendessen herumstanden. Seine perfekt geschwungene Oberlippe kräuselte sich. »Sumatrabohnen, wenn du welche hast. Oder wenn nicht, dann eben peruanische.«

»Sieht das hier für dich wie eine Starbucks-Filiale aus?«

»Nein, denn falls es so wäre, hätte das Gesundheitsamt den Laden schon längst dichtgemacht.«

»Du kannst einen löslichen Kaffee haben. Heute ist dein Glückstag, mein Schatz – Douwe Egberts war im Sonderangebot«, schoss sie zurück und rauschte so majestätisch davon, wie ein Mensch es in Christmas-Pudding-Schlafanzughose und Kaninchenhausschuhen nur konnte.

Eigentlich war es ihr unangenehm, Sebastian allein zu lassen, aber im Moment war ihr jedes Mittel recht, um sein selbstgefälliges Grinsen nicht sehen und sich sein vernichtendes Urteil über ihr Mobiliar und ihre Lebensmittel nicht anhören zu müssen.

Vor einigen Jahren hatte Lavinia das Dach neu decken lassen, nachdem sie die Töpfe und Pfannen auf dem Boden gesehen hatte, mit denen das Wasser aufgefangen wurde, doch seit Posy hier wohnte, war mit der Wohnung praktisch nichts passiert. Eine Renovierung würde bedeuten, dass sie all ihre Sachen packen und einlagern müsste – allein die Vorstellung war der pure Horror.

Sie setzte Kaffee auf und holte eine Penguin-Werbetasse aus dem Schrank. Wie gerne würde sie es sich jetzt mit dem Kaffee und einem guten Penguin-Buch in ihrer Leseecke gemütlich machen – pures Wunschdenken, vor allem, als sie feststellte, dass Sebastian nicht länger im Wohnzimmer war. Mutlos tappte sie den Korridor entlang und fand ihn in ihrem Zimmer – er saß mitten auf ihrem ungemachten Bett und blickte missbilligend auf den Klamottenstapel auf ihrem hellblauen Stuhl. Oder vielleicht auch auf den Haufen auf dem Boden. Oder auf die Sachen, die aus der halb aufgezogenen Schublade quollen. Oder auf den wackligen Bücherstapel neben ihrem Bett, unter ihrem Nachttisch und neben ihrem Regal, dessen Böden sich unter dem Gewicht bereits bogen.

Es war höchst seltsam, ausgerechnet Sebastian auf ihrem ungemachten Bett sitzen zu sehen. Auch heute trug er einen tadellos sitzenden und wieder einmal unverschämt engen Anzug aus leichtem grauem Tweed mit himmelblauem Hemd, Einstecktuch, Socken und Schnürsenkeln. Es war lange her, seit zuletzt ein Mann auf ihrem Bett gelegen hatte, andererseits hatte Sebastian ja nicht die Absicht, sie zu verführen. Gott sei Dank. Gerade nahm er die Reste eines Schokoriegels, das klebrige Wick-VapoRub-Glas und ein zusammengeknülltes Sockenpaar auf dem Nachttisch in Augenschein.

»Ich will kein Wort hören«, warnte Posy. »Sonst hast du den Kaffee auf der Hose.«

In gespielter Kapitulation hob Sebastian die Hände. »Oh, Morland, hierfür gibt es sowieso keine Worte.« Er ließ sich nach hinten auf die Ellbogen sinken, wobei sein Blick den BH streifte, den sie nach der Beerdigung an den Pfosten ihres alten Bettgestells gehängt hatte. »Das ist das zweite Mal innerhalb von drei Tagen, dass ich deinen BH zu sehen bekomme«, bemerkte er. »Allmählich werden sich die Leute das Maul zerreißen.«

»Meine Unterwäsche geht dich überhaupt nichts an!« Posy machte eine flüchtige Handbewegung und verschüttete prompt etwas Kaffee auf einer umgedrehten Ausgabe von *Das Tal der Puppen*.

Sebastian stand auf, nahm ihr die Tasse aus der Hand und wollte weiter in den angrenzenden Raum gehen, blieb jedoch abrupt stehen. Die Tür war abgeschlossen.

»Was ist da drin?«, fragte er.

»Das geht dich nichts an, dieses Zimmer wirst du nicht betreten«, sagte sie und bemühte sich um eine strenge Miene. »Außerdem kannst du nicht einfach in meinen Laden und meine Wohnung platzen und überall herumspazieren ...«

»Bewahrst du hier drinnen deine Leichen auf?« Er rüttelte so heftig an der Tür, dass Posy befürchtete, sie würde gleich aus den Angeln fliegen. Sie schob sich dazwischen, bereute es aber sofort wieder, weil sie so dicht voreinanderstanden, dass sich ihre Nasenspitzen praktisch berührten. Genauer gesagt befand sich ihre Nasenspitze etwa auf Höhe seines Kinns, und eine Wolke seines Dufts schlug ihr entgegen. Er roch himmlisch – eine vollmundige Mischung aus Wald, Moos, kuschligen Ledersesseln und verrauchten Herrenclubs.

Und damit nicht genug – ihm bot sich ein ungehinderter Blick auf den Ausschnitt ihres T-Shirts. Als er zu einer weiteren sarkastischen Bemerkung ansetzte, legte Posy ihm die Hand auf die Brust und schob ihn von sich. Er fühlte sich so warm an, so fest, Knochen und Muskeln und ...

»Schön aufpassen. Ich glaube, das zählt schon fast als sexuelle Belästigung«, warnte er freundlich.

»Falsch. Wenn hier jemand die anderen belästigt, dann du. Das ist das Zimmer meiner Eltern, und du wirst es nicht betreten.«

Sebastian runzelte die Stirn. »*War*. Vergangenheitsform. Es war das Zimmer deiner Eltern, aber sie sind tot ... wie lange schon? Fünf Jahre?«

»Sieben.« Okay, eigentlich waren es sechs Jahre, acht Monate und zehn Tage. Ihr genaues Todesdatum war unauslöschlich in Posys Gehirn gebrannt.

»Sieben Jahre, und du hast einen Schrein da drinnen aufgebaut, oder was? Wie rührselig.«

Posy holte tief Luft und versuchte, sie zwischen ihren zu-sammengebissenen Zähnen entweichen zu lassen. »Da drin befindet sich weder ein Schrein noch ist es rührselig oder sonst etwas. Und es geht dich einfach nichts an.«

Vielleicht hatte sie tatsächlich einen Schrein aufgebaut, und vielleicht war auch der Laden einer, und vielleicht klammerte sie sich mit aller Kraft daran, aber das konnte sie Sebastian unmöglich sagen. Der Typ besaß die emotio-nale Intelligenz eines Goldfischs … eigentlich war das noch geschmeichelt. Irgendwo hatte Posy von einem Goldfisch gelesen, der sich vor Gram verzehrt hatte, als sein einziger Gefährte im Glas gestorben war. Nein, Sebastian hatte die emotionale Intelligenz einer Stubenfliege.

»Da ist kein Schrein drin«, sagte sie. »Ich gehe regelmäßig rein und sauge, wische Staub und so.«

Sebastians Brauen schossen hoch. »Tatsächlich?« Das Wort troff förmlich vor Sarkasmus. »Willst du mir erzählen, dass du einen Staubsauger besitzt und ihn auch gelegentlich benutzt? Und du *staubst ab*?« Er streckte den Arm aus, strich mit dem Zeigefinger über den Türrahmen und hielt ihn ihr unter die Nase. »Na so was! Pechschwarz, wie mein Lieb-lingsanzug von Alexander McQueen.«

Sein Finger war tatsächlich rabenschwarz vom Staub und Schmutz, der sich über die Jahre angesammelt hatte. Aber wer hatte schon Zeit, jeden Winkel und jede Ecke mit der Zahnbürste zu schrubben? »Hat nicht mal jemand gesagt, nach drei Jahren wäre der Höhepunkt erreicht, und danach würde es nicht mehr schlimmer werden?« Posy lächelte dünn. »Außerdem hat ein bisschen Staub noch keinem ge-schadet. Stattdessen hilft er sogar, ein intaktes Immunsys-tem aufzubauen.«

Doch Sebastian hatte sich bereits umgedreht und trampelte die Treppe hinunter, wobei er irgendetwas über Makler und Stadtteilplaner über die Schulter rief. »… die ganze Bude muss dringend saniert werden. Neue Fenster, außerdem machen es die elektrischen Leitungen bestimmt auch nicht mehr lange. Die ganze Bruchbude ist die reinste Todesfalle. Es ist unrentabel, jetzt Geld zu investieren, wo du sowieso nur noch zwei Jahre hier wohnst, vermutlich eher weniger. Am besten, du überschreibst es mir gleich, und wir verhökern das Haus als renovierungsbedürftig.«

Posy hatte Sebastian eingeholt, der ins Hinterzimmer stürmen wollte. Sie packte ihn am Ärmel und riss ihn zurück. »Nicht der Anzug! Fass bloß nicht meinen Anzug an!«, kreischte er.

»Setz dich hin, und zwar sofort!«, schrie sie in einem Tonfall, den sie Sam gegenüber niemals anschlagen würde – alleine schon, weil er der Inbegriff eines braven Jungen war und niemals etwas tun würde, das sie zwingen würde, zu derart drastischen Mitteln zu greifen. Ehrlich gesagt war es das allererste Mal, dass sie diesen Ton überhaupt anschlug, und er schien zu wirken, denn Sebastian ließ sich in den Lederschreibtischstuhl fallen und drehte sich im Kreis, auch wenn seine Miene eher unbeeindruckt blieb.

»So streng auf einmal? Du erinnerst mich an eine Domina, mit der ich mal zu tun hatte.« Züchtig senkte er den Blick und nippte an seinem Kaffee, auch wenn er sich ein Grinsen nicht ganz verkneifen konnte.

Posy schüttelte den Kopf. Sie musste Sebastian ihre Pläne für den Laden darlegen, und zwar schleunigst – kurz und hoffentlich schmerzlos. »Ich werde dir den Laden nicht überschreiben«, sagte sie mit fester Stimme. »Was du mit der Gasse anfängst, ist deine Sache, aber Lavinia hat mir die Buchhandlung vermacht, und ich kann sie sehr gut auch ohne deine Hilfe führen. Habe ich Hilfe gesagt? Mein Fehler. Eigentlich habe ich *Einmischung* gemeint.«

»Und was willst du damit machen?«, fragte er und ließ den Blick durch den Raum schweifen, der – dank Verity – der Inbegriff der Ordentlichkeit und Effizienz war. »Ich meine, wieso um alles in der Welt solltest ausgerechnet du einen Laden übernehmen, der sowieso am Rande des Abgrunds steht?«

»Bookends steht nicht am Rande des Abgrunds.«

Sebastian schnaubte beeindruckend elegant in seinen Kaffee. »Ich schließe daraus, dass du die Geschäftsbücher noch nicht gesehen hast, denn falls doch, wäre dir klar, dass der Laden ein riesiges Minusgeschäft ist.«

Auch wenn Posys Interesse eher einer anderen Sorte von Büchern gehörte, nahm sie sich vor, Verity zu bitten, die Bilanzen mit ihr durchzugehen. »Wie es aussieht, muss ich ein paar drastische Veränderungen vornehmen, aber Lavinia hat mir den Laden vermacht, weil sie wusste, wie viel er mir bedeutet und dass ich respektieren würde, wie sehr er ihr am Herzen lag. Bookends ist Lavinias Vermächtnis.«

»Weißt du, wie viele Buchhandlungen in den letzten fünf Jahren dichtgemacht haben?« Sebastian zog sein Smartphone aus der Innentasche seines Sakkos und schwenkte es. »Soll ich mal googeln? Oder es lieber deiner Fantasie überlassen?«

Posy brauchte keine Fantasie dafür. Sie kannte die Antwort bereits. Manche Menschen untergliederten London in ein Netz aus öffentlichen Toiletten oder McDonald's-Filialen, für Posy hingegen war die Stadt eine riesige Ansammlung aus Buchhandlungen mit den dazugehörigen Straßen. In letzter Zeit schlossen immer mehr von ihnen, und wann immer sie an einer einstigen Buchhandlung vorbeikam, die inzwischen ein Nagelstudio oder einen Coffeeshop beherbergte, überkam sie ein mulmiges Gefühl.

»Das ist mir egal«, sagte sie, obwohl es keineswegs der Wahrheit entsprach. »Lavinia hat mir den Laden hinterlassen, deshalb kann ich damit machen, was ich will.«

»Das stimmt, aber sie hat mich zu ihrem Testamentsvollstrecker bestimmt, was bedeutet, dass ich die Interessen des Anwesens wahren muss.« Posy bezweifelte das. Dieser Anwalt, an dessen Namen sie sich nicht erinnern konnte, hatte doch etwas davon gesagt, dass sie in seine Kanzlei kommen und irgendwelche Dokumente unterschreiben sollte, dann würde Bookends endgültig ihr gehören. Würde Sebastian das Testament anfechten, mit dem Argument, dass Lavinia nicht im Vollbesitz ihrer geistigen Kräfte gewesen war?

»Lavinia hat geschrieben, dass ich zwei Jahre Zeit habe, den Laden zum Laufen zu bringen. Wenn du mich zwingen willst, aufzugeben und ihn dir zu überschreiben, handelst du gegen ihren Willen. Willst du allen Ernstes dein Gewissen damit belasten?«, fragte Posy, obwohl sie nicht sicher war, ob ein Appell an Sebastians Gewissen tatsächlich fruchten würde. Sebastian hatte sich erhoben und warf Verity, die gerade zur Tür hereinkam, ein anzügliches Lächeln zu. Verity quittierte sein Grinsen mit dem für sie so typischen ausdruckslosen Blick, den sie auch bei Kunden zur Anwendung brachte, die davon ausgingen, dass sie, da sie ja in einer Buchhandlung arbeitete, automatisch bereit sein müsse, sie bei der Auswahl ihrer Bücher zu beraten. Dasselbe galt für Männer, die es wagten, ihr ein Kompliment zu machen, sie auf einen Drink einzuladen oder sie in ein harmloses Gespräch zu verwickeln. Normalerweise wichen die Interessenten mit einer erschrockenen Entschuldigung zurück, doch Sebastian schien völlig unbeeindruckt zu sein. Stattdessen zuckte er bloß die Achseln und grinste in sich hinein, als wollte er sagen »Tja, man kann sie eben nicht alle haben«, und trat zum Tisch in der Mitte des Verkaufsraums, wo er abrupt stehen blieb.

Es war Tradition im Bookends, dass die Neuerscheinungen dort präsentiert wurden, doch als erste Amtshandlung als offizielle Besitzerin hatte Posy damit gebrochen. Sie hatte ein Dutzend von Lavinias geliebten rosafarbenen Rosen gekauft, sie in ihrer Lieblingsvase von Woolworth arrangiert und sie zusammen mit einer gerahmten Fotografie von Lavinia und Peregrine, die die beiden kurz nach ihrer Hochzeit zeigte, hinter den Verkaufstresen gestellt. Auf eine hübsche Karte hatte sie die folgenden Worte geschrieben:

In liebevoller Erinnerung an Lavinia Thorndyke,
Buchhändlerin aus Leidenschaft. Auf diesem Tisch finden
Sie eine Auswahl ihrer Lieblingsbücher – Bücher, die ihr
großes Vergnügen bereitet haben, die wie alte Freunde für
sie waren. Wir hoffen, dass sie Ihnen dasselbe Vergnügen
schenken und Ihnen wie Freunde ans Herz wachsen werden.

Wenn man ein Buch nicht mit Genuss immer und immer
wieder lesen kann, lohnt es sich nicht, es überhaupt
zu lesen.
Oscar Wilde

Erstaunlicherweise hielt Sebastian endlich einmal den Mund. Behutsam strich er mit dem Finger über das Foto; Lavinia, erstarrt in Schwarz-Weiß, für immer jung und guter Dinge, den Blick liebevoll-neckend auf Peregrine gerichtet.

»Oh … das ist … sehr … aufmerksam.« Er presste das Wort hervor, als wäre es ihm im Halse stecken geblieben. »Perry hat manchmal gesagt, Lavinias Liebe zu Bookends sei größer als die zu ihm. Aber dann hat sie immer nur gelacht und gemeint, sie würden ziemlich gleichauf liegen.«

»Lavinia hat den Laden von ganzem Herzen geliebt.« Posy verknotete die Finger ineinander und versuchte sich zusammenzureißen. Es war wichtig, dass sie bewegt, aber beherrscht wirkte. Wirres, gefühlsduseliges Gebrabbel wäre gerade nicht hilfreich. »Bookends ist mehr als nur ein Laden. Es ist Teil unserer Lebensgeschichte, Sebastian. Deine Urgroßmutter Agatha hat das Geschäft gegründet. Es hat den Krieg überstanden, und alles, was Rang und Namen hat, ist schon mal zu dieser Tür hereinkommen, von Virginia Woolf über Marilyn Monroe bis hin zu den Beatles. Und es ist auch Teil meiner Lebensgeschichte. Es ist das einzige Zuhause, das ich je hatte. Bookends mag im Moment keinen Profit abwerfen, aber früher hat es Gewinne gemacht, also könnte es das doch auch jetzt wieder tun.« Sie spürte, wie Verity ihre Schulter drückte, als sie an ihr vorbei ins Hinterzimmer ging. »Was ist das Problem? Dass Lavinia den Laden mir hinterlassen hat? Bist du deswegen wütend?«

»Wütend?« Für einen Moment schien Sebastian seine gewohnt arrogante Herablassung zu vergessen und starrte sie mit offenem Mund fassungslos an. »Wie bitte? Nein! Geschichte, Bücher, eine hoffnungslos verstaubte Bruchbude. Was sollte ich damit schon anfangen? Ich habe so viel Geld, dass ich gar nicht weiß, wohin damit.«

»Ich dachte eben …«

»Posy, das Ganze geht mir zu sehr in die Gefühlsecke. Schwierige Sache, das mit den Gefühlen. Lass uns lieber wieder darüber reden, wieso du unbedingt finanziellen Selbstmord begehen willst. Da könntest du ja gleich ein Feuer im Garten anzünden und dein ganzes Geld da hineinwerfen.« Sebastian wandte den Blick gen Himmel – eine durchaus attraktive Geste, die seinen wohlgeformten, sehnigen Hals betonte.

Posy blinzelte und versuchte sich auf das zu konzentrieren, was er sagte, auch wenn sie nicht wusste, wozu das gut sein sollte, da er fest entschlossen war, das Ende von Bookends einzuläuten.

»… Außerdem gibt es den London Review Bookshop und die neue Foyles-Filiale um die Ecke. Sie ist riesig! Und nicht zu vergessen die Hauptfiliale von Waterstones am Piccadilly. Weshalb sollte jemand ausgerechnet hierherkommen? Oder überhaupt Bücher kaufen. Sie auf einen E-Reader zu ziehen ist doch viel einfacher. Vom Staub mal ganz abgesehen. Du solltest es auch mal versuchen, Morland.«

Es war sinnlos, Sebastian erklären zu wollen, dass es nichts Schöneres gab als dieses Knacken des Rückens, wenn man ein Buch zum ersten Mal aufschlug, vom pudrigen, fast erdigen Geruch eines alten Buches mal ganz abgesehen. Das tröstliche Gewicht eines Schmökers auf den Schenkeln zu spüren, oder zuzusehen, wie die Feuchtigkeit in der Badewanne die Seiten aufquellen ließ. Er würde es sowieso nicht verstehen. Nein, sie würde sich an die knallharten Fakten halten und ihren Businessplan präsentieren, der in Wahrheit bisher allerdings nicht mehr als eine To-do-Liste in einem alten Notizbuch war.

»Mit den großen Buchhandelsketten können wir nicht konkurrieren. Das weiß ich«, sagte sie ruhig, auch wenn es das Einzige war, was sie momentan mit Gewissheit sagen konnte. »Aber Bookends ist mehr als eine gewöhnliche Buchhandlung. Uns geht es nicht nur darum, Bücher zu verkaufen, sondern unsere Stärke liegt in unserer Fachkenntnis und unserer Erfahrung. Für uns macht es einen Unterschied, ob wir Bücher, eine Dose Bohnen oder ein Stück Seife verkaufen. Wir lieben Bücher, und das zeigt sich auch in der Art, wie wir unser Geschäft führen.«

»Nicht, dass hier viel verkauft werden würde. Ganz im Gegenteil«, gab Sebastian naserümpfend zurück. »Vielleicht liebst du Bücher viel zu sehr, Morland, und deshalb sind die Verkaufszahlen so schockierend niedrig. Die Leute kommen her, um ein Buch zu kaufen, und du verjagst sie, indem du vor Begeisterung förmlich überschäumst, während du über den neuen Dan Brown faselst.«

»Ich schäume nicht. Und schon gar nicht wegen Dan Brown«, schoss Posy verärgert zurück. »Du hast doch keine Ahnung, wovon du überhaupt sprichst. Ich aber schon. Ich verstehe eine ganze Menge von Büchern. Deshalb hat Lavinia mir auch erlaubt, die drei Räume auf der rechten Seite für romantische Literatur zu nutzen.« Obwohl sie eigentlich stolz auf sich war, kamen die letzten Worte im Flüsterton über ihre Lippen, als Sebastian angewidert das Gesicht verzog, als hätte sie ihm saure Milch in seinen Instantkaffee gekippt. »Und es läuft ziemlich gut, weil ich eine Leidenschaft für romantische Literatur habe. Ich glaube nicht, dass irgendein Buchhändler in London so viele Liebesromane gelesen hat wie ich, und das zeigt sich auch in den Verkaufszahlen. Es gehen auch viele Bestellungen online ein, obwohl unsere Website ja nicht allzu viel hergibt. Also, nur zu deiner Information – unsere Verkaufszahlen für romantische Literatur sind um … sind ganz erheblich gestiegen.«

Eigentlich hatte Posy mit Prozentangaben und Profitmargen bei Sebastian Eindruck schinden wollen, aber bisher hatte sie sich mit solchen Dingen nie befasst. Allerdings war sie Expertin für Liebesromane; sie kannte sich so gut aus, dass sie jederzeit in einer Quizshow auftreten könnte. In Ordnung, wenn es um Allgemeinbildung ging, war sie gnadenlos aufgeschmissen, aber … das Problem mit der Allgemeinbildung war eben, dass die Wissensgebiete zu *allgemein*, zu breit gefächert waren, um alles wissen zu können und … Lieber Gott! Sie musste sich an einem Regal festhalten, als sie plötzlich von einem Gedanken überwältigt wurde. Das war's. Die Idee. Der Masterplan. Ihr Alleinstellungsmerkmal. Das war es! Sie hatte es gefunden!

»Was ist los, Morland? Hast du einen Anfall?«, fragte Sebastian. »Das würde mich nicht wundern. Schätzungsweise stecken in dem ganzen Schimmel in dieser Bude da oben alle möglichen giftigen Substanzen.«

»In der Wohnung gibt es keinen Schimmel«, widersprach Posy barsch. Sie würde sich jetzt nicht von Sebastian aus dem Konzept bringen lassen. »Wie ich gerade gesagt habe, bevor ich so rüde unterbrochen wurde: Statt zu versuchen, mit den großen Ketten zu konkurrieren – was ohnehin hoffnungslos ist –, wird Bookends sich auf ein bestimmtes Genre spezialisieren. Entweder besetzen wir eine Marktlücke oder wir können gleich ganz schließen.« Sie machte eine dramatische Pause – auch, weil sie selbst nicht ganz glauben konnte, was als Nächstes über ihre Lippen kommen würde. »Wir werden die erste Buchhandlung in England sein, vielleicht sogar auf der ganzen Welt, die einzig und allein romantische Literatur führt. Liebesromane aus allen erdenklichen Epochen und Stilrichtungen. Los, sag schon, wie findest du das? He! Hast du gehört, was ich gerade gesagt habe?«

Schon wieder hatte Sebastian ihr den Rücken zugekehrt. Ihr blieb nichts anderes übrig, als ihm in den angrenzenden Raum zu folgen, wo er ein Buch aus einem Regal nahm – *Sklavin des Herzens*, ein amerikanischer Titel, auf dessen Cover ein Held mit langem Haar und eindrucksvollem Sixpack eine Frau in einem hauchzarten Spitzennegligé umfangen hielt. Entsetzt starrte Sebastian das Buch an und stellte es zurück, leider in die verkehrte Lücke.

Als Posy es richtig einsortiert hatte, war Sebastian bereits in die Klassiker-Abteilung ihres Romantikkönigreichs weitergegangen und wedelte mit einer Ausgabe von *Stolz und Vorurteil*. »Stocklangweilig!«, rief er, was der reinste Verrat war. Hochverrat! Bevor Posy etwas sagen konnte, hatte er das nächste Exemplar geschnappt, *Spiel im Sommer*. »Banal!«, rief er. »Oberflächlicher Schund«, fügte er hinzu und schwenkte *Zärtlich ist die Nacht*.

»Du bist so durchschaubar. Du urteilst über all diese Bücher, obwohl du vermutlich nicht ein einziges davon jemals gelesen hast. Überall auf der Welt geht es um Menschen, die sich kennenlernen und sich ineinander verlieben. Wäre es nicht so, würde die Menschheit aussterben, du dämlicher, ignoran … Mmmpffffhhhh!« Sie konnte nicht weitersprechen, weil Sebastian ihr die Hand auf den Mund presste.

Wie gern hätte sie einfach hineingebissen. Vielleicht würde er dann lernen, dass er ihr nicht ständig zu nahekommen konnte. Sie spürte die Hitze, die von seinem Körper ausging. »Kein Wort mehr!« Seine Augen blitzten, doch nicht vor Wut, sondern vor Belustigung, als hätte er sich schon lange nicht mehr so gut amüsiert. »Hör auf, über diesen Romantikmist und die Liebe zu faseln. Ich schwöre dir, ich spüre schon, wie mir die Eier schrumpfen.«

Posy schob seine Hand weg. »Dagegen gibt's Pillen. Versuch's mal in der Apotheke.«

»Gute Idee.« Sebastian ließ sie los, ging zur Tür und riss sie auf – dieser Mann konnte noch nicht mal eine Tür öffnen, ohne eine dramatische Geste daraus zu machen. »Ich melde mich bei dir«, sagte er und wedelte lässig mit der Hand. Dann war er verschwunden.

Posy presste sich eine Hand auf die Brust. Ihr Herz raste.

»Heilige Scheiße, das war ja mal eine Nummer!« Verity war offenbar zu dem Schluss gelangt, dass es jetzt ungefährlich genug war, sich aus ihrem Büro zu wagen.

»Ich fühle mich, als wäre ich gerade mit den Bullen durch die Straßen von Pamplona gelaufen.« Allmählich kehrte Posys Herzschlag wieder zum gewohnten Tempo einer Schnecke zurück. »Danke für deine Unterstützung. Sehr freundlich von dir.«

Verity wirkte nicht einmal ansatzweise reumütig. Stattdessen hob sie die Hand zu einer ähnlich lässigen Geste wie Sebastian. »Ich suche mir meine Schlachten eben gerne selbst aus«, sagte sie. »Außerdem hatte ich den Eindruck, dass du alles unter Kontrolle hast.« Sie verschränkte die Arme vor der Brust. »So sieht also deine Wahnsinnsidee aus? Eine Buchhandlung, in der es ausschließlich Liebesromane gibt?«

Posy nickte. »Ehrlich gesagt bin ich genauso von den Socken wie du. Aber eigentlich ist die Idee gar nicht übel, oder? Eine Buchhandlung, die keinen romantischen Bücherwunsch offenlässt.« Sie biss sich auf die Lippe. »Allerdings muss ich mir die Details noch genauer überlegen. So richtig. Mit Flipchart und so. Also kann das solange unter uns bleiben?«

»Wir verkaufen ausschließlich Liebesromane? Sonst nichts?« Verity sah sich um. »Damit werden wir wohl kaum den ganzen Laden füllen können, oder? Ich meine, mir ist schon klar, was du mit Marktlücke meinst, aber ist das nicht ein bisschen zu viel des Guten?«

»Nein, absolut nicht. Die Leute lieben romantische Geschichten. Hier, im Hauptraum, könnten wir die Neuerscheinungen, Bestseller und aktuellen Bücher präsentieren.

Und die ganzen modernen Klassiker wie *Bridget Jones, Der Teufel trägt Prada* ...« Posy durchquerte den Laden und ging ins linke Zimmer. Jetzt, als sie so darüber nachdachte, lag es eigentlich auf der Hand. »Hier könnten die Klassiker stehen. Jane Austen, die Brontë-Schwestern, Gedichte und klassische Stücke. Und im nächsten Raum ...«

Verity hob die Hand. »Genug!«

Posy sah sie besorgt an. »Du hältst das für keine gute Idee? Aber du liebst doch romantische Bücher, Very! Ich weiß genau, was du mit deinem Mitarbeiterrabatt kaufst, und sogar Nina sagt ...«

»Nina kommt bald, und Tom wollte heute Nachmittag hier sein. Wir machen eine Stunde früher Schluss, und du erläuterst uns deinen Plan einmal ganz genau.« Zwar klang sie immer noch nicht restlos überzeugt, aber Posy beschloss, es nicht persönlich zu nehmen. So war Verity nun mal. Als sie vor einigen Monaten Benedict Cumberbatch in einem Pub über den Weg gelaufen war, hatte sie mit keiner Wimper gezuckt – musste anschließend aber sofort auf die Toilette gehen und in eine Papiertüte atmen, weil sie hyperventilierte.

»Ich gebe dir gern Geld aus der Kasse, damit du ein Flipchart kaufen kannst«, fügte sie liebenswürdig hinzu. »Nachdem du Teewasser aufgesetzt hast. Und angezogen bist. Was ist das da eigentlich auf deiner Schlafanzughose? Sieht aus wie kleine Scheißhaufen.«

»Das sind Christmas-Puddings! Siehst du die Stechpalmen nicht?« Posy zupfte an der Hose herum und beschloss zum zweiten Mal an diesem Tag, sie nie wieder zu tragen. »Du setzt Wasser auf, und ich gehe solange unter die Dusche.«

4

Um fünf Uhr nachmittags kämpfte Posy gegen einen Anfall von Nervosität. Sie versuchte, ein Flipchart in den Griff zu bekommen, das partout nicht am Ständer hängen bleiben wollte.

Technisch gesehen war sie jetzt die Chefin und gab hier den Ton an; das Problem war bloß, dass sie sich nicht wie eine Chefin *fühlte*. Obwohl Nina und Verity genauso alt waren wie sie selbst, hatte sich Posy immer wie ihr Handlanger gefühlt. Und eigentlich fühlte sie sich immer noch so. Doch nun hatte sie drei Angestellte, die sich darauf verließen, dass ihnen Posy auch weiterhin ihr Gehalt zahlte, mit dem sie für ihre Miete, Nebenkosten und Lebensmittel aufkommen und sich gelegentlich ein Gläschen Wein oder einen Abend im Kino leisten konnten.

Posy fluchte leise, als ihr das Flipchart immer noch nicht gehorchen wollte. Wie sollte sie eine marode Buchhandlung wieder auf die Erfolgsspur bringen, wenn sie nicht einmal ein verdammtes Flipchart aufstellen konnte?

»Warte, ich zeige dir, wie das geht«, sagte eine Stimme hinter ihr. Sam ließ seine Schultasche auf den Boden fallen, hatte in Sekundenschnelle das Flipchart aufgebaut und schlurfte wieder aus dem Büro. »Ich habe nur eine Zwei minus für meinen jambischen Fünfheber-Rap bekommen. Das muss nächstes Mal besser klappen.«

Sam stakste seltsam ungelenk hinaus, und seine Socken lugten noch weiter unter den Hosenbeinen hervor als vor ein paar Tagen. Posy nahm sich vor, ihm am Wochenende ein Paar neue Schuhe und eine neue Hose zu kaufen. Vielleicht konnte sie ja auch irgendwo ein paar Kräuterpillen auftreiben, die verhinderten, dass Sam weiter in derart erschreckendem Tempo in die Höhe schoss – denn sie trug jetzt nicht nur Verantwortung für die Bookends-Mitarbeiter, sondern eben auch weiterhin für Sam. Der Laden war ebenso sehr sein Erbe wie ihres, ein Grund mehr, warum sie das Ganze unter keinen Umständen vermasseln durfte.

Wie aufs Stichwort hörte sie, wie vorne die Tür ins Schloss fiel. Kurz darauf trudelten auch schon alle ein – erst Tom und Nina, dann Little Sophie, die Wochenend-Aushilfe, und schließlich noch Verity. Sie hatten Kaffee, Tee und Kuchen mitgebracht – und es erwies sich als alles andere als einfach für Posy, ihre revolutionären Pläne zu verkünden, während sich die anderen über eine Schachtel mit Mr. Kiplings Petits Fours hermachten.

»Also, äh, ja, ich würde euch gern das neue Bookends vorstellen.« Mit einer fahrigen Geste deutete Posy auf eine unbeholfene Zeichnung der Ladenfront, die sie mit blauem und grünem Marker angefertigt hatte. »Die Anlaufstelle für den kleinen Liebeshunger zwischendurch.«

Alle außer Verity, die bereits im Bilde war, hörten auf, sich um das einzige rosa Petit Four zu streiten, und richteten ihre Blicke auf Posy. Das war sehr gut: Sie hatte ihre Aufmerksamkeit geweckt, auch wenn sie wie die Mondkälber glotzten und Tom dreinsah, als hätte sie plötzlich angefangen, Spanisch zu reden.

»Was sind eigentlich Liebesromane?«, sinnierte Posy. Es war eine rhetorische Frage, weshalb sie Little Sophie ignorierte, die sofort die Hand hob. »Ein Liebesroman kann Hochliteratur sein, wie zum Beispiel Jane Austens *Stolz und Vorurteil*. Liebesromane können zur Unterhaltungsliteratur zählen wie *Zwei an einem Tag* oder *Bridget Jones – Schokolade zum Frühstück*. Liebesromane können Nackenbeißer oder Sexschmonzetten sein, oder aber auch ein Roman über eine Frau, die ihr Schicksal in die eigene Hand nimmt und ein kleines Pralinengeschäft in einem malerischen Dorf eröffnet, oder …«

»Moment! Warte mal!« Tom, der sich das rosa Petit Four geschnappt hatte, richtete sich in seinem Stuhl auf. »Wir verkaufen künftig also nur noch Kitschromane? Autsch! Hör auf, mich zu schlagen!«

Nina hatte bereits die Hand zum nächsten Schlag erhoben. »Du nervst«, schnauzte sie ihn an. »Bloß, weil es sich in diesen Romanen vor allem um die Liebe dreht, heißt das noch lange nicht, dass sie der letzte Schund sind.«

»So hatte ich es doch gar nicht gemeint.« Übertrieben rieb sich Tom den Kopf. »Ich meinte: Willst du die Kinderbücher und die Ratgeber rausschmeißen? Verkaufen wir demnächst auch keine Kochbücher und Thriller mehr?«

»Kinder verirren sich doch sowieso nie hierher«, sagte Posy. »Höchstens in den Ferien, und dann auch nur, um Unfug mit der Rollleiter zu veranstalten. Wie viele Ratgeber haben wir in letzter Zeit verkauft? Und wo wir schon dabei sind, wie viele Bücher überhaupt? Wir können es machen wie alle anderen Buchhandlungen, oder wir konzentrieren uns darauf, etwas Besonderes zu sein. Wir könnten *die* Adresse für Liebesromane werden. Denkt bloß mal an all die Leute, die einen Ausflug nach London machen und dann extra bei uns vorbeikommen, weil sie wissen, dass wir die größte Auswahl an Liebesromanen in ganz England vorrätig haben!«

»Moment mal, Posy.« Sam hatte seinen Kopf zur Tür hereingesteckt. Plötzlich stockte Posy der Atem, was aber weniger an ihrer Nervosität lag als daran, dass Sam in einem dieser billigen Männerdüfte gebadet zu haben schien, wie immer, wenn Sophie im Laden war. Posy sehnte sich nach jener Zeit der Unschuld zurück, als Sophie und Sam nichts weiter als Freunde gewesen waren, bevor die Hormone die Oberhand gewonnen hatten. »Heißt das, dass ich von den Verlagsvertretern keine Gratis-Comics mehr bekomme?«

Im selben Moment ging ihm offenbar auf, dass sein weinerlicher Tonfall sicher nicht dazu beitrug, bei Sophie Eindruck zu schinden. Diese wiederum saß mit gesenktem Blick da und starrte angestrengt auf ihre Glitzerlack-Nägel.

»Doch, ganz bestimmt«, versicherte Posy ihm. »Wenn sie erst sehen, wie viele Liebesromane bei uns weggehen.«

»Und wie willst du den Laden aufteilen?«, fragte Verity. Sie hatte einen großen Notizblick auf dem Schoß und hatte fleißig mitgeschrieben. »Hast du nicht neulich gesagt, dass wir im Hauptraum auch weiterhin zeitgenössische Autoren, Bestseller und Neuerscheinungen präsentieren?«

»Ja, genau, das bleibt so!« Posy nickte, während sie das Flipchart umblätterte, um den Plan für die neue Struktur des Ladens vorzustellen. Als sie nun selbst noch einmal auf die Skizze sah, fiel ihr auf, dass jetzt tatsächlich alles viel organischer wirkte, nachdem sie ein paar Regale umgeräumt hatte. »Auf der rechten Seite haben wir einen Raum mit Adelsromanzen, dann einen mit historischen Romanen, und in dem kleinen Raum am anderen Ende finden unsere Kunden Mystery, Fantasy und, ähm … Erotika. Sam und Sophie – ihr betretet diese Abteilung bitte ausschließlich in Begleitung Erwachsener, klar?!«

Sam stöhnte, als hätte er Schmerzen, und Sophie streifte

Posy mit einem leicht mitleidigen Blick – was immer auch für Unanständigkeiten sich auf den Seiten erotischer Romane finden ließen, sie konnten auch nicht ansatzweise mit dem konkurrieren, was im Internet kursierte.

»Links vom Hauptraum richten wir eine Abteilung für die Klassiker ein – also Jane Austen, die Brontës und so weiter, außerdem Dramen und Gedichtbände. Dahinter kommt dann die Young-Adult-Abteilung – Sophie, wenn du Lust hast, kannst du mir dabei helfen. Und im letzten Raum bringen wir die Sachbücher und die fremdsprachigen Bücher unter.« Posy atmete tief aus. »Tja, das wär's im Großen und Ganzen.«

»Und was passiert mit der Teestube?«, fragte Nina. »Kommen da auch Bücher rein?« Die ganze Zeit über hatte sie genickt und Posy ermutigende Blicke zugeworfen.

»Darüber habe ich noch nicht nachgedacht«, erwiderte Posy, obwohl sie darüber eigentlich gar nicht nachzudenken brauchte. Die Teestube war das Reich ihrer Mutter gewesen, und um nichts auf der Welt hätte Posy sich vorstellen können, sie neu zu streichen oder umzugestalten – damit würde sie gewissermaßen auch die Erinnerungen an Angharad Morland auslöschen. »Wir haben so schon genug zu tun. Um die Teestube brauchen wir uns erst einmal keine Gedanken zu machen.«

Doch Nina schien nicht bereit zu sein, das Thema beiseitezuschieben. »Du könntest jemanden einstellen, der die Teestube übernimmt und …«

»Nein«, gab Verity mit Nachdruck zurück, was Posy eine Antwort ersparte. »Wir vermieten die Teestube – so kommt regelmäßig Geld rein, und der Betreiber kann sich selbst mit dem Ordnungs- und dem Gesundheitsamt herumschlagen. Wir haben genug um die Ohren. Aber lass uns die Teestube auf ein andermal vertagen. Was steht noch auf der Tagesordnung, Posy?«

Posys Handflächen waren immer noch schweißnass, weshalb es ihr nicht ganz leichtfiel, das Flipchart abermals umzublättern, um ihre Pläne für den Onlineauftritt zu erläutern. Sie waren ganz einfach: »EINE BESSERE HOMEPAGE MACHEN« stand da.

»Das kann ich übernehmen«, sagte Sam, als wäre es ein Klacks, quasi über Nacht eine neue Website zu erstellen. »Es wäre vielleicht ein bisschen viel, gleich unseren ganzen Katalog online zu stellen, aber wir könnten ja mit einer Auswahl beginnen.«

»Ja, genau! Mit unseren Top-50-Bestsellern und … Wie wäre es mit einem Buch des Monats?« Sophie beugte sich vor. »Vielleicht sogar zum Sonderpreis!«

»Dann könnten wir auch einen Lesekreis ins Leben rufen«, schlug Nina vor. »Einmal im Monat hier in unseren ehrwürdigen Mauern. Und wenn wir die Teestube wieder eröffnen – also, ich bin dafür, weil es dann rund um die Uhr Kuchen gibt –, könnten wir auch einen Catering-Service anbieten. Ich sehe schon alles vor mir – Buchpremieren, Lesungen, Signierstunden. Das wäre doch was, oder?«

»Na schön, eine richtige Website ist super, aber ohne Instagram und Tumblr geht gar nichts«, erklärte Sophie. »Wir müssen richtig in die Vollen gehen. Ich könnte uns auch einen Twitter-Account einrichten und ihn mit der Website verlinken – was meinst du, Sammy?«

Sam strich sich die langen Haare aus der Stirn. »Ja, gute Idee. Diversifizierung ist die halbe Miete. Aber dafür wollen wir auch Kohle sehen, stimmt's, Soph? Sagen wir mal, zehn Prozent vom Umsatz, der über die Website reinkommt.«

Posy verschränkte die Arme. »Wie wär's, wenn du mir erst

mal zurückzahlst, was ich in den letzten sieben Jahren für deine Klamotten und deine Videospiele ausgegeben habe – und satt bist du ja wohl auch immer geworden, nicht wahr?«

»Nur zu deiner Information – Kinderarbeit ist in diesem Land streng verboten.« Sam verschränkte ebenfalls die Arme und reckte trotzig das Kinn.

Posy wollte ihm vor Sophie keinen Hausarrest aufbrummen, erst recht nicht, da er der Einzige war, der wusste, wie man eine Website erstellte. »8,5 Prozent. Und das ist mein erstes und letztes Angebot.«

»Wollt ihr beide uns ruinieren?«, ließ sich Verity vernehmen. »Für finanzielle Angelegenheiten bin ich zuständig, und wenn du Sam etwas bezahlen willst, musst du erst mal mit mir reden. Wir können vielleicht drei Prozent ins Auge fassen – selbstredend nach Abzug aller Unkosten.« Ihr Blick flackerte nervös, wie immer, wenn sie den ganzen Tag lang gearbeitet hatte und sich nach Feierabend weiter mit anderen Leuten auseinandersetzen musste. Posy sah, dass nicht mehr viel fehlte, bis Verity an die Decke ging, weshalb sie schnell das Thema wechselte.

»Also, natürlich bräuchten wir auch einen neuen Namen für den Laden.«

Tom war so weit in seinem Stuhl zusammengesunken, dass sein Kinn auf seine Brust gesackt war, doch nun hob er ruckartig den Kopf. »Wieso das denn? Was stimmt mit dem Namen nicht? Bookends ist eine Institution!«

»Das war einmal – und genau da liegt das Problem«, sagte Posy. Sie hatte stundenlang darüber gegrübelt. »Es *war* eine Institution, aber die meisten Kunden, die wegen unseres Rufs, der Tradition und der Atmosphäre hierhergekommen sind, waren Altersgenossen von Lavinia, und viele von ihnen sind nicht mehr da. Ohne sie ist Bookends nur eine weitere

Buchhandlung, die ums Überleben kämpft. Wenn wir uns auf Liebesromane spezialisieren, brauchen wir auch einen Namen, der das rüberbringt.«

»Und? Ist dir ein Name eingefallen?«, fragte Tom, nach wie vor alles andere als begeistert.

»Ja.« Posy deutete auf das Flipchart wie eine Gameshow-Assistentin, die dem Publikum einen supermodernen Kühlschrank mit jeglichem Schnickschnack präsentierte. »Wie wäre es mit einem kleinen Trommelwirbel?«

Die anderen trampelten halbherzig mit den Füßen, während sie das Flipchart umblätterte. Im selben Moment herrschte plötzlich Schweigen – nein, es war schlimmer als Schweigen –, alle starrten sie an, als hätte sie den Verstand verloren.

Posy stemmte die Hände in die Hüften. »Na, was meint ihr? Klar, es ist ein bisschen abgefahren, aber auch ziemlich einprägsam – stimmt's?«

»›Ich habe ihn geheiratet, lieber Leser‹«, las Tom laut vor, als hätte er erst vor ein paar Wochen angefangen, Englisch zu lernen. »Das ist doch wohl nicht dein Ernst, oder?« Er wandte sich zu Nina, die links von ihm saß. »Jetzt sag doch auch mal was. Oder bin ich der Einzige hier, der sich fragt, ob Posy mal wieder Sprühkleber geschnüffelt hat?«

»Das war bloß ein Mal und außerdem ein Versehen!«, protestierte Posy. »Du bist auf meiner Seite, Nina! Du liebst die Brontës! Es ist ein Zitat aus *Jane Eyre*!«

»O Gott, verrate uns doch das Ende nicht!«, kreischte Sophie, doch dann kicherte sie und lächelte Sam an, der zaghaft zurückgrinste, dann aber seinen Pony ins Gesicht schüttelte – hinter seinen Haaren fühlte er sich anscheinend sicherer. Manchmal hätte Posy die beiden am liebsten kurzerhand mit den Köpfen zusammengeschlagen.

»Ja, klar ist das aus *Jane Eyre*, aber ganz ehrlich, Posy, das ist ein schrecklicher Name für eine Buchhandlung«, erwiderte Nina. »Außerdem endet nicht jeder Liebesroman vor dem Altar. Hallo?! Wir leben im 21. Jahrhundert.«

»Du meinst, eine Buchhandlung für romantische Literatur ist eine Schnapsidee?« Halt suchend klammerte Posy sich an das Flipchart. Die ganze Zeit hatte sie geglaubt, die Lösung für ihre Probleme gefunden zu haben, doch nun fiel ihr wie Schuppen von den Augen, dass Verity sich bislang weder positiv noch negativ geäußert hatte, und Sebastian hatte ja ohnehin klar und deutlich durchblicken lassen, was er von ihren Plänen hielt.

Aber sie hatte keine anderen Ideen. Entweder sie würden es so versuchen, oder die Sache war für sie gestorben. Dann konnte Sebastian den Laden übernehmen und damit anstellen, was immer er wollte. Er hatte keinen Respekt vor dem, was Bookends verkörperte. Vor all diesen Räumen, all diesen Regalen, den Büchern, die Leser verzauberten, ihnen Horizonte eröffnet hatten, der Leseecke, den abgetretenen Dielenböden, über die so viele Kunden auf der Suche nach ihrer nächsten Lektüre gewandelt waren …

»Du lieber Himmel, Posy! Du weinst doch nicht etwa?!« Nina eilte zu ihr, schloss sie in die Arme und drückte sie an ihre Brüste, die sich wie immer ausgesprochen tröstlich anfühlten.

»Nein, ich heule nicht«, sagte Posy, doch ihre Stimme klang erstickt, und tatsächlich konnte sie die Tränen, die in ihr aufstiegen, nur mit Mühe unterdrücken. Viel fehlte jedenfalls nicht.

»Der Name ist echt bescheuert, das musst du zugeben«, sagte Nina, während sie Posy den Rücken streichelte. »Aber deine Idee natürlich nicht. Ein bisschen Liebe, Lust und Leidenschaft brauchen wir doch alle, und in Büchern gibt es wenigstens noch echte Romantik. Im normalen Leben kann ich mich ja schon glücklich schätzen, wenn mich ein Kerl zum Abendessen einlädt – und wenn, dann bloß, weil er glaubt, dass er mich hinterher nackt sehen kann.«

»Herrgott noch mal, Nina! Hier sind Kinder anwesend!«

Posy konnte Tom zwar nicht sehen, weil ihr Gesicht immer noch an Ninas Brust lag, aber er klang äußerst angespannt.

»Ich bin kein Kind mehr!«, hörte sie Sam knurren.

»Und wohin laden dich solche Typen ein?«, wollte Sophie wissen. »In ein Edelrestaurant oder eher zu Kentucky Fried Chicken?«

Jetzt kamen sie definitiv vom Thema ab. Posy löste sich aus Ninas Umarmung und schniefte laut, ehe sie den Blick auf Verity richtete – die Einzige von ihnen, die mit beiden Beinen auf dem Boden der Realität zu stehen schien.

»Deine Idee hat Potenzial, solange sie uns kein Geld kostet.« Verity presste die Hand an die rechte Schläfe, als wäre sie am Ende ihrer Nerven. »Nur dieser Name – damit gewinnen wir echt keinen Blumentopf.«

Verity war also mit im Boot. Blieb nur Tom, der nach wie vor nicht den Eindruck machte, als würde er gleich vor Freude an die Decke springen – von der bereits der Putz bröckelte. »Und du, Tom? Ich weiß, du schreibst gerade an deiner Doktorarbeit in Literaturwissenschaften, aber wäre es ein schwerwiegender intellektueller Abstieg für dich, wenn wir künftig nur noch Liebesromane verkaufen? Ich verspreche auch, den Laden nicht rosa streichen zu lassen.«

»In meiner Promotion geht es nicht nur um Literatur. Da muss man tunlichst differenzieren«, erwiderte Tom. Das Thema seiner Doktorarbeit war allen ein Rätsel. Sobald

Posy ihn danach fragte, kam er mit langen, unaussprechlichen Spezialbegriffen wie Epistemologie und Neorealismus daher, deshalb konnte sich Posy auch weiterhin keinen Reim darauf machen – was womöglich auch besser so war. »Wie auch immer, ich habe nicht grundsätzlich etwas gegen das Genre des Liebesromans. Aber ich werde *unter keinen Umständen* in einer Buchhandlung namens ›Ich habe ihn geheiratet, lieber Leser‹ arbeiten. Wie soll man sich denn da am Telefon melden?«

»Hallo, hier Ich habe ihn geheiratet, lieber Leser, was kann ich für Sie tun?«, sagte Sam und sah zu Sophie, die ihn mit einem Lächeln belohnte.

»Okay, ich hab's verstanden«, räumte Posy resigniert ein. »Und wie sollen wir unseren Laden dann nennen?«

»›Liebesnest‹?«, schlug Nina vor. »Obwohl – dann hält uns vielleicht noch jemand für ein Stundenhotel. Wie wär's mit ›Hals über Kopf‹? Das klingt doch nicht schlecht, oder?«

»Aber irgendwie nach Hals- und Beinbruch«, meldete sich Sophie zu Wort. »Warum nicht einfach bloß ›Love Story‹?«

»Zu vage«, gab Verity zurück. »Jetzt kommt schon, Leute – strengt euch mal ein bisschen an! Warum erfreuen sich Liebesromane so großer Beliebtheit?«

Ein geradezu ohrenbetäubendes Schweigen breitete sich aus, während der Sekundenzeiger der Wanduhr die volle Runde drehte, um mit einem erbarmungslos trockenen Klicken die Minute schließlich vollzumachen.

Posy überlegte fieberhaft. Warum hatte sie über Liebesromane tausend Mal die Hausarbeit vernachlässigt, aufs Fernsehprogramm ebenso gepfiffen wie auf echte Dates, bei denen sie vielleicht ihren Traumprinzen hätte finden können? Doch lieber allein zu Hause mit einem guten Buch, als unterwegs mit irgendeinem Trottel, der nicht einmal ein sauberes Hemd anziehen kann, sagte sie häufig im Scherz dazu.

Waren es die schillernden Heldinnen, die immer an die große Liebe glaubten, selbst dann, wenn ihnen das Herz dutzendfach gebrochen worden war? War es der unverschämt gut aussehende Held mit seinem sarkastischen Humor, der vielleicht selbst an gebrochenem Herzen litt? Der atemlose erste Kuss? Die Blicke voller Begehren? Die magnetische Anziehungskraft, die beide spürten? All das waren Dinge, die Posy immer wieder zu Liebesromanen greifen ließen – und natürlich, dass am Ende zwei Herzen zusammenfanden, Held und Heldin gemeinsam dem Sonnenuntergang entgegenliefen. Im wirklichen Leben gab es dafür leider keine Garantie, wie Posy nur allzu gut wusste, aber ein guter Liebesroman endete immer damit, dass die Herzen im Gleichklang schlugen – und wenn nicht, fühlte sich Posy schlicht betrogen. Es war nicht nur einmal passiert, dass sie ein Buch stocksauer quer durchs Zimmer gepfeffert hatte.

»Weil Träume wahr werden«, platzte sie heraus. »Und weil man etwas fürs Herz bekommt.«

»›Etwas fürs Herz‹?«, überlegte Verity laut. »Ja, gar nicht schlecht!«

»Nur über meine Leiche!« Entsetzt sah Nina sie an. »Das klingt ja, als wäre hier ein Kardiologe eingezogen!«

»Verdammt noch mal, immer hat jemand irgendeinen Einwand!«, jammerte Posy. »Als ob es etwas gegen die große Liebe einzuwenden gäbe! Was wäre die Welt denn ohne Happy Ends, ohne … Oh! Moment mal! ›Happy Ends‹! Das ist es! Das ist perfekt, oder?«

»Happy End garantiert, sonst Geld zurück!«, verkündete Nina. »Das könnte unser Slogan werden.«

»Das könnte aber ziemlich teuer werden – denk bloß an

Sturmhöhe oder *Der große Gatsby*«, sagte Tom schmunzelnd. »Aber mit ›Happy Ends‹ kann ich leben. So gerade eben.«

»Okay, ›Happy Ends‹«, sagte Verity und kramte ihre Sachen zusammen. »Alle, die dafür sind, heben die Hand.« Sie warf einen Blick in die Runde. »Das gilt auch für dich, Tom.« Tom hob die rechte Hand und zeigte ihr mit der anderen den bösen Finger. »Super. Einstimmiger Beschluss. Und ich muss jetzt dringend los. Ich hatte nämlich nicht vor, hier auch noch die Nacht zu verbringen.«

Und dann war sie auch schon, den Mantel über den einen Arm gestreift, zur Tür hinaus. Wenn Verity die Nase voll hatte, hätte man sie nicht einmal mit vorgehaltener Waffe aufhalten können.

»Happy Ends. Gefällt mir«, sagte Nina. »Kommt jemand mit in den Pub?«

Sam nickte. »Ja. Ich nehme einen Wodka Tonic, wenn du ihn ausgibst.«

»Von wegen«, sagte Posy. »Das kannst du vergessen – und du auch, Sophie. Ihr beiden geht jetzt nach oben und kümmert euch um eure Hausaufgaben, bis Sophies Dad vorbeikommt, um sie abzuholen.« Wieso zog Sam jetzt so ein finsteres Gesicht? Eigentlich sollte er ihr doch dankbar sein; jetzt konnten er und Sophie sich über ihren Schulbüchern verbünden und über seine blöde große Schwester lästern.

Die beiden stapften grummelnd die Treppe hinauf, während Posy Tom und Nina folgte, um abzuschließen.

Es regnete. Nina stieß einen spitzen Schrei aus, als sie mit ihren High Heels um ein Haar auf dem nassen Pflaster ausrutschte. Tom ergriff sie am Arm, und sie eilten um die Ecke.

Posy hörte, wie oben eine Tür zugeknallt wurde; dann wurde abrupt laute Musik aufgedreht. Hier unten aber war es still und lauschig.

»Happy Ends«, flüsterte sie, während sie Präsentationstische zurechtrückte, Kissen aufschüttelte und anschließend ziemlich lustlos den Boden wischte – da sie sich keine Putzfrau leisten konnten, übernahm das normalerweise Verity, die ohnehin der Meinung war, dass außer ihr niemand richtig sauber machte.

Happy Ends.

Egal, wie oft sie die zwei Worte aussprach, nie verloren sie ihre Bedeutung. Ihr Gewicht. Ihre Verheißung.

»Happy Ends.« Sie stand in der Mitte des Hauptraums neben dem Präsentationstisch und betrachtete das Foto von Lavinia und Perry. »Na, wie gefällt euch der neue Name?«

Vielleicht hatte Posy auf ein Zeichen gewartet, auf die Bestätigung einer höheren Macht, dass sie das Richtige tat – für sich, für Sam, für Bookends. Ein Zeichen, dass auch der Buchhandlung ein Happy End ins Haus stand.

Doch auch als es still blieb, spürte Posy plötzlich jenes warme Gefühl, das stets Besitz von ihr ergriff, wenn sie allein zwischen den Regalen mit all den Büchern stand – und wenn sie es recht bedachte, war das schon Antwort genug.

5

Sie hatten bereits einen neuen Namen und ein Alleinstellungsmerkmal für den Laden gefunden, doch Posy blieb weiterhin unsicher, wie sie ihre Pläne vom Flipchart in der Praxis umsetzen sollte.

Zum Glück waren Verity und Nina voller Tatendrang, als sie am nächsten Morgen zur Arbeit erschienen. »Ich habe mir heute Nacht noch mal Gedanken gemacht und bin inzwischen von Happy End restlos überzeugt. Ehrlich gesagt finde ich den Namen sogar richtig klasse«, erklärte Verity. »Siehst du? So bin ich, wenn ich begeistert bin. Jetzt muss ich mich um die Umsatzsteuervoranmeldung kümmern, aber im Lauf der Woche sollten wir einen Plan aufstellen, wie wir das Ganze angehen wollen. Vielleicht können wir ja auch eine Tabelle machen. Und einen Zeitplan. Das wird lustig!«

Lustig klang das für Posy zwar nicht gerade, aber kurz darauf kam Nina bereits zur Tür hereingeplatzt.

»Ich habe Farbmuster dabei!«, rief sie und wedelte mit einer Handvoll Farbkarten herum. »Außerdem habe ich mit Claudio, meinem Tattoo-Künstler gesprochen, der meinte, er würde ein Logo für uns entwerfen. Umsonst. Ich habe in den letzten Jahren so viel Geld bei ihm liegen gelassen, dass ich schon fast Vielfliegermeilen bekommen müsste.«

»Farbmuster?«, wiederholte Posy. »Das heißt, wir streichen den Laden neu?«

»Ich finde schon. Es ist ziemlich dunkel und … na ja, so holzmäßig hier drin, finde ich.«

Das stimmte. Und so verbrachten Posy und Nina einen angenehmen Vormittag damit, über Farbzusammenstellungen zu diskutieren. Dabei wurden sie lediglich von vereinzelten Kunden, zwei Touristen, die das British Museum nicht fanden, obwohl es groß ausgeschildert und nur fünf Gehminuten entfernt war, und ein paar Passanten unterbrochen, die vielmehr vom fiesen Februarregen in den Laden getrieben worden waren, als dass sie ein aufrichtiges Interesse an den Büchern gehabt hätten.

Am Ende entschieden sie sich für ein zartes Hellgrau für die Regale und ein leuchtendes Pink, mit dem sie ein paar Farbakzente setzen wollte. »Ich habe Tom versprochen, dass ich den Laden nicht rosa streiche, aber hiermit sollen ja nur Akzente gesetzt werden«, sagte Posy und hielt das Farbmuster in die Höhe. »Außerdem ist es kein richtiges Rosa.«

»Sondern ein kräftiges Fuchsia. Während meiner Gothic-Lolita-Phase hatte ich meine Haare mal so gefärbt«, erklärte Nina. »Also, weiter im Text. Meinst du, wir sollten eine Party zur Neueröffnung schmeißen?«

Während sie über die Neuausrichtung des Ladens diskutierten und sich beratschlagten, wie viele Bücher aussortiert werden mussten, überlegte Posy im Stillen, ob sie Sebastian vorwarnen sollte. Nicht, dass sie bei größeren Veränderungen seine Zustimmung gebraucht hätte, denn rein rechtlich gehörte ihr der Laden – vielleicht sollte sie einen Anwalt engagieren, einen freundlichen älteren Herrn, der Sebastian in einem Brief genau das mitteilen würde. Einen freundlichen älteren Herrn, der für seine Dienste garantiert ein saftiges Honorar verlangte …

Inzwischen standen sie im Hauptraum, und Nina plapperte munter drauflos, wie sie den Laden hübscher gestalten könnten. »Meinst du, an diesem Feng-Shui-Zeug ist was dran? Hast du irgendwelche Bücher darüber?« Posy sah bereits Sebastians abfälliges Grinsen vor sich, wenn er die fuchsiafarbenen Akzente an den Wänden sah.

»Sebastian!«, murmelte sie verächtlich.

»Genau. Was treibt der eigentlich da draußen? Und wer ist dieser andere Typ? Trainiert er, was denkst du?«

»Was? Wer trainiert? Sebastian? Ich kann mir kaum vorstellen, dass er in einem Studio Gewichte stemmt. Der einzige Körperteil, den er regelmäßig trainiert, ist seine Zungenmuskulatur«, erklärte Posy verdrossen und trat zu dem Fenster, vor dem Nina Sebastian und den Fremden bemerkt hatte.

»Du kleines Miststück!« Nina zwinkerte theatralisch. »Woher weißt du, was er mit seiner Zunge so anstellt? Gibt es da etwas, das du mir erzählen solltest?«

»Wie bitte?« Posy starrte Nina verwirrt an, wünschte sich jedoch sofort, sie hätte es nicht getan, weil Nina irgendetwas Obszönes mit ihrer eigenen Zunge anstellte und Posy dabei einen Blick auf ihr Piercing gewährte – ein Anblick, der jedes Mal leise Übelkeit in ihr auslöste. »Das habe ich nicht gemeint! An meinem Körper war seine Zunge jedenfalls nirgendwo. Sonst noch was! Und sein Mund genauso wenig. Schlimm genug, dass er pausenlos quasselt und meistens nichts als unverschämte Dreistigkeiten dabei herauskommen.«

»Wir protestieren wohl ein bisschen zu heftig, was?«, meinte Nina neckend.

Sie hatten die ganze Zeit am Fenster gestanden, sodass Sebastian sie zwangsläufig bemerkte. Er spähte an seinem wild gestikulierenden Begleiter vorbei und hob grüßend die

Hand. Aber nein, das wäre eindeutig zu viel der Höflichkeit gewesen. Vielmehr richtete Sebastian gebieterisch den Finger auf sie.

»Was er wohl will«, meinte Posy, machte jedoch keinerlei Anstalten, auf die Geste zu reagieren. Sekunden später sah sie, dass Sebastian mit den Fingern schnippte, als rufe er einen Lakaien herbei.

»Was für ein ungehobelter Klotz. Trotzdem sollte ich wohl besser rausgehen und fragen, was er will«, murmelte Posy mit überschaubarer Begeisterung.

»Aber halt dich von seiner Zunge fern!«, rief Nina ihr fröhlich hinterher, während Posy sich gegen die bittere Februarkälte wappnete und zur Tür hinausging.

»Morland! Hier rüber! Ich habe nicht den ganzen Tag Zeit«, rief Sebastian anstelle einer Begrüßung.

Posy schlurfte über den Hof, dankbar, dass sie im Gegensatz zu ihrer letzten Begegnung wenigstens vollständig bekleidet war, inklusive BH und ohne etwas, das als Scheißhaufen tituliert werden könnte. »Dir auch einen schönen guten Tag!«, sagte sie, als sie nahe genug war, um die Stimme nicht erheben zu müssen. »Was gibt's?«

»Brocklehurst, das ist Morland, quasi die Besitzerin der Buchhandlung«, sagte Sebastian.

»Ohne das quasi, bitte. Ich *bin* die Besitzerin«, stieß sie hitzig hervor.

»Ich habe dir ja gesagt, dass sie ein freches Mundwerk hat.« Sebastian seufzte. »Morland, das ist Brocklehurst. Wir waren zusammen in Eton.«

»Hallo, ich bin Piers«, stellte sich der Mann an Sebastians Seite vor. »Und ich weigere mich, eine schöne Frau mit ihrem Nachnamen anzusprechen.«

»Posy.« Sie streckte ihm die Hand entgegen, doch statt sie

zu schütteln, ergriff Piers Brocklehurst sie, führte sie mit einer routinierten Bewegung an die Lippen und hauchte einen Kuss darauf.

»Freut mich«, sagte Posy, obwohl sich ihre Freude eher in Grenzen hielt. In Wahrheit musste sie das Bedürfnis unterdrücken, die Hand an ihrer Jeans abzuwischen. Etwas an der aalglatten Geste, an seiner schmierigen Art, zusammen mit der Tatsache, dass sein Lächeln sich nicht in seinen Augen widerspiegelte, jagte Posy einen regelrechten Schauder über den Rücken … obwohl er durchaus gut aussehend war. Er war groß, hatte blondes Haar, das er sich aus dem leicht rötlichen Gesicht gekämmt hatte, und unter seinem blau gestreiften Hemd zeichneten sich seine Muskeln ab. Posy hätte ihn sich jederzeit in einer Aftershave-Werbung vorstellen können, in der er in die Kamera lächelte, während die Hand einer Frau liebkosend über seine Brust strich, aber ihr Typ war er definitiv nicht … außerdem war ihr Bedarf an ehemaligen Privatschülern, die ihr die Nerven raubten, bereits gedeckt.

»Aber nein, das Vergnügen ist ganz auf meiner Seite«, raunte Piers mit kehliger Stimme. Sein ausdrucksloser Blick glitt über Posys Hüften, Brüste und ihr Gesicht, ehe er sich auf die Buchhandlung richtete.

»Genug jetzt«, blaffte Sebastian und trat zwischen sie. »Bei Posy kannst du keinen Blumentopf gewinnen. Sie interessiert sich nur für die Männer aus ihren triefenden Schnulzen. Wir reden gerade über die Buchhandlung, Morland. Brocklehurst hatte die Idee, das ganze Areal zu sanieren und vielleicht ein schickes Boutiquehotel daraus zu machen.« Sebastian deutete auf die verwaisten Läden. »Dort, wo jetzt noch die Buchhandlung steht, käme ein Komplex mit Luxusapartments mit Concierge-Service, Fitnessraum, Pool und …«

»Hörst du mir eigentlich jemals zu? Bookends gehört mir mindestens für die nächsten beiden Jahre, und wie ich dir schon bei unserem letzten Gespräch zu verklickern versucht habe, wird es die einzige Buchhandlung im Land, die auf Liebesromane spezialisiert ist«, endete sie triumphierend, als sie merkte, dass Sebastian in schockiertes Schweigen verfallen war.

Blöderweise sah er sogar noch mit halb offenem Mund unglaublich attraktiv aus. »Spinnst du?«, stieß er mit heiserer Stimme hervor.

»Nein, ich fühle mich eigentlich ganz gut«, gab sie zurück, während Piers etwas vor sich hin murmelte, dass auch er gewisse Zweifel an Posys Zurechnungsfähigkeit hatte. »Und wie ich bereits sagte, bin ich für die nächsten beiden Jahre die Besitzerin von Bookends.«

»Schätzungsweise eher zwei Monate, wenn du allen Ernstes an dieser lächerlichen Idee festhalten willst, den Laden in ein nach Lavendel duftendes Mädchenparadies mit Regalen voller Liebesschmonzetten zu verwandeln. Zwei Monate, dann ist das Geschäft grandios den Bach runtergegangen und der Gerichtsvollzieher steht vor der Tür, jede Wette«, erklärte Sebastian mit unübersehbarer Befriedigung.

Posy spürte, wie es ihr eiskalt den Rücken hinunterlief, als hätten Sebastians Worte etwas Prophetisches – darüber, wie sehr sie sie sonst noch aus unterschiedlichsten Gründen kränkten, wollte sie lieber gar nicht erst nachdenken.

»So weit wird es nicht kommen«, sagte sie und kreuzte sicherheitshalber die Finger hinter dem Rücken.

»Natürlich nicht«, schaltete sich Piers ein, als würde ihn das Ganze irgendetwas angehen. »Wieso überlässt du die Angelegenheit nicht einfach mir, Thorndyke?«, schlug er vor und legte den Arm um Posy, die augenblicklich spürte, wie sich ihre Nackenhärchen sträubten wie bei einer wütenden Katze. Auch Piers schien nicht entgangen zu sein, dass sie stocksteif geworden war, denn unvermittelt flackerte in seinen leblosen Augen etwas auf … Verärgerung, dass sein aufdringlicher Charme offenbar nicht die gewünschte Wirkung zeigte. »Mag ja sein, dass du nur die allerbesten Absichten hast, Posy, aber in Wahrheit hast du doch keine Ahnung, wie man ein Geschäft führt. Das Laufpublikum, das du brauchen würdest, kriegst du nie im Leben in diese schäbige Nebenstraße.«

»Das ist ganz offiziell eine Gasse«, klärte Posy ihn auf und schüttelte mit einer knappen Geste seinen Arm ab, den sie keine Sekunde länger ertrug. Wieder blitzte Verärgerung in seinem Blick auf. »Ursprünglich waren hier Stallungen untergebracht. Und wir haben sehr wohl Laufkundschaft – zumindest hatten wir sie jahrelang und können sie auch wieder bekommen. Früher gab es überall auf der Rochester Street Hinweisschilder. Wir können ja einfach wieder welche aufhängen. Wieso renovierst du die leer stehenden Geschäfte nicht und vermietest sie?« Posy wandte sich Sebastian zu, in der Hoffnung, ihn vielleicht rumzukriegen. »Erinnerst du dich noch an den alten Mr. Jessop mit dem Tee- und Kaffeegeschäft? Dass er montags und mittwochs Bruchkekse und frisch geröstete Kaffeebohnen nach Gewicht verkauft hat, und wie wunderbar das alles hier nach Kaffee geduftet hat?«

»Ich fand immer, es stank nach verbranntem Toast«, erwiderte Sebastian. »Und einmal hat er mich beim Klauen erwischt. Dabei hatte ich nur ein paar Bruchkekse gemopst.« Bei der Erinnerung an die vergangenen Streiche trat ein verschmitztes Lächeln auf seine Züge, und im Gegensatz zu seinem Freund, sah sie es bei ihm auch in seinen Augen. »Er hat mich am Ohr gepackt, mich quer über den Hof in den

Laden geschleppt und erst losgelassen, als Lavinia ihm versprochen hatte, mir ordentlich den Hintern zu versohlen.«

»Was sie aber vermutlich nicht getan hat«, bemerkte Posy.

»Natürlich nicht.« Sebastian verdrehte die Augen, doch sein Tonfall war ganz weich geworden.

»Ich fasse es nicht, dass du ernsthaft in Erwägung ziehst, den gesamten Hinterhof einfach plattzumachen und irgendwelche hässlichen Wohnklötze hinzustellen.«

»Von hässlich kann gar keine Rede sein«, schaltete sich Piers ein. »Ich arbeite mit einem Architekten zusammen, der berühmt für seine innovativen Ideen ist.«

Posy beachtete ihn gar nicht. »Wir könnten die Geschäfte an kleine Einzelunternehmer vermieten, und du könntest trotzdem noch Profit erwirtschaften. Ja, vielleicht nicht so viel wie mit einem Hotel und Luxusapartments, aber du hast doch selbst gesagt, dass du Geld wie Heu hast, Sebastian. Wieso solltest du noch mehr brauchen?«

»Ach, Morland, Morland, so lieb und so einfach gestrickt.« Mit gönnerhafter Herablassung schüttelte Sebastian den Kopf, und Posy presste die Zähne so fest zusammen, dass sie Angst um ihr Gebiss bekam. »Du hast nicht die leiseste Ahnung, wie der Kapitalismus funktioniert, oder?«

»Ich verstehe sehr wohl, wie er funktioniert, weil ich im Gegensatz zu dir nicht von der Uni geflogen bin. Das heißt aber noch lange nicht, dass ich ihn auch gutheiße. Okay, in gewissem Rahmen gibt es ja nichts dagegen einzuwenden …«

Wie auf Kommando stießen die beiden Männer ein abfälliges Schnauben aus, das in Eton garantiert zum Standardprogramm gehörte. Posy beschloss, sich weitere Belehrungen über die Gefahren des Kapitalismus zu verkneifen. »Ist auch egal«, sagte sie mit einem Anflug von Verzweiflung in der Stimme. »Du kannst jedenfalls nicht einfach hier hereinplatzen, auch wenn dir der Rest des Grundstücks gehört, und verkünden, dass du alles dem Erdboden gleichmachen willst. Es gibt Gesetze, die so etwas verbieten! Soll ein Gebäude anders genutzt werden als bisher, muss man sich eine Genehmigung besorgen, außerdem bin ich ziemlich sicher, dass ihr mit eurem Vorhaben den Denkmalschutz nicht einfach aushebeln könnt, deshalb ...«

»Da hat wohl jemand fleißig Immobiliensendungen im Fernsehen angesehen, was?«, ätzte Piers. Posy hätte nicht gedacht, dass es einen noch herablassenderen, arroganteren Typen als Sebastian geben könnte, aber Piers bewies ihr gerade eindrucksvoll das Gegenteil. »Darüber brauchst du dir dein hübsches Köpfchen nicht zu zerbrechen. Ein Umschlag voll Bargeld an der richtigen Stelle im Stadtplanungsamt, und schon dürfen wir einen ganzen Hinterhof einreißen, ohne dass irgendeiner mit der Wimper zuckt!«

»Ich würde sehr wohl zucken! Bitte, Sebastian! Was würde Lavinia dazu sagen?« Posy wusste, dass Sebastian irgendwo ganz tief in seinem Innern einen anständigen Kern hatte – zumindest wünschte sie sich sehnlichst, dass es so war –, an den sie appellieren musste. »Der Hinterhof, Bookends, alles, was deine Großmutter geliebt hat ... wieso solltest du alles plattmachen wollen?«

»Das sind doch nur Gegenstände, ein Platz, Häuser, Morland.« Sebastian trat zurück und ließ den Blick über den kopfsteingepflasterten Platz schweifen. »Man kann nicht ewig in der Vergangenheit leben. Lavinia hat viel zu lange die Augen vor der Veränderung verschlossen. Stillstand bedeutet Rückschritt, dem man irgendwann nur noch mit drastischen Mitteln beikommen kann.«

Aus seinem Mund klang es, als wären Bookends und der

Platz ein riesiges, hässliches Geschwür, das es so schnell wie möglich zu eliminieren galt.

»Aber hier sind überhaupt keine drastischen Mittel erforderlich«, protestierte Posy. »Ein bisschen Feintuning hier und da würde völlig genügen. Man kann immer wieder nur staunen, was eine frische Schicht Farbe so alles bewirken kann.«

»Hab keine Angst, Morland. Ich lasse dich schon nicht im Regen stehen«, versicherte Sebastian in einem Tonfall, den er wahrscheinlich für beschwichtigend hielt. »Wir könnten dir ja eine der schicken neuen Wohnungen überlassen, von mir aus auch als Eigentum. Ich weiß, dass Lavinia sich genau das gewünscht hätte. Und wenn du immer noch so versessen drauf bist, in dieser freudlosen Bücherbranche zu bleiben, kannst du dir ja einen Job in einer Buchhandlung suchen.«

Für den Bruchteil einer Sekunde überlegte Posy, sein Angebot einfach anzunehmen, eine schicke Neubauwohnung zu beziehen und sich einen stressfreien Job bei einer der großen Buchhandelsketten zu suchen; doch im selben Moment wurde ihr bewusst, wie viel ihr das Bookends bedeutete. Dies war der Ort, dem ihr Herz gehörte, er war ihre Zufluchtsstätte. Es war der Ort, an dem sie immer glücklich gewesen war. Und wenn das Bookends dem Erdboden gleichgemacht wäre und Posy und Sam nicht mehr dort leben, lieben und lachen würden, wo ihre Eltern gelebt, geliebt und gelacht hatten, würden die Erinnerungen an sie unweigerlich verblassen und schließlich ganz verschwinden, so wie der Staub, der aus dem Schutt aufsteigen würde.

Posy sah Nina immer noch am Fenster stehen und zu ihnen herübersehen … *ungeniert starren* wäre wohl die treffendere Beschreibung. Hier ging es nicht nur um sie und Sebastian, sondern auch um die Mitarbeiter von Bookends. In keiner ihrer bisherigen Stellen hatte Nina die Probezeit überstanden, dasselbe galt für Verity! Wo sollte sie jemals einen Job finden, bei dem es niemanden störte, dass sie nie ans Telefon ging?

»… absolut sicher. Wir reden hier von einer abgesperrten Zufahrt, damit nicht alle einfach hereinkommen können«, sagte Piers gerade, und Posy stellte fest, dass sie ihn völlig ausgeblendet hatte. Es war schon seltsam: Piers gehörte zu den Menschen, die unattraktiver wurden, je länger man sie ansah. Sein Lächeln hatte etwas Wölfisches. »Und wegen der Nachbarn kannst du auch ganz unbesorgt sein. Die anderen Apartments lassen wir von ausländischen Firmen aufkaufen, deshalb wird nie irgendjemand darin wohnen. Das heißt, du hast den Fitnessraum und …«

Sie hatte genug gehört! Nicht zu fassen, was dieser Typ da erzählte! »Es werden also nicht einmal Wohnungen, die ein Normalsterblicher auch bezahlen kann? Menschen wie ihr raubt London vollends seine Seele. Ihr seid diejenigen, die jedes Gemeinschaftsgefühl zerstören, das die Leute hier noch hatten«, erklärte sie, während Sebastian einen Seufzer ausstieß, als würde Posy wieder einmal mit Absicht querschießen.

Aber das stimmte nicht. In Wahrheit waren es tatsächlich genau solche Leute wie Piers und seinesgleichen, die schuld daran waren, dass die Wohngebiete in der Innenstadt mehr und mehr ihren ursprünglichen Charakter verloren, weil die alten Häuser riesigen multimillionenschweren Immobilienprojekten für Superreiche geopfert wurden und Immobilienmakler die Apartments und vielleicht eine Handvoll Coffeeshops im Besitz von Firmen, die noch nicht mal ihre Steuer zahlten, gnadenlos an den Höchstbietenden verhökerten. Leute wie Piers waren schuld daran, dass Viertel mit wohlklingenden Namen wie Bloomsbury, Fitzrovia und Clerkenwell im kollektiven Midtown-Sumpf untergingen. Aber dieser Platz nicht – nur über Posys Leiche.

Sie stemmte die Hände in die Hüften und setzte eine kampflustige Miene auf. »Ich höre mir das keine Sekunde länger an!«, erklärte sie. »Dieses Grundstück mit diesem Laden war ein Geschenk an deine Urgroßmutter Agatha, das man ihr in der Hoffnung gemacht hatte, sie damit von ihrer Arbeit als Suffragette abzulenken.«

»Willst du auf etwas Bestimmtes hinaus?«, fragte Sebastian, schob demonstrativ seine Manschette ein Stück hoch und warf einen Blick auf seine Uhr, während Piers sie anstarrte, als würde er sie am liebsten ebenso in Grund und Boden stampfen wie die leeren Geschäfte in Rochester Mews.

»Ja! Agatha ist im Holloway-Gefängnis gelandet, weil sie sich an das Geländer des Buckingham-Palastes gekettet hatte, und ich werde genau dasselbe mit Bookends tun, wenn ich dadurch verhindern kann, dass du alles dem Erdboden gleichmachst.« Posy hoffte inbrünstig, dass sie diese Drohung niemals würde wahr machen müssen, aber sollten hier bald die Bulldozer und Abrissbirnen Einzug halten, würde sie ganz bestimmt nicht davor zurückschrecken.

Sebastian wirkte keineswegs überzeugt. »Bei allem Respekt für meine Urgroßmutter, aber du bist das Paradebeispiel dafür, weshalb man Frauen eigentlich nie das Wahlrecht hätte zugestehen dürfen, Morland«, sagte Sebastian und strich sich mit der Hand übers Revers, als hätte Posy während ihres Tobsuchtsanfalls einen Speichelregen darauf gesprüht, was definitiv nicht der Fall war. Hoffte sie zumindest. »Seit ihr wählen dürft, kommt ihr auf die irrwitzigsten Ideen.«

»Genau, Frauen sind doch bloß für zwei Dinge gut«, bekräftigte Piers höhnisch. »Oder für eines, wenn man sich – wie ich – einen eigenen Koch leisten kann.«

»O Gott …« Posy war so außer sich vor Wut, dass sie kaum ein Wort herausbekam. Zum Glück spürte sie in diesem Moment, wie jemand ihre Schulter berührte.

»Und was ist das zweite?«, schnurrte Nina mit aufreizender Stimme hinter ihr. »Grundsätzlich einfach nur umwerfend zu sein?«

Piers fiel die Kinnlade herunter, ebenso wie Sebastian. Posy erntete jedenfalls nie solche Blicke von ihm. Nicht mal, wenn sie ohne BH herumlief. Andererseits sah Nina aus wie Bettie Page, wenn auch wie eine mit zahlreichen Tattoos, Nasen- und Zungenpiercings und Haaren in einer Farbe, die Nina als »verwaschene Meerjungfrau« bezeichnete.

Piers lächelte schmeichlerisch, was ihn wie eine Hyäne im Designeranzug aussehen ließ. »Vielleicht könnte ich Ihnen das ja bei einem Drink erklären«, sagte er und schob sich brüsk an Posy vorbei, um näher an Nina heranzukommen. Er ließ den Blick über ihre Kurven schweifen, die in ihrem schwarzen Retrokleidchen perfekt zur Geltung kamen. »Ich bin Piers und Sie sind … absoluter Wahnsinn. Aber bestimmt kriegen Sie das jeden Tag zu hören.«

Posy verzog das Gesicht und sah, dass Sebastian ebenfalls eine Grimasse schnitt. Zumindest in diesem Punkt waren sie sich einig: Piers' Anmachsprüche waren genauso ekelhaft und abstoßend wie seine Pläne, London in eine Luxus-Betonödnis zu verwandeln, und dass der einzige Mensch, der auf seine alberne Masche hereinfiel …

»Ich bin Nina. Und ja, das können Sie sehr gerne!« Nina, die den lausigsten Männergeschmack aller Zeiten hatte, lächelte Piers Wimpern klimpernd an. »Posy, da ist eine Frau am Telefon, die wissen will, ob du ihr ein vergriffenes Buch besorgen kannst.«

»Na, damit lässt sich der Gerichtsvollzieher wenigstens

in Schach halten«, bemerkte Sebastian trocken, und ausnahmsweise schienen sie einer Meinung zu sein. Doch dann fügte er in seinem gewohnt ätzenden Tonfall hinzu: »Tja, wie auch immer, Morland, ich würde ja gern sagen, dass es mir ein Vergnügen war, aber das wäre eine glatte Lüge. Ich melde mich.«

»Und ich müsste lügen, wenn ich behaupten würde, dass ich mich drauf freue«, blaffte Posy zurück. Bei ihrer nächsten Begegnung würde sie versuchen, ihm ein bisschen Vernunft einzutrichtern – ohne störendes Publikum. Schätzungsweise stand ihr eine echte Herkulesaufgabe bevor. »Los, Nina, wir haben noch jede Menge Arbeit zu erledigen. Bücher verkaufen …«

Nina war immer noch hin und weg von Piers' lüsternem Blick. »Aber nur damit eins gleich klar ist: Beim ersten Date mache ich nicht rum«, sagte sie.

»Na ja, nach dem dritten Date ist eigentlich Standard, es sei denn, man lässt ordentlich Champagner fließen«, konterte Piers, dessen Blick sich auf Ninas Brüsten eingependelt hatte. »Wie weit runter gehen diese Tattoos eigentlich?«

»Verrate ich nicht, das müssen Sie schon selbst herausfinden«, konterte Nina.

Posy traute ihren Ohren nicht, und Sebastian stieß einen unterdrückten Fluch aus, als Piers seine Visitenkarte zwischen Ninas Brüste klemmte.

»Ruf mich an«, sagte er.

»Na, das ist ja mal ein Frechdachs«, schnurrte Nina.

Posy ertrug es keine Sekunde länger. Hatte Nina sich erst mal in einen ihrer berüchtigten Flirts – Posy würde so etwas ganz prosaisch als Austausch sexueller Anzüglichkeiten bezeichnen – verstrickt, gab es meist kein Halten mehr. Es endete unweigerlich damit, dass Nina sich wieder mal auf einen Kerl einließ, der keinerlei Respekt vor ihr hatte, sondern ihr lediglich schleunigst an die Wäsche wollte, und danach würde sie einmal mehr mit gebrochenem Herzen dasitzen.

»Wenn du nicht augenblicklich an die Arbeit zurückgehst, kann und werde ich dir deinen Lohn kürzen, mein Fräulein«, sagte Posy mit ungewöhnlicher Schärfe.

»Schon gut, schon gut, krieg dich wieder ein«, murmelte Nina, folgte Posy jedoch wieder nach drinnen.

»Fortsetzung folgt, Morland!«, rief Sebastian ihnen hinterher.

Posy hob die Hand und zog Nina durch die Eingangstür. »Wenn du dich mit diesem Piers triffst, fliegst du«, warnte sie.

»Das würde vor dem Arbeitsgericht niemals durchgehen«, erwiderte Nina und kehrte, dicht gefolgt von Posy, zu ihrem Fensterplatz zurück. »Er ist echt attraktiv … auf eine *Wolf-of-Wall-Street*-mäßige Art und Weise, finde ich.«

»Er ist abscheulich. Ein echtes Ekelpaket. Siehst du das denn nicht?«, fragte Posy erschöpft – wie oft hatte sie diese Debatte schon mit Nina geführt?

»Nein, ich glaube, Piers ist wirklich anders«, beharrte Nina.

Sie sahen zu, wie die beiden Männer an den verlassenen Ladengeschäften vorbeigingen. Piers blieb stehen und gestikulierte wild. Anscheinend beschrieb er seine hochfliegenden Pläne, das kleine Gässchen eines jeden Restfünkchens Charakter und Geschichte zu berauben, das ihm noch geblieben war, gerade im Detail. Sebastian hingegen wirkte ungewöhnlich still und zurückhaltend. Irgendwann wippte er auf den Absätzen seiner handgefertigten Schuhe nach hinten und sagte etwas zu Piers, worauf diesem die Kinnlade herunterfiel.

Sebastian machte kehrt und ließ Piers vor den Ladengeschäften stehen. Am Ende der Gasse drehte er sich noch einmal um. Seine Augen suchten Posy, die noch immer am Fenster stand. Er hob die Hand zum gespielten Salut, dann wandte er sich um und war verschwunden.

Und Posy stellte fest, dass sie endlich wieder durchatmen konnte.

6

Die unerfreuliche Begegnung mit Sebastian und dem widerlichen Piers bestärkte Posy in ihrer Entschlossenheit nur noch. Was gut war, denn Posy drückte sich in der Regel vor Entscheidungen ebenso gerne wie davor, diese Entscheidungen auch in die Tat umzusetzen. Wenn sie beschloss, gleich nach dem Wochenende mit einer Diät anzufangen, fiel sie meistens am Montag um die Mittagszeit über die erste Keksschachtel her. Und als sie und Nina beschlossen hatten, im Januar auf Alkohol zu verzichten, war es Nina gelungen, bis Februar keinen Tropfen anzurühren, wohingegen Posy bereits am 3. Januar ihren Frust über Sam, der während der gesamten Weihnachtsferien wieder einmal keinen Finger für die Schule gerührt hatte, nach allen Regeln der Kunst mit Wein hinuntergespült hatte.

Als sie sah, wie die beiden Männer die Gasse verließen, war ihre Entschlossenheit geradezu stählern gewesen. Doch nun, da sie mit einem aufgeschlagenen Notizbuch neben der Kasse saß und auf das »Happy Ends« am oberen Seitenrand blickte, spürte sie, wie sie bereits wieder ins Straucheln geriet.

Eine Idee ... einen bomben- und konjunktursicheren Plan zu haben, wie sie Bookends in jenes Paradies der Geschichten und Träume von einst zurückverwandeln würde, war eine Sache – mit der konkreten Umsetzung in die Realität sah es leider nicht ganz so rosig aus. Vielleicht war eben etwas mehr nötig, als ein paar schicke Tortendiagramme auf ein Flipchart zu pinseln. Vielleicht war sie ja doch nicht die Richtige für diese Aufgabe.

Posy seufzte. In Lavinias Brief hatte nichts davon gestanden, Bookends der Obhut einer anderen Person zu überlassen, ganz im Gegenteil. »Denn du, meine Liebe, weißt am allerbesten, welche Magie eine Buchhandlung besitzen kann und dass schließlich jeder ein Fünkchen Magie im Leben braucht«, hatte Lavinia geschrieben.

Lavinia hatte an Posy und ihre Fähigkeiten geglaubt. Sie hatte ihr den Laden hinterlassen und damit alle Hoffnungen in sie gesetzt. Posy durfte sie nicht im Stich lassen. Falls doch, würde Lavinia Mittel und Wege finden, zurückzukehren und sie zu verfolgen. Vielleicht würde sie ihr gespenstische Nachrichten auf Spiegeln hinterlassen, niederschmetternde Botschaften à la »Ich bin dir nicht böse, sondern nur sehr, sehr enttäuscht von dir, junge Dame« oder »Ich hätte mehr von dir erwartet, Posy«. Egal, ob lebendig oder tot, Posy zweifelte keine Sekunde an Lavinias Fähigkeit, einem ein richtig schlechtes Gewissen zu machen.

Sie sah schon regelrecht Lavinias Geist vor sich, der die Bücher in den Regalen durcheinanderwirbelte, sodass sich Jane Austen plötzlich auf Schmusekurs mit Wilbur Smith befände und Jackie Collins sich mit George Orwell herumschlagen musste. Es würde sich herumsprechen, dass es bei Bookends spukte, und dann würde erst recht keiner mehr kommen. Nicht einmal Sebastian würde den Laden dann noch haben wollen.

Posy konnte nur spekulieren, was Lavinia anstellen würde, wenn sie Wind von den Plänen ihres Enkels bekam. Als Erstes würde sie sich bestimmt seine Anzüge vornehmen. Bei der Vorstellung, wie Sebastian nach einem langen, harten Tag, an dem er wieder einmal alle möglichen Leute mies behandelt und irgendwelche fragwürdigen Frauen aufgerissen hatte, nach Hause kam, nur um all seine Anzüge mit einer gespenstisch grünen Ektoplasma-Schicht bedeckt vorzufinden, musste Posy laut auflachen. Ein Kunde, der gerade mit einem Buch auf dem Weg zur Kasse gewesen war, musterte sie verwirrt.

»Bitte entschuldigen Sie«, murmelte Posy, als Nina aus dem Hinterzimmer trat, wo sie eine neue Lieferung sortiert hatte, um den Kunden zu bedienen.

»Wie läuft es mit den Plänen für den Laden?«, erkundigte sie sich kühl. Sie war immer noch stocksauer, weil Posy sich vor Piers Brocklehurst wie eine Mischung aus einer besorgten Mutter und einer viktorianischen Anstandsdame aufgeführt und sie von ihm weggezerrt hatte, auch wenn sie ihr damit – da war Posy sich sicher –, einen großen Gefallen getan hatte. Denn wenn selbst Sebastian fand, dass sein Freund sich unmöglich benahm, war es an der Zeit, dass Nina sich ernsthaft Gedanken über ihren Männergeschmack machte.

Posy blieb eine Antwort erspart, ebenso wie das Eingeständnis, dass sich ihre Pläne auf gerade einmal drei Worte in ihrem Notizbuch beschränkten, denn in diesem Moment vermeldete ihr Mobiltelefon den Eingang einer SMS von einer ihr unbekannten Nummer.

Komm zu Lavinia rüber. Jetzt gleich.

Sie musste von Sebastian stammen. Es war fast, als würde er instinktiv spüren, dass sie an ihn dachte, auch wenn die Gedanken alles andere als positiv waren. Posy hatte keine Ahnung, woher er ihre Handynummer hatte.

Ist es wichtig? Ich arbeite.

Ja. Wichtiger, als vergeblich auf einen Kunden zu warten, der ohnehin kein Buch kaufen wird.

DAS IST UNVERSCHÄMT, SEBASTIAN! RICHTIG UNVERSCHÄMT!

Nicht so unverschämt wie deine lauten Großbuchstaben. Hör auf, meine Zeit zu verplempern, und komm her.

Vermutlich war es klüger, mit Sebastian persönlich zu sprechen, ihm ein paar unschöne Wahrheiten ins Gesicht zu sagen. Andererseits – wenn er in den Laden käme, gäbe es zumindest Zeugen dafür, dass Posy ihm erst unter extremster Bedrängnis mit den *Gesammelten Werken* von William Shakespeare eins übergebraten hatte.

Wieder kam eine SMS.

Bist du unterwegs? Los, gib Gas!

Lavinias Haus lag an einem hübschen begrünten Platz neben der Gower Street. An sämtlichen Gebäuden in der Nachbarschaft befanden sich blaue Plaketten mit den Namen berühmter Bewohner, die hier einst residiert hatten – legendäre Entdecker, viktorianische Minister, präraffaelitische Künstler oder einflussreiche Literaturmäzeninnen.

Posy hatte stets gefunden, dass Lavinias leuchtend gelbe Haustür einen selbst an den tristesten Tagen sofort in gute Laune versetzte, nicht zuletzt, weil einen dahinter eine Tasse Tee, ein leckeres Stück Kuchen und eine angenehme Unterhaltung erwarteten.

Aber heute nicht; zum einen, weil die Trauer um sie nach wie vor schmerzte, aber auch, weil die Tür im Gegensatz zu sonst weit offen stand.

Vor dem Haus parkte ein Umzugswagen, und eine nach wie vor in Schwarz gekleidete Mariana beaufsichtigte zwei Männer, die Lavinias Esstisch einluden. »Bitte seien Sie vorsichtig, meine Lieben, das gute Stück stammt von Charles Rennie Mackintosh.«

In diesem Moment erblickte sie Posy, die das Szenario bestürzt verfolgte. Natürlich konnten Mariana und Sebastian Lavinias Haus nicht in ein Museum verwandeln, trotzdem erschien es ihr noch viel zu früh, um es einfach auszuräumen.

»Posy, Liebes!« Mariana breitete die Arme aus, und Posy hatte keine andere Wahl, als sich in Marianas nach Fracas duftende Umarmung schließen zu lassen. »Ach, Kind!«, murmelte Mariana unter diversen gehauchten Luftküssen. »Ich wollte mir nur ein paar Kleinigkeiten nehmen«, erklärte sie, obwohl der Laster bis oben hin vollgeräumt war. »Mummy hat sie von Grandma Aggy geerbt, deshalb ist es wohl nur recht und billig, wenn sie jetzt auf mich übergehen. Ich will ja nicht großspurig wirken, aber natürlich werden sie unmöglich ins Schloss passen. Aber das Schicksal sendet uns diese Dinge nun einmal, um uns auf die Probe zu stellen.«

Posy nickte und deutete dann in Richtung Haus. »Ist Sebastian drinnen?«

»Ja, mein Schatz, meine boshafte kleine Giftspritze ist im Wohnzimmer. Was für ein schlimmer Junge.« Mariana legte sich eine Hand auf die Brust. »Trotzdem liebe ich ihn heiß und innig.«

Mit angehaltenem Atem trat Posy in die Diele, die auf den ersten Blick erkennen ließ, dass Lavinias Haus nur mehr ein winziger Rest seiner einstigen Pracht geblieben war. Überall an den Wänden prangten helle Stellen, an denen bisher Möbel gestanden und Gemälde gehangen hatten; selbst Lavinias geliebte Tiffany-Lampen waren verschwunden – unter Garantie befanden sie sich im Umzugswagen, der in diesem Moment draußen losfuhr.

Mit schweren Schritten und noch schwererem Herzen schleppte Posy sich die Stufen hinauf ins Wohnzimmer im ersten Stock – nicht nur aus Angst vor einer neuerlichen Begegnung mit der *boshaften Giftspritze*, sondern weil bei ihrem letzten Besuch Lavinia in ihrem Sessel neben dem riesigen Fenster mit dem kleinen Balkon gesessen hatte – ein bisschen zerschrammt und mit blauen Flecken von ihrem Sturz mit dem Fahrrad wenige Tage zuvor, ein ganz klein wenig gebrechlich und wie immer mit den Gedanken irgendwo in der Vergangenheit, aber nie hätte sich Posy damals vorzustellen vermocht, dass sie wenige Tage später tot sein würde.

Beim Abschied hatte sie Posys Hand genommen und an ihre weiche, pergamentartige Wange gehalten. »Liebste Posy, sieh doch nicht so ängstlich aus«, hatte sie gesagt. »Es wird alles gut, du wirst schon sehen.«

Angespannt öffnete Posy die Wohnzimmertür, doch noch bevor sie eintreten konnte, drang ihr eine unangenehm nörgelnde Stimme entgegen. »Na, du hast dir ja echt Zeit gelassen! Ich habe doch geschrieben, es sei ein Notfall. Jetzt ist Mariana weg und hat die meisten schönen Sachen mitgenommen.«

Sebastian stand neben dem hübsch gefliesten Kamin, einen Arm auf dem Sims, als posiere er für die Anzeigenkampagne eines Herrenausstatters. Heute trug er einen Anzug mit Fischgrätmuster, dazu ein rosafarbenes Hemd und passende Accessoires. Eigentlich ein lächerliches Outfit – an jedem anderen hätte es absolut albern gewirkt –, aber Sebastian sah selbst darin noch gut aus. Dieser elende Mistkerl!

Trotzdem war und blieb er ein echtes Ekelpaket, Schönheit hin oder her. »Was sollte ich denn tun?«, fragte Posy. »Eine menschliche Barrikade vor der Tür bilden?«

»Wohl kaum, aber letztlich ist es dein eigenes Pech. Für dich ist kaum noch etwas übrig«, sagte er und deutete um sich, obwohl es eigentlich nicht so übel aussah wie angenommen.

»Bestimmt gibt es auch ein paar Dinge, die du gern behalten möchtest«, sagte Posy.

»Eigentlich nicht.« Sebastian griff nach einer Messingfigur, die auf dem Kaminsims stand. »Was soll ich mit dem ganzen Plunder anfangen? Der Großteil davon ist Jugendstil. Ich hasse Jugendstil.«

»Aber Lavinia hat die Sachen geliebt, und du hast Lavinia geliebt …«

»Ja, aber dass ich Lavinia geliebt habe, bedeutet, dass sie hier drinnen ist.« Er tippte sich mit dem Finger auf seine linke Brusttasche, dort wo sich eigentlich sein Herz befinden sollte, doch gerade als Posy weich zu werden drohte, zog er die Hand weg und sagte: »Das bedeutet noch lange nicht, dass ich dieses grässliche Sofa mit in meine Wohnung nehmen muss. Allein beim Hinsehen wird mir schon schlecht.«

Es war ein sehr hübsches Sofa mit traditionellem, rosagrünem Blümchenmuster. »Wenn du es nicht willst, würde ich es gern für den Laden nehmen. Wir könnten ein paar zusätzliche Leseecken gebrauchen.«

»Bookends ist keine Bibliothek, Morland. Das Letzte, was du brauchst, sind Kunden, die bloß herumhocken und nichts kaufen, aber natürlich kannst du das Sofa gerne haben. Und die Sessel auch. Was willst du sonst noch haben?«

Er nahm ihre Hand, als wären sie Freunde, die alles am liebsten Händchen haltend taten, und zerrte sie von einem Zimmer ins nächste, obwohl sie protestierte, es sei geschmacklos, sich wie bei einem privaten Flohmarkt durch Lavinias Sachen zu wühlen.

Am Ende wurden es Bücher: Posy entschied sich für Lavinias Georgette-Heyer-Sammlung – allesamt Erstausgaben, die noch mit den originalen Schutzumschlägen versehen waren. Sie stapelte auch ein paar Romane von Nancy Mitford aufeinander und gestand Sebastian, dass sie sie zwar alle längst gelesen habe, diese Ausgaben aber so wahnsinnig hübsch fände. Wieder packte er ihre Hand und zog sie mit sich.

»Das reicht jetzt«, erklärte er streng. »Ich lasse das nicht zu.«

»Du könntest ebenso gut von mir verlangen, mit dem Atmen aufzuhören«, sagte Posy.

Sebastian verdrehte die Augen. »Eines Tages brechen all die Bücher über dir zusammen, begraben dich, und erst nach einer geschlagenen Woche wird dich jemand finden.«

Sebastian legte nun größten Wert darauf, sie von den Bücherregalen fernzuhalten. Wann immer sie die Hand nach einem Buch ausstrecken wollte, schnalzte er warnend mit der Zunge. Schließlich gab sie resigniert auf und ließ sich von ihm weiterziehen, wobei er – versehentlich, wie er behauptete – ihre rechte Brust streifte.

»Na ja, immerhin trägst du ja diesmal einen BH«, bemerkte er mit einem Blick auf die fragliche Körperregion. »Ich weiß gar nicht, wieso du dich so anstellst«, fügte er hinzu, als Posy beide Hände auf ihre Brust presste, als könnte sie die Berührung damit ungeschehen machen. »Ist doch nichts passiert. Das war maximal ein Streifschuss.«

»Du bist unmöglich!«, beschwerte Posy sich, woraufhin Sebastian grinste, als hätte sie ihm ein Riesenkompliment gemacht.

Zu Posys neu gewonnener Sammlung kam noch Lavinias reizendes gelbes Schlüsselblumen-Service hinzu, ebenso wie ein paar alte Kochbücher.

Schließlich standen sie vor Lavinias Schlafzimmer. Mit entschlossenen Schritten trat Sebastian zum Kleiderschrank, während Posy wie angewurzelt im Türrahmen stehen blieb.

Das war zu viel. Es fühlte sich an, als würde man ohne Erlaubnis in die Privatsphäre eines anderen Menschen eindringen.

»Los, such dir ein paar Kleider aus«, forderte Sebastian sie auf und nahm einen Arm voll tief dekolletierter Abendroben aus hauchzarter Seide heraus.

»O Gott, da passe ich doch nie im Leben rein«, wandte Posy entsetzt ein. Während Lavinia eine geradezu elfengleiche Zierlichkeit besessen hatte, konnte Posy die bäuerlich-walisische Stämmigkeit ihrer Vorfahren nicht leugnen.

Sebastians Blick glitt – *schon wieder* – über ihre Brüste und Hüften, worauf Posy schlagartig jeden einzelnen Cracker bereute, den sie gestern Abend direkt aus der Schachtel verputzt hatte. »Stimmt«, bestätigte er. »Deine Hüften … ist es das, was man als gebärfreudiges Becken bezeichnet?«

Posy schäumte. So sehr, dass sie fast überlief. Jede einzelne Zelle in ihrem Körper schien vor Wut überzukochen.

»Ich schlage vor, wir setzen sämtliche Teile meines Körpers auf die Liste der Dinge, die dich nichts angehen«, fauchte sie, aber sie hätte ebenso gut gegen eine Wand reden können.

»Den Fernseher kannst du auch gerne haben«, fuhr er ungerührt fort und warf die Kleider aufs Bett. »Ich habe ihn ihr erst vor ein paar Wochen gekauft. Nach ihrem Sturz.«

Posy vergaß immer wieder, dass Sebastian bei all seiner Abscheulichkeit Lavinia heiß und innig geliebt hatte. Jeden Tag, wenn sie nach ihrem Unfall vorbeigekommen war – nach einem Abstecher zum Obsthändler, um frische Erdbeeren zu besorgen, oder zu Stefan, dem netten Schweden, der das Deli an der Ecke betrieb, um Lavinias Appetit anzuregen, damit sie schnell wieder zu Kräften kam –, hatte Lavinia erwähnt, dass Sebastian am Vorabend bei ihr gewesen war. Wann immer das Gespräch auf ihn gekommen war, hatte ihr Gesicht regelrecht aufgeleuchtet, auch wenn sie noch so geschimpft hatte, wenn sie Posy von seinen neuesten Ausfälligkeiten berichtete.

»Lavinia hat immer gesagt, es sei nur gut, dass sie nur ein Enkelkind hätte, denn sie hätte die anderen niemals so sehr lieben können wie dich«, sagte Posy nun zu ihm.

»Ehrlich?« Sebastian wandte sich dem Fenster zu und blickte mit vor der Brust gekreuzten Armen hinaus. »Ich glaube nicht, dass das wirklich stimmt. Sie hat auch immer gesagt, du und dein Bruder, ihr wärt wie Ersatzenkelkinder für sie gewesen, und dass ihr beide viel bessere Manieren hättet.«

Normalerweise hatte Sebastian eine ziemlich schlechte Körperhaltung, als wäre es zu viel Aufwand, sich geradezuhalten, doch nun waren seine Schultern so straff gespannt, dass Posy am liebsten zu ihm getreten wäre und eine Hand auf seine durchgedrückte Wirbelsäule gelegt hätte.

Doch sie tat es nicht. »Für Sam und mich waren Peregrine und Lavinia immer so etwas wie Ersatzgroßeltern.«

»Habt ihr keine eigenen Großeltern?«, erkundigte sich Sebastian, ohne sich vom Fenster abzuwenden, als wäre der Anblick des Regens, der auf den Garten niederprasselte, absolut faszinierend.

»Die Eltern meines Vaters leben in Wales, in einer Kleinstadt in Vale of Glamorgan. In der Gegend gibt es noch ein paar Onkel und Tanten, die wir, wenn wir Zeit haben, in den Ferien besuchen. Die Familie meiner Mutter stammt auch aus Wales, aber meine Mutter war ein Einzelkind. Ihr Vater, also mein Großvater, hatte einen Herzinfarkt. Als meine Eltern ihren Unfall hatten, waren sie gerade auf dem Rückweg von einem Besuch bei ihm. Kurz darauf ist er gestorben, und bei meiner Großmutter zeigten sich schon damals erste Anzeichen von Demenz. Nachdem all das passiert ist, hat sie rapide abgebaut, und mittlerweile lebt sie in einem Heim …« Posy hielt inne. Diese ersten Monate waren eine einzige Katastrophe gewesen, ein nicht enden wollender Strudel aus Tränen, Trauer und Leid. Dann war Peregrine gestorben und nun auch noch Lavinia. Kein Wunder, dass ihr die Tränen über das Gesicht kullerten.

Sie schniefte und wischte sich mit dem Handrücken über die Wangen, als sie merkte, dass Sebastian dem Fenster den Rücken gekehrt hatte und sie mit unverhohlenem Entsetzen anstarrte, obwohl es bestimmt nicht das erste Mal war, dass eine Frau in seiner Gegenwart weinte. Schätzungsweise müsste er praktisch jeden Tag Zeuge derartiger Szenen werden – und für 97 Prozent der vergossenen Tränen war er vermutlich auch noch selbst verantwortlich.

»Hör sofort auf damit, Morland! Schluss!« Er wollte sein Einstecktuch herausziehen, hielt aber inne. »Nein, ich werde dir kein Taschentuch leihen, weil du alles bloß vollrotzen wirst. Los, hör sofort auf! Also, was Lavinias Sachen angeht … Dann lass sie eben hier, wenn sie dir sowieso nicht passen.«

Posy blieb ihr Schluchzer beinahe im Halse stecken. »Wie gemein von dir! Du bist wirklich der fieseste Kerl von ganz London! Geht dir das alles eigentlich überhaupt nicht nahe?«

Er zuckte die Achseln. »Nur Weicheier heulen über Dinge, die sie ohnehin nicht ändern können. Also, reden wir über den Laden?«

Posy stieß ein lang gezogenes Schnauben aus, um sich wieder vollends zu fangen. »Ja, reden wir über den Laden. Ich sage es nur ein einziges Mal, also hör lieber gut zu. Ich werde den Laden unter keinen Umständen aufgeben, nur damit du mit den anderen Geschäften in der Gasse ein hübsches Päckchen schnüren und diesem grässlichen Immobilienhai vor die Haustür stellen kannst, der rein zufällig auch noch ein alter Schulfreund von dir ist und der keinerlei Moral im Leib hat, sondern für den es eine Religion ist, mit möglichst wenig Investition eine möglichst hohe Rendite zu machen.«

Sebastian musterte sie mit einer Belustigung, die Posy ihm nicht abkaufte. »Du hättest aber nichts gegen einen Bauträger einzuwenden, der nicht ganz so gierig ist und mit dem ich nicht gemeinsam die Schulbank gedrückt habe?«

Falls er versuchen wollte, sie zu ärgern, gelang es ihm ganz ausgezeichnet. »Nein! Kein Bauträger. Keine Immobilienspielchen. Und vielleicht denkst du einfach noch mal darüber nach, warum dir Lavinia die anderen Häuser hinterlassen hat.« Posy zwang sich, so ruhig wie möglich zu bleiben, obwohl sie bereits spürte, wie ihre Stimme zu brechen drohte und ihre Tränen sich zu einer neuerlichen Flutwelle sammelten. »Mag ja sein, dass es nicht so bleiben kann, wie es ist, aber in London gibt es weiß Gott schon genug seelenlose Apartmentgebäude, schicke Boutiquehotels und Sterne-Restaurants. Solltest du Rochester Mews dem Erdboden gleichmachen, damit dort genau dasselbe passiert, werde ich dir das niemals verzeihen, das schwöre ich dir.«

»Das würdest du mir niemals verzeihen, ja?« Sebastian lehnte sich mit vor der Brust gekreuzten Armen gegen Lavinias Jugendstil-Kleiderschrank. »In tausend Jahren nicht?«

»Niemals«, bestätigte Posy. »Und spar dir deine schnippische Art. Das ist mein Ernst.«

»Nein, Morland, du reagierst komplett über«, sagte er resigniert, als empfände er Posys weinerliche Aufrichtigkeit als ungeheuer anstrengend. »Ich habe nicht die Absicht, Rochester Mews dem Erdboden gleichzumachen, wie du es so melodramatisch ausdrückst. Sondern ich prüfe nur meine Optionen und werfe diesem ekelhaften Brocklehurst einen Knochen hin, damit er endlich aufhört, mir mit seinem Investmentkram hinterherzulaufen.« Genervt blickte Sebastian an die Zimmerdecke. »Manche Menschen verstehen einfach das Wort Nein nicht, stimmt's?«

Posy starrte ihn ungläubig an. »Absolut nicht. Ehrlich gesagt kenne ich auch jemanden, der ...«

»Wie auch immer«, unterbrach Sebastian sie ungerührt. »Ich könnte die Gasse gar nicht verhökern oder diese Ansammlung heruntergekommener Bruchbuden einreißen, weil sich nämlich herausgestellt hat, und darüber könnte kaum jemand überraschter sein als ich, dass das ganze Areal unter Denkmalschutz steht.«

»Was?« Posy war völlig von den Socken. So gern sie die Gasse und die leeren, halb verfallenen Ladengeschäfte mochte, wollte ihr beim besten Willen nicht einleuchten, inwiefern sie historisch bedeutsam sein sollten. »Weshalb um alles in der Welt?«

»Wer weiß? Und wen interessiert das schon? Ist auch egal. Reden wir lieber über Bookends.«

»Da gibt es nichts zu reden. Ich habe dir alles gesagt, was es zu sagen gibt: Wir spezialisieren uns auf romantische

Literatur. Die Mitarbeiter sind dabei, und mehr gibt es für dich nicht zu wissen.«

Was Posy betraf, war die Diskussion damit beendet. Sie wandte sich zum Gehen und wollte sich mit dem Handrücken die Tränen vom Gesicht wischen, ohne sich ein weiteres Mal von Sebastian beschimpfen zu lassen.

»Das kann ich nicht zulassen, Morland. Das Glück des Ladens sollte nicht in den Händen einer Bande alter, frustrierter Weiber liegen, die keinen Mann abkriegen und deshalb pappsüße Liebesgeschichten lesen müssen, damit sie auf ihre Kosten kommen.«

Posy war bereits auf der Treppe gewesen, doch nun blieb sie so abrupt stehen, dass Sebastian gegen sie stieß und ihre Taille umfangen musste, damit sie nicht beide in den sicheren Tod stürzten – zumindest behauptete er das, obwohl Posy hätte schwören können, dass es nur ein weiterer gerissener Versuch war, auf Tuchfühlung zu gehen.

»Lass mich sofort los!« Posy grub die Nägel in seine Hand, bis er aufschrie und losließ. »Wären wir jetzt im Laden, würde ich dich wegen sexueller Belästigung anzeigen.«

»Du solltest dir mal ein paar ausgefallenere Drohungen einfallen lassen.«

Posy stürmte die restlichen Stufen nach unten, um Sebastian gefahrlos anschreien zu können.

»Wie kannst du nur so über unsere Kundinnen reden? Alle möglichen Frauen lesen Liebesromane. Und man höre und staune: Einige von ihnen sind sogar glücklich verheiratet. Stell dir das bloß mal vor! Und selbst wenn nicht, ist auch nichts dabei, an die Romantik zu glauben … daran, dass zwei Menschen füreinander geschaffen sind.«

»Das ist doch lächerlich! Dieser ganze Romantikquatsch schafft doch nur Erwartungen bei Frauen, die sich leicht beeindrucken lassen. Wie lange bist du jetzt Single? Nein, halt, Moment, ich sage es dir: viel zu lang. Und nur, weil du glaubst, jeder Mann müsste deinen völlig unrealistischen Ansprüchen standhalten, und …«

»Aber ich treffe mich mit Männern! Regelmäßig!«, erklärte Posy, und das stimmte auch. Einmal im Monat. Sie und Nina hatten einen Pakt geschlossen, dass sie einmal im Monat mit einem Mann ausgehen mussten, in der Hoffnung, dass ein erstes Date zu weiteren Dates führen würde – meistens schaffte Nina locker zehn erste Dates im Monat, während Posy sich selbst mit dem einen schwertat. Dabei konnte sie nichts dafür, dass ihre Ausbeute so gering war. Völlig egal, auf welcher Datingseite Posy sich anmeldete, und auch wenn sie sich bei der Vorauswahl noch so große Mühe gab, es endete unweigerlich damit, dass sie zwei Stunden lang mit einem Langweiler am Tisch saß, der rein gar nichts in ihr auslöste. Nicht mal das leiseste Herzflattern, nicht das leiseste Ziehen in den Körperregionen, die seit dem Tag brachlagen, als ihr Ex-Freund Alex seine Sachen gepackt und das Weite gesucht hatte.

Die Blicke von Alex und ihr hatten sich zum ersten Mal gekreuzt, als sie im ersten Semester in einer besonders langweiligen Vorlesung über *Beowulf* am Queen Mary's College saß. Damals war Posy noch ein völlig anderer Mensch gewesen: ein Mädchen, das ein großes Bier in zehn Sekunden auf ex kippen und dann mit einem wenig damenhaften Rülpsen auf den Tresen knallen konnte. Sie war diejenige, die als Letzte von jeder Party nach Hause ging, normalerweise mit einem geklauten Einkaufswagen aus dem Supermarkt um die Ecke. Sie wog fünf Kilo weniger und kicherte deutlich häufiger, war liebenswürdiger, lustiger und damit tausend Mal spannender für ein Date als heute.

Alex studierte Mittelalterliche Geschichte, Posy Englische Literaturwissenschaft, und sie waren wie geschaffen füreinander – sie unternahmen ganztägige Ausflüge zu historischen Stätten, besuchten außergewöhnliche Museen, feierten ausgelassen mit ihren Freunden und teilten sich im letzten Studienjahr ein kleines Apartment in Whitechapel.

Es war ein Klischee, fühlte sich aber überhaupt nicht so an, wenn sie Freundinnen erzählte, ohne Alex fühle sie sich nicht vollständig. Ihr ginge es nur wirklich gut, wenn sie seine Hand in ihrer spüre, und sie konnte nicht schlafen, wenn er nicht neben ihr lag und sie im Arm hielt. Sie konnten stundenlang im Pub sitzen und über Gott und die Welt reden – und dann wiederum stundenlang gemeinsam schweigen, wortlos die Gegenwart des anderen genießen.

Posy hatte jede einzelne von Alex' Sommersprossen in ihren Gedanken abgespeichert, jedes Lächeln, selbst seine Gemeinheiten, denn es gab durchaus Tage, an denen sie sich mächtig in die Haare kriegten – jedes Mal gefolgt von einer ausschweifenden Versöhnung. Gott, ja, ihr fehlte der Sex. Nicht nur der Sex an sich, sondern Sex mit Alex, mit einem Mann, der sie liebte und dem sie wichtig war und der auch wusste, was ihr gefiel.

Doch dann war sie auf einmal nicht mehr das Mädchen gewesen, das feiern konnte wie kein zweites. Im Gegenteil. All ihre vagen Zukunftspläne wurden von einem auf den anderen Moment völlig über den Haufen geworfen. Posy hatte auch aufgehört zu kichern, und Sam war mit einem Mal Teil ihres Lebens geworden; etwas, wofür Alex definitiv nicht bereit war.

»Ich hab dich wirklich lieb, Posy, ganz ehrlich, aber du bist einfach nicht mehr das Mädchen, in das ich mich verliebt habe«, hatte er eines Abends zu ihr gesagt, sechs Wochen, fünf Tage und drei Stunden, nachdem ihre Eltern ums Leben gekommen waren. Er war von seinem Sommerjob im Hampton Court Palace nach Hause zurückgekehrt und hatte Posy auf dem Fußboden liegend vorgefunden, die Faust auf den Mund gepresst, damit Sam ihr Weinen nicht hörte.

Alex hatte sie hochgezogen, ihr das Gesicht gewaschen und sie dann ins Bett gesteckt. Und dann hatte er mit ganz netter und sanfter Stimme mit ihr Schluss gemacht.

»Das Timing passt einfach nicht«, hatte er gesagt und ihr heißes, vom Weinen verquollenes Gesicht gestreichelt. »Ein Museum in York hat mich zum Vorstellungsgespräch eingeladen, und wenn alles normal ... oder eben anders wäre, würden wir es schaffen, ein, zwei Jahre eine Fernbeziehung zu führen, aber gerade ist es anders. Vielleicht bist du in ein paar Jahren wieder besser drauf und ...«

»In ein paar Jahren sind meine Eltern immer noch tot und ich habe einen kleinen Bruder, der mich braucht«, hatte Posy nur matt erwidert, weil ihr in diesem Moment klar wurde, dass ab sofort Sam der wichtigste Mensch in ihrem Leben war und nicht Alex.

Sie hatten stundenlang geredet und diskutiert, tage-, wochenlang, wie es schien, aber es war einfach vorbei und die reinste Erleichterung gewesen, als Alex die Zusage aus York bekommen hatte. Sie hatten sich gegenseitig versprochen, in Kontakt zu bleiben, doch nach recht kurzer Zeit waren die Mails und verlegenen Anrufe immer seltener geworden und hatten schließlich ganz aufgehört. Inzwischen war Alex nur noch ein Name, der ab und zu bei den Neuigkeiten bei Facebook auftauchte. Mittlerweile war er nach Sydney ausgewandert – nicht, dass Mittelalterkundler dort so gute Jobchancen gehabt hätten. Er jobbte als stellvertretender Leiter in einem

Vollwert-Restaurant und war mit einer ätherisch aussehenden Rothaarigen namens Phaedra zusammen, die sich im Umweltschutz engagierte. Posy konnte sich beim besten Willen nicht vorstellen, dass es noch allzu viele Berührungspunkte zwischen ihnen gäbe, falls sie sich zufällig begegnen sollten.

Posy kannte den Unterschied zwischen dem Gefühl, selbst verliebt zu sein, und in der Theorie davon in einem Buch zu lesen, also sehr genau. Außerdem hatte sie einmal im Monat ein Date – wenn schon nicht aus voller Überzeugung, zumindest aber, um den Fuß in der Tür zu halten –, deshalb konnte Sebastian getrost den Mund halten.

»Ich gehe regelmäßig zu Dates«, wiederholte sie nachdrücklich. »Aber ich würde eher Single bleiben, als so tief zu sinken und deine komische HookApp herunterzuladen oder wie auch immer das Ding heißt.«

»HookUpp, mit zwei p«, korrigierte Sebastian und kam langsam die Treppe herunter, den Blick fest auf Posy gerichtet, die nur abfällig schnaubte.

»Als würde je ein Mensch eine ernsthafte, auf gegenseitiger Bewunderung, Vertrauen und Leidenschaft basierende Beziehung eingehen, nur, weil er zufällig gerade um die Ecke steht oder innerhalb einer eng gesetzten Grenze einer bestimmten Vorstellung von Attraktivität entspricht«, erklärte sie mit eisiger Verachtung.

Sebastian hatte den unteren Treppenabsatz erreicht und blickte mit diesem arroganten Grinsen auf Posy herunter, bei dem ihr Blutdruck sich sofort wieder deutlich erhöhte. »Nicht jeder hat Lust auf eine ernsthafte, auf gegenseitiger Bewunderung, Vertrauen und Leidenschaft basierende Beziehung«, plapperte er ihre Worte mit boshaftem Genuss nach. »Manche Leute wollen einfach nur mal anständig flachgelegt werden, Morland.«

»Wie schön für sie! In der Zwischenzeit verkaufe ich Liebesromane an die vielen Frauen, die sie gern lesen möchten. Und solange dir kein besserer Businessplan einfällt, will ich kein Wort mehr von dir hören, ist das klar?«

»Ja, Ma'am!« Sebastian schlug die Hacken seiner handgefertigten Halbschuhe zusammen und salutierte schneidig. »Für jemanden, der meine App so abscheulich findet, scheinst du dich im Übrigen ja ziemlich gut damit auszukennen.«

Posy schloss die Augen. Sie ertrug es nicht länger. Keine Sekunde. Bestimmt würde sie gleich wieder in Tränen ausbrechen. Und ihn anbrüllen, und wenn er sich weiter vor ihr aufbaute und sie mit besserwisserischen Bemerkungen drangsalierte, würde sie ihn mit Lavinias Schürhaken außer Gefecht setzen.

Es war definitiv klüger, ihn einfach stehen zu lassen. Posy schloss dabei die Haustür so nachdrücklich hinter sich, dass es als Zuschlagen interpretiert werden konnte. Sie stapfte die Straßen von Bloomsbury entlang, die nicht länger in herrlichen Sonnenschein getaucht waren. Stattdessen schüttete es mittlerweile wie aus Eimern – auch dieser abrupte Wetterumschwung konnte nur Sebastians Schuld sein. Jeder Tropfen schürte ihre wachsende Verärgerung noch, und als sie die Ladentür mit einem Schwung aufriss, wie es eigentlich zu Sebastian gepasst hätte, kannte ihre Wut keine Grenzen mehr. Sie schäumte regelrecht.

»Er ist nicht nur der unverschämteste Kerl Londons, sondern ganz Großbritanniens«, erklärte sie Nina, die gerade zwei Kundinnen in Regenmänteln bediente. »Der unverschämteste Kerl auf der ganzen Welt.«

»Ah, wieder mal einen kleinen Flirt mit Sebastian gehabt, ja?«, fragte sie. »Weißt du zufällig, wann der nächste Roman von Eloisa James erscheinen soll?«

»Wenn du damit meinst, dass er mir mehrere unverschämte und höchst beleidigende Bemerkungen an den Kopf geworfen und zweimal nach meinen Brüsten gegrapscht hat, dann, ja, hatten wir einen kleinen Flirt«, schnaubte Posy und bedeckte ihre Brüste mit den Händen, als könnte sie so die Erinnerung an Sebastians Berührung aus ihrem Kopf verbannen. Kein Wunder, dass die beiden Kundinnen in ihren Regenmänteln sie anstarrten, als würde schwarzes Ektoplasma aus ihren Ohren quellen. »Bitte entschuldigen Sie. Was müssen Sie von mir denken? Eloisa James. Es wird wohl noch eine Weile dauern, bis ihr nächster Roman erscheint, aber haben Sie schon mal was von Courtney Milan gelesen? Ihre *Zärtliche-Widersacher*-Reihe ist wirklich gut. Eine englische Ausgabe gibt es nicht, aber bei unseren US-Importen haben wir eine ganze Auswahl, falls das etwas für Sie wäre.«

Als Posy beiden Kundinnen jeweils drei Bände verkauft hatte und sie mitten in einer angeregten Unterhaltung über Regency-Romane steckten (»Woran liegt es nur, dass die Helden immer zwei edle graue Pferde haben? Dass muss wohl das Regency-Äquivalent zum Sportwagen sein …«), hatte ihr Blutdruck wieder ein gesundes Maß erreicht. Allerdings drohte er im nächsten Moment schon wieder zu explodieren, als Verity ihr einen provisorischen Ablaufplan präsentierte, innerhalb welcher Zeitspanne aus dem Bookends Happy Ends werden sollte, inklusive allerlei lästiger Aufgaben: Es mussten nacheinander sämtliche Räume ausgeräumt, neu gestrichen und anschließend wieder neu bestückt werden, nicht benötigte Lagerware würde an die Verlage retourniert werden, und bei dieser Gelegenheit konnte man gleich nach satten Rabatten für Liebesromane, Werbematerial und Autorenbesuchen fragen.

»Wenn wir Ende Juli die große Neueröffnung starten wollen, müssen wir uns beeilen. Es sind nur noch fünf Monate.«

»Idealerweise sollten wir sogar einen Monat früher loslegen, damit wir den Beginn der Touristensaison noch mitnehmen können, aber es gibt so viel zu tun«, sagte Verity und spähte über Posys Schulter auf die Liste, von der Posy wusste, dass sie ihr ab sofort keine ruhige Minute mehr lassen würde. Bestimmt würde sie sie sogar bis in den Schlaf verfolgen und ihr Albträume von endlosen Bücherregalen bescheren, an denen die Farbe nicht haften wollte, oder von Büchern, die sich in Käsestücke verwandelten. »Wir werden uns alle ziemlich reinhängen müssen, wenn wir das alles schaffen wollen. Ich habe nichts dagegen, die Drecksarbeit zu übernehmen, solange ich nur nicht mit fremden Leuten reden muss.«

»Nicht mal am Telefon? Für ein höheres Ziel?«, fragte Posy bestürzt. Sie wusste, dass Verity ein introvertierter Mensch in einer extrovertierten Welt war, deren glücklichster Tag der wäre, an dem bei Sainsbury's gegenüber der U-Bahn-Station Holborn unbemannte Kassen eingeführt wurden. Eine stellvertretende Geschäftsführerin, die sich mit den Worten »Welche Hölle tut sich nun schon wieder auf?« am Telefon meldete, war schon eine echte Herausforderung.

»E-Mails sind kein Problem. Ich schreibe gern anderen Leuten Mails«, erklärte Verity strahlend. »Das wird schon. Und ist es auch ein guter Zeitpunkt, um dir zu sagen, dass die Bank angerufen hat?«

»Eher nicht«, antwortete Posy und beschloss, dass es eher ein guter Zeitpunkt war, um sich oben mit der Crackerschachtel zu verkriechen, die sie gestern Abend nicht ganz vernichtet hatte.

Die drei Seiten, die Verity ihr in die Hand gedrückt hatte,

wollten ihr einfach nicht aus dem Sinn gehen, deshalb drehte sie sie einfach um. Doch dann packte sie das schlechte Gewissen. Posy fuhr ihren Laptop hoch und überlegte, was sie Sinnvolles tun könnte – ihren Lieblingsvertretern eine E-Mail schicken oder einen Brief an die Bank aufsetzen –, doch ihre Gedanken kreisten nur um Sebastian und sein unmögliches Benehmen, auch wenn es eigentlich nicht unmöglicher war als sonst. Mit einer Ausnahme: Er hatte sie als hoffnungslose alte Jungfer bezeichnet, die sich in Fantasien mit den leidenschaftlichen Helden ihrer Romane erging, weil sie im wahren Leben keinen Mann mehr abbekam.

Posy öffnete ein Dokument, doch statt eine der vielen Aufgaben anzugehen, die sich vor ihr türmten, ertappte sie sich dabei, dass unter ihren über die Tastatur fliegenden Fingern etwas völlig anderes zum Leben erwachte.

Der Wüstling, der mein Herz stahl

Sebastian Thorndyke, dritter Earl von Bloomsbury, Geißel der feinen Gesellschaft mit dem Ruf, der verruchteste Kerl von ganz London zu sein, trat mit weit ausholenden Schritten in den Hausflur eines bescheidenen Bürgerhauses am östlichen Rand von Holborn.

»Sie brauchen mich nicht anzumelden«, verkündete er mit jener dunklen Samtstimme, die bereits so manch junge Debütantin dazu verleitet hatte, mit ihm über die dunklen Pfade der Vauxhall Pleasure Gardens zu wandeln, während ihre stets um ihr Wohl besorgten Mütter für ein paar Momente abgelenkt gewesen waren, und warf dem Diener lässig Stock und Handschuhe zu.

Thomas, der Bedienstete des ehrenwerten Bürgerhauses in Holborn, stellte sich ihm mannhaft in den Weg. »Sir, ich muss darauf bestehen, dass Sie hier warten.«

»Sie bestehen darauf? Nun, wenn Sie es darauf anlegen ...« Der Earl stieß den treuen Diener zur Seite und erklomm die Treppen, die hinauf in den ersten Stock führten, während Thomas hilflos hinter ihm herstolperte.

»Sir, meine Herrin ist nicht zugegen. Und der junge Master Samuel befindet sich im Internat in Wales ...«

»Ich bezeichne nur ungern einen Mann als Lügner, aber auf Sie trifft es wohl leider zu«, sagte Thorndyke und stieß die Tür zum Salon auf. Die junge Frau, die dort an ihrem Sekretär saß, zuckte zusammen. »Wahrhaftig, mein Freund, Sie sind ein Lügner! Da ist ja meine Lady – höchstpersönlich!«

»Gütiger Himmel, Mylord, ich hätte gedacht, Sie wissen, wie man sich in fremden Häusern benimmt«, sagte die junge Frau reserviert, bevor sie sich wieder ihrem Brief zuwandte. »Thomas, mir scheint, dass der Earl ein Weilchen bleiben wird. Er kann gewiss eine Erfrischung vertragen – bei diesem Wetter ist es der Gesundheit sicher nicht förderlich, durch London zu reiten und anderen Leuten ungefragt seine Aufwartung zu machen. Vielleicht einen Tee?« (Genau! Erstick daran, Sebastian!)

»Das reicht, Miss Morland! Wenn Sie jetzt freundlichst davon absehen könnten, meine Geduld zu strapazieren.«

»Ah ja, Ihre berüchtigte Ungeduld. Darin haben Sie es ja zu wahrer Meisterschaft gebracht.«

Posy Morland, Tochter des verstorbenen Mr. Morland und seiner Gattin, die die Londoner Oberschicht bis vor ihrem tragischen Ableben mit ausgewählter Lektüre versorgt hatten, wandte sich wieder ihrer Korrespondenz zu, wohl wissend, dass Menschen von geringerem Stand es bitter bereut hatten, Sebastian Thorndyke den Rücken gekehrt zu haben.

Lord Thorndyke blickte auf Miss Morlands gesenkten Kopf. Seidige kastanienfarbene Locken lugten unter ihrer Rüschenhaube hervor, die er schrecklich affektiert fand. Gewiss, sie war schon achtundzwanzig und sicher wäre sie längst verheiratet, wäre sie nicht eine solche Schreckschraube gewesen (höchst ungern erinnerte er sich, wie oft er Opfer ihrer spitzen Zunge geworden war); dennoch, die Rüschenhaube und ihre sauertöpfische Miene wären eher einer alten Jungfer angemessen gewesen. Sie trug ein unscheinbares graues Kleid, dazu eine weiße Stola, die ihr Dekolleté verdeckte und den zarten Hals umschlang, den er ihr am liebsten umgedreht hätte. Doch trug er sich mit anderen Plänen, was Miss Morland anging. Die Kratzbürste musste ein wenig zurechtgestutzt werden, und er war genau der richtige Mann für diese Aufgabe.

Nachdem sie ihren Brief geschrieben und die Tinte gelöscht hatte, legte Posy Morland Papier und Feder beiseite. Einen Moment später brachte Little Sophie den Tee herein und blieb wie angewurzelt stehen, die schreckgeweiteten Augen auf den Earl gerichtet, der in seinem Sessel lümmelte, den bestiefelten Fuß auf dem Tisch, als würde er sich in einer der verrufensten Spelunken Londons ein Ale genehmigen.

In anderen Salons wurde gemunkelt, dass Thorndykes Diener sich erst des Nachts zurückziehen durfte, wenn er die Reitstiefel seines Herrn eine Stunde lang gewienert und auf Hochglanz poliert hatte. Ebenso ging das Gerücht, Thorndyke habe den armen Tropf eines Nachts aus dem Bett gezerrt und mit seiner Reitgerte bearbeitet, nachdem ihm ein Fleck auf dem Leder ins Auge gestochen war.

»Nehmen Sie doch freundlicherweise Ihre Füße von meinem Tisch«, wies ihn Posy streng zurecht. »Sie befinden sich hier nicht in einer Spielhölle.« Sie erhob sich und nahm das Tablett aus Little Sophies Händen, die so heftig zitterten, dass das kostbare Teeporzellan der Morlands jede Sekunde zu Bruch zu gehen drohte. »Du kannst gehen, Sophie.«

Das Dienstmädchen knickste und eilte aus dem Zimmer. Posy stellte das Tablett auf den Tisch und nahm gegenüber Thorndyke Platz. Sie zupfte ihr Kleid zurecht und griff nach der schweren Teekanne.

»Kann ich Ihnen eine Tasse Tee anbieten, Mylord?«, fragte Posy, obwohl sie insgeheim darauf hoffte, dass er ablehnen würde, da ihre wertvollen Teebestände zur Neige gingen und sie nicht die Mittel besaß, um für Nachschub des teuren Luxusguts zu sorgen. Tatsächlich hatte sie erst am Morgen Briefe an den Kolonialwarenhändler, den Schlachter und den Tuchhändler geschrieben und sie um einen großzügigeren Kredit angefleht.

»Glauben Sie mir, Madam – Sie möchten lieber nicht erfahren, wonach mir wirklich der Sinn steht. Aber ich werde es Ihnen trotzdem sagen.« Thorndykes dunkle Augen glitzerten unheilvoll, und ein gefühlloses Lächeln spielte um seine Lippen, als er sich vorbeugte. »Es geht um die Kleinigkeit von fünfzig Guineas, die ich Ihrem dahingeschiedenen Vater geliehen hatte. Wenn Sie für seine Schulden aufkommen, werde ich getrost meines Weges ziehen.«

Er zog einen Brief aus der Tasche seines schwarzen, aus feinstem Zwirn geschneiderten Gehrocks und schwenkte ihn vor Posys Augen hin und her. Posy stockte der Atem. Ihre Finger zitterten, als sie sich unwillkürlich an die Brust fasste, in der ihr Herz flatterte wie ein gefangener Vogel.

»Sir ... Mylord ... Ich flehe Sie an«, stammelte sie. »Wir befinden uns finanziell gerade in einer ausgesprochen misslichen Lage, aber wenn mein Bruder Samuel die Volljährigkeit erreicht, wird er eine kleine Jahresrente erhalten. Könnten Sie nicht bis dahin Gnade vor Recht ergehen lassen?«

»Nein, Miss Morland, ganz bestimmt nicht. Ihre spitze Zunge hat mir gegenüber auch nie Gnade walten lassen, ganz zu schweigen von der Erbarmungslosigkeit, mit der Sie mir die kalte Schulter gezeigt haben.« Er stand auf und musterte sie hochmütig. »Fünfzig Guineas bis Ende des Monats, oder ich lasse Sie und Ihren Bruder ins Schuldgefängnis sperren.«

»Das können Sie nicht tun!«, brachte sie keuchend hervor.

Er hob ihr Kinn mit seinen behandschuhten Fingern an, sodass sie die diabolische Genugtuung sehen konnte, die sich auf seinen kantigen Zügen spiegelte.

»Und ob ich das kann«, sagte er leise. »Verlassen Sie sich drauf.« Dann straffte er die Schultern, verbeugte sich tief und verließ das Zimmer.

7

Zwei Tage später, nachdem Posy den ganzen Vormittag bei Lavinias Anwalt verbracht und so viele Dokumente unterzeichnet hatte, dass sie ihre eigene Handschrift nicht mehr wiedererkannte, kehrte sie in den Laden zurück, um sich an die Inventur zu machen.

Verity hatte gesagt, sie solle drei verschiedene Listen anfertigen: eine für Bücher, die auch im neuen Laden verkauft werden konnten, solche, die an die Verlage zurückgeschickt werden mussten, und Bücher, die sie bei einem großen Räumungsverkauf an den Mann bringen würden. Posy hielt sich genau so lange an ihr Vorhaben, bis sie im obersten Regalfach im Hauptverkaufsraum zufällig auf eine Ausgabe von Shirley Conrans *Blutsbande* stieß, die sie seit Jahren nicht mehr in der Hand gehabt hatte. Nun stand sie auf der obersten Stufe der Rollleiter, völlig in die Goldfischszene vertieft. Hygienisch kann das eindeutig nicht sein, dachte sie, und wohl auch nicht sonderlich angenehm für den Goldfisch. In diesem Moment spürte sie, wie die Leiter zu wackeln begann. Sie stieß einen lauten Schrei aus und ließ das Buch fallen.

»Was treibst du da oben?«

Posy kniff die Augen zusammen und stöhnte lautlos. Dann schlug sie sie wieder auf und sah nach unten, wo Sebastian sich am Fuß der Leiter aufgebaut hatte, das Buch in der Hand und ausgerechnet auf der Seite aufgeschlagen, die sie zuletzt gelesen hatte.

Er senkte den Blick und sog scharf den Atem ein. »*Was* machen die mit einem Goldfisch? Bist du sicher, dass du so schlüpfrige Bücher verkaufen solltest?«

»Es gilt als moderner Klassiker«, gab Posy zurück.

Sebastian verzog das Gesicht. »Ich glaube, ich verzichte lieber«, sagte er, dann hob er den Kopf und lächelte. »Nur gut, dass du keinen Rock trägst, was für einen Ausblick hätte ich sonst gehabt.«

Zum Glück hatte sie sich am Morgen für Jeans entschieden. Als sie eilig die Leiter herunterkletterte, spürte sie, wie Sebastian ihr die Hände um die Hüften legte. Er hatte große Hände mit langen Fingern, aber nicht groß genug, um ihren Hintern zu umfassen. Posy konnte sich nicht erinnern, sich jemals eines Körperteils so bewusst gewesen zu sein … es musste ein alles andere als schmeichelhafter Anblick sein, ihren Hintern immer weiter auf sich zukommen zu sehen.

»Ich bin durchaus in der Lage, allein eine Leiter herunterzuklettern«, sagte sie. »Das tue ich schon seit Jahren. Wenn du mich also bitte loslassen würdest.«

Prima! Jetzt redete sie schon wie die Posy in dieser wirren Romanze, die sie vor ein paar Tagen abends – aus einer seltsamen Laune heraus – zu Papier gebracht hatte. Vielleicht war sie auch das Resultat einer Überdosis Käse, einer vorübergehenden geistigen Verwirrung oder einfach einer berauschenden Mischung aus allem.

»Ich *würde* dich jetzt sehr gerne loslassen!«, wiederholte Sebastian. »Seht ihr! Ich habe euch ja gleich gesagt, dass sie ein schnippisches Mundwerk hat.«

Posy linste um Sebastian herum und stellte fest, dass er Verstärkung mitgebracht hatte – zwei Männer in blauen

Overalls schleppten einen großen Fernseher quer durch den Laden. »Eine Lady sollte man möglichst nicht anfassen, ohne vorher um Erlaubnis zu bitten, Chef«, erklärte der eine und zwinkerte Posy zu, die immer hoch halb auf der Leiter stand.

»Was ist das?«, fragte sie.

»Das ist ein Fernseher, Morland. Schon mal einen gesehen?«, fragte Sebastian mit einer Unschuldsmiene, die so gar nicht zu ihm passen wollte. »Die Treppe links neben dem Büro hinauf und dann ins Wohnzimmer. Dort könnt ihr ihn hinstellen, wenn ihr zufällig irgendwo Platz findet, Jungs.«

»Ich weiß, was das ist, aber wieso tragen ihn zwei Männern quer durch meinen Laden?«

Posy sprang nun vollends von der Leiter und versperrte den beiden Männern den Weg.

»Das ist der, den ich Lavinia gekauft habe. Stell dich nicht so an, Posy. Ich brauche keinen Fernseher. Ich habe schon einen riesigen. Und ich habe auch weder Verwendung für eine Stereoanlage noch für eine PlayStation.«

»Sie haben Lavinia eine PlayStation gekauft?«, schaltete sich Nina ein, die die ganze Zeit wie eine Spionin möglichst unauffällig neben der Kasse gestanden und gelauscht hatte. »Wieso denn das?«

Sebastian stieß einen melodramatischen Seufzer aus, als wüsste jeder Idiot die Antwort. »Um ihre kognitiven Funktionen und ihre visuell-motorischen Fähigkeiten zu verbessern, weshalb wohl sonst? Was für eine schwachsinnige Frage. Ach ja, sind Sie nicht die, die so scharf auf Brocklehurst war? Sind Sie als Kind zufällig mal auf den Kopf gefallen?«

»Soweit ich weiß nicht, nein. Und nur zu Ihrer Information – Piers und ich haben geflirtet. Er war charmant … vielleicht möchten Sie so was ja auch mal ausprobieren. Und jetzt, nachdem das geklärt wäre, habe ich ein Hühnchen mit Ihnen zu rupfen.« Sie trat hinter dem Tresen hervor und steuerte auf Sebastian zu, der mit einem Mal gar nicht mehr so selbstsicher wirkte wie sonst. »Ich habe Ihre dämliche Dating-App runtergeladen, und jeder Mann, mit dem ich bisher ausgegangen bin, war eine völlige Verschwendung an Zeit und Make-up. Einer hat behauptet, er sei DJ, dabei war er Fischhändler und hatte noch nicht mal geduscht, bevor er sich mit mir getroffen hat, und trotzdem hat er erwartet, mich flachlegen zu können.«

»Tja, na ja, wenn man die App herunterlädt, erklärt man sich automatisch mit den Geschäftsbedingungen einverstanden, in denen klipp und klar festgehalten ist, dass wir nicht dafür haftbar gemacht werden können, mit was für einem Vollpfosten man sich einlässt. Natürlich haben meine Anwälte hier und da ein ›zukünftig‹ oder mal das Wörtchen ›Schadensersatz‹ einfließen lassen, damit das Ganze halbwegs legal rüberkommt … Und? Hat er es denn geschafft, Sie flachzulegen?«

»Sebastian! So was kann man doch eine Frau nicht fragen!«, rief Posy, während er sich umwandte und sie aufrichtig verwirrt ansah.

»Wieso denn nicht? Sie hat doch damit angefangen.« Er wandte sich wieder Nina zu. »Also, hat er nun, oder hat er nicht?« Wie üblich war Nina durch nichts aus der Fassung zu bringen. Auch nicht dadurch, dass Sebastian und seine zwei Möbelpacker, die inzwischen um den Tisch mit den Neuerscheinungen herumschlichen, allem Anschein nach gespannt auf ihre Antwort warteten.

»Nein, hat er nicht«, sagte sie genüsslich. »Ein Mädchen

muss auch so etwas wie Prinzipien haben. Übrigens auch nicht der Typ, der eine halbe Stunde zu spät kam, weil er den Hamster seiner kleinen Schwester noch zum Tierarzt bringen musste. Ich meine, mal ganz ernsthaft, die App braucht dringend einen schärferen Schwachmaten-Filter.«

»Ich dusche nach der Arbeit grundsätzlich und hab auch keine kleine Schwester oder einen Hamster«, meldete sich der eine Möbelpacker, dem Posy inzwischen heimlich einen Spitznamen gegeben hatte: Gockel, denn so aufgeblasen wirkte er auf sie. Er hatte durchtrainierte Unterarme, einen Bürstenhaarschnitt und ein selbstgefälliges Grinsen im Gesicht. Hinter dem einen Ohr klemmte eine Kippe, hinter dem anderen ein Bleistift.

Genau Ninas Typ. Und er war zumindest eine Verbesserung im Vergleich zu Piers Brocklehurst.

Nina schien zum selben Schluss gelangt zu sein, denn sie zog ihr Handy heraus und er das seine. Innerhalb von Minuten hatten sie sich gegenseitig auf Sebastians schwachsinniger App gefunden und verlinkt, während Sebastian wie ein stolzer Vater danebenstand. »Ich schick dir dann eine Nachricht, okay?«, fragte der Gockel Nina, die lächelte.

»Cool. Vielleicht schreibe ich ja zurück.«

Posys Oberlippe kräuselte sich so sehr, dass sie fürchtete, sie würde niemals mehr in ihren Ursprungszustand zurückkehren. Wo blieb denn da die Romantik? Wo die Blicke, die man quer durch den Raum austauschte, angezogen von einer tiefen, geheimnisvollen Magie? Wo waren die zwei Herzen, die einander fanden? Bisher war jedenfalls von Herzen weit und breit keine Spur, stattdessen gab es jede Menge Gerede darüber, flachgelegt zu werden. Über eine Dating-App einen Partner oder online ein hübsches Kleid zu suchen, war im Grunde genau dasselbe; mit einem gravierenden Unterschied: War in einem Onlineshop das gewünschte Kleid nicht vorrätig, bekam man wenigstens eine Alternative angeboten.

»Na gut, Romeo, das reicht jetzt«, meldete sich Gockels Kollege zu Wort, dem Posy ebenfalls einen Spitznamen verpasst hatte: Brummbär. »Wir lassen den Fernseher einfach hier unten stehen, bis die junge Dame sich entschieden hat, Chef. Und wo sollen das Sofa und die Sessel hin?«

»In die Teestube, gleich rechts. Am einfachsten wird es sein, wir machen die Vordertür auf, statt die Sachen quer durch den Laden zu tragen«, erklärte Posy freundlich – je schneller sie wieder draußen waren, umso früher würde sie Sebastian wieder los sein. »Ich hole nur die Schlüssel.«

»Das ist doch dämlich, Morland«, rief Sebastian und schob Posy zur Seite. »Stell das Sofa und die Sessel von oben einfach in den Teesalon und lass uns die neuen Sachen nach oben bringen. So hättest du es viel bequemer. Als ich das letzte Mal da war, habe ich mich mit einer losen Feder aus dem alten Sofa fast selbst kastriert.«

Das Sofa hatte tatsächlich eine lose Feder; sie und Sam hatten sich angewöhnt, sich in die andere Ecke zu setzen, trotzdem war es immer noch ihr altes Sofa, und kein Mensch brauchte Sebastian, der ankam und versuchte, alles an sich zu reißen – ihr Leben, ihren Laden und ihre Entscheidung, wo sie am liebsten sitzen wollte.

»Das ist ja sehr nett von dir, aber ich halte es für klüger, alles so zu lassen, wie es ist. Oben steht viel zu viel herum, um alles umzuräumen …«

Posy trat zum Verkaufstresen, um die Schlüssel für die Teestube zu holen. Sie hatte Sebastian den Rücken zugekehrt, warf Nina einen vielsagenden Blick zu und verdrehte die Augen – inzwischen waren ihre Unstimmigkeiten wegen

Piers längst vergessen. Kaum hatte sie die Schlüssel in der Hand, stand Sebastian auch schon neben ihr, nahm sie an sich und weigerte sich, sie herauszugeben, auch als Posy vor Wut mit dem Fuß aufstampfte.

»Bringt die Sachen nach oben, Jungs. Es stehen zwar überall Bücher herum, aber es hilft ja nichts.«

»Du kannst nicht einfach antanzen und Befehle erteilen, als wärst du hier zu Hause. Das Haus gehört dir nicht. Sondern mir«, wandte Posy ein, wobei sie sich alle Mühe gab, ruhig zu klingen, während sie ihn am Arm festhielt. Unter dem weichen Wollstoff seines Jackenärmels spürte sie seine Muskeln zucken, als sie zudrückte.

»Das haben wir doch alles längst besprochen«, sagte er sanft und löste ihre Finger von seinem Arm. »Finger weg von meinem Anzug. Nicht anfassen. Unter keinen Umständen.«

»Du bist unmöglich!«, sagte sie zu ihm, während Gockel und Brummbär die Treppe hinaufgingen. »Heilige Scheiße!«, hörte sie sie rufen. »Das mit den Büchern war kein Scherz.«

»Und wieso hängst du eigentlich ständig hier herum, seit Lavinia tot ist? Hast du sonst niemanden, dem du auf die Nerven gehen kannst?«

Schmollend schob Sebastian die Unterlippe vor. »Das ist ziemlich kleinlich von dir. Immerhin habe ich wider besseren Wissens beschlossen, dich von meinem Reichtum und meiner Erfahrung profitieren zu lassen, da du ja so scharf darauf bist, den Laden zu behalten.«

Posy hatte nicht nur ein mulmiges Gefühl, sondern es war, als würden all ihre inneren Organe auf einmal in Richtung Erdmittelpunkt plumpsen. »Oh«, sagte sie mit einem Seitenblick in Ninas Richtung.

»Haben Sie eigentlich viel Erfahrung in der Buchbranche?«, fragte Nina zuckersüß. »Haben Sie früher in den Ferien immer hier ausgeholfen?«

Posy schnaubte. »Gerade der. Sebastian war viel zu beschäftigt damit, mich in den Kohlenkeller zu sperren.«

»Das war nur ein einziges Mal, Morland. Und nur damit du aufhörst, mich so anzuhimmeln. Damals hatte sie eine schreckliche Schwäche für mich«, fügte er an Nina gewandt hinzu, die grinste.

»Ja, schrecklich ist das Schlüsselwort.« Allein bei der Erinnerung erschauderte Posy.

»Wie auch immer. Mir ist jedenfalls klar geworden, dass wir eine Marktlücke belegen müssen, wenn wir den Laden wieder auf Vordermann bringen wollen«, verkündete Sebastian voller Stolz, als wäre das alles auf seinem Mist gewachsen.

»Ja, das habe ich erwähnt«, erklärte Posy. »Ich will Bookends ganz neu eröffnen, mit Spezialisierung auf rom…«

»Eine Krimibuchhandlung!«, rief Sebastian mit einem spitzen Blick in Posys Richtung. »Hör auf, mich ständig zu unterbrechen. Das ist unhöflich. Jedenfalls habe ich ein bisschen recherchiert. Na ja, genauer gesagt einer meiner Praktikanten. Und genau da liegt das Geld: im Krimi. Die Hälfte der Bestsellerliste besteht aus Krimis. Das ist perfekt! Absolut brillant!« Er warf Posy einen Blick zu, die sich nicht entscheiden konnte, welche Miene passender wäre – versteinert oder wütend. »Du siehst aus, als hättest du Verstopfung. Wo liegt das Problem?«

Tja, wo sollte sie anfangen? »Erstens mag ich keine Krimis.«

»Wieso nicht? Krimis sind super. Du hast das ganze Programm: Mord, Intrigen, Spannung, Sex, Helden und Bösewichte, nicht nachweisbare Gifte. Wie kann man so etwas nicht mögen?« Er trat zum Verkaufstresen zu Nina, die ein Gähnen unterdrückte. »Sie stehen doch auf Krimis, oder?«

Nina schüttelte den Kopf. »Nö, wenn ich endlich dahintergekommen bin, wer der Mörder ist, bin ich vor Langeweile schon halb umgekommen. Außerdem gab es eine Krimibuchhandlung in der Charing Cross Road, die inzwischen geschlossen werden musste.«

Ungerührt schüttelte Sebastian seine dunklen Locken. »Tja, bestimmt waren sie miese Verkäufer, aber das sind wir nicht. Wir werden unsere Sache fantastisch machen.«

»Ganz ehrlich, merkst du es eigentlich, wenn jemand nicht deiner Meinung ist, oder schaltet dein Gehirn dann ganz automatisch auf Durchzug?«, fragte Posy aufrichtig neugierig. »Wir werden keine Krimibuchhandlung eröffnen, wir spezialisieren uns auf Liebe und Romantik.«

»Romantik, scheiß auf Romantik!« Sebastian griff nach Posys Hand und versuchte, sie gegen ihren erbitterten Widerstand in die Mitte des Raums zu ziehen. »Hier präsentieren wir die Neuerscheinungen und die Bestseller.«

»Liegt es an mir, oder hast du auch gerade ein Déjà-vu?«, fragte Nina.

Posy schüttelte den Kopf. Ihr blieb nichts anderes übrig, als zu warten, bis Sebastian fertig war.

»Und hier drüben findet man die klassischen Detektivgeschichten«, erklärte er und zerrte Posy hinter sich her. »Agatha Christie, Conan Doyle und so. Hier machen wir eine Skandinavien-Ecke. Und … oh! Comics! Links findet der Leser alles über True Crime – wer steht nicht auf echte Serienkiller?«

»Ziemlich viele«, wandte Posy ein. »Die Familien der Opfer, zum Beispiel, oder anständige, gesetzestreue Bürger …«

»Wir sollten auch andere Sachen verkaufen, die mit Büchern zu tun haben: bedruckte Tragetaschen, Kaffeebecher, Briefpapier. Im Großhandel bekommt man das Zeug fast hinterhergeworfen, kann es aber sündhaft teuer verkaufen. Die Gewinnmargen sind enorm.«

Das war tatsächlich eine gute Idee. Serienkiller hin oder her, aber wer konnte keine bedruckte Einkaufstasche gebrauchen? Vielleicht ein paar Duftkerzen, Grußkarten, die mit Büchern zu tun hatten, Geschenkpapier … sie könnten sogar einen Einpackservice anbieten. Posy nahm sich vor, im Internet nachzusehen, wie man Geschenke hübsch verpackte – ihre sahen aus, als hätte sich eine Fünfjährige ohne Daumen mit einem Bogen Papier verwirklicht.

»Natürlich sollten wir uns einen neuen Namen für den Laden überlegen«, faselte Sebastian weiter. »Ich habe heute im Büro mal eine kurze Umfrage machen lassen, wie die Leute den Namen Bookends finden. Die meisten wussten noch nicht mal, was Bookends, also Buchstützen, überhaupt sind. Wir sollten ein Brainstorming mit meinen Leuten machen, aber was haltet ihr von: ›Der Blutige Dolch‹?«

»Ich werde ihn schön sauber wischen, bevor die Polizei ihn neben deiner Leiche findet«, bemerkte Posy trocken.

»Na bitte, geht doch! Du bist schon voll in der Materie!«, rief Sebastian begeistert – entweder der Mann trug eine kugelsichere Weste oder er schluckte irgendetwas, das jegliche Anspielung, Ironie oder Kritik an ihm abprallen ließ. »Also sind wir uns einig, ja? Eine Krimibuchhandlung, okay?«

Inzwischen war Posy klar, dass er erst verschwinden würde, wenn sie einwilligten, Bookends in eine Krimibuchhandlung umzuwandeln und ihre Regale mit grässlichen Verbrecherromanen und Psychothrillern zu bestücken. Posy wusste, dass sie eigentlich keine Vorurteile haben sollte – sie konnte es auch nicht ausstehen, wenn Leute klischeehafte Vorstellungen von romantischer Literatur verbreiteten –, aber jeder Krimi, den sie kannte, hatte bloß aus endlos vielen Leichen und wüsten Bedrohungen bestanden. Mit Grausen erinnerte sie sich an die Story mit dem durchgeknallten Ex-Polizisten, dessen Frau einem Serienkiller zum Opfer gefallen war, der zwar eine zehnjährige Gefängnisstrafe aufgebrummt bekommen sollte, aber letzten Endes wegen eines Verfahrensfehlers freigesprochen wurde. Der Roman war langweilig und deprimierend gewesen, aber es war sinnlos, es Sebastian zu sagen. Er würde ohnehin nicht zuhören.

Was würde Lavinia in dieser Situation tun?, überlegte Posy nicht zum ersten Mal in diesen letzten Tagen.

Lavinia hatte immer gesagt, dass keiner Sebastian jemals in seine Schranken verwiesen hatte. »Mariana hat es jedenfalls nicht getan, und seine Nannys genauso wenig. Und selbst in Eton hat es keiner geschafft. Perry und ich hätten strenger mit ihm sein sollen, aber er war doch unser einziges Enkelkind, deshalb wollten wir ihn verwöhnen. Und jetzt ist er schlicht und einfach taub für ein Nein.«

Daher würde sie eben nicht *Nein* sagen, ganz einfach. Sie wandte sich ihm wieder zu und blickte in sein erwartungsvolles Gesicht. »Krimibuchhandlung«, wiederholte er. »Du und ich, wir beide?«

»Na schön, wie auch immer«, sagte Posy vage – das war weder ein Ja noch ein Nein, sondern irgendetwas in der endlos weiten Grauzone dazwischen und hätte vor Gericht nie im Leben Bestand. »Ich habe es satt, mich darüber unterhalten zu müssen. Sind wir jetzt fertig?«

Auch wenn es alles andere als ein deutliches Ja war, strahlte Sebastian sie an, als hätte sie soeben laut hinausgeschrien: Ja, ja, tausend Mal ja!

O Gott, dieses Lächeln. Selbst wenn Sebastian ein finsteres Gesicht zog, war er unfassbar attraktiv, doch wenn er lächelte, raubte einem seine Schönheit geradezu den Atem. Gleichzeitig wirkte es so verschmitzt, dass Posy gar nichts anderes übrig blieb, als es zu erwidern.

»Ha!«, stieß er hervor. »Wusste ich's doch, dass du mir nicht widerstehen kannst.«

»Dir zu widerstehen ist das reinste Kinderspiel«, gab Posy zurück, doch Sebastian war so außer sich vor Begeisterung, weil er seinen Willen durchgesetzt hatte, dass er sie in die Arme nahm und im Walzertakt mit ihr um den Auslagentisch in der Mitte herumtanzte. Eigentlich war es ganz nett, von einem Mann in den Armen gehalten zu werden, vor allem wenn dieser Jemand so groß und breitschultrig war, dass es einem das Gefühl gab, selbst klein und zierlich zu sein, außerdem duftete er so herrlich. Es war ein wunderbarer Moment – bis Posy ihm auf den Fuß trat.

»Hast du das mit Absicht getan?«

Posy blieb eine Antwort erspart, da in diesem Moment ein ohrenbetäubendes Poltern aus dem oberen Stockwerk drang, gefolgt von einem entschuldigenden »Alles okay, Miss. Nix kaputtgegangen, nur ein paar Bücherrücken sind ein bisschen angeknickt.« Die Türglocke läutete, und Sam kam herein, dicht gefolgt von seinem besten Freund Pants.

»Tag«, sagte Sam und durchquerte den Laden, um auf direktem Weg nach oben zu gehen, doch Pants ließ sich alle Zeit der Welt, weil Nina hinter der Kasse stand. Pants begleitete Sam donnerstags einzig und allein nach Hause, um einen Blick auf Nina erhaschen zu können – Nina, die große Liebe seines Lebens.

»Wie geht's so, Pants?«, erkundigte sich Nina freundlich, weil Pants nun mal den Wunsch in anderen Menschen auslöste, nett zu ihm zu sein. Er war klein, pummelig und hatte rötliche Haare. Selbst seine Eltern nannten ihn Pants.

»Oh, kann nicht klagen, auch wenn es ziemlich kühl für die Jahreszeit ist«, antwortete er und wippte auf den Fersen vor und zurück. Obwohl Pants erst fünfzehn war, redete er wie ein Mann in den mittleren Jahren. Er starrte Nina weiter an, während sie tapfer lächelte, dann schwang er sich seine Schultasche über die Schulter und blies zum Rückzug. »Tja, ich muss los. Die Mathehausaufgaben machen sich nicht von alleine«, sagte er und verschwand.

»Sorry«, sagte Sam zu Nina. »Jeden Donnerstag erzählt er mir, heute würde er nicht mitkommen, aber in Geschichte überlegt er es sich dann jedes Mal wieder anders.«

»Kein Problem. Ich glaube, die Beziehung mit Pants ist die längste, die ich je mit einem Mann hatte«, sagte Nina und ließ die Schultern hängen. »Zumindest bis er einen Wachstumsschub bekommt und anfängt, nach Jüngeren Ausschau zu halten.«

»Das stimmt«, bestätigte Sam. Noch hatte er Sebastian nicht bemerkt – der ihn dafür bereits sehr wohl: Sebastian musterte Sam mit eigentümlicher Miene von oben bis unten.

»Du solltest jetzt hochgehen«, sagte Posy schnell. »Bestimmt hast du jede Menge Hausaufgaben. Ach ja, oben sind gerade zwei Männer, die ein Sofa liefern, das wir definitiv nicht brauchen …«

»Doch, wir brauchen es. Wann immer ich mich auf unseres setze, vergesse ich die lose Sprungfeder, und sie pikst mich in den Hintern.«

»Dann musst du eben besser aufpassen«, gab Posy zurück. »Geh jetzt nach oben und pass auf, dass sie nichts kaputt machen.«

Sam schnitt eine Grimasse. »Da spricht wieder mal die Diktatorin.«

»Stimmt.« Sebastian schaffte es einfach nicht, länger als ein paar Minuten die Klappe zu halten. »Ich bin übrigens Sebastian. Und du?«

Sam wich einen Schritt zurück, sodass Posy nichts anderes übrig blieb, als die beiden einander vorzustellen. »Das ist Sebastian, Lavinias Enkel. Erinnerst du dich etwa nicht an ihn? Andererseits belästigt er uns wohl immer nur dann, wenn du gerade in der Schule bist. Außerdem ist er ziemlich unhöflich, also nimm es nicht persönlich, was er sagt. Sebastian, das ist Sam, mein kleiner Bruder.«

»Nicht dein kleiner, Posy, sondern dein jüngerer Bruder. Ich bin viel größer als du.«

Die beiden Jungs musterten einander. Sollte Sebastian irgendeine Bemerkung über Sams Pickel oder den zarten Haarflaum machen, der auf seinem Kinn spross, worüber Posy mit ihm dringend reden sollte, oder über die drei Zentimeter unter seinem Hosensaum, die seine löchrigen Socken zeigten, würde sie ihn umbringen. Und zwar langsam und schmerzvoll. Sehr schmerzvoll.

Sebastian hielt sich zurück. »Aber das ist nicht Sam«, erklärte er stattdessen. »Sam ist ein kleiner Junge. Ungefähr so groß.« Er hielt die Hand auf Höhe seiner Brusttasche.

»So groß bin ich nicht mehr, seit ich sechs war oder so.«

Nun war es an Sam, Sebastian eindringlich zu mustern. Es war ein wenig, als würde man zwei rivalisierende Hirschböcke beobachten, kurz bevor sie die Köpfe senkten und aufeinander losgingen.

Dann zuckte Sebastian die Achseln, und Posy spürte, wie sich ihre Fäuste entspannten. »Hey, Sam. Nett, dich wieder mal zu sehen. Kannst du eine PlayStation, eine Stereoanlage und einen 46-Zoll-Plasmafernseher gebrauchen? Deine Schwester meint, ich soll alles wieder mitnehmen.«

»Wieso sagst du so was?« Sam warf ihr einen vernichtenden Blick zu. »Unser Fernseher ist Mist.«

Posy war klar, dass sie sich geschlagen geben musste. »Falls wir die Sachen behalten, ich wiederhole *falls*, darfst du jeden Abend nur eine Sache machen. Entweder eine Stunde fernsehen oder PlayStation spielen. Am Wochenende von mir aus auch zwei. Und erst wenn die Hausaufgaben vorher erledigt sind. Versprochen?«

»Na gut, von mir aus.«

Sebastian wandte sich wieder Sam zu. »Du solltest den Jungs oben bei den Möbeln helfen. Meine Anzüge sind zum Möbelschleppen leider nicht gemacht. Habt ihr ein paar Kekse? Deine Schwester bietet mir ja noch nicht mal eine Tasse Tee an. Du solltest dringend mal mit ihr reden.«

»Wahrscheinlich hat sie sie alle gegessen«, erklärte Sam, der miese kleine Verräter. Endlich leerte sich der Laden, und Nina hatte Gelegenheit, Posy einen vernichtenden Blick zuzuwerfen.

»Was ist? Was habe ich falsch gemacht?«

»Wir werden eine Krimibuchhandlung?« Sollte bei Downton Abbey rein zufällig ein Ersatz für die Dowager Countess benötigt werden, wäre Nina genau die Richtige.

»Natürlich nicht.«

Verity kam aus dem Hinterzimmer gestürzt, wo sie die ganze Zeit über geschmollt hatte. »Aber du hast zugesagt. Das ist die reinste Katastrophe!«

»Es wird ganz schrecklich!« Nina hörte sich an, als wäre sie den Tränen nahe. »Eine Krimibuchhandlung. Hier werden sich massenhaft Psychopathen herumtreiben, die an gebrauchten Höschen schnüffeln und Ted-Bundy-Bücher verlangen, und dann folgen sie uns nach Hause, ermorden uns bestialisch und machen Overalls aus unseren Häuten.«

»Ihr reagiert beide total über«, protestierte Posy. »Außerdem habe ich nicht zugesagt, aus Bookends eine Krimibuchhandlung zu machen. Ich habe ›Wie auch immer‹ gesagt. Das ist nicht mal ansatzweise ein Ja. Er wollte einfach nicht damit aufhören, deshalb *musste* ich irgendetwas sagen, und ein Nein wäre nicht zu ihm durchgedrungen. Außerdem hat er die Aufmerksamkeitsspanne eine Fruchtfliege. In einer Woche hat er es längst vergessen, und wir haben unsere Ruhe, während er irgendeine dubiose Seitensprung-App oder sonst einen Schwachsinn entwickelt.«

Verity blieb skeptisch. »Bist du sicher?«

»Ich war mir einer Sache noch nie so sicher. Allerdings muss ich Sebastian in einem Punkt Anerkennung zollen, wenn auch zum ersten und letzten Mal, und wir werden es auch nie wieder erwähnen, aber die Idee mit den Postkarten, Kaffeebechern und Tragetaschen ist wirklich genial.«

Nina klatschte in die Hände. »Finde ich auch! Ich liebe Tragetaschen! Wir können unsere eigenen entwerfen, mit Zitaten aus unseren Lieblingsbüchern darauf!«

»Aber nur die, deren Autoren seit siebzig Jahren tot sind, damit wir nicht auch noch für das Copyright bezahlen müssen«, bemerkte Posy … Allmählich hatte sie offenbar den Bogen raus, selbstständige Geschäftsfrau zu sein. In einem Jahr würde sie an der Jahresversammlung der Kleinunternehmer teilnehmen und sich mit anderen erfolgreichen Selbstständigen zum Mittagessen verabreden.

Endlich kratzten auch Gockel und Brummbär die Kurve, wenn auch nicht, ohne einen Stapel voll London-Bücher umzuwerfen, die Posy aufgestellt hatte, um potenzielle Touristen anzulocken, die sich in die Gasse verirrt hatten. Dann machten Nina und Verity den Laden zu und gingen ebenfalls nach Hause, während Sebastian immer noch oben bei Sam war.

Als Posy die Treppe hinaufging, hörte sie leise Stimmen aus dem Wohnzimmer. Sie machte die Tür auf und sah die beiden auf den Computerbildschirm starren.

Einen grauenhaften Moment lang dachte Posy, es wäre ein Porno, doch als sie näher trat, erkannte sie die grob gezimmerte Bookends-Website auf dem Monitor wieder. Sam und Sebastian waren so in eine angeregte Diskussion über Datenbanken, Formatvorlagen, Bedienfelder und seltsame unverständliche Akronyme vertieft, dass sie sie nicht gehört hatten.

Posy wusste, dass Sebastian eine Computerfirma hatte und sein Geld mit der Entwicklung von Apps, Websites und Gott weiß was sonst noch verdiente, aber sie hatte immer den Verdacht gehabt, dass er bloß vage Ideen geliefert hatte, während ein Team aus Lakaien um ihn herum die eigentliche Arbeit erledigte. Oder das Programmieren. Egal. Aber jetzt redete er mit Sam über etwas namens CSS, und das in einem Tonfall, der in keinster Weise etwas Boshaftes oder Beleidigendes an sich hatte. Seine Finger flogen förmlich über die Tastatur, und Posy musste zugeben, dass sie sich womöglich geirrt hatte.

Und Sam! Ihr süßer kleiner Sam hielt sich unglaublich wacker in der Unterhaltung. Er nickte, schob Sebastian ein Stück zur Seite, dann drückte er ein paar Tasten, woraufhin der Bildschirm kurz schwarz wurde, ehe flackernde grüne Buchstaben erschienen, und plapperte unterdessen aufgeregt über Hyperlink-Präsentationsmodule.

Sam war ein eigenständiger Mensch, mit seinen eigenen Problemen und Kümmernissen, seinen eigenen Vorlieben und Abneigungen, seinen eigenen Leidenschaften und Plänen – und würde sie schon bald nicht mehr brauchen. Was auch gut so war, weil es bedeutete, dass sie alles richtig gemacht hatte. Sie war gewissermaßen in die Fußstapfen ihrer Eltern getreten, hatte ihn großgezogen, und nun konnte sie bald ihr eigenes Leben in die Hand nehmen. Das war etwas Gutes. Aber wieso machte dieser Gedanke sie dann so traurig?

»Ich hoffe, das bedeutet, dass du keine Hausaufgaben hast«, sagte sie, nur um sich selbst daran zu erinnern, dass er sie noch brauchte, aber ihr wurde augenblicklich klar, dass sie damit voll ins Fettnäpfchen getreten war, da Sam sich mit einem gekränkten Blick zu ihr umwandte und Sebastian nur abfällig schnaubte.

»Gott, deine Schwester ist so eine Spielverderberin«, bemerkte er. »Und ein Sturkopf noch dazu. Wie erträgst du das bloß?«

»Eigentlich ist sie ganz okay. Manchmal jedenfalls«, sagte Sam mit weit weniger Begeisterung, als sie sich erhofft hätte. »Beispielsweise mault sie nie herum, ich solle mein Bett machen. Es würde ja sowieso wieder zerwühlt werden, wenn ich mich abends reinlege. Hey, bleibst du eigentlich zum Abendessen?«

»Hallo? Ich bin noch hier«, sagte Posy. Die Vorstellung, Sebastian könnte auch noch zum Essen bleiben, war unerträglich. Er würde nur endlos weiter über die Krimibuchhandlung faseln, die niemals gegründet werden würde, außerdem war nur noch ein kleiner Rest Nudeln mit Pesto aus irgendwelchem Grünzeug im Kühlschrank, weil Posy keine Zeit zum Einkaufen gehabt hatte. Bei ihr und Sam gab es mindestens zweimal pro Woche Nudeln mit Pesto.

»Ich würde sehr gern bleiben, aber die hausfraulichen

Qualitäten deiner Schwester lassen sehr zu wünschen übrig, und ich würde nur ungern an einer Wurstvergiftung sterben«, sagte Sebastian, stand auf und lockerte die Schultern. »Hat mich gefreut, dich zu sehen, Sam. Du bist eindeutig mein Lieblings-Morland. Nummer eins mit Sternchen. Ich sehe zu, dass Rob dir eine Mail wegen der Website schickt.«

Sam schien gar nicht zu merken, dass Sebastian durch seine pure Existenz sämtliche Energie im Raum aufsog und seine Schwester innerhalb einer Minute mindestens drei Mal beleidigt hatte – stattdessen löste er noch nicht mal den Blick vom Bildschirm. »Cool. Dann bis bald.«

Posy führte Sebastian durch den dunklen Laden. Sie holte tief Luft und beschloss, ausnahmsweise einmal nicht ganz so streng mit ihm zu sein, immerhin hatte er trotz allem ein paar wirklich gute Ideen gehabt.

»Deinen Vorschlag mit den Tragetaschen finde ich wirklich gut«, sagte sie und schloss die Tür auf. »Und es ist echt nett von dir, Sam bei der Website zu helfen.«

Statt hinauszutreten und all die Pläne für ein Krimi-Imperium zu vergessen, kaum dass die nächste funkelnde Versuchung um die Ecke kam, blieb er im Türrahmen stehen und legte die Hand auf Posys Stirn. Seine Finger fühlten sich ganz kühl an, und ihre Stirn war glühend heiß, weil sie so durcheinander war und es inzwischen warm genug war, um ohne ihre Steppweste herumzulaufen.

»Ich glaube fast, du brüstest etwas aus, Morland«, sagte er mit so besorgter Stimme, dass es beinahe komisch wirkte. »Du hast dich gerade ohne jeden Anflug von Sarkasmus bei mir bedankt. Ich bin regelrecht gerührt.«

»Genieß das Gefühl, weil es vermutlich nicht lange anhalten wird«, sagte sie und schob ihn hinaus, während er wieder einmal ein Heidengezeter wegen seines Anzugs veranstaltete. »Danke für die guten Ratschläge. Sollte ich weitere Hilfe benötigen, rufe ich dich an.«

Sebastian wollte etwas sagen, doch Posy bekam es gar nicht mit, da sie bereits die Tür abschloss und den Riegel vorschob. Als er keine Anstalten machte aufzubrechen, verscheuchte sie ihn mit einer Geste und zog die Jalousie herunter.

Der Wüstling, der mein Herz stahl

Als Posy Morland das Jagdgebiet durchquerte, das allgemein als Marylebone Park bekannt war, begann es plötzlich zu regnen.

Sie kam von ihrer lieben Freundin Verity Love, einer Pastorentochter, mit der sie im Pfarrbezirk Camden Kranke und Gebrechliche besucht und den Kindern der Armenschule vorgelesen hatte.

Das Licht des späten Nachmittags schwand zusehends, während sich die Wolken über ihr zusammenballten und es unvermittelt wie aus Eimern zu schütten begann. Kurz darauf war ihr Musselinkleid vollkommen durchnässt, und ihre Stola und ihre Haube boten auch keinerlei Schutz vor den Elementen. (Anm.: Erinnert ein bisschen an die Passage in Stolz und Vorurteil, wenn Mrs. Bennet dafür sorgt, dass Jane nicht mit der Kutsche nach Netherfield Park fahren kann, in der Hoffnung, dass sie vom Regen überrascht wird und sich endlich etwas mit Mr. Bingley anbahnt.)

Aufgrund des rollenden Donners und des prasselnden Regens dauerte es eine Weile, bis das Geräusch der galoppierenden Hufe an Posys Ohren drang, und im selben Moment erblickte sie auch schon einen Reiter, dessen schemenhafte Gestalt im Dunkel aufragte. Sie unterdrückte einen Schrei und hoffte, dass er sie im Schatten der Bäume nicht bemerken würde. Das Jagdgebiet von Marylebone Park wurde immer wieder von Wegelagerern, Strauchdieben und anderen finsteren Gesellen heimgesucht.

Ein Blitz zuckte grell über das Firmament, und das Pferd bäumte sich panisch auf. Posy sah, wie der Reiter heftig fluchte und sein Ross zu bändigen versuchte. Dann erkannte sie seine düsteren, kalten Züge, bevor sein Gesicht wieder vom Dunkel verschluckt wurde. Sie begann zu laufen, doch der Boden war durchweicht; auf ihren dünnen Sohlen rutschte sie immer wieder im Schlamm aus, und ihr Kleid und die Unterröcke waren patschnass.

Sie hörte das Pferd hinter sich. Es kam ihr vor, als würde sie bereits den heißen Atem des Gauls im Nacken spüren. Sie versuchte, ihre Schritte zu beschleunigen, doch dann strauchelte sie, konnte sich in letzter Sekunde jedoch wieder fangen.

»Miss Morland! Sie unmögliche kleine Närrin!«, ertönte eine ebenso vertraute wie süffisante Stimme. Der Reiter beugte sich zu ihr herunter, und als er sie vom Boden hob (Anm.: Wäre das physisch überhaupt möglich? Vielleicht, wenn er ins Fitnessstudio gehen und ich zehn Kilo abnehmen würde?) und sie zu sich in den Sattel beförderte, blieb ihr nur, einen kurzen Schrei auszustoßen. »Hier draußen werden Sie sich den Tod holen – oder es mit jemandem zu tun bekommen, der es mit Ihnen nicht ganz so gut meint wie ich.«

Sie war so klatschnass und durchgefroren, dass sie die Antwort nur mit klappernden Zähnen herausbrachte. »Einen abscheulicheren Schurken als Sie würde ich wahrscheinlich nicht mal in der zwielichtigsten Spelunke von ganz London finden!«

Sebastian Thorndyke gab ein kehliges Lachen von sich. »Vielleicht sollte ich Sie lieber sich selbst überlassen und den armen Teufel bedauern, der einer Beißzange wie Ihnen in die

Fänge läuft.« Doch dann richtete er sich im Sattel auf, während das kraftvolle Tier sie im Galopp über das dunkle Gelände trug, öffnete seinen Übermantel und presste Posys Rücken an seine stählerne Brust. Er hüllte sie in den weichen, feuchten Wollstoff und fügte hinzu: »Aber damit würde ich womöglich gegen meine eigenen Interessen handeln. Sie schulden mir nach wie vor fünfzig Guineas, und wenn Ihnen etwas Widriges zustoßen sollte, sehe ich mein Geld nie wieder.«

»Sie sind ganz und gar unerträglich«, gab Posy zurück, während er das Pferd ein wenig zügelte, sodass es in einen etwas sanfteren Galopp verfiel. In Wahrheit war sie ihm dankbar, dass er sie davor bewahrt hatte, sich im strömenden Regen nach Bloomsbury durchschlagen zu müssen. Nicht, dass sie das Thorndyke gegenüber jemals zugegeben hätte, der gerade wieder spöttisch lachte und sie noch fester an sich drückte.

8

Posy hatte schon immer größte Bewunderung für jeden gehegt, der das Talent und die Entschlossenheit besaß, ein Buch zu schreiben und es auch zu Ende zu bringen, doch als sie nun über ihren grauenhaft dilettantischen Versuchen brütete, selbst etwas zu Papier zu bringen – noch dazu in dem Genre, in dem es ihr eigentlich leichtfallen sollte –, erreichte ihre Bewunderung eine ganz neue Qualität.

Schon ihr ganzes Leben lang hatte sie Schriftstellerin werden wollen. In dem Sommer, als ihre Eltern … als der Unfall passiert war, hatte sie gerade die Zusage für einen Master-Kurs in Kreativem Schreiben an der University of East Anglia bekommen, der im Oktober beginnen sollte. Abgesehen davon, Ryan Gosling zu heiraten, war es ihr großer Traum gewesen, einen Platz in dem Kurs zu ergattern, den auch schon Talente wie Tracy Chevalier, Ian McEwan, Kazuo Ishiguro und zahlreiche andere renommierte Literaturpreisträger besucht hatten. Posy hatte sogar überlegt, zuzusagen und mit Sam nach Norwich zu ziehen. Ihre Großeltern hatten außerdem angeboten, ihn zu sich nach Wales zu holen, und Perry und Lavinia hatten ebenfalls vorgeschlagen, ihm während des Schuljahres ein Zuhause zu geben, aber sie und Sam hatten so viel verloren, dass die Vorstellung, ihre Familie, ihr Leben in London zurückzulassen und nicht länger zusammen sein zu können, schlicht zu viel gewesen wäre.

Was jedoch keineswegs bedeutete, dass Posy ihre schrift-stellerischen Ambitionen aufgegeben hätte. In ihrem Computer waren sage und schreibe neun Versuche für einen großen englischen Roman abgespeichert – nur leider war keiner sonderlich gelungen, weshalb sie auch nicht weiter daran gearbeitet hatte. Einer dieser Versuche trug den Titel *Der Krokusschlund*, auch wenn sie sich nicht erinnern konnte, wie sie auf die Schnapsidee gekommen war, mithilfe der Bewusstseinsstromtechnik einen Roman zu schreiben, oder was ihr diesen absurden Titel ins Hirn gespült hatte.

Aber das hier … *Der Wüstling, der mein Herz stahl* – es war verstörend. Zutiefst verstörend. Nicht verstörend genug, um es zu löschen, schließlich könnte sie immer noch die Namen ändern (sobald sie die Energie aufbrachte, den Text zu lektorieren und umzuschreiben und sich womöglich sogar überwand, es jemand anderen lesen zu lassen; vielleicht Verity, wenn sie absolute Geheimhaltung schwor), dennoch verstörend genug, dass sie es auf einem USB-Stick abspeicherte, damit Sam nicht zufällig darüber stolperte.

Aber musste man sich wundern, dass sie sich in lächerlichen Schwärmereien über Sebastian erging, wenn er der einzige Mann war, mit dem sie regelmäßig zu tun hatte? Abgesehen von Tom, aber der zählte ja nicht. Er war ihr Arbeitskollege, jetzt sogar ihr Angestellter, und obwohl er ziemlich attraktiv war, wenn man auf den Typ Jungakademiker stand mit Strickjacke, Haartolle und der unverbindlichen, aber zugleich etwas strengen Art – Tom besaß ein unnachahmliches Talent dafür, Frauen mittleren Alters Bücher zu verkaufen, als wären sie begehrtes Handelsgut auf dem Schwarzmarkt im ehemaligen Ostblock –, konnte Posy sich nicht vorstellen, dass er je Objekt ihrer sexuellen Begierde sein könnte. Gütiger Himmel, nein!

Sie musste dringend all diese Gedanken über Sebastian verbannen – aus ihrem Gedächtnis, aus ihrer übersteigerten Fantasie, von der Festplatte ihres Computers. Sie brauchte einen Mann, und zwar dringend. Doch einen anständigen, halbwegs passablen Kerl zu finden, war in etwa so schwierig wie die Suche nach einem Roman von Stephanie Laurens, den sie noch nicht kannte. Posy hatte seit Wochen kein Date mehr gehabt, und die Nachrichten von den Dating-Seiten (nach ihrer letzten Zählung war sie aktuell bei fünf angemeldet) klangen allesamt nicht gerade vielversprechend.

Auf ihrem Profil hatte Posy ihre Interessen angegeben: lange Spaziergänge, Galerie- und Theaterbesuche und schöne Filme, bei denen man es sich auf dem Sofa mit einer schönen Flasche Wein gemütlich machen konnte. Doch wenn sie ehrlich blieb, war das Letzte so ziemlich das Einzige, was sie auch wirklich in die Tat umsetzte. Wenn sie doch etwas mehr Freizeit hätte. Dann würde sie sich kreuz und quer durch London treiben lassen und alle möglichen kulturellen Events besuchen.

Das Problem war nur, dass Posy wohl niemals eine ernst zu nehmende Beziehung mit jemandem eingehen könnte, der ihr Nachrichten wie diese schickte: »Hi Süße was geht bei dir? Ich finde das du super aussiehst«. Sie konnte einfach nicht mit jemandem zusammen sein, der nicht einmal die Grundregeln der Grammatik und der Zeichensetzung beherrschte. Dasselbe galt für die diversen Varianten von »Wahnsinn! Geile Fotos. Bock auf mehr?«. Außerdem hatten die Schwarz-Weiß-Aufnahme von Posy, wie sie über den Rand von *Jane Eyre* hinweglinste, oder das Foto von der letzten Weihnachtsfeier, bei der sie in einem Rentier-Pulli und mit Leuchtgeweih auf dem Kopf auf der Rollleiter saß, nichts, was auch nur annähernd das Attribut »sexy« verdient hätte.

Doch jetzt war nicht der richtige Zeitpunkt, um sich darüber Gedanken zu machen. Posy musste einen Mann finden, und wenn es übers Internet nicht funktionierte, würde sie ihr Glück eben auf die althergebrachte Art versuchen.

»Wollen wir am Samstag ausgehen?«, fragte sie Nina und Verity, als beide am Mittwochmorgen in den Laden kamen. Sie ließ den beiden nicht einmal die Gelegenheit, ihre Mäntel auszuziehen oder zu fragen, wer heute mit Teekochen an der Reihe war. »Ich muss mit einem Mann reden, bei dem es sich nicht um den verdammten Sebastian Thorndyke handelt.«

»Wie wäre es mit Tom?«, schlug Verity vor.

»Tom zählt nicht«, sagten Nina und Posy wie aus einem Munde.

»Oder könntest du dir etwa vorstellen, mit Tom ein Date zu haben?«, fügte Posy hinzu.

»Vor allem, wenn er mal wieder seine Sonntagsfliege mit den Punkten trägt«, ergänzte Nina. »Außerdem wäre Tom eine viel zu harte Nuss. Ich habe schon so oft mit ihm ein Bier getrunken und bis heute weder kapiert, worum es in seiner Doktorarbeit geht, noch weiß ich, ob er liiert ist oder sonst irgendetwas Persönliches. Ich bin immer noch der Meinung, dass er im Zeugenschutzprogramm ist.«

»Oder er ist eigentlich verheiratet, hat fünf Kinder und arbeitet nur im Laden, damit er mal ein bisschen Ruhe hat«, schlug Verity vor.

»Könnten wir bitte bei der Sache bleiben? Ich muss dringend raus und mein Körpergewicht in Alkohol zu mir nehmen, damit ich ungeniert mit Männern flirten kann. Sie müssen noch nicht mal gut aussehen, ich will nur den Laden und Sebastian für ein paar Stunden vergessen, das ist alles. Ginge das? Bitte, bitte, bitte.«

»Das ginge«, bestätigte Nina. »Ich sage nur drei Worte:

scharfe schwedische Männer. Und noch drei: eiskalter schwedischer Wodka. Wir sind gerade Stefan aus dem Deli über den Weg gelaufen, und er hat uns zu seiner Geburtstagsparty am Samstag eingeladen. Ein paar Freunde aus Schweden seien zu Besuch, hat er gemeint. Sogar Verity hat versprochen, dass sie kommt.«

Verity war mittlerweile in der Küche und kochte Tee, aber sie streckte den Kopf zur Tür heraus und schnitt Nina eine Grimasse. »Ich gehe sehr wohl ab und zu aus«, erklärte sie. »Wenn wir hingehen, muss ich am Samstag aber früher Schluss machen, damit ich ein bisschen vorschlafen kann.«

»Ich muss am Samstag mit Sam Klamotten kaufen gehen«, sagte Posy, was ein weiterer Grund war, abends um die Häuser zu ziehen, weil Klamottenkaufen mit Sam die reinste Quälerei war und sie danach eine Belohnung verdient hatte – eine mit viel Alkohol. »Ich bin gegen drei zurück, wenn ich ihn nicht vorher umgebracht habe, und dann kannst du gern gehen.«

Vielleicht sollte sie ja nun, da ihr das Bookends gehörte, strenger sein und klarere Grenzen ziehen, aber Nina, Verity und Tom waren ihre Freunde gewesen, lange bevor sie ihre Mitarbeiter geworden waren. Sie zweifelte keine Sekunde daran, dass sie hinter ihr stehen würden, wenn sie sie wirklich brauchte, vor allem, wenn die große Neueröffnung im Juli anstand.

»Übrigens bin ich gestern Abend die Bücher durchgegangen«, sagte Verity, was Posys Argument noch untermauerte. Nur eine echte Freundin würde ihren Dienstagabend damit verbringen, die Buchhaltung ihres Ladens durchzuackern. »Ich will ja keine Panik verbreiten … na ja, vielleicht sollte ich es ja ein klein bisschen tun, aber du solltest dich dringend mal mit Lavinias Steuerberater unterhalten. Außerdem wäre es besser, wenn wir die Neueröffnung zügig vorantreiben. Willst du Tee oder Kaffee?«

»Tee, bitte«, antwortete Posy beiläufig. »Vorverlegen, meinst du. Ich fand Ende Juli schon ziemlich ehrgeizig.«

Nina machte ein entsetztes Gesicht und murmelte etwas davon, sie müsste sich noch um die ausstehenden Bestellungen kümmern, als würde sich allein bei dem Wort »Steuerberater« ihr Blutdruck erhöhen.

»Wir schaffen es kaum, auf null zu kommen«, fuhr Verity fort. »In letzter Zeit herrscht fast komplette Flaute, und wenn wir noch länger warten, rutschen wir in die Miesen, sodass du bei der Bank um einen Dispokredit bitten musst.« Sie stellte einen Becher Tee vor Posy auf den Tresen. »Tut mir leid. Ich komme nur ungern gleich am frühen Morgen mit so was an.«

»O Gott, es ist doch nicht deine Schuld.« Seufzend schloss Posy die Finger um den Becher, als würde die Wärme des Porzellans auf ihr Herz übergehen können, das sich anfühlte, als würde es von einer eisigen Faust umklammert werden. »Meinst du denn, ich sollte einen Dispo einrichten?«

»Ich würde es nicht tun. Die knöpfen dir bloß Wahnsinnszinsen und Gebühren ab.«

Erst als Verity sie in eine Umarmung schloss, dämmerte Posy, dass der Laden massiv in der Klemme stecken musste – zwar drückte Verity sie nur flüchtig, trotzdem musste es ernst sein, da sie definitiv nicht der Mensch war, der andere umarmte.

»Es wird wohl Zeit, die schweren Geschütze aufzufahren, Posy«, sagte sie und nahm ihren Teebecher.

Posy brach der kalte Schweiß aus. »Du willst damit aber nicht sagen, was ich glaube …«

»Ich fürchte, doch.« Verity nickte grimmig. »Ein Wandplaner, eine Handvoll Leuchtstifte, Aufkleber und ein paar Schachteln Kekse.«

»Bitte sag, dass es nicht so schlimm ist!« Das letzte Mal war der Einsatz von Wandplaner, Stiften und Aufklebern nötig gewesen, als sie eine Eventwoche anlässlich des Bookends-Jubiläums geplant hatten. Die Erinnerung daran versetzte Posy einen schmerzlichen Stich: Dies war das letzte Mal gewesen, dass sie die Bäume im Hof mit kleinen Lichterketten geschmückt hatten. Die große Geburtstagssause zum 100. Jahrestag war wunderbar gewesen, wie in den guten alten Zeiten. Doch als sie die Gläser auf all jene Freunde gehoben hatten, die nicht bei ihnen sein konnten, war es Posy auf einen Schlag zu viel geworden. Sie hatte sich mit den Geistern ihrer Vergangenheit in den Laden zurückziehen wollen, doch da saß schon Lavinia. Ganz verloren hatte sie auf dem Sofa gesessen und vor sich hin gestarrt.

»Ich vermisse Perry so sehr«, hatte sie gesagt, als sie Posy im Türrahmen hatte stehen sehen. »Ich glaube nicht, dass ich mich je daran gewöhnen werde, ihn nicht mehr um mich zu haben.«

»Es tut mir so leid«, hatte Posy gesagt, in der Hoffnung, dass Lavinia aus ihren Worten herauslesen konnte, wie gut sie sie verstand. »Willst du lieber allein sein? Ich kann auch gern wieder gehen …«

Lavinia hatte den Kopf geschüttelt. »Du kannst gern bleiben, wenn du versprichst, ganz, ganz leise zu sein.«

Also hatte Posy sich neben Lavinia gesetzt, ihre Hand genommen und die weiche, pergamentartige Haut gestreichelt. Und keine von ihnen hatte gesprochen, weil es einfach nichts zu sagen gab.

Die Planung dieses Abends war komplett in eine Diskussion ausgeartet, welche Aufkleber auf den Wandplaner geklebt und wie viel Zeit für jede Aufgabe eingeplant werden sollte, bis Lavinia so wütend geworden war, wie Posy sie noch nie erlebt hatte, und gedroht hatte, Verity (die damals seit gerade einmal einem Monat bei Bookends gewesen war) und Posy im Genick zu packen und mit den Köpfen zusammenzustoßen.

Doch nun schien Verity der festen Überzeugung zu sein, dass sie dringend einen Wandplaner brauchten.

»Eine andere Alternative gibt es nicht«, erklärte sie. »Los, du weißt ganz genau, dass es sinnvoll ist.«

Posy wollte protestieren, doch Verity winkte nur ab und schickte Posy ins nächste Schreibwarengeschäft und in Stefans Deli – die Süßigkeiten seien von größter Bedeutung, um ihren Energielevel oben zu halten, meinte sie. Sie selbst weigerte sich, den Botengang zu übernehmen. »Ich habe eine Menge zu tun, außerdem bin ich emotional nicht in der Verfassung, mich dem Rest der Welt zu stellen, nicht mal dem netten Stefan.«

»Aber so geht es dir doch tagtäglich«, argumentierte Posy, machte sich dann aber trotzdem auf den Weg. Für einen so introvertierten Menschen wie Verity gelang es ihr ganz ausgezeichnet, ihren Kopf durchzusetzen. Als sie auf der Straße stand, stellte Posy fest, dass sie sogar dankbar für die Gelegenheit war, einen klaren Kopf zu bekommen, bevor sie sich für den Rest des Tages im Hinterzimmer verbarrikadieren musste.

Sie machten sich mit den besten Absichten ans Werk, legten farbige Aufkleber für bestimmte Aufgaben fest, die für die Neueröffnung nötig waren: grün für die Bestellungen, blau für die Renovierung der Räume. Verity, die eine kleine, klare Handschrift hatte, notierte jede einzelne Aufgabe, auch wenn sie noch so unwichtig erschien.

Erst als Tom, der eigentlich am Nachmittag hätte arbeiten sollen, anrief und sich krankmeldete, fing alles an, den Bach runterzugehen. Tom hörte sich eigentlich nicht krank, sondern eher verkatert an – nach drei Jahren hörte man den Unterschied, aber abgesehen davon, ein ärztliches Attest von ihm zu verlangen, waren Posy ziemlich die Hände gebunden.

»Du könntest nicht zufällig über Mittag bleiben und lieber heute Abend eine Stunde früher gehen?«, fragte sie Nina.

»Nein, das geht nicht! Ich habe etwas vor!«, blaffte die zurück, als wäre Posy die reinste Tyrannin.

»Ich habe auch noch ein Leben außerhalb dieses Ladens!«

Der Grund für Ninas Patzigkeit schlenderte um fünf Minuten vor eins herein: Piers Brocklehurst, dreist und aufgeblasen wie immer, in einem viel zu auffälligen Nadelstreifenanzug und einem rosafarbenen Hemd, das noch greller war als die von Sebastian. Zudem schmeichelte diese Farbe seinem rötlichen Teint nicht allzu sehr.

»Ach so?«, sagte Posy zu Nina, die hektisch ihre Sachen schnappte, um ihrem bohrenden Blick keine Sekunde länger ausgesetzt zu sein als unbedingt notwendig. »Er? Was ist aus dem anderen Typ geworden? Der, den Sebastian neulich mitgebracht hat … dessen Profil du bei HookApp aktiviert hast.«

»HookUpp, nicht HookApp! Und was soll mit dem sein? Ich habe eben gern mehrere Eisen im Feuer, das weißt du doch. Ich bin zu jung, um mich schon fest zu binden«, fauchte Nina, während Piers durch den Laden stolzierte, als würde er ihm gehören und als würde er gerade überlegen, wie viel Profit er pro Quadratmeter herausschlagen konnte.

»So sieht man sich wieder, Miss Morland«, sagte er mit unverhohlener Verachtung. »In letzter Zeit mal wieder was von

Freund Thorndyke gehört? Den Kerl kriegt man ja kaum zu Gesicht.«

Schön wär's, dachte Posy. Würde er sich doch nur rarmachen, statt praktisch jeden Tag im Laden aufzuschlagen und allen auf die Nerven zu fallen. »Dann hat er Ihnen also nicht erzählt, dass das Gebäude hier unter Denkmalschutz steht?«, erkundigte sich Posy zuckersüß. »Und nicht nur das Haus, sondern die ganze Gasse.«

»Wie bitte? Auf welchem Planeten, bitte schön?«

»Genug jetzt«, unterbrach Nina scharf und trat, eingehüllt in eine Wolke Chanel N°5, hinter dem Tresen hervor. »Ich bin sicher, es gibt interessantere Gesprächsthemen als Bookends.«

Posy legte sich die Hand auf die Brust, als hätte ihr jemand einen Dolch ins Herz gerammt … was gewissermaßen der Fall war, doch Nina schüttelte energisch den Kopf.

»Also, was hättest du gern zu Mittag? Etwas Pikantes, Scharfes?« Piers tat so, als wollte er sich auf Nina stürzen, die kichernd auf ihren Zehn-Zentimeter-Absatzschuhen zurückwich, die sie am Morgen definitiv noch nicht getragen hatte.

»Oh, du böser, böser Junge«, säuselte sie mit kehliger Stimme und folgte ihm, noch immer kichernd, als Piers ihr die Hand aufs Hinterteil legte.

»Oh Nina«, stöhnte Posy laut, als sich die Tür hinter den beiden schloss. »Du hast einfach den miesesten Männergeschmack aller Zeiten.«

»Den absolut schlimmsten«, meldete sich eine Stimme aus dem Hinterzimmer. »Los, lass uns weitermachen«, sagte Verity, was sich als ziemlich schwierig entpuppte, weil ständig jemand hereinkam, der seine Mittagspause zum Bücherkaufen nutzen wollte. Und da Verity sich weigerte, ihr Büro zu verlassen und sich hinter die Kasse zu stellen, hatte Posy fast zwei Stunden lang alle Hände voll zu tun, bis Nina endlich wieder auftauchte.

Es war bereits kurz vor drei, als sie den Laden betrat. Ihr roter Lippenstift war verschmiert, und ihre aktuell lila gefärbte Bienenstock-Frisur hatte eine gefährliche Schlagseite.

»Sorry, sorry«, murmelte sie, als sie die Schlange vor der Kasse sah, während Posy mit der Kassenrolle kämpfte. »Ich hätte dir das mit Piers sagen müssen und hätte nicht so lange wegbleiben dürfen. Aber ich arbeite die Zeit komplett nach.«

»Das wird nicht viel bringen«, gab Posy knapp zurück, weil sie sich vor den Kunden nicht streiten wollte. Das unmutige Murmeln darüber, wie lange sie fürs Wechseln der Rolle brauchte, war schon ärgerlich genug. »Schließlich haben wir abends nicht länger offen, oder?«

»Stimmt auch wieder«, räumte Nina kleinlaut ein. »Ich gehe dann mal und mache Tee, in Ordnung?«

Es dauerte noch eine ganze Weile, bis Nina endlich mit einem Becher Tee und ihren bequemen Converse-Turnschuhen hinter der Kasse stand; inzwischen war Sam von der Schule nach Hause gekommen und ausnahmsweise mal in Plauderlaune, deshalb war es fast fünf, als Posy endlich Zeit fand, sich wieder zu Verity ins Hinterzimmer zu gesellen. Und sich sofort wieder wünschte, sie hätte es nicht getan. »Verity!«, rief sie. »Was ist passiert?«

Verity raufte sich die Haare. »Na ja, ich hab's vielleicht ein bisschen übertrieben mit den Aufklebern.«

»Vielleicht? Ein bisschen?«

Von März bis zu dem Tag, an dem Bookends als Happy Ends neu eröffnet werden sollte, war alles mit Klebezetteln bedeckt, ein ganzes Meer von Zetteln. Zettel über Zettel; in Farben, von denen Posy sich nicht einmal erinnerte, sie überhaupt gekauft zu haben.

»Wofür stehen die lilafarbenen noch mal?«, fragte sie. »Und die goldenen?«

»Weiß ich auch nicht mehr so genau«, gestand Verity. »Und inzwischen ist mir auch klar geworden, dass ich die Aufkleber erst hätte anbringen sollen, wenn die Aufgaben feststehen, nicht vorher. Ein ganzer Nachmittag, komplett vergeudet!«

»Nein, das nicht. Immerhin ist es ein Vorteil, zu sehen … Wow … wie viel wir in den wenigen Wochen noch zu tun haben.«

Das wäre eigentlich Veritys Stichwort gewesen, Posy Mut zuzusprechen und sie zu motivierten. Aber aufmunternde Motivationsreden waren nicht gerade ihre Stärke. »Sollen wir ein bisschen Bargeld aus der Kasse nehmen und eine Flasche Wein kaufen?«, war das Beste, was sie zuwege brachte.

»Gott, ja!«

Eine halbe Stunde später hatten sie die Hälfte eines billigen, fürchterlich sauren Cabernet Sauvignon geleert, während Nina in regelmäßigen Abständen einen Lagebericht aus dem Laden abgab. »Ist schon okay, ich will keinen Wein«, rief sie. »Ich fege eben noch den Fußboden, okay?«

Verity und Posy ignorierten sie und zupften einen Aufkleber nach dem anderen ab, die sich als reichlich hartnäckig entpuppten; es war fast, als wären die Aufkleber eine Metapher für … die Gesamtsituation. Wie wollten sie einen kompletten Neustart auf die Beine stellen, wenn sie noch nicht einmal einen Wandkalender in den Griff bekamen?

»Was stimmt nur nicht mit uns? Ich meine, wir haben beide einen Uni-Abschluss«, brummte Posy.

»Vielleicht wäre es einfacher, wenn wir eine Tabelle auf dem Computer anlegen«, schlug Verity vor, doch Posy blieb eine Erwiderung erspart, weil in diesem Moment die Tür so schwungvoll aufgerissen wurde, dass sie gegen eines der Regale knallte. Es gab nur einen Menschen, der sich einen solchen Auftritt leistete.

»Hallo, Tattoo-Girl, wieso so eine Leidensmiene? Nein! Ich will die Antwort nicht hören, interessiert mich gar nicht. Ist Morland da?«

Posy betete, dass Nina Buße für ihren Fauxpas leisten und sie verleugnen würde. Aber sie hatte Pech.

»Ja, hinten im Büro«, informierte Nina Sebastian freudig.

Es war höchste Zeit, dass sie und Nina ein ernstes Gespräch über ihre Arbeitseinstellung führten. Vielleicht war das mit der Tabelle im Computer ja doch keine so üble Idee.

Bevor sie Gelegenheit hatte, ihren Gesichtszügen eine halbwegs positive Note zu verleihen, kam Sebastian auch schon hereingeplatzt und beanspruchte in Sekundenbruchteilen jeden Zentimeter des engen Büros für sich, während Verity und Posy förmlich mit ihren Stühlen verschmolzen, die sie in die Mitte des Raums vor den Wandkalender gestellt hatten.

»Da seid ihr ja. Ihr seht ja auch aus wie drei Tage Regenwetter. Was ist bloß los mit euch?« Im Gegensatz zu ihnen schien Sebastian bester Dinge zu sein. »Ist das was Hormonelles? Habt ihr eure …«

»Bitte beende den Satz nicht!«, rief Posy und ließ sich wieder auf ihren Drehstuhl fallen. »Was machst du denn schon wieder hier?«

»Ich musste etwas ausmessen. Auf der anderen Seite des Platzes.« Eine lächerlichere Ausrede hatte Posy nur selten gehört. »Außerdem wollte ich meinen neuen digitalen Meterstab ausprobieren. Er funktioniert auf Laserbasis.«

Jungs und ihr Spielzeug. »Tatsächlich?«, fragte Posy – nicht, dass es sie interessiert hätte … »O Gott, zeigst du damit etwa gerade auf meine Brüste?«

Eilig ließ Sebastian das Werkzeug in seiner Tasche verschwinden. »Natürlich nicht! Ganz ehrlich, Morland, du bist ja regelrecht besessen von der Idee, dass ich besessen von deinen Brüsten bin, was definitiv nicht der Fall ist.« Trotzdem riskierte er einen Seitenblick – vielleicht um sicherzugehen, dass sie noch an Ort und Stelle saßen. Posy kreuzte schnell die Arme vor der Brust. »Aber wo ich schon mal hier bin, dachte ich, wir könnten vielleicht über unsere Krimibuchhandlung reden. Soll ich Tattoo-Girl zum Brainstorming reinrufen?«

»Ich habe einen Namen!«, rief Nina aus dem Laden, während Verity sich auf ihrem Stuhl vorbeugte und mit der Stirn vorsichtig gegen die Wand schlug.

Posy massierte sich die Nasenwurzel. »Seit wann ist es *unsere* Buchhandlung? Sie gehört *mir*!«, erklärte sie, merkte jedoch, dass sie schlicht und ergreifend nicht die Energie für eine solche Diskussion hatte. »Und auf Krimi wird sie sich auch nicht spezialisieren«, fügte sie hinzu.

»Das haben wir doch alles durchgekaut«, sagte Sebastian. »Es war beschlossene Sache. Du weißt selbst, dass es die beste Idee überhaupt ist.«

»Es ist überhaupt keine gute Idee. Ich wollte dich nur bei Laune halten, das ist alles.« Posy und Verity tauschten einen Blick. Nach vier Jahren Freundschaft hatte ihre Kommunikation ein Level erreicht, auf dem sie mit einem bloßen Zucken eines Mundwinkels oder dem kaum merklichen Heben einer Braue alles Mögliche ausdrücken konnten. Dieser Blick sprach eine deutliche Sprache: *Ich packe diesen Typen jetzt einfach nicht*, sagte er, und die Antwort darauf lautete:

Soll ich ihn für dich umbringen und es wie einen Unfall aussehen lassen?

Posy schüttelte den Kopf und setzte zum zweiten Versuch an. »Ich werde den Laden als Buchhandlung für Liebesromane neu eröffnen. Find dich damit ab, Sebastian.«

Sebastian packte Posys Stuhllehne und zwang sie, mit ihrem Gewackel aufzuhören und ihn anzusehen. Aus der Nähe bemerkte sie, dass Sebastian einen absolut makellosen Teint besaß. Nicht eine einzige erweiterte Pore, kein Mitesser, gar nichts. Zum ersten Mal war sie ihm nahe genug, um festzustellen, dass seine Augen nicht nur dunkelbraun waren, sondern seine Iris von grünen Sprenkeln umgeben war. Seine Nähe hatte etwas überaus Irritierendes. »Ich kann das nicht zulassen, Morland«, sagte er. »Nicht mal ich bin so hartherzig.«

Ästhetisch ansprechend hin oder her ... Sebastian war und blieb ein nervtötendes Ekelpaket. Mit seiner Geburt hatte Gott allem Anschein nach versucht, das Gleichgewicht zwischen Gut und Böse auf der Welt wiederherzustellen. »Gibt es einen Grund, wieso du dich so weit vorbeugst?«, fragte Posy und wollte Sebastian wegschieben. Sie sah ihm an, dass ihm eine Erwiderung auf der Zunge lag, doch dann fiel sein Blick auf den Wandplaner, und er wich mit weit aufgerissenen Augen zurück.

»O mein Gott, was ist das? Eine Explosion in der Aufkleber-Fabrik?«

»Das ist unser Ablaufplan«, antwortete Verity. »Für die Neueröffnung des Ladens. Ich glaube fast, wir brauchen einen zweiten Wandkalender und müssen noch mal von vorn anfangen. Und diesmal übernimmst du die Aufkleber.«

»Ich werde heute Abend eine Tabelle auf dem Computer anlegen«, sagte Posy und hievte sich aus ihrem Stuhl hoch, was geradezu übermenschliche Kräfte erforderte. »Tagsüber schaffe ich das einfach nicht, wenn ständig jemand kommt und mich ablenkt.«

»Was? Du hast die Tabellenkalkulation drauf?«, fragten Verity und Sebastian wie aus einem Munde, beide mit einer Ungläubigkeit, die Posy mitten ins Herz traf.

»Natürlich kann ich das!«, rief Posy. »Und am besten mache ich mich gleich an die Arbeit. Was ist mit euch beiden? Habt ihr kein Zuhause?«

Später an diesem Abend versuchte Posy mithilfe von Google und einem stärkenden Käsetoast die Kunst der Tabellenerstellung zu erlernen, was sich jedoch als schwierig entpuppte, solange Sam praktisch die ganze Zeit neben ihr saß.

Er versuchte, sie daran zu hindern, dass sie den Laptop kaputt machte, den sie zwar von ihrem eigenen Geld gekauft hatte, von dem Sam jedoch zu glauben schien, er wäre sein Privateigentum.

»Bist du sicher, dass ich das nicht machen soll?«, fragte er bei jedem Handgriff. Oder: »Oje, das würde ich an deiner Stelle lieber lassen«, und: »Posy, was habe ich übers Essen und Trinken bei der Arbeit gesagt? Die ganzen Krümel rieseln zwischen die Tasten!«

Es war eine echte Wohltat, als eine Mail hereinkam, auch wenn sie von Sebastian stammte – und zum Glück hatte Sam an der Art, wie sie ihren Mailserver aufrief, nichts zu meckern.

Von: Sebastian@zingermedia.com
An: PosyMorland@bookends.net
Betreff: Darf ich vorstellen – Pippa, der Guru unter
den Projektmanagern, nur für kurze Zeit zu deinen
Diensten

Hallo Morland, schönen guten Abend!
Ich hoffe, du genießt das seltene Vergnügen, auf
deinem neuen Sofa zu sitzen, ohne dabei in den
Hintern gekniffen zu werden (von einer losen Feder ...
bevor du mich wieder wegen sexueller Belästigung
anzeigen willst).
Ich bin immer noch völlig aus dem Häuschen wegen
unseres bevorstehenden gemeinsamen Projekts,
aber nachdem ich dich heute Nachmittag in Aktion
gesehen habe, ist mir klar geworden, dass deine
Spezialität eher darin liegt, Anweisungen zu befolgen
statt sie zu erteilen (jetzt sei nicht gleich wieder sauer
deswegen ...).
Zum Glück ist das genau mein Ding. Delegieren gehört
ebenfalls zu meinen ganz großen Stärken, deshalb
habe ich Pippa, meine leitende Projektmanagerin,
gebeten, uns unter die Arme zu greifen. Sie ist
ziemlich Furcht einflößend, aber ein echtes Ass darin,
wenn es gilt, neue Projekte auf die Beine zu stellen.
Ablaufpläne, Budgets, Menschen anbrüllen, solche
Dinge.
Ihr einziger Nachteil ist ihre Liebe zu geistreichen
Zitaten und Business-Phrasen, aber wenn ich das
aushalte, kannst du es bestimmt auch.
Wir kommen beide übermorgen Nachmittag zu
einem kurzen Brainstorming vorbei. Du kannst dafür

doch sicher den Laden etwas früher schließen, oder? Schließlich stehen die Leute nicht vor deiner Tür Schlange, um ein Buch zu kaufen, soweit ich mich erinnere.

Ist es nicht eine tolle Sache, dass wir endlich zusammenarbeiten, statt uns dauernd nur zu streiten, Morland?

Bis bald
Sebastian

Ganz nebenbei fiel Posy auf, dass Sebastian im Gegensatz zu ihren potenziellen Internet-Verehrern die englische Grammatik und den Umgang mit Großbuchstaben perfekt beherrschte. Allerdings ging der Gedanke in einem wahren Tsunami der Wut unter, bei dem sie sich sogar auf die Zunge biss, als sie die Zähne in ihren Käsetoast grub.

Sie sprang vom Sofa auf (es war eine Schmach, dass sie erst am Vorabend zu Sam gesagt hatte, wie herrlich es sei, sich einfach, ohne Angst vor fiesen Stichverletzungen im Hintern, darauf plumpsen lassen zu können), baute sich mitten im Wohnzimmer auf und stemmte zornig die Fäuste in die Hüften. Wahrscheinlich hätte sie noch eine ganze Ewigkeit weitergemacht, aber Sam sah sie an, als hätte sie den Verstand verloren, deshalb riss sie sich zusammen und ließ sich wieder auf die Couch fallen.

Posy wusste genau, wo ihre Stärken lagen – Kunden zu beraten und ihnen genau das Buch zu verkaufen, das zu ihnen passte, außerdem konnte sie ansprechende Schaufenster gestalten, und neuerdings entwickelte sie sich zur wahren Spürnase für Geschenkartikel, die irgendwie mit Büchern zu tun hatten. Erst gestern hatte sie einen Hersteller für Kerzen in Lancashire aufgetan, der ein ganzes Sortiment an Duftkerzen mit romantischen Namen wie Liebe, Freude und Verzückung verkaufte, noch dazu zu vernünftigen Preisen; zudem hatte er angeboten, ihr eine Auswahl an Gratisproben zu schicken.

Organisation und Planung hingegen waren nicht ganz ihr Ding. Und so gut Verity auch die Buchhaltung beherrschte und Menschen, die ihnen noch Geld schuldeten, begnadet böse Briefe schreiben konnte, war sie am Morgen doch kreidebleich geworden, als sie Posy ans Herz gelegt hatte, die Neueröffnung vorzuziehen und im Zweifelsfall sogar einen Dispokredit zu beantragen. Andererseits: Wer könnte Verity vorwerfen, dass sie Angst hatte? Schließlich hatte sie noch nie zuvor einen Laden neu eröffnet. Genauso wenig wie sonst einer von ihnen.

Wenn sie so kurzfristig ohne jede Erfahrung und ohne einen Penny Budget im Alleingang alles auf die Beine stellen wollten, würden sie womöglich gnadenlos untergehen.

Posy hatte keine Lust, ihre Buchhandlung schließen zu müssen, nur weil sie sich nicht dazu hatte durchringen können, einen Projektmanager an Bord zu holen.

Inzwischen hatte Sam sich den Laptop wieder unter den Nagel gerissen, doch es gelang ihr, ihn ihm abzuknöpfen, um Sebastian eine Antwort zu schreiben.

An: Sebastian@zingermedia.com
Von: PosyMorland@bookends.net

Wie viel wird uns diese Projektmanagerin kosten? Verlangt sie ein Tageshonorar? Könnten wir sie auch für einen halben Tag engagieren, wenn sie nicht zu teuer ist? Ist sie wirklich so Furcht einflößend?

(Übrigens versuche ich gerade, alle deine Beleidigungen zu ignorieren und einen professionelleren Tonfall anzuschlagen, nur falls du es noch nicht gemerkt haben solltest.)

Posy

Für einen IT-Unternehmer und notorischen Frauenhelden hatte Sebastian erstaunlich viel Zeit, denn seine Antwort kam praktisch postwendend.

Von: Sebastian@zingermedia.com
An: PosyMorland@bookends.net

Gott, Morland, sei doch nicht so kleingeistig!
Ich überlasse euch Pippa so lange, wie ihr sie braucht, allerdings meinte sie, dass sie die meiste Zeit nicht vor Ort arbeiten kann, weil sie unter einer Stauballergie leidet.
Ja, sie ist tatsächlich Furcht einflößend. Einmal war sie so wütend auf mich, weil ich bei einem Meeting das Zeitfenster überschritten habe, das sie für einen Tagesordnungspunkt festgelegt hatte, dass sie mein Einstecktuch herausgezogen und es zerschnitten hat. Vor den Augen meiner Mitarbeiter. Mit einer Schere. Wenn ich es mir richtig überlege … du und Pippa, ihr versteht euch sicher blendend.
Und jetzt hör auf, mich mit deinen trivialen Befindlichkeiten zu behelligen. Ich bin ein viel beschäftigter Mann.

Sebastian

Pippa schien eine ziemlich eigenwillige Frau zu sein, gleichzeitig aber genau das, was Posy brauchte. Mit Pippas Hilfe würden sie es bestimmt schaffen, Lösungen für all ihre Probleme zu finden.

Problem 1: Sebastian glaubte immer noch, dass sie eine Krimibuchhandlung eröffnen würden.

Problem 2: Sebastian wollte unbedingt ein Brainstorming, aber das war eigentlich nur halb so wild. Sie würden einfach dasselbe tun wie beim letzten Brainstorming, nur, dass sie das Wort »Liebe« durch »Krimi« ersetzen würden. Falls das die Voraussetzung dafür war, gratis die Hilfe einer Projektmanagerin zur Verfügung gestellt zu bekommen, war Posy gern bereit, sich auf das Versteckspielchen einzulassen. Hoffentlich war Pippa mehr daran interessiert, sich mit der Logistik zu beschäftigen und dafür zu sorgen, dass die Sache insgesamt rundlief, als sie mit blöden Fragen zu traktieren.

Und in Wahrheit war Sebastian selbst schuld, weil er nicht zugehört hatte, obwohl Posy ihm mehrfach erklärt hatte, dass Bookends eine Spezialbuchhandlung für romantische Literatur werden würde.

Damit stand fest, dass er niemandem die Schuld geben konnte – außer sich selbst.

9

An: Alle@bookends.net
Von: PosyMorland@bookends.net
Betreff: Neuauflage Brainstorming

Hallo Leute,
als Erstes möchte ich euch sagen, was für eine tolle
Verkaufswoche wir hingelegt haben!
Trotzdem steht für morgen Abend ein Brainstorming
mit Sebastian, dem »unverschämtesten Kerl Londons«,
auf dem Programm. Andererseits ist er vielleicht doch
nicht ganz so unverschämt, denn er hat uns seine
Projektmanagerin zur Verfügung gestellt, die uns bei
der Neueröffnung unter die Arme greifen soll.
Sie heißt Pippa.
Könnt ihr bitte dafür sorgen, dass sie sich bei uns
wohlfühlt? Können wir uns wie richtige Buchhändler
benehmen und nicht wie beim letzten Mal mit einer
Auswahl an Petits Fours auftauchen? Und auch sonst
nichts Süßem?
Noch etwas: Wie ihr ja wisst, glaubt Sebastian immer
noch, wir würden Bookends als Krimibuchhandlung
neu eröffnen. (Tom – Verity und Nina erklären dir
alles.) Natürlich ist das absolut nicht der Fall. Könnt
ihr trotzdem so tun, als ob? Bitte! Bringt einfach die

Punkte aus dem letzten Brainstorming ins Spiel, aber erwähnt nichts, was irgendwie mit Romantikliteratur zu tun hat. Wir zeigen uns einfach spontan und begeistert von Büchern, erzählen, dass wir ein Buch des Monats vorstellen, einen Lesekreis ins Leben rufen, Autoren einladen und Tragetaschen bedrucken lassen wollen, solche Dinge.

Die Anwesenheit ist Pflicht, aber danach können wir gern zum Pub-Quiz ins Midnight Bell gehen und uns einen Drink genehmigen. Oder mehrere. Ich habe so einen Verdacht, wir werden es brauchen.

Also, Team Bookends vor!

Eure euch liebende Freundin und sehr vernünftige Chefin

Posy

Eigentlich hatte Posy die Buchhandlung am nächsten Tag um fünf Uhr schließen wollen, aber eine Viertelstunde vorher wurde sie von einer ganzen Busladung interessierter Käuferinnen aus Shepton Mallet gestürmt, die Karten für *Les Misérables* hatten und extra früher aufgebrochen waren, um den Ausflug mit einem Besuch bei Bookends zu verbinden.

»Wir haben in einem Forum von Ihrem Laden gelesen, in dem stand, dass Sie die beste Abteilung für Liebesromane im ganzen Südosten haben, und ich bestelle meine Bücher einfach nicht gern im Internet. Am Ende erschleicht sich noch irgendein Verrückter in Kasachstan meine Kreditkartendaten und bezahlt mit meinem Geld ein Raketenabschussgerät«, sagte eine der Damen. Posy platzte beinahe vor Stolz, als sie wieder und wieder auf die Leiter klettern musste, um Bücher aus den obersten Regalen zu holen.

Während Posy kassierte und Nina versuchte, die Damen dazu zu bewegen, sich in einer ordentlichen Reihe anzustellen, kam Sebastian hereingerauscht, dicht gefolgt von einer Frau in einem schicken grauen Kleid mit einem schmal geschnittenen orangen Blazer und einer Türkiskette, was verriet, dass sie nicht nur Geschmack, sondern auch das nötige Kleingeld besaß. Außerdem hatte sie glänzendes, leichtes Haar und das perfekteste Lächeln, das Posy je gesehen hatte – außer vielleicht an Catherine, der Herzogin von Cambridge. Sie sah aus, als sollte sie eigentlich einen weißen Laborkittel tragen und über die neusten technischen Fortschritte bei der Entwicklung von Shampoo und Zahnpasta referieren, wenn sie nicht gerade irgendein Projekt managte oder Sebastian in den Hintern trat.

»Wenn Sie uns Ihre Mailadresse aufschreiben, nehme ich Sie gern in unseren Verteiler auf«, sagte Posy automatisch zu der Frau, die gerade sieben in Paris angesiedelte Liebesromane gekauft hatte, weil ihr Mann sich geweigert hatte, zum Hochzeitstag mit ihr in die Stadt der Liebe zu reisen. Posy senkte verschwörerisch die Stimme, als Sebastian auf sie zeigte, woraufhin Pippa ihr strahlend zuwinkte. »Wir haben vor, Bookends in wenigen Wochen als Romantikbuchhandlung neu zu eröffnen. Dann werden wir unser Sortiment noch um einiges erweitern.«

Sie sah zu, wie Sebastian Pippa in den ersten Raum auf der linken Seite führte. »Bitte entschuldige, Pips, aber der Laden ist der reinste Staubfänger. Ich hoffe, du kriegst keinen allergischen Schub.«

Das war das Netteste, was Posy seit Lavinias Tod aus Sebastians Mund gehört hatte. Sie wandte sich der nächsten Kundin zu, unter deren Exemplar von *Große Erwartungen* sich ein Stapel mit sechs erotischen Romanen verbarg.

»Bücher sind ein Nährboden für Keime«, hörte Posy Pippa mit breitem Yorkshire-Akzent sagen, was ihr einschüchterndes Auftreten gleich ein wenig relativierte. Posys Lieblingstutor an der Queen Mary's war aus Huddersfield gewesen; seitdem fand Posy den Akzent überaus angenehm und nett. »Wie diese Schälchen mit den Nüssen in Bars. Wusstest du, dass man rund fünfzig verschiedene Spuren von Urin darin finden kann?«

Hm, vielleicht ja doch nicht.

»Ich glaube, das liegt weniger an den Büchern an sich, sondern eher daran, dass Posy – das ist die mit dem zänkischen Gesicht und den Bleistiften in den Haaren –, fürchterlich schlampig ist. Du solltest mal die Wohnung über dem Laden sehen.«

Okay, sie würde ihn umbringen. Und zwar langsam und schmerzvoll. Aber vorher musste sie offiziell Pippa vorgestellt werden, die erneut strahlte und mit festem, kompromisslosem Griff den anderen die Hand schüttelte, ehe sie ein paar kurze, aber aufrichtig wirkende Begrüßungsworte sagte:

»Ich kann euch gar nicht sagen, wie sehr ich mich freue, gemeinsam mit euch dieses Projekt auf die Beine zu stellen. Wir werden ein tolles Team sein. Denn man braucht ein Team, um Träume wahr werden zu lassen.«

Posy wagte es nicht, Nina oder Tom anzusehen, und Verity hatte den Kopf so tief zwischen die Schultern gezogen, dass sie wie eine traurige Schildkröte aussah. Auch eine halbe Stunde später, als der Bus mit den *Misérables*-Damen wegfuhr und die Tür ins Schloss fiel, war ihr Genick immer noch bis zum Anschlag eingezogen. Sie verteilten sich auf die Sofas; Sebastian lehnte sich gegen die Rollleiter – auch heute trug er einen seiner absolut lächerlichen Anzüge mit moosgrünen Applikationen – und Pippa tippte etwas in ein Tablet, während Posy mit dem Flipchart kämpfte.

»Also, wie wollen wir die ›Krimibuchhandlung‹ nun nennen?«, fragte sie. »Wie wäre es mit ›Vier Frauen und ein Mord‹, ganz in der Tradition von Agatha Christie?«

»Ich finde den ›Blutigen Dolch‹ immer noch gut«, warf Sebastian ein, doch Posy weigerte sich, ihn zur Kenntnis zu nehmen. Nicht nachdem er sie als Schlampe bezeichnet hatte. Außerdem hatte sie Jahre gebraucht, um die Kunst zu erlernen, ihr widerspenstiges Haar mit zwei Bleistiften zu bändigen.

»Sonst irgendwelche Vorschläge?« Posy sah Tom flehend an, doch der mied jeden Blickkontakt. Allmählich keimte der Verdacht in ihr auf, dass er insgeheim sogar lieber in einer Krimibuchhandlung arbeiten würde; schließlich war es wesentlich männlicher als ein Dasein in einer Buchhandlung, in der sich alles nur um Liebe und Happy Ends drehte. »Nina?«

Nina würde sie nicht im Stich lassen. Aber auch sie verzog das Gesicht, als würde sie gerade tausend Tode sterben, und blickte Hilfe suchend zu Verity hinüber, die jedoch nur die Achseln zuckte.

»Äh, na ja, wie wär's mit ›Mord ist ihr Hobby‹?«, schlug Nina vor. »Andererseits könnte das ein Problem werden, weil ja nicht nur Frauen Mord als Hobby haben.«

Endlich brachte Tom es über sich, die Hand zu heben und Posy anzusehen. »Wie wäre es mit ›Ich habe ihn ermordet, lieber Leser‹?«, fragte er gedehnt und in einem provokanten Tonfall, den sie gar nicht an ihm kannte.

Verity schnaubte abfällig, Nina kicherte, und selbst Sam linste grinsend unter seinem Pony hervor.

»Das finde ich gar nicht witzig, Tom«, erklärte Posy

streng, während Sebastian Tom einen milde-verächtlichen Blick zuwarf.

»Ist das so eine Art interner Buchhändler-Joke?«, fragte er und zog geringschätzig eine Braue hoch. »Ich kapiere es nicht.«

»Würdest du sowieso nicht«, warf Pippa ein, die bislang tunlichst geschwiegen hatte. »Das ist eine Anlehnung an ein Zitat aus *Jane Eyre*, und *Jane Eyre* ist ein Roman, Sebastian, geschrieben von einer Frau im 18. Jahrhundert. Natürlich hast du ihn nicht gelesen, deshalb brauchen wir uns mit dem Thema nicht weiter aufzuhalten.«

Das war der Moment, als Posy sich in Pippa verliebte.

Pippa wandte sich ihr zu. »Also, weiter«, sagte sie. »Allmählich gefällt mir das Ganze.«

»Bleiben wir vorläufig also beim ›Blutigen Dolch‹?«, fragte Posy, die Pippas Begeisterung keineswegs teilte. Im Gegenteil: Allmählich begann sie diese Farce zu langweilen. »Ich bin sicher, in den nächsten Tagen fällt uns noch etwas Besseres ein, damit ich Ninas Tattoo-Künstler für das Design des Logos Bescheid geben kann und wir das Briefpapier und all die anderen Sachen bestellen können. Okay?«

Zustimmendes Gemurmel erhob sich, während Pippa innehielt und aufsah. »Ihr wollt das Logo von einem Tattoo-Künstler entwerfen lassen?«, fragte sie ungläubig. »Seid ihr sicher, dass das eine gute Idee ist?«

Nina machte Anstalten, ihre Strickjacke auszuziehen. »Er ist ein toller Künstler«, stieß sie hitzig hervor und präsentierte zuerst ihr *Sturmhöhe*-, dann ihr *Alice-im-Wunderland*-Tattoo. »Außerdem kriegen wir alles umsonst, was noch ein zusätzlicher Pluspunkt ist. Könnten wir jetzt bitte weitermachen? In einer Stunde müssen wir bei einer wichtigen Veranstaltung sein. Außerdem fände ich es eine gute Idee, einen

Lesekreis zu gründen, der sich einmal im Monat im Laden trifft.«

Posy nickte. »Das ist eine fantastische Idee.« Eigentlich hatte sie munter klingen wollen, doch inzwischen schwang regelrechte Panik in ihrer Stimme mit. »Da fällt mir ganz spontan etwas ein. Vielleicht könnte ja das jeweils aktuelle Buch des Lesekreises unser Tipp auf der Homepage sein?«

»Soll das heißen, wir gestalten bei der Gelegenheit auch unsere Homepage neu?«, fragte Nina, die endlich aus ihrer Lethargie aufzuwachen schien. »Wird auch allmählich Zeit. Natürlich können wir nicht das gesamte Sortiment online anbieten, aber vielleicht unsere fünfzig Bestseller?«

»Das hört sich wunderbar an«, warf Pippa ein. »Reden wir doch mal über die Homepage.«

»Sam, wieso erzählst du uns nicht von euren tollen Plänen?« Posy fand, dass sie sich anhörte, als stünde sie kurz vor einer heftigen psychotischen Krise.

»Hä? Du meinst, ich soll das alles noch mal runterbeten? Keine Angst, Posy, ich habe alles im Griff.« Sam stieß einen abgrundtiefen Seufzer aus, der seinen Pony aufflattern ließ. »Sophie kümmert sich um die Accounts bei Twitter und Instagram, und vielleicht nehmen wir Tumblr noch mit dazu. Ich weiß gar nicht, wieso sie nicht hier ist. Sie gehört doch auch zum Team«, erklärte er bekümmert.

»Sie hat morgen ein wichtiges Projekt in Geschichte«, erklärte Posy, worauf Sam eilig den Blick abwandte. »Übrigens, heißt das nicht, dass du morgen auch ein wichtiges Projekt in Geschichte hast?«

»Alles im Griff«, erklärte er, konnte sich aber immer noch nicht überwinden, ihr in die Augen zu sehen.

Posy machte ein ernstes Gesicht, woraufhin Nina erneut zu kichern begann. »Bist du da so sicher?«

Sam starrte sie finster an, und Posy starrte zurück. Provozierend blickten sie sich in die Augen, wobei jeder den anderen dazu bringen wollte, als Erster zu blinzeln, doch am Ende gab es ein Unentschieden, weil sie beide zusammenzuckten, als Pippa in die Hände klatschte.

»Lasst uns weitermachen, Leute«, rief sie. »Keine negative Energie, sondern nur positive Vorschläge, die sich in die Tat umsetzen lassen, okay? Tom, was sagst du?«

Posy wandte sich ab, aber nicht, ohne Sam einen bedeutungsvollen Blick zuzuwerfen, der ihm sagen sollte: *Mit dir bin ich längst noch nicht fertig.* Sie sah Tom an, der zur Decke blickte und lautlos die Lippen bewegte, als versuchte er, sich an sein Drehbuch zu erinnern. »Ach ja«, sagte er schließlich. »Wir könnten auch einen Autorenclub gründen. Und vielleicht Schriftsteller für Lesungen einladen. Und was wollte ich noch sagen?« Tom unternahm keinerlei Versuch, begeistert oder spontan zu wirken. »Ach ja, bedruckte Tragetaschen.«

»Toll«, meinte Pippa. »Und was ist mit dir, Verity? Du warst bisher sehr still.«

Inzwischen reichten Veritys Schultern praktisch bis zu den Ohren. Posy sah sie mitfühlend an. Mit diesem Brainstorming bewahrheiteten sich ihre schlimmsten Befürchtungen. Sie schluckte hektisch, krächzte »Lesezeichen« und sank dann wieder in ihrer Ecke auf dem Sofa zusammen.

Allmählich wurde es Zeit, Schluss zu machen, bevor Posy noch endgültig die Lust verlor – nicht nur an dem Brainstorming, sondern am Leben im Allgemeinen. Auch Sebastian war erstaunlich still gewesen, doch nach den vernichtenden Blicken in Richtung Sofa und seinen halblauten Kommentaren zu schließen, würde dieser Zustand nicht mehr lange anhalten. Es grenzte schon an ein Wunder, dass er es überhaupt so lange ausgehalten hatte – vielleicht hatte Pippa ja wieder mal mit der Schere gedroht. »Ich glaube, damit hätten wir's«, sagte Posy schnell. »Pippa, ich maile dir dann noch den Zeitablauf. Wenn es dir nicht zu viel Mühe macht, könntest du ja vielleicht mal einen Blick darauf werfen, nur um sicherzugehen, dass wir nichts vergessen haben, ja? Ich denke, wir haben deine Zeit für heute genug in Anspruch genommen.«

»Zeit ist das kostbarste Gut des Lebens«, bemerkte Pippa. »Aber ich schätze dich und das, was du hier tust, wirklich sehr, Posy, deshalb stelle ich dir meine Zeit sehr gerne zur Verfügung.«

Posy wusste weder, was sie darauf erwidern, noch was Pippa ihr damit sagen wollte, deshalb murmelte sie nur einen Dank, während Tom, Nina und Verity, die in der letzten Stunde lediglich ein Minimum an Aktivität gezeigt hatten, praktisch in Lichtgeschwindigkeit in ihre Mäntel geschlüpft waren und sich bereits auf dem Weg zur Tür befanden.

»Wir sehen uns dann ja gleich bei der wichtigen Sache«, rief Nina und versuchte, sich an Tom vorbeizuschieben. Posy sah zu, wie sie förmlich aus dem Laden und quer über den Hof stürmten, als hätten sie Angst, Posy könnten sie zurückrufen, um ihnen eine Diskussion über bedruckte Tragetaschen aufs Auge zu drücken.

»Darf ich auch mit zu der wichtigen Sache?«, fragte Sam. »Ich bin nämlich mit meinem Geschichtsprojekt schon fertig, bis auf ein paar Kleinigkeiten, die ich auch morgen noch machen kann. Und ich weiß eine Menge über Sport.«

Posy war bewusst, dass es pädagogisch fragwürdig war, Sam in den Pub gehen zu lassen, noch dazu mitten unter der Woche, außerdem wusste sie, dass die noch zu erledigenden Kleinigkeiten für sein Geschichtsprojekt in Wahrheit alles andere als klein waren. Andererseits waren sie bei den Pub-Quizzen im Midnight Bell erschreckend oft an den Sportfragen gescheitert und noch dazu hatte Posy im Moment keinen Nerv für eine Grundsatzdiskussion. Nicht heute Abend.

»Von mir aus«, sagte sie resigniert, doch Sam hatte sich bereits in seinem typisch ungelenken Gang auf den Weg zur Tür gemacht – das Thema neue Schuhe war nach wie vor aktuell, doch Posy hatte sich noch nicht überwinden können, ihm zu sagen, dass sie am Samstag einkaufen gehen würden.

Dann waren sie nur noch zu dritt. Pippa blickte mit gerunzelter Stirn auf den Bildschirm ihres Tablets, während Sebastians höhnisches Grinsen langsam verschwand. Posy schloss die Augen und wollte bis fünf zählen, kam aber gerade einmal bis zwei, als …

»Schmeiß sie raus! Alle miteinander! Wo um alles in der Welt hast du diese Loser überhaupt her? Aus einem städtischen Sozialisierungsprogramm für gestrandete Existenzen? Bezahlst du diese Typen etwa auch noch?« Sebastian hob die Hände, dann zog er sein moosgrünes Einstecktuch heraus und tupfte sich damit die Stirn ab. »Ich hätte ja nicht gedacht, dass ich so etwas jemals sagen würde, aber ich glaube, es ist an der Zeit, die Wehrpflicht wieder einzuführen.«

»Oh, armer Sebastian«, warf Pippa ohne den Anflug von Mitgefühl ein. »Musstest du dir die ganze letzte Stunde diesen Kommentar verkneifen?«

»Ich habe noch nicht mal richtig angefangen!« Mit drei weit ausholenden Schritten war Sebastian vor Posy getreten und packte sie bei den Armen. »Du musst sie abschießen! Die haben doch keinerlei Arbeitsmoral!«

Posy befreite sich aus seiner Umklammerung. »Ihre Arbeitsmoral ist ganz ausgezeichnet!«, protestierte sie, denn die drei legten sich sehr wohl ins Zeug, jeder auf seine ganz eigene Art und Weise, nur hatten sie es gerade eben nicht gezeigt. »Sie tun sich bloß schwer mit einem Brainstorming für eine Krimibuchhandlung, weil keiner von ihnen mit Krimis etwas anfangen kann. Eigentlich war ja der Plan, dass wir uns auf Liebesromane spezialisieren«, erklärte sie Pippa, die ein wenig irritiert eine Petit-Four-Verpackung auf dem Fußboden beäugte. »Bitte entschuldige. Ich hatte keine Zeit mehr, mit dem Besen durchzugehen.«

»Ha! Also weißt du, was man mit einem Besen macht«, ätzte Sebastian.

»Da fallen mir spontan mindestens zwei Dinge ein«, gab Posy barsch zurück. »Wenn man sie nicht in etwas hineinzwingt, das sie nicht wollen, sind sie wirklich gute Mitarbeiter.«

»Hineinzwingen?«, wiederholte Pippa. »Das heißt, sie sind mit Sebastians Idee, eine Krimibuchhandlung zu eröffnen, in Wahrheit gar nicht einverstanden?«

»Nicht so richtig …«

»Unsere Pläne, Posy«, erinnerte Sebastian sie gekränkt. »Du findest die Idee doch auch gut. Du hast mir zugestimmt, dass es einen riesigen Markt für Krimiliteratur gibt. Und du warst total begeistert, als ich das mit den Tragetaschen gesagt habe.«

»Das stimmt auch, und die Idee mit den Tragetaschen finde ich immer noch klasse!«, räumte Posy ein und wünschte, sie hätte genau jetzt eine griffbereit, um sie sich über den Kopf stülpen zu können, damit sie Sebastians enttäuschtes Gesicht nicht sehen musste. Dieses moosgrüne Hemd passte wunderbar zu seinen Augen.

»Und du bist doch auch von der Idee begeistert, eine Krimibuchhandlung zu eröffnen«, fuhr Sebastian fort. »Oder etwa nicht?«

Posy wollte gerade »Nein« rufen, ein umfassendes Geständnis ablegen. Sie spürte bereits, wie sich ihre Zunge gegen die Rückseite ihrer Vorderzähne presste und sich das »N« in ihrem Mund zu formen begann, aber *Nein* existierte in Sebastians Welt ebenso wenig wie Klamotten von der Stange oder Instantkaffee. Bislang fehlte Posy noch die Erfahrung im Projektmanagement, und Pippa schien eine Frau zu sein, die absolut alles schaffte, was sie sich in den Kopf gesetzt hatte. Genau so jemanden brauchte Posy. Es war ein langer Tag gewesen, sie war hundemüde, und im Midnight Bell wartete ein Glas Rotwein auf sie. Sie hatte jetzt einfach nicht die Zeit, Nein zu sagen.

»Was weiß ich«, sagte sie resigniert, denn damit hatte es das letzte Mal auch schon funktioniert.

»Ich brauche dein hundertprozentiges Engagement, Posy. Ayn Rand hat mal gesagt: ›Die Frage ist nicht, wer mich lässt, sondern wer mich daran hindern will.‹« Pippa hatte ihren orangen Blazer wieder angezogen und stand, bereit zum Aufbruch, an der Tür. Sebastian hatte recht damit gehabt, dass Pippa eine Schwäche für Zitate hatte, aber es war wichtig, sie auf ihre Seite zu ziehen, zumal sie über die magische Fähigkeit zu verfügen schien, Sebastian in den Griff zu bekommen – ein Geheimnis, in das sie Posy vielleicht eines Tages einweihen würde.

»Hinter der Neueröffnung stehe ich voll und ganz«, erklärte Posy mit fester Stimme, was keine Lüge war, schließlich hatte sie nicht näher definiert, um welche Neueröffnung es sich handelte. »Sollen wir uns Anfang nächster Woche noch mal unterhalten, wenn du dir unseren Ablaufplan angesehen hast? Verity meint, wir sollten das Ganze auf Ende Juni vorziehen, allerdings ist mir nicht ganz klar, wie das funktionieren soll.«

»Wir besprechen alles nächste Woche«, versprach Pippa. Sie klang völlig ruhig und gelassen und unbeeindruckt von der Tatsache, dass die Neueröffnung um mehrere Wochen vorgezogen werden sollte. Vielleicht konnte sie eines Tages ja auch diese Unerschütterlichkeit von ihr lernen. »Okay. Hast du nicht einen wichtigen Termin, zu dem du musst?«

»Ja, genau! Der Termin!«

»Was ist das für eine wichtige Sache? Hat es etwas mit der Buchhandlung zu tun?«, fragte Sebastian. »Sollte ich vielleicht mitkommen?«

»Gott, nein!«, rief Posy entsetzt und knipste die Lichter aus. Das Petit-Four-Papierchen würde sie später vom Boden aufheben. »Es ist eine Veranstaltung für Buchhändler. Sehr branchenspezifisch. Du würdest dich nur langweilen.« Sie klatschte in die Hände. »Hast du keine wichtigen Termine, bei denen du längst sein solltest?«

»Und mich damit um das Vergnügen deiner Gesellschaft bringen?« Sebastian musterte sie von oben herab, rührte sich jedoch nicht vom Fleck.

»Na gut, ich bin dann weg.« Pippa öffnete die Ladentür. »Sebastian! Deinen Arsch, los, beweg ihn!«

Es war ein Wunder, aber Sebastian setzte sich tatsächlich in Bewegung. »Wie kommt es dann, dass Sam zu dieser Veranstaltung gehen darf, ich aber nicht? Und was hat das damit zu tun, dass Sam sich gut mit Sport auskennt?«

»Das würde ich dir ja erklären, aber es ist kompliziert. Langweilig und kompliziert«, sagte Posy, als Sebastian endlich nach draußen trat, sodass sie die Tür abschließen und ebenfalls gehen konnte. »Es wundert mich, dass du neuerdings so anhänglich bist, Sebastian. Man könnte glatt glauben, du hältst dich gern in meiner Gegenwart auf.«

»Ich kann mir nicht vorstellen, wie jemand auf so eine absurde Idee käme«, stieß Sebastian hitzig hervor. Posy wäre gern noch länger geblieben, um sich weiter ein Wortgefecht mit ihm zu liefern, aber es war kurz vor sieben, und ihr blieben nur noch wenige Minuten bis zum Pub-Quiz.

»Ich muss mich beeilen, sonst komme ich zu spät, tut mir leid. Hat mich sehr gefreut, dich kennenzulernen, Pippa.« Sie hatte das Gefühl, diese Situation keine Sekunde länger zu ertragen. Eilig hastete sie davon, beschleunigte ihre Schritte, bis sie förmlich rannte. So schnell sie konnte, überquerte sie den Platz, stürmte um die Ecke und durch die Tür des Midnight Bell, damit Sebastian keine Gelegenheit bekam, ihr zu folgen.

Der Wüstling, der mein Herz stahl

Als Posy die imposanten Stufen von Thornfield House – Lord Thorndykes Londoner Residenz – hinaufeilte, spürte sie ihre Beklommenheit wie den Schleier eines Parfüms, der sie schier zu ersticken drohte.

Seine Wirtschafterin, eine energische, reservierte Frau namens Pippa (Anm.: Muss Pippas Nachnamen herausfinden), die ihr schlichtes schwarzes Kleid mit einer Anmut trug, als wäre es das neuste Modell aus Paris, führte sie in die Bibliothek. Das Mieder von Posys grauem Kleid schnürte ihr derart den Atem ab, dass ihr die Sinne zu schwinden drohten. Sie war kurz davor, einem hysterischen Anfall zu erliegen.

Doch Posy Morland, Waise, Vormund ihres fünfzehnjährigen Bruders Samuel und Erbin horrender Schulden, hatte noch nie einen hysterischen Anfall erlitten, und auch in diesem kritischen Augenblick hatte sie nicht vor, die Nerven zu verlieren.

Stattdessen atmete sie ein paarmal tief durch – wobei sie bemerkte, dass ein schwacher Hauch von Zigarrendunst in der Luft hing –, ehe sie sich graziös umwandte und den Blick über die nächstgelegenen Regale wandern ließ.

In einem Zimmer voller Bücher fühlte Posy sich nie alleine, und auch ihre Angst war plötzlich fast vollständig verflogen. Ihre schlanken Finger strichen über die abgenutzten Ledereinbände. Wer hätte geahnt, dass ein Schwerenöter, ein Wüst-

ling, ein Schurke wie Thorndyke eine so beeindruckende Bibliothek besaß?

Sie hatte ihren Gedanken noch nicht zu Ende gebracht, als sich die Tür öffnete. Und da stand er, ganz in Schwarz gekleidet, wie ein aus dem Paradies verstoßener Engel. »Miss Morland«, ertönte seine tiefe, sonore Stimme. »Was für ein unverhofftes Vergnügen.«

»Lord Thorndyke«, antwortete sie so ruhig wie möglich, auch wenn ihr das Herz bis zum Hals schlug. »Verzeihen Sie bitte die Störung, aber ich bin gekommen, um Ihnen ein Angebot zu unterbreiten.«

»Ah, ja.« Er trat auf sie zu, und mit jedem einzelnen Schritt schien mehr Luft aus dem Raum zu weichen, bis er vor Posy stand, sie gleichsam einkesselte zwischen sich und den Büchern, die plötzlich nicht mehr lieb gewonnene Freunde, sondern nur mehr Zeugen ihrer Erniedrigung waren. Thorndyke sah sie von oben herab an. Posy fühlte sich wie ein Fuchs in der Falle.

»Ein Angebot, sagten Sie? Das klingt ja hochinteressant.«

»Das ist es ganz und gar nicht, Sir.« Sie hatte kaum Platz, um ihren Pompadour zu öffnen und ihre Preziosen hervorzukramen. »Ich hatte lediglich gehofft, dass Sie vielleicht geneigt wären, diese Wertgegenstände als Unterpfand für die fünfzig Guineas zu akzeptieren …« – und nun schlich sich doch ein zorniger Unterton in ihre Stimme – »… die Sie so dringend zurückhaben wollen, obwohl das bei Ihrem Vermögen doch nur Petitessen sind.«

»So, so, verehrte Miss Morland. Wenn ich Ihnen ein wenig Entgegenkommen zeigen soll, müssten auch Sie sich ein wenig zugänglicher zeigen.« Thorndyke zog eine Augenbraue hoch, was seiner Miene einen geradezu luziferischen Ausdruck verlieh. Mit seinem manikürten Zeigefinger deutete er achtlos auf den Musselinstoff in ihrer Hand, in den sie die Erbstücke eingeschlagen hatte. »Dann lassen Sie mal sehen, was Sie mitgebracht haben.«

Mit einem resignierten Seufzer präsentierte Posy ihm den schmalen goldenen Ehering, ein Medaillon und eine Brosche mit Granatsteinen. »Dieser Schmuck gehörte meiner verstorbenen Mutter«, erklärte sie. »Ich besitze sonst nichts von Wert, und ich ersuche Sie inständig, sogar flehentlich, die Stücke anzunehmen – als Zeichen meines guten Willens, für die Schulden meines Vaters aufzukommen. Und sollte mir das innerhalb der nächsten zwölf Monate nicht gelingen, können Sie damit machen, was immer Sie wollen.« (Und möge dich Satan höchstpersönlich in den Schlund der Hölle reißen!)

»Weshalb sollte ich mich mit diesem billigen Tand zufriedengeben, wo Sie doch so viel größere Reichtümer zu bieten haben?«, gab er zurück, doch bevor Posy ihn um eine nähere Erklärung bitten konnte, da ihr nichts von weiteren Schätzen in ihrem Besitz bekannt war, senkte Thorndyke den Kopf, und plötzlich spürte sie seine Lippen auf ihrem Hals. »Ich schlage Ihnen vor, meine hinreißende Miss Morland, dass Sie mit mir die Laken teilen und sich in meine Arme schmiegen, wann immer es mich in den kommenden zwölf Monaten nach Ihnen verlangt – und anschließend werde ich Ihnen gern Ihre Schulden erlassen.«

Und während Posy entgeistert in seine kaltschnäuzig amüsierte Miene starrte, legte er unvermittelt die Arme um sie und stahl einen langen Kuss von jenen süßen Lippen, die sie gerade erst geöffnet hatte, um seinem abscheulichen Ansinnen eine geharnischte Abfuhr zu erteilen.

10

Die restliche Woche fand Posy so gut wie keinen Schlaf. Wie sollte sie auch vor Ekel über sich und diese geschmacklose Liebesschnulze, die förmlich aus ihren Fingern zu quellen schien, sobald sie länger als ein paar Minuten vor dem Computer saß?

Und wenn es ihr gelang, für eine Viertelstunde in einen unruhigen Schlaf zu fallen, wurde sie von wirren Träumen heimgesucht, in denen sie sich in Sebastians Armen wiederfand. Mit einem erschrockenen Japsen fuhr sie dann hoch, während ihr ganzer Körper noch in Flammen zu stehen schien, als würde sie unter einem Anfall verfrühter Wechseljahre leiden. Danach lag sie meist die restliche Nacht wach und versuchte vergeblich, eine bequeme Position zu finden und diese beharrliche Stimme in ihrem Kopf, die sie unablässig mit der Frage plagte, ob Sebastian wohl auch im wahren Leben so gut küssen konnte, zum Schweigen zu bringen.

Am Samstagmorgen quälte sie sich völlig übermüdet und immer noch zutiefst beschämt aus dem Bett. Sie hatte nicht die geringste Lust auf eine Shoppingtour in der Oxford Street – ehrlich gesagt würde sie eher eine Wurzelbehandlung ohne Narkose über sich ergehen lassen. Aber sie war nun einmal Sams offizielle Erziehungsberechtigte, und wenn sie ihn weiterhin in Schuhen herumlaufen ließ, in denen er nicht anständig gehen konnte, hatte sie über kurz oder lang noch das Jugendamt am Hals.

Aus langjähriger und schmerzvoller Erfahrung wusste Posy, dass es klüger war, Sam nicht in ihre Shoppingpläne einzuweihen, wenn andere Dinge als Lebensmittel oder Computerspiele auf der Einkaufsliste standen.

Sobald sie ihm auch nur eine Sekunde Zeit zum Nachdenken ließ, entwickelte er Symptome einer Schweinegrippe, meldete sich zum Wochenend-Freiwilligendienst an der Schule und jammerte und winselte und tat alles, was er nur konnte, um nicht in die Oxford Street gehen zu müssen.

Als alle Mitarbeiter im Laden waren, packte Posy ihren kleinen Bruder in dem Moment am Kragen, als er die Treppe herunterkam, um möglichst unauffällig einen Blick auf Little Sophie zu erhaschen und die Luft mit seinem penetranten Deo zu verpesten.

»Hier ist deine Jacke«, sagte sie und drückte ihm seinen Anorak in die Hand. »Wir gehen einkaufen.«

»Zu Sainsbury's?«, fragte er argwöhnisch. »Lebensmittel?«

»Auf dem Rückweg, ja. Sobald wir dir neue Schuhe und Hosen für die Schule besorgt haben. Ach ja, wie sieht es eigentlich an der Unterhosenfront aus?«

Sam jaulte auf, als hätte sie ihm die Finger in der Tür eingeklemmt. Zu spät drehte Posy sich um und sah, dass Little Sophie gerade das Regal mit den Neuerscheinungen auffüllte. »Kein Problem«, meinte Sophie beruhigend, »ich habe kein Wort von Sams Unterhosen gehört.«

»Du bist so was von peinlich«, fauchte Sam. »Ich gehe überhaupt nirgendwo mit dir hin. Nicht nach dem, was letztes Mal passiert ist.«

»Das war doch deine eigene Schuld.« Bei ihrer letzten Einkaufstour mitten im Winterschlussverkauf wäre es wegen einer Hose für die Schule beinahe zum Eklat gekommen: Sam hatte sich geweigert, einen Fuß in die Gap-Filiale zu setzen, also hatte Posy keine andere Wahl gehabt, als ihre Auswahl zum Schaufenster zu tragen und jedes Stück einzeln hochzuhalten, damit Sam es sich ansehen konnte. Dabei hatte sie blöderweise den Alarm ausgelöst und war des Ladendiebstahls verdächtigt worden. Zum Glück war der Leiter der Sicherheitsabteilung sehr verständnisvoll gewesen – er hatte selbst einen Sohn im Teenageralter – und hatte Sam höchstpersönlich zur Umkleidekabine begleitet, wo er so lange herumgestanden hatte, bis die Wahl auf eine Hose gefallen war. Das Debakel hatte Posy Jahre ihres Lebens gekostet. »Deine Hosen sind zu kurz, in deinen Schuhen kannst du nicht mehr richtig gehen, also sind neue Sachen fällig. Ende der Debatte.«

Sie hatten sich bereits in den Haaren, obwohl sie noch nicht mal auf dem Weg zur Oxford Street waren. Das war kein gutes Zeichen.

»Ich kann doch prima in meinen Schuhen gehen.« Sam machte ein paar Trippelschritte. »Siehst du?«

»Das ist nicht gehen, sondern maximal schlurfen.« Posy beschloss, eine andere Taktik anzuwenden. »Du darfst heute Abend auch zur Pyjamaparty bei Pants, also sieh es als Kompensation dafür, dass du aufbleiben und bis in die Puppen Grand Theft Auto spielen darfst.«

Trotz seines langen Ponys entging ihr nicht, wie er die Augen verdrehte. Auch ein Haarschnitt wäre bitter nötig, aber Shoppen *und* ein Friseurbesuch an einem Tag war wohl doch ein bisschen zu viel des Guten. »Du lässt mich nur bei Pants übernachten, damit du selbst um die Häuser ziehen und dich betrinken kannst«, stieß er hitzig hervor. »Außerdem ist das keine Pyjamaparty. Wir sind keine zehn mehr.

Wir hängen zusammen rum und chillen dann, wenn wir müde werden.«

»Ist doch alles dasselbe«, rief Posy schrill, als das Glöckchen über der Tür läutete, obwohl sie offiziell erst in zehn Minuten öffneten.

»Hey, Sam! Na, Lust auf ein paar Stunden ohne das Joch der Petticoat-Diktatur?«, sagte eine Stimme, und Posy spürte, wie ihr eine flammende Röte ins Gesicht schoss.

»Sebastian«, rief Sam und löste sich aus Posys Griff, während ihr nichts anderes übrig blieb, als sich umzudrehen. Eigentlich wäre sie lieber so stehen geblieben, in einer Ecke und mit dem Rücken zum Raum, wie in der Grundschule, aber sie war erwachsen, und manchmal mussten Erwachsene Dinge tun, die sie eigentlich nicht tun wollten – genauer gesagt sogar ziemlich oft.

Sebastian war ganz in Schwarz gekleidet wie in der jüngsten Szene ihres Romans. (Na ja, es als Roman zu bezeichnen war vielleicht nicht ganz zutreffend. Im Moment konnte sicher niemand so genau sagen, was es war ... vielleicht die wirren Fantasien einer Frau, die häufiger ausgehen sollte.) »Und? Was gesehen, das dir gefällt, Morland?«, fragte er.

Hatte sie ihn angestarrt? Ja, bestimmt! Mit hochroten Wangen und offenem Mund! »Nein. Absolut nicht.« Sie rief sich seine Begrüßung ins Gedächtnis. »Das hier ist keine Petticoat-Diktatur, sondern eine Demokratie.«

»Ist es nicht«, widersprach Sam. »Es ist ein totalitäres Regime, so sieht's aus.«

»Tja, schlechte Nachrichten. Ich fürchte, damit wirst du leben müssen, bis du achtzehn bist.«

»Oje, bin ich etwa mitten in einen Familienstreit geraten? Auch gut. Ich wollte dich nämlich eigentlich entführen,

Sam.« Sebastian zog zwei Eintrittskarten aus seiner Brusttasche. »Ich habe Karten für eine Podiumsdiskussion mit einigen führenden Computerspiel-Experten im ICA heute Vormittag. Hättest du Lust?«

Sam war hin- und hergerissen. Nicht etwa, weil er insgeheim doch lieber den Vormittag über die Oxford Street latschen würde. Er warf einen sehnsuchtsvollen Blick zu Sophie hinüber, die mit Nina plauderte, ohne etwas davon mitzubekommen, aber nicht mal Sophie konnte mit einem Besuch bei einem Computerspiel-Symposium gemeinsam mit seinem neuen Gott Sebastian konkurrieren.

Er wandte sich Posy zu und sah sie mit großen Hundeaugen an. »Biiii-tte.« Er schaffte es, das Wort auf mehrere Silben auszudehnen. »Bitte, Posy, es wird sehr lehrreich, und ich verspreche, dass ich morgen mit dir shoppen gehe ... wenn du nicht zu verkatert bist. Ich gehe in jeden Laden, in den du willst, und maule auch nicht.«

»Bitte, Posy, bitte, bitte, lass Sam raus zum Spielen kommen«, bettelte Sebastian. »Ich verspreche auch hoch und heilig, dass ich ihn zurückbringe, bevor es dunkel wird.«

Posy wusste, dass sie keinerlei Chance hatte. »Na gut. Dann geh eben. Brauchst du Geld?«

»Hör auf, ihn so zu bemuttern.« Sebastian hatte den Arm bereits um Sams Schultern gelegt und zog ihn in Richtung Tür – Sam folgte ihm nur allzu bereitwillig. »Ich passe gut auf Sam auf, pass du gut auf unsere Buchhandlung auf.«

Die nächsten Stunden schlug sich Posy mit der Sorge herum, Sebastian könnte Sam einfach im Taxi vergessen oder stehen gelassen haben, weil ihm eine langbeinige Blondine über den Weg gelaufen war. Trotz allem schaffte sie es, zehn Punkte auf der To-do-Liste für die Neueröffnung abzuarbeiten, auch wenn mindestens hundert weitere Punkte blieben, aber dieses *unsere* aus Sebastians Mund hatte sie angespornt, endlich in die Vollen zu gehen.

Als der erste Textentwurf für die Homepage stand, war es bereits vier Uhr nachmittags, und noch immer hatte sie kein Wort von ihrem kleinen Bruder gehört, der sich mit dem unverschämtesten und verantwortungslosesten Kerl Londons herumtrieb.

»Wo steckst du?«, schrieb sie per SMS, ehe sie sich auf den Weg machte, um ein Paar neuer Nylonstrümpfe zu besorgen, da alle, die sie besaß, mittlerweile Löcher hatten. Dabei fiel ihr ein, dass sie immer noch nicht geduscht und seit drei Tagen die Haare nicht gewaschen hatte.

»Bin bald zurück«, schrieb Sam, gefolgt von einer ganzen Reihe an Emoticons, von denen Posy kein einziges zuordnen konnte.

Es war fast sechs und Posy drauf und dran, bei der Polizei eine Vermisstenanzeige aufgeben, als er und Sebastian endlich durch die Hintertür kamen.

Posy, frisch geduscht, in ihrem schwarzen Partykleid und mit Softwicklern im Haar, stand mit in die Hüften gestemmten Fäusten an der Treppe. »Wie spät ist es deiner Meinung nach?«, schimpfte sie.

»Ich habe doch versprochen, dass ich ihn vor Einbruch der Dämmerung nach Hause bringe. Offiziell geht die Sonne heute um 18.03 Uhr unter, das heißt, wir sind sogar noch ein paar Minuten zu früh.«

Posy hätte zu diesem Thema einiges zu sagen, doch als sie Sam hinter Sebastian stehen sah, besann sie sich eines Besseren – es war lange her, seit sie Sam das letzte Mal so strahlend gesehen hatte. Er grinste regelrecht von einem Ohr zum anderen und wippte aufgeregt auf den Fersen.

»War's nett?«, fragte sie.

»Es war der tollste Tag aller Zeiten«, antwortete Sam, ehe er sich eilig korrigierte. »Ja, ja, war echt cool. Du weißt schon …«

Sebastian schob sich an ihr vorbei, und wieder spürte Posy, wie ihr die Hitze ins Gesicht stieg, als sein Ärmel ihren Arm streifte, doch dann war er bereits im Wohnzimmer, hängte sein Jackett über die Stuhllehne und setzte sich. »Setz Wasser auf, Morland. Wollen doch mal sehen, ob dein Tee genauso ungenießbar ist wie dein Kaffee.«

»Setz dich doch und mach es dir bequem«, murmelte Posy, woraufhin Sam grinste. Erst jetzt fiel ihr auf, dass der Flaum in seinem Gesicht verschwunden war.

Auf den zweiten Blick bestätigte sich ihr Verdacht: Auch sein Kinn war nicht länger von dünnen, flaumigen Härchen bedeckt. Sam ließ ihre kritische Betrachtung über sich ergehen, biss sich jedoch auf die Lippe, als Posys Blick zu der nagelneuen Jeans, dem schicken Paar Turnschuhe und mehreren Selfridges-Tüten auf dem Boden schweifte.

Ihr Gesicht war flammend rot, und diesmal aus ganz anderen Gründen als zuvor. »Was hast du getan?«, fragte sie gepresst. »Erst stöhnst und jammerst du herum, und dann kaufst du mit Sebastian den halben Selfridges leer? Selfridges! Wie viel hat er für dich ausgegeben?«

»Ich weiß, Posy, aber nicht jetzt«, flüsterte Sam. »Los, geh in die Küche.«

Sie gingen in die Küche, wo Sam den Inhalt der Tüten auf den Küchentisch kippte: Ein schicker schwarzer Anzug, mehrere Hemden und Strickjacken, ein Paar dicksohliger Halbschuhe, alles perfekt für die Schule geeignet, aber mit Preisschildern, deren Anblick Posy die Tränen in die Augen trieb. Dann fiel ihr Blick auf die Kosmetikprodukte: ein Reinigungsgel, eine Feuchtigkeitscreme, ein Rasierer und ein Aftershave von Tom Ford. »Sebastian meinte, ich soll nur ein paar Tropfen draufgeben, weil Mädchen es nicht mögen, wenn man sich von oben bis unten eindieselt, außerdem sollte ich echt versuchen, nicht so wie ein Computeridiot …«

»Nein.« Posy schüttelte den Kopf. »Du musst die Sachen zurückbringen. Alle. Ich hoffe nur, du hast die Kassenzettel mitgenommen. Wie konntest du zulassen, dass er so viel Geld für dich ausgibt?«

»Ich hab ihm ja gesagt, dass er es nicht tun soll! Wieder und wieder, aber er lässt ein Nein einfach nicht gelten!« Dem konnte Posy nur zustimmen. »Er hat gesagt, ich hätte viele Geburtstags- und Weihnachtsgeschenke verpasst, weil ich doch keine Eltern mehr hätte und so, deshalb würde er nur für Ausgleich sorgen. Er hat mich zu einem superangesagten Friseur gebracht, wo sie mir gezeigt haben, wie man sich richtig rasiert. Na ja, ich kann dich echt gut leiden, Posy, aber es war mir echt zu peinlich, dich nach solchen Sachen zu fragen. Außerdem bist du jedes Mal komplett zerschnippelt, wenn du dir die Beine rasierst, und im Gesicht ist es viel schwieriger als an den Beinen. Wieso bist du denn schon wieder so rot? O Gott, du weinst doch nicht etwa, oder?«

»Natürlich nicht«, behauptete Posy leise schniefend und mit leicht feuchten Augen.

Als sie mit vierzehn ihre erste Periode bekommen hatte – unbemerkt während des Sportunterrichts –, war sie sofort nach Hause gelaufen, um es ihrer Mutter zu erzählen. Sie hatten bereits im Vorfeld über diesen Tag gesprochen und sich einen Vorrat an Binden und Tampons besorgt, trotzdem war es ein Schock für Posy gewesen. Es war alles so beängstigend, so als wäre sie plötzlich aus dem behaglichen Kokon ihrer Kindheit gestoßen worden, ohne bereit für ein Leben als Erwachsene zu sein.

Wie ein kleines Mädchen hatte Posy in den Armen ihrer Mutter geweint, und am darauffolgenden Samstag hatte sie den kleinen Sam, der gerade erst lernte, ohne Hilfe zu stehen, in der Obhut von Lavinia und Perry gelassen, um mit ihrer Tochter einen gemeinsamen Tag zu verbringen, nur sie beide. Sie waren zu Topshop gefahren, um Make-up zu kaufen, hatten bei Marks & Spencer nach hübscher Unterwäsche gestöbert und anschließend in der Patisserie Valerie Tee getrunken. Später hatte ihr Vater eine kleine Feier mit Lavinia, Perry und den Mädchen aus dem Laden geschmissen, bei der Posy ihr erstes Glas Champagner probieren durfte.

Ihre Mutter hatte aus etwas Neuem und Angsteinflößendem einen Anlass zum Feiern gemacht. »Ich kann es kaum erwarten, die Frau kennenzulernen, die du einmal sein wirst«, hatte sie zu Posy gesagt, als sie mit dem Bauch voller Kuchen nach Hause gegangen waren. »Ich weiß, sie wird genauso schlau, witzig und nett sein wie du. Ich weiß auch, dass du eines Tages alles machen kannst, was du dir nur wünschst, trotzdem werde ich immer für dich da sein, Posy. Selbst die tollsten Frauen haben manchmal Angst oder sind unsicher, brauchen einen Kuss und eine Umarmung von ihrer Mum.«

Würden ihre Eltern noch leben, hätten Sam und Dad vermutlich einen ähnlichen Tag miteinander verbracht; Dad hätte mit Sam über den Mann gesprochen, der er eines Tages sein würde, und ihn über die bevorstehenden Veränderungen aufgeklärt. Er hätte ihm auch gezeigt, wie man sich rasierte. Posy würde zwar alles für Sam tun, trotzdem gab es Dinge, die sie nun mal nicht im Repertoire hatte, und genau dafür war – ausgerechnet – Sebastian nun in die Bresche gesprungen.

Deshalb schluckte Posy ihre Empörung hinunter und lächelte. »Dann hattest du also einen schönen Tag?«

»Ja, und von der Computerspiel-Veranstaltung habe ich dir ja noch gar nichts erzählt.« Sam stopfte die Klamotten in die Tüten zurück, ohne sich groß Gedanken darüber zu machen, dass es sich um edle Designersachen handelte. »Du würdest nicht mal die Hälfte davon kapieren, Pants aber schon. Darf ich trotzdem noch zu ihm und dort übernachten?«

»Klar«, antwortete Posy. Schließlich hatte sie nach wie vor die Absicht, mit Stefans schwedischen Freunden eisgekühlten Wodka zu trinken, daher konnte Sam alles tun, worauf er Lust hatte – auch wenn sie ihm das natürlich nicht sagen würde. »Ich hab dir ein paar Knabbersachen von Sainsbury's mitgebracht, die du mitnehmen kannst.«

Es waren nur Chips, Schokolade und Gummibärchen und keine Tüten voller Designerklamotten, doch Sam riss ihr die Sachen begeistert aus der Hand und gab ihr sogar einen Kuss auf die Wange, während sie endlich den Teekessel aufsetzte.

Sie gab sich ganz besondere Mühe mit dem Tee, ließ den Beutel lange genug im Wasser, bis die Flüssigkeit die richtige Farbe angenommen hatte, und gab einen Schuss frische Milch hinzu – nicht aus der Tüte, die schon die ganze Woche im Kühlschrank stand. Leider erfuhren ihre Bemühungen keinerlei Wertschätzung.

»Meine Güte, ich dachte, du müsstest erst die Blätter aus Indien herüberbringen«, maulte Sebastian, als Posy mit zwei Bechern ins Wohnzimmer zurückkehrte und ihm einen davon reichte. »Earl Grey ist das aber nicht.«

»Das ist Tetley's«, sagte Posy tonlos und reichte ihm fünf Zwanziger. »Ich habe das Geld für Sams neue Schulkleidung beiseitegelegt. Ich weiß, dass das nicht mal annähernd reicht, aber ...«

»Ach, sei doch nicht so eine Schnarchnase, Morland«, sagte Sebastian und schob das Geld zurück zu ihr. Mit Nachdruck legte sie die Scheine wieder vor ihm auf den Tisch, doch er ließ sich in seinem Sessel zurücksinken und schlug seine langen Beine übereinander, als würde er sich völlig wie zu Hause fühlen, in ihrer Wohnung ebenso wie in ihrem Leben. »Sam hat rein zufällig erwähnt, dass du morgen sowieso nicht mit ihm shoppen gehen kannst, weil du den ganzen Tag verkatert auf der Couch herumliegen, dir megapeinliche Filme ansehen und ihn pausenlos anbetteln würdest, dir Tee und Käsetoast zu bringen. Deshalb musste ich eingreifen. In diesen Schuhen konnte er keinen Tag länger herumlaufen.«

Sam hatte ihre Kater-Auswüchse schamlos übertrieben. So schlimm waren sie nun auch wieder nicht. Außerdem war das gar nicht der Punkt. Posy nippte an ihrem Tee. »Wie auch immer. Jedenfalls danke, dass du ihn mitgenommen und ihm all die Sachen gekauft hast. Trotzdem hättest du mich vorher fragen müssen.«

»Deine kleine Dankesrede hatte sich gerade noch so nett angehört, aber am Ende musstest du ja alles wieder kaputt machen, was?« Sebastian grinste über den Rand seines Bechers hinweg, was es Posy leichter machte, fortzufahren, denn wieder einmal führte er sich vollkommen unmöglich auf.

»Ich liebe Sam. Du kannst mir den Laden wegnehmen, alle meine Bücher verbrennen und alles, was ich besitze, kurz und klein schlagen. All das würde ich verwinden, aber wenn du ihm wehtust, Sebastian, mache ich dich kalt. Ich werde dich auf jede erdenkliche Art und Weise quälen, die mir einfällt, töten werde ich dich allerdings nicht. Nicht solange gewährleistet ist, dass dir jeder Atemzug unvorstellbare Schmerzen bereitet, und zwar für den Rest deines erbärmlichen Lebens. Kapiert?«

Das genügte, um Sebastians blödes Grinsen verschwinden zu lassen. »Tut mir leid, aber wie du mir zuerst danken konntest, nur um mir eine Minute später die schlimmsten Höllenqualen anzudrohen, kann ich gerade nicht ganz nachvollziehen.«

»Das ist nur eine freundliche Warnung. Sam ist keine nette Abwechslung, die du einfach in den Wind schießt, wenn sie dich langweilt. Er ist keine deiner Frauen!«, fügte sie aufgebracht hinzu. Der Kommentar schien Sebastian ganz und gar nicht zu passen, denn er setzte sich abrupt auf. Stocksteif und wortlos saß er da, und in seinen Augen funkelte etwas, das sie noch nie zuvor gesehen hatte.

»Was weißt du denn über meine Frauen?«, fragte er beiläufig.

»Halb London weiß über deine Frauen Bescheid, verdammt noch mal! Kaum ein Tag vergeht, an dem du nicht in irgendeinem dieser Klatschblätter auftauchst. Nehmen wir nur mal diese blonde Frau, deren Ehemann dich während der Scheidung erwähnt hat.«

»Ach der! Der Typ hat doch die ganze Zeit seine Sekretärin gevögelt.«

»Und die andere Blondine, dieses Model, die später die Details deiner sexuellen Vorlieben an die Klatschblätter verhökert hat.« Posy hielt inne, weil Sebastian schon wieder grinste, während ihr einfiel, was die blonde Laufsteg-Schönheit damals über ihn verraten hatte. *Wir haben es in einer*

Nacht fünfmal nacheinander getan, aber ich durfte die ganze Zeit
kein Wort sagen.

Sämtliche Make-up-Vorräte auf dieser Welt würden nicht ausreichen, um die Röte auf Posys Wangen zu kaschieren. Wäre dies eine Zeile aus ihren lächerlichen Fantasien, würde der Wortlaut vermutlich lauten: *»Kein Wort mehr, Miss Mor-* *land«, stieß Sebastian mit rauer Stimme hervor und zog sie in seine* *Arme.*

Dass ein Mensch so dunkelrot anlaufen konnte wie Posy, grenzte eigentlich an ein medizinisches Wunder, doch Sebastian schien es gar nicht zu bemerken. Stattdessen beugte er sich vor, den Teebecher auf den Knien, und sagte mit ernster Miene: »Ganz ehrlich, Morland, das Gequassel, das aus dem Mund dieser Frau kam ... ich hatte ernsthaft Angst um meine geistige Gesundheit.« Er schüttelte den Kopf, als wollte er damit die Erinnerung aus seinem Gedächtnis verscheuchen. »Außerdem geht es gerade um Sam. Ich mag ihn. Sehr sogar. Ich hatte keine Ahnung, dass Fünfzehnjährige nicht nur Schwachköpfe sind, die das Gesicht voller Pickel haben und ununterbrochen masturbieren.«

Posy schlug die Hände vors Gesicht. Gäbe es doch nur ein anderes Vorbild, an dem Sam sich orientieren konnte. Vielleicht sollte sie es ja noch mal mit Tom versuchen. Doch als sie Tom das letzte Mal gebeten hatte, sich mit Sam zu unterhalten, waren die beiden zu Starbucks gegangen und hatten nach einer halben Stunde – beide kreidebleich – wieder im Laden gestanden. »Nie wieder«, hatte Tom nur düster gemurmelt. Und Sam hatte sich beschwert: »Er hat die ganze Zeit bloß von Genitalwarzen gefaselt und mich gewarnt, bloß kein Mädchen zu schwängern. Du wirst mich nie wieder zwingen, Zeit mit ihm allein zu verbringen, nie wieder!« Deshalb war Tom vielleicht doch nicht der Richtige. Posy beschloss, in einer ruhigen Minute mit Stefan, dem netten Deli-Besitzer, zu reden. Er schien ein passenderer Kandidat für die Aufgabe zu sein. »Du wirst Sam nicht auf einen falschen Weg führen«, erklärte sie Sebastian streng. »Er ist gerade in einem Alter, in dem man ihn leicht beeindrucken kann.«

»Ah, verstehe. Eigentlich hatte ich ja vor, nächstes Mal mit ihm in eine Opium-Höhle zu gehen, aber vielleicht kann das ja warten, bis er sechzehn ist.« Er zog eine Braue hoch und musterte Posy neugierig. »Diese Dinger da in deinem Haar ... wofür sind die eigentlich?«

O Gott. Sie hatte Sebastian eine Standpauke gehalten und die ganze Zeit rosa Wickler in den Haaren gehabt. »Die sorgen dafür, dass ich lässig-weiche Wellen bekomme«, erklärte sie. »Ich gehe aus, und es gibt massenhaft Wodka, was ein Riesenglück ist, weil du mich regelrecht dazu treibst, mich zu betrinken.«

»Ich habe Frauen schon zu Schlimmerem getrieben«, konterte er trocken, schlug die Beine übereinander und wippte mit dem Fuß, während er sie von oben bis unten musterte. »Willst du so gehen?«

Sie trug ein locker geschnittenes Etuikleid aus schwarzer Spitze, das eine Menge wabbliger Körperteile kaschierte, gleichzeitig jedoch die passabelsten Teile ihrer Oberschenkel gut zur Geltung brachte. Posy spürte augenblicklich, wie die Wut in ihr aufstieg. »Wieso? Was stimmt damit nicht?«

»Gar nichts«, antwortete er und schnitt eine Grimasse. »Es ist nur ein bisschen kurz.«

»Willst du damit sagen, dass ich fett bin?« Posy sah an sich hinunter. Bislang hatten ihre Beine eigentlich nie fett ausgesehen. Vielleicht nicht ganz perfekt geformt, aber sie hatte gedacht, das Problem sei mit den schwarzen blickdichten Strümpfen gelöst.

»Ich habe nur gesagt, dass das Kleid recht kurz ist. Über deine Beine habe ich kein Wort verloren«, behauptete er, obwohl er sie anstarrte, als hätte er noch nie welche gesehen. Im Vergleich zu den dünnen Schönheiten, mit denen Sebastian sich sonst umgab, mussten ihre Beine wie menschliche Baumstämme aussehen. »Ich meine, du willst andere Leute – genauer gesagt Männer – doch nicht auf falsche Gedanken bringen, oder?«

»Falsche Gedanken?«, wiederholte sie.

»Dass du zur Verfügung stehst, obwohl es nicht so ist. Zumindest solltest du es nicht darauf anlegen. Was für ein Beispiel wäre das für Sam, wenn du dich im Suff fremden Männern an den Hals wirfst?« Sebastian seufzte. »Zumindest hast du es ja geschafft, den Rest halbwegs anständig zu verpacken.«

»Darauf anlegen? Mich Männern an den Hals werfen? Halbwegs anständig verpacken?«, wiederholte Posy ungläubig.

»Alles zu wiederholen, was ich sage, ist keine Unterhaltung.« Sebastian beugte sich vor und musterte sie. »Bist du sicher, dass du dich nicht schon ein bisschen warmgetrunken hast?«

»O mein Gott!« Posy hatte Mühe, die Worte auszusprechen. »Raus hier! Sofort!«

»Was denn? Was habe ich denn gesagt?«

»Was du gesagt hast? Raus jetzt!« Posy war aufgesprungen und packte Sebastians Hand, doch statt aufzustehen, verschränkte er seine Finger mit ihren, sodass es einen Moment aussah, als würden sie Händchen halten, ehe Posy sich abrupt losriss. »Los, raus jetzt. Ich hab's eilig. Schließlich muss ich heute Abend dringend ein paar Typen aufgabeln. Vorausgesetzt, sie finden meine dicken Schenkel nicht zu eklig!«

»Hör auf, so einen Schwachsinn zu reden, Morland!«, sagte Sebastian, erhob sich jedoch aus seinem Sessel. »Du drehst mir die Worte im Mund herum. Vielleicht musst du mal anständig flachgelegt werden, so verspannt wie du bist, und …«

»UNVERSCHÄMT!«, schrie sie, riss sein Jackett von der Stuhllehne, über die er es liebevoll gehängt hatte, und schleuderte es ihm mitten in sein verhasstes Gesicht. »Du bist der unverschämteste Kerl, dem ich je begegnet bin.«

»Das ist noch lange kein Grund, es an meinem Jackett auszulassen«, sagte Sebastian ruhig. Doch zum Glück wandte er sich endlich zum Gehen, wenn auch mit Märtyrermiene. »Gerade ist es wohl kein guter Zeitpunkt, über den Laden zu sprechen und …«

»Nein, ist es nicht! Und es wird auch nie einen guten Zeitpunkt geben!«, brüllte Posy und folgte Sebastian aus dem Wohnzimmer, um ihn weiter anschreien zu können, als er die Treppe hinunterhastete. »Soll ich dir noch was zum Laden sagen? Zu *meinem* Laden? Hier wird niemals auch nur ein einziger Kr…«

Sie hörte, wie die Tür ins Schloss fiel, so heftig, dass sie Angst hatte, die Glasscheibe könnte herausfliegen, dann war Sebastian verschwunden. Posys leidenschaftlichen Schwur, dass Bookends keine Krimibuchhandlung werden würde, solange noch ein Fünkchen Leben in ihr war, hatte er nicht mehr gehört.

Der Wüstling, der mein Herz stahl

Nie zuvor hatte Posy die Hände eines Mannes auf ihrem Körper, die Lippen eines Mannes auf ihrem Mund gespürt. Tatsächlich hätte sie es nicht einmal gewagt, sich einen derart leidenschaftlichen Übergriff auf ihre Person auch nur vorzustellen – schließlich war sie eine unverheiratete, tugendhafte Frau von achtundzwanzig Jahren aus einer ehrenwerten, wenn auch verarmten Familie.

Doch nun, da Sebastian Thorndyke ihre beneidenswert schmale Taille mit den Händen umfasste und seine Lippen verlangend auf die ihren presste, wurde Posy Morland schwach vor Verzückung. Ihre Brüste drohten ihr bescheidenes Musselinkleid zu sprengen, und während sie abermals den Mund öffnete, um zu protestieren, eroberte Sebastian ihre feuchte Grotte mit seiner geschickten Zunge (Anm.: »feuchte Grotte« vielleicht doch lieber noch einmal überdenken). Im selben Augenblick aber entfuhr ihr ein klägliches Wimmern ob seines ruchlosen Treibens.

»Elendes Weibsbild!« Seine glühend heißen Lippen wanderten über Posys Hals zu ihrem Ohr. »Erwidere meinen Kuss, wie es sich gehört.«

Sie gab ein jungfräulich entrüstetes Keuchen von sich, und er küsste sie noch fordernder; seine Zunge war wie eine feindliche Armee, während er den Arm um die weibliche Rundung ihrer Hüften schlang und sich ungestüm an sie drängte.

»Nein! Nein! Nein!« Mit einer Kraft, die sie sich selbst nicht zugetraut hätte, riss sich Posy aus Thorndykes sittenloser Umarmung. Sie presste die zitternde Hand an ihren Busen, als würde das allein ausreichen, um dem wilden Klopfen ihres Herzens Einhalt zu gebieten. »Sie tun mir Unrecht, Sir. Ich bin kein Freudenmädchen, mit dem Sie sich nach Belieben verlustieren können.«

Thorndykes Lider wirkten schwer und müde, als er sie ansah. »Ich bin der Dirnen, der Kurtisanen und der Frauen anderer Männer überdrüssig.« Er legte einen Finger an ihre Lippen, an denen er sich gerade noch so rücksichtslos vergangen hatte. »Aber Ihrer überdrüssig zu werden, kann ich mir nicht vorstellen — und deshalb werde ich nicht ruhen, ehe Sie mir gehören.«

11

Manche Frauen fingen mit Kickboxen an. Manche machten Ashtanga Yoga, trainierten für Marathonläufe, verausgabten sich im Guerilla Knitting, veganen Backen oder Korbflechten. Es gab tausend Möglichkeiten, mit Stress fertig zu werden, doch offensichtlich gelang es Posy nur, ihren Frust über Sebastian abzubauen, indem sie sich literarisch über ihn ausließ.

Es hatte etwas zutiefst Befriedigendes, ihn in ein fieses Schwein, einen Schurken erster Güte zu verwandeln, ihn als, ähm, brünstigen Verführer unschuldiger und wohlerzogener Mädchen darzustellen – ja, selbst jetzt, während sie die Tottenham Court Road überquerte, war sie gedanklich schon beim nächsten Kapitel von *Der Wüstling, der mein Herz stahl*. Sie hatte nicht einmal die Zeit gefunden, das verdammte schwarze Kleid gegen ein anderes zu tauschen. Nach den unzähligen SMS von Verity und Nina – Wo zum Teufel steckst du? – hatte sie sich lediglich ein wenig getönte Tagescreme ins Gesicht geklatscht und ohne besondere Sorgfalt Wimperntusche und Lipgloss aufgetragen. Außerdem hatte sie einen der Schaumstofflockenwickler vergessen und es erst bemerkt, als sie ein Mann auf der Straße darauf aufmerksam gemacht hatte. Der Lockenwickler befand sich jetzt in ihrer Handtasche, und sie war sich nicht sicher, ob es mit den angepriesenen lässig-weichen Wellen wirklich etwas geworden war.

Ehrlich gesagt wusste sie überhaupt nichts mehr, außer dass sie lieber zu Hause mit einem Fläschchen Wein auf dem Sofa gelegen hätte. Stattdessen war sie nun auf dem Weg zu einer Party, wo sie mit Witz und Eloquenz brillieren musste, um einen attraktiven Kerl an Land zu ziehen, mit dem sie sich danach vielleicht ein paarmal treffen würde, bis sie irgendwann zu dem Schluss gelangten, dass sie eine Beziehung hatten – und damit das Recht, zu Hause zu bleiben und dort in aller Ruhe ein Glas Montepulciano zu trinken, unbeobachtet von anderen Leuten (speziell Nina), die einen ständig im Visier hatten. Sobald man mit jemandem auch nur lose verbandelt war, konnte man plötzlich getrost in den eigenen vier Wänden bleiben, statt zwanghaft um die Häuser ziehen zu müssen.

Sebastian würde es nicht im Traum einfallen, an einem Samstagabend zu Hause zu bleiben, dachte Posy, während sie wütend eine Ampel fixierte, die die Frechheit besaß, eine gefühlte Ewigkeit auf Rot stehen zu bleiben, während sie über die Straße wollte. Garantiert war er mit einer seiner Eroberungen unterwegs oder auf der Suche nach einem neuen, selbstverständlich blonden und gertenschlanken, willigen Geschöpf, mit dem er seine Spielchen treiben konnte, bis ihm eine noch gertenschlankere Blondine vor die Flinte lief.

»Verdammt noch mal, geh mir endlich aus dem Kopf, du Mistkerl!«, zischte Posy, als sie die Tür des schwedischen Cafés in der Great Titchfield Street aufstieß, wo Stefan aus dem Deli um die Ecke seinen Geburtstag feierte.

»Posy! Da bist du ja endlich! Los, komm her und umarme mich mal!«, rief Stefan, während Posy noch auf der Schwelle stand und sich mit missmutiger Miene nach Nina und Verity umsah.

Doch als der fast ein Meter neunzig große Schwede sie in seine muskulösen Arme schloss, war ihre schlechte Laune schlagartig verschwunden.

»Herzlichen Glückwunsch!«, sagte sie atemlos, als Stefan sie wieder losließ. »Entschuldige, dass ich so spät dran bin. Und noch mal Entschuldigung, dass ich keine Zeit mehr hatte, dein Geschenk einzupacken.«

So richtig feiern wollte Stefan seinen Dreißigsten mit seiner süßen Freundin Annika in New York, weshalb Posy einen Reiseführer mit den besten Restaurants im Big Apple ausgesucht hatte. Sie hatte das Buch sogar gekauft – zum üblichen Buchhändlerrabatt, aber das war eben einer der Vorteile, wenn man in der Branche arbeitete.

»Nina und Verity sind da drüben.« Stefan deutete auf einen Ecktisch. Nina saß zwischen zwei breitschultrigen Skandinaviern und sah aus, als wären Geburtstag, Weihnachten und Ostern auf einen Tag gefallen. Selbst Verity, die sich mit einem Nachmittagsschläfchen und augenscheinlich mit dem vor ihr stehenden Drink gestärkt hatte, wirkte bester Laune. »Und ich muss dir unbedingt einen Freund von mir vorstellen – ihr beide werdet euch prächtig verstehen. Hey! Jens! Komm mal rüber!«

Ehe Posy ihren inneren Schalter auf Witz und Eloquenz umlegen konnte, löste sich ein Mann aus einer Gruppe von Gästen und gesellte sich lächelnd zu ihnen.

»Jens, das ist Posy. Ihr gehört die Buchhandlung bei mir um die Ecke. Posy, das ist mein alter Freund Jens aus Uppsala – übrigens Englischlehrer von Beruf.«

Sie schüttelten sich die Hände. Jens war nicht ganz so einschüchternd wie so manch anderer von Stefans Freunden, die allesamt etwas wie Wikinger aussahen. Und zwar verdammt gut aussehende Wikinger. Jens war nicht ganz so groß und blond wie die anderen Männer. Posy musste sich nicht den Hals verrenken, um ihm in die Augen sehen zu können, die tatsächlich so blau waren wie das klare, kühle Wasser eines Fjords. Nervös fuhr er sich mit den Fingern durch die hellbraunen Haare. Er strahlte eine besondere Wärme aus, und als er Posy abermals anlächelte, spürte sie plötzlich, dass sie ihm nichts vorspielen musste, sondern ganz sie selbst sein konnte.

»Stefan und Annika haben mir schon eine ganze Menge über dich erzählt«, sagte Jens. »Ist es wirklich wahr, dass du alle Dialoge aus *Stolz und Vorurteil* auswendig kannst?«

Die beiden hätten ihm durchaus Schlimmeres erzählen können – zum Beispiel, dass Posy immer fingerdick Frischkäse auf Stefans köstliche Zimtschnecken strich. »Alle vielleicht nicht, auch wenn meine Freundin Verity das auf jeder Party herumerzählt«, räumte sie ein. »Aber ich stelle immer wieder fest, dass *Stolz und Vorurteil* eine Weisheit für fast alle Lebenslagen hergibt.«

»Tatsächlich.« Jens neigte den Kopf leicht zur Seite, aber nicht, um sie arrogant von oben bis unten zu taxieren, sondern weil er offensichtlich mehr erfahren wollte. »Hast du vielleicht ein Beispiel?«

»Na ja, wenn ich etwa mal wieder sehe, dass jemand sein Kaugummi unter eins der Regale im Laden geklebt hat – und das passiert ziemlich häufig –, sage ich immer: ›Soll die reine Luft von Pemberley so verpestet werden?‹«

Jens lachte. Im selben Augenblick winkte Nina, die Posy erspäht hatte, und es fühlte sich ganz und gar selbstverständlich an, als Jens sie am Arm nahm. Er führte sie durch den überfüllten Raum, holte ihr einen Stuhl und fragte, ob er ihr einen Drink bringen könne.

Jens war hinreißend. Absolut hinreißend. Und das lag keineswegs an den Aquavit-Martini-Cocktails, die Posy in sich hineinkippte. Er unterrichtete Englisch an einem Gymnasium in Portobello, was sie kein bisschen überraschte, da er besser Englisch sprach als die meisten Engländer, die sie kannte. Sie unterhielten sich lange über *Hamlet* und darüber, dass William Shakespeare offenbar keinen blassen Schimmer von Dänemark gehabt hatte, und anschließend versuchte Jens ihr ein paar schwedische Trinklieder beizubringen, weil er mittlerweile auch schon reichlich Martinis intus hatte. Posy hatte alle Mühe, die harten schwedischen Vokale über die Lippen zu bringen, und so begnügten sie sich schließlich damit, die Texte ihrer liebsten ABBA-Songs zu schmettern. Als sie am Ende des Abends draußen vor dem Restaurant standen, fragte Jens nach Posys Handynummer.

»Ich rufe dich in den nächsten Tagen an«, sagte er. »Warum die Engländer so reserviert sind, habe ich noch nie kapiert. Ich finde dich wirklich nett und würde dich gern näher kennenlernen. Ich hoffe, das beruht auf Gegenseitigkeit.«

Posy war eine typische Engländerin und entsprechend typisch zurückhaltend, aber sie hatte so viele Cocktails getrunken, dass sie kaum errötete, als sie erwiderte: »Ja, ich würde dich auch gerne wiedersehen.«

Jens' warmes Lächeln war wirklich umwerfend. »Ich rufe dich an, und dann verabreden wir uns zu einem richtigen Date.«

Er speicherte ihre Nummer in seinem Handy, machte einen Probeanruf, um sicherzugehen, dass er sich nicht vertippt hatte, und küsste sie auf die Wange, ehe er und seine Freunde in das bereits wartende Taxi stiegen und nach Hackney zurückfuhren.

Posy hatte darauf bestanden, dass Nina und Verity bei ihr

übernachteten. Verity vertrug keinen Alkohol und kicherte mittlerweile jedes Mal sofort los, sobald sie den Mund aufmachte, und Nina wohnte in Southfields am alleräußersten anderen Ende von London. »Und wenn Sam morgen früh zurückkommt, zwingen wir ihn, uns Kaffee und Käsetoasts zu machen«, sagte Posy – nicht, dass es größerer Überredung bedurft hätte, da die Alternative, den Nachtbus zu nehmen, für Nina und Verity alles andere als verlockend war.

»Das war ja wohl ein durchaus erfolgreicher Abend, Ladys«, sagte Nina zufrieden, während sie Verity in die Mitte nahmen, damit sie nicht vom Kurs abkam. »Verity, du hast dir die Kante gegeben und tausend Leute kennengelernt. Und du, Posy, hast eine Handynummer abgesahnt! Siehst du! Du kannst nicht ewig darauf warten, dass der Richtige plötzlich vor deiner Tür steht – du musst selbst die Initiative ergreifen und auf die Jagd gehen!«

»Dafür ist doch das Internet da«, rief Posy ihr in Erinnerung, obwohl es eine weitaus weniger erschreckende Vorstellung war, ein erstes Date mit jemandem zu haben, den man bereits kannte, als mit irgendeinem Fremden, der zehn Jahre älter, zehn Zentimeter kleiner und zwanzig Pfund schwerer war, als es auf seinem Profilbild den Anschein machte.

Wie auch immer, es war gerade mal Anfang März, und schon stand ihr ein Date ins Haus; sie musste sich also nicht mehr mit irgendeinem Kerl von einer Datingseite auf einen Drink verabreden. Auch Nina hatte einen Kerl an der Angel, und einmal mehr hatte sie es fertiggebracht, sich zielsicher den dubiosesten Typen von allen herauszugreifen – einen verdrossen dreinblickenden Hünen, dessen Arme von oben bis unten mit Death-Metal-Tattoos übersät waren, den einzigen Kerl auf der Party, der sich garantiert nicht ausschließlich von Cranberrys, Heringen und Fleischbällchen ernährte, in Fjorden schwamm und mit dem Rad durch die herrlich unverpesteten Straßen Stockholms düste.

»Genau mein Typ«, sagte Nina, als Verity bemerkte, das sei ja ein echter Finsterling gewesen. »Du weißt, dass ich auf harte Burschen stehe. Hat dich auch jemand nach deiner Nummer gefragt, Very?«

»Ja, mehrere, aber ich glaube, mein Freund fände es nicht so toll, wenn ich mich mit anderen verabreden würde.« Sie kicherte. »Peter Hardy. Er ist Ozeanograf und ziemlich eifersüchtig.«

»Lernen wir ihn eigentlich irgendwann auch mal kennen?«, fragte Posy, doch Verity zuckte bloß mit den Achseln, wie immer, wenn es um ihren Freund ging.

»Klar«, murmelte sie. »Sobald er nicht mehr am anderen Ende der Welt die Meere erforscht. Aber egal. Nina, wie läuft es eigentlich mit Piers? Hast du nicht gesagt, er wollte dir seine Luxusimmobilien zeigen?«

Nina riss schockiert die Augen auf. »Seine Luxusimmobilien?«, wiederholte sie. »Das ist ja wohl der dämlichste Euphemismus, den ich je gehört habe! Und das aus dem Mund einer Pfarrerstochter! Du solltest dich was schämen, Very!«

»Triffst du dich noch mit ihm?« Posy bemühte sich um einen neutralen Tonfall. »Mir war nicht klar, dass du so scharf auf ihn bist.«

»So scharf nun auch wieder nicht.« Nina hielt ihr Handy in die Höhe. »Sonst würde ich ja wohl kaum die Nummern anderer Kerle einsammeln. Natürlich stehe ich auf böse Buben, aber irgendwie sagt mir mein Bauch, dass Piers ein richtig fieser Typ ist.«

»Fies? Was meinst du damit?«, hakte Posy nach. »Mir jagt

er nämlich jedes Mal einen Schauder über den Rücken, und zwar keinen angenehmen.«

»Als wir zusammen ausgegangen sind, hat er mir die gesamten zwei Stunden auf die Möpse gestarrt. Was ja noch in Ordnung ist, aber dabei hat er pausenlos damit angegeben, wen er bei seinen Deals so alles übers Ohr gehauen hat, und mich mit Fragen über Bookends gelöchert. Außerdem ist er ziemlich übergriffig, der Knabe.« Nina bewegte die Schultern, als versuche sie sich aus einer missliebigen Umarmung zu kämpfen. »Er meinte, sein Vorbild sei Donald Trump.«

»Mit dem triffst du dich nicht noch einmal, egal, ob er dich ins teuerste Restaurant der Stadt oder zu Burger King einlädt«, sagte Posy. »Der Kerl riecht nach Ärger, Nina. Wenn du dich weiter mit ihm einlässt, haben wir ein echtes Problem. Es gibt doch wohl noch andere Männer auf der Welt.«

»Ist ja gut, Mami«, erwiderte Nina, wenn auch nicht so nachdrücklich wie sonst, wenn jemand ihre Männerbekanntschaften infrage stellte. »Aber versauen wir uns jetzt nicht die Stimmung wegen Piers. Jens scheint ein echt netter Kerl zu sein. Wie es aussieht, habt ihr ja eine Menge Gemeinsamkeiten.«

»Keine Einwände. Außer, dass er vielleicht ein bisschen zu nett ist. Er war sich in *allem* mit mir einig, und ich frage mich, ob das nach einer Weile nicht ein bisschen langweilig wird. Eigentlich heißt es doch, Gegensätze ziehen sich an. Und irgendwas muss an den alten Sprichwörtern ja dran sein.«

»Er hat also zu allem Ja und Amen gesagt?« Nina pfiff durch die Zähne. »Du liebe Güte, das klingt ja übel. Gruselig.«

»Das muss gerade die Frau sagen, die ausschließlich mit

gruseligen Typen um die Häuser zieht«, rief Verity ihr in Erinnerung. »Posy hat nämlich recht. Ich habe Piers nur einmal von Weitem gesehen, und da haben sich mir schon die Nackenhaare aufgestellt. Du brauchst dringend mal eine Horrortypen-Auszeit.«

»Das sind keine Horrortypen. Sie werden bloß missverstanden.«

Als sie schließlich zum Bookends kamen, war Nina immer noch dabei, die diversen Missverständnisse aufzuzählen, die ihre Ex-Freunde zu Unrecht in ein schlechtes Licht gerückt hatten (»Er wollte die Flasche Whiskey doch gar nicht klauen, sie ist ihm bloß in die Manteltasche gefallen«). Sie hörte erst auf, als ihr Kopf auf Posys Kissen niedersank und sie leise zu schnarchen begann.

Am nächsten Morgen erwachte Posy in ihrem Lehnsessel. In ihre Decke eingewickelt flehte sie Sam an, ihr einen Tee zu machen – und im selben Augenblick bemerkte sie, dass die fünf Zwanzig-Pfund-Noten, die sie Sebastian aufzudrängen versucht hatte, zwischen den Sesselpolstern steckten.

12

Seit Posy ihn hinausgeworfen hatte, hielt Sebastian es offenbar für schlauer, fürs Erste nicht mehr die Schwelle von Bookends mit seiner Silhouette zu verdunkeln, auch wenn sein langer Schatten weiter über Posys Leben und den Laden fiel.

Jedes Mal krampfte sich ihr Magen zusammen, wenn sie sah, dass die E-Mails, die Verity und Pippa an sie schickten, in Kopie auch an ihn gingen. Pippa war zu dem Schluss gelangt, dass nichts dagegensprach, die eigentlich für Ende Juni geplante Neueröffnung des Ladens noch einmal vorzuziehen, und zwar auf das erste Maiwochenende. Als sie diesen Plan zum ersten Mal angesprochen hatte, war Posy schlagartig übel geworden. Und auch wenn Posy ihr noch so oft sagte, dass es schlicht unmöglich sei, war Pippas Antwort immer dieselbe: »Sieger kneifen nicht, und Kneifer siegen nicht!«

Zwar hatte Sebastian sich bis jetzt nicht eingemischt, doch Posy war sicher, dass er nur darauf wartete, ihr einen Strich durch die Rechnung zu machen. Weshalb sie davon ausging, dass er jede Minute in einem seiner Maßanzüge bei ihr aufkreuzen würde, um ihr die Daumenschrauben anzulegen, und mit jedem Tag, an dem er sich nicht blicken ließ, wurde sie noch nervöser. Die Vorahnung dessen, was als Nächstes kommen mochte, war schlimmer als die Wirklichkeit.

Zumindest hatte Sebastian nicht das Interesse an Sam verloren. Neulich war er mit ihm im IMAX gewesen, außerdem hatte er Sam angeboten, sein Schülerpraktikum bei Zinger Media zu machen.

Als Posy nach drei Dates mit Jens schließlich den Mut aufgebracht hatte, Sam davon zu erzählen – »Ist aber nichts Ernstes. Jedenfalls jetzt noch nicht, aber ich dachte eben, du solltest es wissen« –, war von ihm kaum eine Reaktion gekommen. Nur als sie ihm erzählt hatte, womit Jens seinen Lebensunterhalt verdiente, hatte Sam die Augen verdreht: »Lehrer? Jetzt fängst du auch noch was mit einem Langweiler an!«

Dabei war Jens überhaupt nicht langweilig. Sondern ein wirklich toller Typ. Vielleicht nicht ganz so toll wie Veritys Wahnsinnstyp Peter Hardy, der Vorzeige-Ozeanograf, doch mittlerweile hatten sie drei Dates hinter sich, und Jens störte sich kein bisschen daran, dass Posy für ihren fünfzehnjährigen Bruder verantwortlich war. Und obwohl sie bereits ein paar süße Küsse getauscht hatten, drängte er Posy nicht, mit ihm ins Bett zu gehen … obwohl Nina sagte, Sex nach dem dritten Date sei allgemeiner Standard – übrigens exakt der Grund, warum sie Piers am ausgestreckten Arm verhungern ließ, nicht bloß deshalb, weil er womöglich ein Fiesling war. Noch dazu hatte er feuchte Hände.

»Na ja, unter besonderen Umständen kann man auch bis zum fünften Date warten«, hatte Nina ergänzt, als sie den panischen Ausdruck auf Posys Miene gesehen hatte.

Wenn man seit über zwei Jahren keinen Sex mehr gehabt hatte (fast drei, um genau zu sein), brauchte man definitiv mehr als drei Dates, um mit jemandem ins Bett zu gehen, ja überhaupt nur die *Möglichkeit* in Betracht zu ziehen, sich vor einem Mann auszuziehen, auch wenn er noch so toll sein mochte. Aber auch in dieser Hinsicht hatte sich Jens außerordentlich verständnisvoll gezeigt. »Du wirst es spüren, wenn du bereit bist«, hatte er gesagt, als Posy sich endlos gewunden und herumgestammelt hatte, ohne die Sache auch nur einmal beim Namen zu nennen.

»Ich habe mit der Neueröffnung des Ladens alle Hände voll zu tun, und ich habe schon seit Ewigkeiten kein Date mehr gehabt«, hatte sie gesagt, worauf Jens sich über den Tisch gebeugt – sie saßen beim Italiener, während Sam beim Fußballtraining war – und ihr den Mund kurzerhand mit einem Kuss verschlossen hatte.

Jens ließ es sich auch nicht nehmen, ihr am ersten Samstag im April zur Seite zu stehen, dem großen Ausverkauf, bei dem Posy hoffte, zumindest ein paar der Bookends-Ladenhüter loszuwerden, die nicht mehr remittiert werden konnten. Verity hatte mehr als deutlich durchblicken lassen, dass sie dringend etwas unternehmen mussten, um an Geld zu kommen. Sie hatte eine Liste ihrer Verbindlichkeiten erstellt – Löhne und Gehälter, Gewerbesteuer, Büromaterial, die Taschen mit dem neuen Logo – und die Einnahmen gegengerechnet, die stark gegen null tendierten. Zähneknirschend hatte Posy dem Ausverkauf zugestimmt.

Es war der erste richtig warme Tag des Jahres – die Art Tag, an dem man sich danach sehnte, endlich den Wintermantel einzumotten, einen Rock anzuziehen und das Gesicht in die strahlende Sonne zu halten, um den Vitamin-D-Spiegel wieder hochzufahren.

»Wir machen den Räumungsverkauf draußen im Hof«, verkündete Posy der versammelten Mannschaft: ihren Mitarbeitern, Jens, zwei Lehrern von der Grundschule, an der Posy einmal wöchentlich leseunwilligen Kindern vorlas, Pants und seinen Eltern, Yvonne und Gary.

Alle stöhnten leise auf, doch Posy ging nicht auf die Unmutsbekundungen ein. Schließlich hatte Pippa ihr immer wieder eingetrichtert: Wer Großes leisten will, kann sich nicht mit Kleinigkeiten aufhalten.

Wer Großes leisten wollte, musste delegieren können. So verstand es jedenfalls Posy, und kurz darauf trug ihre murrende Belegschaft Tische nach draußen, preiste die Ladenhüter aus und baute einen Kuchenstand auf, als kleinen Vorgeschmack auf die Teestube, die renoviert und wieder eröffnet werden würde, sobald Posy jemanden gefunden hatte, der töricht genug war, sie zu übernehmen. Zumindest hatte sie damit Pippa den Wind aus den Segeln zu nehmen versucht, die die Teestube so bald wie möglich wieder eröffnen wollte. Insgeheim aber wusste Posy, dass sie so lange geschlossen bleiben würde, bis sie sich mit dem Gedanken angefreundet hatte, dass jemand den angestammten Platz ihrer Mutter einnehmen würde. Und das würde mit Sicherheit noch eine ganze Weile dauern.

Verity hatte die Abonnenten der Mailingliste über den großen Ausverkauf informiert; Sam und Pants hatten überall im Viertel Flyer verteilt, und Sophie hatte in den sozialen Medien die Werbetrommel gerührt. In der Rochester Street hingen alle paar Meter Plakate, und obwohl Posy sich vorkam, als gäbe sie eine Party, zu der sowieso niemand kommen würde, trudelten um zehn die ersten Leute ein; gegen elf hatten sich reichlich Bücherwürmer und Schnäppchenjäger eingefunden, die gezielt die Bücherkisten durchsuchten, und um zwölf war der Hof komplett überlaufen. Selbst Piers Brocklehurst war gekommen, auch wenn er sich augenscheinlich weniger für die Bücher als vielmehr für Ninas Reize interessierte. Den Arm um ihre Taille geschlungen, knabberte er an ihrem Hals, als hätte er nicht mitbekommen, dass er längst abgemeldet war. Ansonsten schien ihn das Treiben nicht im Geringsten zu interessieren; nur als er einmal kurz den Blick hob und sah, wie Posy Nina ins Auge fasste und eine »Kopf-ab«-Geste machte, hörte er für ein paar Sekunden auf, Ninas Hals zu traktieren.

Posy war trotz allem nicht bereit, sich die Stimmung von einem Parasiten wie Piers vermiesen zu lassen. All die Leute, die sich im Innenhof vor dem Bookends tummelten, waren vielleicht ein kleiner Ausblick auf die Zukunft, dachte Posy, während sie zwei Mädchen mit einer Komplettausgabe von Enid Blytons *Dolly*-Romanen zu ihren Eltern zurückschickte.

»Posy! Posy!« Posy blinzelte, als ihr Tagtraum, im Sommer bis spätabends geöffnet zu haben wie die anderen Läden in der Rochester Street – vor ihrem inneren Auge sah sie bereits, wie es sich ihre Kunden im sanft schwindenden Licht auf den Bänken im Hof bequem machten –, jäh von Pippa unterbrochen wurde, die mit einer Hand vor ihrem Gesicht herumwedelte. »He, lebe den Moment, Posy!«

»Oh, hi«, sagte Posy, die Pippa so gar nicht auf dem Schirm gehabt hatte – du lieber Himmel, hoffentlich hatte sie nicht bemerkt, dass sie ihren gesamten Lagerbestand an Krimis und Thrillern verramschten, zwei Pfund für Taschenbücher, fünf Pfund für Hardcover. »Das ist aber eine Überraschung.«

»Ich dachte, ein bisschen Unterstützung könnte nicht schaden«, sagte Pippa, während sie sich umsah. »Scheint ja recht gut zu laufen.«

»Ja, nicht wahr?«, erwiderte Posy. »Tom hat Flyer an der Uni verteilt, und plötzlich gehen die ganzen akademischen Lehrbücher weg wie warme Semmeln – und ich dachte, die werden wir nie los.« Doch Pippa schien das ABC des Bücher-

Ausverkaufs eher mäßig zu interessieren – wie immer war ihr Blick in die Zukunft gerichtet.

»Wie auch immer, ich bin noch aus einem anderen Grund hierhergekommen.« Pippas bohrender Blick verhieß das Schlimmste; offenbar war ihr siedend heiß aufgegangen, dass Posy sich auf die Idee mit der Krimi-Spezialbuchhandlung nur eingelassen hatte, um sie in Sicherheit zu wiegen. Jetzt würde sie jede Sekunde die Quittung bekommen. So inquisitorisch, wie Pippa sie taxierte, schien es fast, als hätte sie beobachtet, wie sie am Stand von Pants' Mutter einen Cupcake nach dem anderen stibitzt hatte, ohne dafür Geld in die Kasse zu stecken. »Aber das Thema ist … nun ja, vielleicht etwas heikel.«

»Welches Thema?«, krächzte Posy. Sie fühlte sich wie damals, als sie im Woolworth in Camden Town beim Klauen einer Tüte Süßigkeiten erwischt worden war.

»Das Café.« Pippa winkte jemandem am anderen Ende des Hofs. »Ich hoffe, ich überschreite jetzt nicht meine Befugnisse … Mattie! Kommst du mal?«

Eine kleine, schlanke Frau in Zigarettenhose, Rollkragenpullover und Ballerinas löste sich aus einem Pulk von Leuten, die sich um einen der Büchertische drängten, und kam zu ihnen herüber, einen Stapel Kochbücher an die Brust gedrückt.

»Mattie, das ist Posy – ich habe dir ja von ihr erzählt.« Es klang nicht gerade, als hätte Pippa Lobhudeleien über Posy verbreitet. »Posy, das ist Matilda, eine meiner ältesten Freundinnen. Sie ist kürzlich aus Paris zurückgekommen und sucht nach Räumlichkeiten für ein Café. Eigentlich ist es bloß ein Zufall, aber ich nenne es eine Chance – und du weißt, wie ich über Chancen denke.«

»Dass man sich genauso gut gleich selbst in den Hintern

treten kann, wenn man sich eine Chance durch die Lappen gehen lässt.« Mattie schienen Pippas pausenlose Aufmunterungssprüche ebenfalls ein wenig auf die Nerven zu gehen. Sie wandte sich zu Posy. »Hi, ich würde dir gern die Hand schütteln, aber die Bücher lasse ich nicht mehr los. Ich hatte eben schon einen Zusammenstoß mit einem Typen, der mir ein altes Florence-Greenberg-Kochbuch vor der Nase wegschnappen wollte.«

»Hi«, sagte Posy – und nein, natürlich wollte sie sich nicht selbst in den Allerwertesten treten, aber sie konnte nicht tausend Chancen auf einmal am Schopf ergreifen. »Die Teestube – es ist eine Teestube, kein Café – kann momentan leider noch nicht übernommen werden. In dem Zustand kann ich sie nicht vermieten. Sie muss erst auf Vordermann gebracht werden.«

»Nur einer steht dir im Weg – du selbst«, murmelte Pippa, ehe sie in normalem Tonfall fortfuhr: »Zwischen einer Teestube und einem Café besteht ja nun wahrlich kein großer Unterschied. Außerdem hat Mattie in Paris eine Ausbildung zur Patissière gemacht.«

Mattie nickte. »Ich würde aber auch Käsegebäck und Sandwiches anbieten, und aus Paris könnte ich einen wirklich herrlichen Kaffee beziehen. Tee gäbe es selbstverständlich auch. Ab und an brauche ich einfach eine Tasse, sonst geht bei mir gar nichts.«

Mattie hatte ihr langes schwarzes Haar zu einem wippenden Pferdeschwanz gebunden. Tiefschwarze Wimpern rahmten ihre Augen ein, und ihr Eyeliner wirkte wie achtlos aufgelegt. Man konnte sich gut vorstellen, wie Mattie über Pariser Boulevards flanierte oder mit einem altmodischen Fahrrad, einen niedlichen Hund im Lenkerkörbchen, am Seineufer entlangradelte.

»Es tut mir wirklich leid, aber ich hatte noch keine Zeit, um mir über Teestuben, Cafés oder sonst irgendwas Gedanken zu machen«, sagte Posy entschuldigend.

»Ist denn die alte Einrichtung noch komplett vorhanden?«, fragte Mattie.

»Kann ja nicht schaden, sich das mal anzusehen.« Pippa warf Posy einen Blick zu, der keinen Widerspruch duldete, und so blieb ihr keine andere Wahl, als den beiden die Teestube zu zeigen.

Viel gab es nicht zu sehen, eigentlich kaum mehr als Stapel von Kisten voller Bücher, die vorher im ehemaligen Kohlenkeller gelagert hatten, lauter alter Ramsch, den sie an einen Händler aus Birmingham verkauft hatten, der die Kartons am Montag abholen wollte. Aber wenn es einem gelang, das trostlose Ambiente für ein paar Augenblicke zu vergessen, konnte man durchaus erkennen, wie es hier einmal ausgesehen hatte – und vielleicht in Zukunft aussehen würde.

»Das ist die alte Theke. Soweit ich weiß, stammt sie aus den Zwanzigerjahren. Tische und Stühle befinden sich im Schuppen im Hinterhof – ein Sammelsurium aus verschiedenen Jahrzehnten«, erklärte Posy, während Mattie sich umsah. Auf den ersten Blick hatte sie Posy an Audrey Hepburn in *Ein süßer Fratz* erinnert, doch nun kam sie zu dem Schluss, dass Mattie nichts von Audrey Hepburns *joie de vivre* ausstrahlte. Sie wirkte irgendwie traurig und still, als hätte sie ihre Lebensfreude in Paris zurückgelassen.

»Gibt es hier auch eine Küche?«, fragte Mattie, nachdem sie drei nachdenkliche Runden durch den Raum gedreht hatte.

»Durch die Tür hinter der Theke.« Posy zog eine Grimasse, weil die Küche auch nur ein umfunktionierter Lagerraum war, in der ausrangierte Pappaufsteller und Kartons mit altem Werbematerial herumstanden. »Aber wahrscheinlich funktioniert sowieso nichts mehr. Die Küche ist schon seit Jahren nicht mehr benutzt worden, und bestimmt müsste alles erst doppelt und dreifach vom Ordnungs- und vom Gesundheitsamt geprüft werden ...« Allein die Vorstellung, dass jemand mit Kuchentellern zwischen den Tischen herumwuseln und Tee nachschenken würde, war ihr ein Gräuel. Sie befürchtete, dass die Erinnerung an ihre Mutter mehr und mehr verblassen würde, wenn jemand anderes die Aufgaben übernahm, denen sie so viele Jahre nachgekommen war, bis vom Andenken an ihre Mutter schließlich nichts mehr übrig sein würde.

Mattie spähte kurz in die Küche, dann wandte sie sich wieder zu Posy. »Also, ich finde es hier wunderbar. Und die Atmosphäre stimmt auch. Da wäre bloß noch eine Kleinigkeit ...«

Selten hatte Posy eine ominösere Ankündigung gehört. »Nämlich?«

Ein strenger Ausdruck trat auf Matties hübsches Gesicht. »Ich backe keine Cupcakes. Niemals!« Sie reckte das Kinn. Diese Antwort hatte Posy in tausend Jahren nicht erwartet.

»Was ist denn an Cupcakes auszusetzen?«, fragte sie. Tatsächlich konnte sie sich an so manche Tage erinnern, in denen ihr ein Red-Velvet-Cupcake aus der Hummingbird Bakery in der Wardour Street ein verdammt guter Freund gewesen war.

»Sie erheben weibliche Stereotype zum Fetisch. Sie sind die kulinarische Entsprechung von pinkfarbenen Stilettos«, zischte Mattie. »Sie sind der Triumph der Buttercreme über den Inhalt. Wenn du unbedingt Cupcakes anbieten willst, dann können wir das Ganze gleich abblasen.«

Posy konnte sich nicht erinnern, dass jemals irgendetwas

spruchreif gewesen war. »Na ja, ich mag Cupcakes eigentlich ganz gern, kann aber auch ohne leben.«

»Lasst uns lieber nach vorne sehen«, sagte Pippa, wie immer ganz die Vermittlerin. »Mattie kann jede Menge raffinierte Kuchenkreationen zaubern. Beliebte Klassiker in neuem Gewand. Ihr Mandarinenkuchen ist ein Gedicht. Sie backt sogar eine glutenfreie Variante, und ihre Brownies aus weißer Schokolade … einfach göttlich.«

Mattie nickte. »Wenn du willst, kann ich gerne etwas zum Probieren vorbeibringen.«

Posy war zwar immer noch nicht bereit, nach vorne zu sehen, doch Pippa schien so erpicht darauf, sie und Mattie zusammenzubringen, dass sie wenigstens ein bisschen guten Willen zeigen musste. Außerdem konnte Posy sowieso nicht Nein sagen, wenn es umsonst Kuchen gab. »Ich würde mich freuen.«

»Ich würde auch gern noch ein bisschen mehr über den Laden erfahren«, sagte Mattie. »Stimmt es, dass ihr *nur* Krimis verkaufen wollt? Denn um ehrlich zu sein, macht mir das ein bisschen Bauchschmerzen.« Sie runzelte die Stirn. »Und der Name? Der Blutige Dolch? Glaubt ihr, dass Kuchen gut mit blutigen Dolchen harmoniert?«

»Der Name steht noch nicht hundertprozentig fest«, versuchte sich Posy herauszuwinden. Allmählich wurde sie panisch. Sie wusste, dass sie das Schmierentheater mit der Krimibuchhandlung nicht mehr lange durchhalten konnte. Sollte sie einfach Farbe bekennen? Nein, auf keinen Fall, nicht jetzt! Sebastians Reaktion war ohnehin klar – er würde schäumen vor Wut –, aber noch schlimmer war die Vorstellung, dass Pippa und Mattie glauben würden, dass sie ein falsches Spiel trieb – ganz abgesehen davon, dass sie ohne Pippas Know-how komplett aufgeschmissen waren, es also in allzu naher Zukunft überhaupt keine Buchhandlung mehr geben würde. »Wir überlegen noch.«

»Ach ja?« Pippa zog die Augenbrauen hoch. »Ich dachte, das wäre beschlossene Sache – Sebastian hat das jedenfalls gesagt. Wollten wir nicht am Montag direkt mit der Website durchstarten? Und hast du nicht gesagt, du hättest die Druckerei schon beauftragt?«

»Oh, mit dem geschäftlichen Kram langweilen wir Mattie doch nur!« Posy ging zur Tür. »Ich muss mich dringend um unseren Ausverkauf kümmern. Es war sehr nett, dich kennenzulernen, Mattie. Wir hören voneinander. Bis bald!«

Posy floh über den Hof, um sich hinter den breiten Rücken von Jens und Tom zu verstecken, die sie mit dem Verkauf der Sportbücher betraut hatte, damit sie sich ein bisschen anfreunden konnten. »Hallo«, sagte Jens und nahm sie lächelnd in den Arm.

Es war ein seltsames Gefühl, vor allen Leuten von einem Mann in den Arm genommen zu werden. Sie war wohl wirklich zu lange Single gewesen.

»Und wie läuft's? Habt ihr schon viel verkauft?« Posy legte den Kopf an Jens' Schulter, wünschte aber sofort, sie hätte es nicht getan, da sie sich dabei fast den Hals verrenkte.

»Wir haben alle Jahrbücher der Wisden Cricketers verkauft.« Tom starrte Posy an, als könne er ebenfalls nicht ganz fassen, dass sie tatsächlich einen neuen Freund hatte. Keine ihrer Internet-Bekanntschaften hatte es zu mehr als einem faden zweiten Date gebracht. »Und Jens hat zwei Typen gesagt, dass sie für die Erstausgabe von Kenny Dalglishs Autobiografie im Internet ein Vermögen bekommen würden.«

»Was? Davon hatten wir nämlich fünf Exemplare.«

Jens lächelte bescheiden. »Sie haben alle fünf mitgenommen.«

Dafür hatte er sich eigentlich einen Kuss verdient, dachte Posy. Außerdem war es die normalste Sache der Welt, wenn ein Mädchen seinen Freund küsste. Doch bevor sie dazu kam, ertönte eine barsche Stimme hinter ihr: »Morland, wir müssen reden!«

13

Das sah Sebastian mal wieder ähnlich. Fast vier Wochen lang ließ er sich nicht blicken, wiegte Posy in falscher Sicherheit, nur um dann urplötzlich zurückzukehren wie ein böser Flaschengeist, der sich nicht bannen ließ.

Posy sah Jens an und verdrehte die Augen. Der verstand offensichtlich nicht, worum es ging, so verwirrt, wie er aussah, während Tom nur wissend grinste und ihnen den Rücken zukehrte. Sebastian trug einen hellgrauen Anzug, ein weißes Hemd und eine Sonnenbrille mit so dunklen Gläsern, dass seine Augen nicht zu erkennen waren. Trotzdem war Posy sich sicher, dass sie dämonisch funkelten.

»Was gibt's, Thorndyke?« Die Nummer mit dem Nachnamen hatte sie mindestens genauso gut drauf wie er.

Für einen kurzen Moment presste Sebastian die Lippen aufeinander, dann legte er ihr die Hand auf die Schulter. »Ich wollte dir etwas zeigen.« Seine Finger schlossen sich fester um ihren Oberarm, während er sie mit sich zu ziehen versuchte.

Posy rührte sich nicht vom Fleck. »Vielleicht später«, gab sie zurück. »Du siehst doch, dass ich gerade mit meinem Freund rede.«

Jens' Augen weiteten sich – nach gerade einmal drei Dates hatte man noch lange nicht automatisch eine feste Beziehung. Trotzdem machte er mit und streckte Sebastian die Hand hin. »Hi, ich heiße Jens.«

»Glaubst du, ich hätte Zeit zu verschenken, oder was?«, knurrte Sebastian genervt, ohne Jens' ausgestreckter Hand auch nur die geringste Beachtung zu schenken. Und als ob es noch weiterer Beweise für seine Rüpelhaftigkeit bedurft hätte, fügte er noch knapp hinzu: »Dann sieh doch bitte zu, dass du mich findest, Morland, wenn du mit deinen Spielchen hier fertig bist.«

Und damit stolzierte er davon. Zwar wirkte er nicht ganz so souverän wie sonst, wenn er den Laden verließ, aber immer noch reichlich von sich eingenommen.

»Er hat ›bitte‹ gesagt«, bemerkte Tom. »Merkst du, wie er an sich arbeitet?«

»Wer war das?«, fragte Jens. »Was hat der denn für ein Problem?«

»Das war der unverschämteste Kerl von ganz London«, erklärte Posy. »Er ist als Kind ein bisschen zu sehr verwöhnt worden – mehr gibt es dazu nicht zu sagen.«

Doch der Wahnsinn fing jetzt erst richtig an. Posy beschloss, erst einmal bei Tom und Jens zu bleiben – nicht, weil sie Sebastian aus dem Weg gehen wollte, sondern weil Jens niemanden kannte und es herzlos gewesen wäre, ihn noch länger allein zu lassen. Insbesondere, weil Tom keinerlei Bereitschaft zeigte, auf Jens' Versuche, ein Gespräch in Gang zu bringen, einzugehen: »Ich steh echt nicht so auf Fußball, Mann.«

»Worauf Tom steht, weiß kein Mensch«, erklärte Posy. »Wir wissen nicht mal, worüber er seine Doktorarbeit schreibt.«

»Weil euch das sowieso nur langweilen würde«, erwiderte Tom wie immer. Doch dann stellte sich heraus, dass ein paar Freunde von Jens ebenfalls an der UCL studierten und Tom einen von ihnen kannte.

Während die beiden nun doch miteinander ins Gespräch kamen, versuchte Posy, Sebastian nicht aus den Augen zu verlieren, für den Fall, dass er irgendwo Ärger machte. Bislang schien er noch nicht sonderlich aufzufallen, sondern ging von einem Büchertisch zum anderen und wechselte im Vorübergehen ein paar Worte mit einigen Leuten. Dann blieb er stehen, unterhielt sich etwas länger mit einem Pärchen und begann damit, ihnen ein Buch nach dem anderen in die Hände zu drücken. Nina, die hinter dem Tisch stand, warf Posy einen Blick zu und zuckte mit den Schultern.

»Bin gleich wieder zurück«, murmelte sie, aber Jens und Tom waren so in ein Gespräch über den gemeinsamen Bekannten vertieft, einen Hardcore-Veganer, der einem jedes Mal den Abend versaute, wenn man ihn zum Essen einlud, dass sie gar nicht mitbekamen, wie Posy verschwand.

Vorsichtig näherte sie sich dem Tisch, an dem Sebastian ihre potenziellen Kunden weiter zu belästigen schien. »Ich persönlich habe nach den ersten drei Seiten aufgegeben, lauter Endlossätze, aber wenn Sie sich für Winston Churchill interessieren, ist das die beste Biografie. Und das hier ist ein hervorragendes Buch über Rommels Afrikafeldzug – El Alamein und die ganzen anderen Schlachten. He, Tattoo-Girl, haben wir irgendwas über den britischen Kriegseintritt?«

Sebastian versuchte sich als Spezialist für militärhistorische Bücher? War ihm auf dem Weg zum Bookends ein Amboss auf den Kopf gefallen?

»Einer meiner Stiefväter war komplett *besessen* von dem Kram. Wenn er einmal damit anfing, war er nicht mehr zu bremsen. Außerdem sammelte er Nazi-Memorabilia. Als meine Mutter ihn in flagranti mit der Nanny erwischte und sich scheiden ließ, war ich einigermaßen erleichtert.« Der Mann, der Sebastian gegenüberstand, hielt mittlerweile einen ganzen Stapel Bücher in den Händen, während seine Frau ihn misstrauisch beäugte, als würde sein Interesse am Zweiten Weltkrieg unweigerlich zu Ehebruch und Scheidung führen. Wie auch immer, Posy sah keinen Grund, sich einzumischen – erst recht nicht, als der Mann seine Kreditkarte zückte.

Sie wandte sich ab, aber es war zu spät. »Da bist du ja!« Und im selben Augenblick kam Sebastian auch schon mit großen Schritten zu ihr herüber. Eingekeilt von Büchertischen und stöbernden Leuten, hätte sie nicht einmal weglaufen können. Deshalb blieb sie stehen und wartete mit verschränkten Armen, bis er sich zu ihr durchgekämpft hatte.

»Kannst du mir bitte mal etwas erklären?«

»Seit wann bist du scharf auf Erklärungen?« Jetzt hatte er doch ihr Interesse geweckt. »Normalerweise platzt du doch einfach herein und machst irgendwelche Unterstellungen. Deshalb wundert es mich jetzt schon ein bisschen, dass du plötzlich …«

»Morland, bis du endlich mal auf den Punkt kommst, bin ich alt und grau.« Sebastian griff sie am Arm und zog sie mit sich an den Tisch neben dem Kuchenstand. Mit einer schwungvollen Bewegung deutete er über den Hof. »Was in drei Teufels Namen hat das hier zu bedeuten?«

»Das sind Bücher, Sebastian«, sagte Posy. »Wir verkaufen sie, und die Leute kaufen sie. Das nennt man Buchhandel.«

»Das sind nicht bloß Bücher, sondern Krimis.« Sebastian hielt Posy einen Agatha-Christie-Roman unter die Nase. »Warum verkaufst du die Krimis zum Ramschpreis? Die brauchen wir doch noch!«

Posy blinzelte. Im Stehen hatte sie noch nie gut denken können. »Tja, das ist ein interessanter Gesichtspunkt«, sagte sie langsam, während Sebastian plötzlich laut aufstöhnte, als würde sie ihn foltern.

»Los, raus mit der Sprache! Was ist hier los?!«

»Ähm…« Posy drehte sich zu Pants und seinem Dad um, die hinter dem Büchertisch standen. Sie schienen ebenfalls dringend erfahren zu wollen, warum sie hier draußen Krimis für kleines Geld verhökerten, statt sie zum vollen Ladenpreis in einer Spezialbuchhandlung zu verkaufen, die nur in Sebastians Kopf existierte. Sie starrte auf die eselsohrige Agatha-Christie-Ausgabe, und im selben Augenblick hatte sie einen Geistesblitz. »Oh! Das sind alte Lagerbestände«, sagte sie rasch. »Uralter, abgegriffener Kram mit eingerissenen Umschlägen, den wir sowieso nicht mehr loswerden würden.«

»Das Buch hier ist aber überhaupt nicht abgegriffen.« Sebastian deutete auf einen Martina-Cole-Roman.

»Ja, aber das ist eine alte Ausgabe. Die neue hat ein anderes Cover«, erwiderte Posy, die nun Oberwasser hatte und bereit war, volles Risiko zu gehen. »Hör zu, Sebastian, ich weiß deine Hilfe wirklich zu schätzen, aber du hast nicht die geringste Ahnung vom Buchhandel oder den neuesten Buchtrends, geschweige denn, wie man Titel remittiert oder …«

»Wenn du das gelernt hast, kann es ja nicht so schwer sein«, gab Sebastian zurück. »Übrigens habe ich inzwischen den *Bookseller* abonniert.«

»Wenn das so ist, bist du ja jetzt Experte«, zischte sie. Eigentlich hätte sie vor Angst zittern müssen, da sie jede Sekunde auffliegen konnte, doch Angst hatte sie vor Sebastian noch nie gehabt – außer damals, als er sie im Kohlenkeller eingesperrt hatte. Deshalb verspürte Posy nicht einmal einen winzigen Anflug von Panik, als sie ihm gegenüberstand. Alles was sie empfand war Ärger, Verwirrung und nagender Frust.

Dennoch musste sie verhindern, dass Sebastian alles herausfand. Einer seiner berüchtigten Wutanfälle war so ziemlich das Letzte, was sie jetzt gebrauchen konnte – und schon gar nicht vor all den Leuten. Eigentlich hatte sie etwas Versöhnliches sagen wollen, um ihren Zusammenstoß nicht noch weiter eskalieren zu lassen, aber er ging ihr derart auf die Nerven, dass es aus ihr herausplatzte: »Du weißt doch gar nicht, wovon du redest, Sebastian.«

Sebastian schnaubte gereizt, und Posy sah sich verzweifelt nach etwas um, womit sie ihn ablenken konnte. Und dann hatte sie es. »Kuchen!«, stieß sie hervor. »Wie wär's mit etwas Süßem? Was für Kuchen isst du am liebsten?«

»Versuch bloß nicht, das Thema zu wech… Oh! Ist das Mokka-Walnuss?« Sebastian nahm seine Sonnenbrille ab, um die Torte genauer zu inspizieren, und Pants' Mutter, die für den Kuchenstand zuständig war, fasste sich unwillkürlich an die Brust, als würde ihr der Anblick seiner dunklen Augen urplötzlich Herzflattern verursachen. »Na ja, ein Stück Torte kann ja nichts schaden.«

Yvonne schnitt ihm ein besonders großes Stück ab. »Hier, damit Sie mal ein bisschen was auf die Rippen bekommen.«

»Ich nehme nie zu, egal, was ich esse. Können Sie sich vorstellen, wie das ist?«

Posy und Yvonne schüttelten gleichzeitig den Kopf. »Ich muss einen Schokoriegel bloß *ansehen*, und schon ist er auf den Hüften«, klagte Yvonne.

»Darüber würde ich mir keine Sorgen machen«, sagte Sebastian. »So hat man wenigstens etwas, woran man sich festhalten kann.«

Posy wäre am liebsten im Erdboden versunken, doch statt sich angegriffen zu fühlen, erzählte Yvonne, wie sie einmal versucht hatte, ihre ganze Familie auf Rohkost umzustellen. Sie lachten alle herzlich, als eine Stimme hinter ihnen sagte: »Baby, ich sollte zwar im Auto auf dich warten, aber mir wird so langweilig ohne dich.«

Im ersten Moment dachte Posy, die Stimme würde einem kleinen Kind gehören. Vielleicht einer Patentochter von Sebastian, die sie nicht kannte, obwohl sich im selben Moment die Frage stellte, wer in aller Welt auf die Idee kommen konnte, jemanden wie Sebastian zum Paten seiner Tochter zu machen. Doch als sie sich umwandte, sah sie, dass es sich keineswegs um ein kleines Mädchen handelte.

Die Stimme gehörte einem ätherischen Geschöpf mit seidig blondem Haar, das ganz und gar aus Sonnenstrahlen, Zuckerwatte und Elfenstaub zu bestehen schien und sich nun sanft an Sebastian schmiegte. Ihm schien das jedoch sichtlich unangenehm zu sein – er sträubte sich, als wäre dieses himmlische Wesen ein Mantel, der ihm nicht richtig passte und obendrein zu warm bei diesem Wetter war.

Posy blieb der Mund offen stehen. Das Mädchen hatte einen makellosen, strahlend schönen Teint, zart schimmerndes Haar und einen Körper, in dem sich die Grazie einer Gazelle mit der Erotik eines Victoria-Secret-Models verband.

An das Aussehen dieser Frau kam sie nicht im Entferntesten heran, mal abgesehen davon, dass sie sich normalerweise ins Gesicht kleisterte, was es gerade im Drogeriemarkt um die Ecke im Sonderangebot gab, keinen Fön benutzte und sich die Haare mit zwei Bleistiften zusammensteckte. Es war, als würden sie von verschiedenen Planeten stammen. Posy war sich nicht einmal sicher, ob sie derselben Spezies angehörten.

»Morland, das ist Yasmin, meine *Freundin*«, sagte Sebastian im süffisanten Tonfall eines Mannes, der es gewohnt war, regelmäßig den Hauptgewinn zu ziehen. »Sie arbeitet als Model.«

Da Posy weit bessere Manieren als Sebastian hatte, schüttelte sie Yasmin erst einmal die Hand – was sich ungefähr so anfühlte, als würde sie einen Pudding willkommen heißen.

»Freut mich, dich kennenzulernen«, sagte sie.

»Oh, hi«, erwiderte Yasmin mit ihrer hauchzarten Kleinmädchenstimme. Sie gab ein leises Seufzen von sich, zuckte mit den Schultern und wich Posys Blick aus, als befände sie sich aufgrund ihrer Schönheit in einer anderen Sphäre, die normalen Menschen bedauerlicherweise verschlossen blieb. Vielleicht war ihr Posys Outfit – Jeans, löchrige Strickjacke und ein altes Harry-Potter-T-Shirt – auch einfach nur ein bisschen zu viel Realität. Jedenfalls wendete sie sich lieber wieder Sebastian zu. »Können wir jetzt gehen, Baby?«

»Bald.« Sebastian entwand sich seiner *Freundin*, als würde er sich aus einer Zwangsjacke kämpfen, und tätschelte Yasmins Hand. »Ab mit dir. Sieh dir die Bücherstände an.«

»Du kannst gern gehen, Sebastian«, sagte Posy, nicht zuletzt, da sich mittlerweile niemand mehr für die Bücher um sie herum interessierte – alle starrten Yasmin an, und Posy fragte sich, wie es wohl war, wenn man so atemberaubend schön war, dass jeder einen ansehen musste wie ein Wesen von einem anderen Stern. Sie selbst war nur ein einziges Mal so angestarrt worden – damals, als sie in einem Club mit in den Slip gestopftem Rock aus der Damentoilette gekommen war. »Wirklich. Wir kommen auch ohne dich zurecht.«

»Das bezweifle ich.« Sebastian setzte seine Sonnenbrille wieder auf und deutete zu dem Büchertisch am anderen Ende des Hofs hinüber. »Ach ja, dein *Freund? Jens*, richtig? Was ist das überhaupt für ein Name?«

»Das ist ein schwedischer Name. Er ist nämlich Schwede und sehr, sehr nett. Supernett sogar, aber wir gehen es lieber langsam an.« Sie bereute ihre Worte sofort, da Sebastian nur hämisch grinste – er pflegte es offenbar nicht langsam anzugehen und schon gar keine drei Dates lang zu warten, bevor er mit seinen Gespielinnen ins Bett ging. Auch wenn Yasmin aussah, als würde sie in eine Million Glitzersternchen zerstieben, sobald sie sich körperlichen Aktivitäten hingab, die anstrengender waren, als zart und duftig durch die Gegend zu schweben.

»Wie langweilig«, sagte Sebastian. »Aber egal. Ich wünsche euch ein langes, schnarchödes Leben.«

»Wir hatten gerade mal drei Dates! Das heißt ja nicht, dass wir gleich heiraten!«, blaffte Posy, doch ihre Worte verpufften, weil Sebastian sich abgewandt hatte und Yasmin gerade etwas ins Ohr flüsterte, das sie lachen ließ. Obwohl … eigentlich war es nur der Anflug eines Lächelns. Posy wollte nicht zu jenen Frauen gehören, die anderen weiblichen Wesen Böses unterstellten, nur, weil sie wunderschön und in jeder Hinsicht perfekt waren.

Wenngleich Yasmin vielleicht doch nicht ganz so perfekt war, wie es den Anschein hatte. Zwanzig Minuten später, als Posy einen weiteren Karton mit Büchern aus dem Laden schleppte, um draußen für Nachschub zu sorgen, zupfte Yasmin an ihrem Ärmel. »Die möchte ich kaufen«, hauchte sie und deutete auf die fünf Bücher, die sie sich unter den Arm geklemmt hatte – wobei sie sich aufführte, als würde sie jede Sekunde unter ihrer Last zusammenbrechen.

»Komm doch kurz in den Laden«, sagte Posy, und Yasmin ließ sich dankbar auf eins der Sofas fallen, während Posy ihre Bücher in einer Tüte verstaute: das unselige Exemplar von *Männer sind vom Mars, Frauen von der Venus,* von dem Lavinia geglaubt hatte, dass sie es in tausend Jahren nicht verkaufen würden, drei weitere Ratgeber sowie *Fifty Shades of Yay: Wie Sie Ihren Lover im Bett zum Wahnsinn treiben.*

Womit wohl bewiesen war, dass selbst die makellosesten Frauen genauso unsicher waren wie jene, die von Perfektion nur träumen konnten, dachte Posy, während sie Yasmin zur Tür begleitete.

»Alles Gute«, sagte Posy. Plötzlich plagte sie ihr schlechtes Gewissen, weil sie sich so vorschnell ein Urteil über Yasmin gebildet hatte. Tatsächlich hatte ihre Schönheit etwas Fragiles, ja Verletzliches; am liebsten hätte Posy sie an Ort und Stelle in Watte gepackt und sie vor Typen wie Sebastian gewarnt. »Hat mich wirklich gefreut, dich kennenzulernen. Ich hoffe, wir sehen uns bald mal wieder.«

Yasmin winkte und lächelte Posy an. »Dein Laden ist echt klasse, richtig gemütlich. Schade, dass ihr demnächst bloß noch Mord und Totschlag verkauft. Ich kann nicht mal eine Folge von *Law & Order* sehen, ohne dass ich hinterher Albträume bekomme.«

Posy sah, wie sie zu Sebastian zurückschwebte, und zuckte zusammen, als sie hinter sich Schritte auf der Treppe hörte. »Wer ist da?«, stieß sie rau hervor, und mit einem Mal schlug ihr das Herz bis zum Hals. Zwei Sekunden später stand Piers Brocklehurst vor ihr.

»Was machen Sie da oben? Da ist Zutritt verboten.« Sie deutete auf die Tür und das »Privat«-Schild, das ausdrücklich darauf hinwies, welche Räume den Kunden nicht zugänglich waren. »Können Sie nicht lesen?«

»Nur die Ruhe, meine Liebe.« Piers grinste sie unverschämt an, was Posy überhaupt nicht gefiel. Der Kerl nervte sie, aber auf ganz andere Art und Weise als Sebastian. Auch wenn sie es nie zugegeben hätte, genoss sie es meistens, wenn Sebastian und sie aneinandergerieten. Es machte richtig Spaß, Sebastian in die Schranken zu weisen. Doch Piers traute sie keinen Millimeter über den Weg. Sie erinnerte sich, wie Nina gesagt hatte, dass er womöglich ein echt fieser Typ sei, und plötzlich stellten sich ihr die Nackenhaare auf. »Ich habe bloß nach dem Klo gesucht. Das ist ja wohl kein Schwerverbrechen.«

Sicher nicht, doch Posy glaubte ihm kein Wort. Am liebsten hätte sie ihn aufgefordert, ihr zu zeigen, was sich in seinen Taschen befand. Aber natürlich hätte er ihr nur ins Gesicht gelacht.

»Die Toilette ist deutlich ausgewiesen«, zischte sie. »Sie befindet sich links neben dem Eingang zur Teestube. Es handelt sich allerdings nicht um ein öffentliches WC, sondern um eine Toilette für unsere Kunden.«

»Kein Problem. Dann kaufe ich eben ein Buch.« Piers nahm die Regale in aller Ruhe in Augenschein, ließ sich reichlich Zeit, da sie beide genau wussten, dass er oben herumgeschnüffelt hatte. Wenn irgendetwas fehlte, würde sie … »Hier! Das nehme ich!«

Mehr Klischee ging nicht. Es war ein Exemplar von Machiavellis *Der Fürst* – klar, das passte zu ihm wie seine affigen roten Jeans und die Lederslipper, die er natürlich ohne Socken trug. Posy biss sich auf die Unterlippe und schäumte innerlich, während sie den Preis in die Kasse tippte. »Elf Pfund neunundneunzig«, sagte sie – ohne ein »bitte«, das sie sonst nie vergaß, aber ein Kerl wie er, der sich in ihren Laden schlich, um ihn in aller Ruhe auszukundschaften, hatte auch keine Höflichkeit verdient.

»Behalt den Rest, Schätzchen«, sagte Piers und warf eine Zwanzig-Pfund-Note auf den Ladentresen. Posy ballte die Fäuste, während er zur Tür schlenderte.

Yasmin und Sebastian gingen kurz darauf. »Wir sehen uns, Morland«, rief er über die Schulter, und Posy war froh, ihn endlich von hinten zu sehen. Aber letztlich konnte es so nicht weitergehen – sie musste sich dringend überlegen, wie sie ihm erklären wollte, dass der Blutige Dolch nur in seinem Kopf existierte.

Und das beschäftigte sie für den Rest des Tages, während der Ausverkauf weiterlief. Die Bücher gingen weg wie nichts; nebenbei kümmerte sie sich um Jens und hatte ein Auge auf Sam und Pants, die pausenlos zu Raubzügen am Kuchenstand aufbrachen.

Als gegen sechs die Sonne unterging, hatte sich der Hof geleert, und sie begannen mit dem Aufräumen. Jens war noch da. Eigentlich hatte Posy gedacht, er würde sich bestimmt irgendwann langweilen, doch er half bereitwillig, die Tische in die Teestube zurückzutragen, und war auch sonst ein Musterbeispiel an Aufmerksamkeit. Außerdem hatte er ein natürliches Gespür für den Umgang mit Menschen, kam mit allen bestens klar, sogar mit Verity, die normalerweise mit anderen nicht schnell warm wurde. Und was war eigentlich gegen ein langes, langweiliges Leben in einer funktionierenden Beziehung einzuwenden? Ach ja, wer sagte überhaupt, dass ein Leben ohne schnittige Sportwagen und süße Blondinen langweilig war?

»Also, ich gehe jetzt in den Pub«, verkündete Tom, als Posy den letzten Karton mit einem erleichterten Seufzer zu Boden fallen ließ. »Kommt jemand mit? Very?«

»Ich hätte schon Lust, aber ich bin heute Abend mit Peter verabredet«, sagte Verity, die sich plötzlich brennend für ein abgegriffenes Exemplar von *Moby Dick* zu interessieren schien.

»Bring ihn doch mit. Wir würden ihn gerne mal kennenlernen«, sagte Posy. Peter Hardy, Ozeanograf, gab ihnen allen auch weiterhin größere Rätsel auf als Tom. Immerhin war Tom jederzeit für ein Bier im Pub zu gewinnen.

»Würde ich ja gern machen, aber wir verbringen ohnehin

so wenig Zeit zusammen, und morgen früh fliegt er schon wieder nach Belize«, erwiderte Verity. »Vielleicht nächstes Mal.«

Pants und seine Eltern machten sich ebenfalls auf den Heimweg und nahmen auch Sam mit, sodass nur Tom, Nina, Jens und Posy zurückblieben. »Dann also in den Pub«, sagte Jens. »Ich warte noch, bis Posy abgeschlossen hat.«

»Oh, nicht nötig«, sagte Posy. »Geht ruhig schon vor. Ich muss noch ein paar Kleinigkeiten erledigen und komme in einer Viertelstunde nach.«

Jens sah ziemlich niedergeschlagen aus. Wie ein begossener Pudel, dachte Posy, als sie nach oben ging und ihren Laptop einschaltete.

Der Wüstling, der mein Herz stahl

Im Almack drängten sich so viele Menschen, dass Posy befürchtete, über kurz oder lang die Besinnung zu verlieren.
Und nicht nur der Tanzboden war gnadenlos überfüllt, sondern selbst im Speisesaal drängten sich die Debütantinnen,
begleitet von ihren stolzen Müttern, wachsamen Anstands-
damen und etwas gesetzteren Mitgliedern der feinen Gesellschaft, die lieber einen angenehm ruhigen Abend im Almack
verbrachten, als sich in lärmigen Spelunken oder in den Vauxhall Pleasure Gardens zu amüsieren.

Posy hatte das Glück gehabt, eine Einladung von Lady Jersey zu ergattern, der Schirmherrin des Balls, die sich gut erinnerte, welche Wohltaten die verstorbene Mrs. Morland ihrem kränkelnden Ehemann erwiesen hatte. »Du magst nicht
allererste Wahl sein, meine liebe Posy, aber du weißt, wie man
sich in vornehmer Gesellschaft bewegt, und ich glaube, dass
du durchaus Chancen hast, doch noch einen begüterten Gatten zu finden, auch wenn du in deinem Alter natürlich längst
unter der Haube sein müsstest«, hatte Lady Jersey gesagt,
als Posy ihr gestanden hatte, in welch misslicher Lage sie
steckte.

Ihre Tanzkarte war voll, und mittlerweile hatte sie bereits
zweimal mit dem schneidigen schwedischen Grafen getanzt,
der sie derart in Beschlag nahm, dass er sich einen sanften Tadel von Lady Jersey eingefangen hatte. Das Schick-

244

sal schien es endlich einmal gut mit ihr zu meinen. Vielleicht hatte ihre Pechsträhne ja nun ein Ende.

Eigentlich hatte Posy es gar nicht auf einen Mann abgesehen, sondern war im Gegenteil heilfroh, nicht das Joch der Ehe tragen zu müssen, doch in der Not fraß der Teufel bekanntlich Fliegen. Und wenn sie einen gütigen Gatten fand, einen, dem am Wohl anderer gelegen war, statt die Puppen tanzen zu lassen, war die Ehe womöglich doch kein unausweichliches Martyrium.

»Ich glaube, der nächste Tanz gehört mir, Miss Morland.« Der schwedische Graf hatte sich wieder zu ihr gesellt. Posy nahm noch einen Schluck Ratafia, reichte ihr Glas Mrs. Pants (Anm.: Unbedingt Namen ändern; ich könnte eine französische Aristokratin aus ihr machen, Madame Pantalon, die nach London geflohen ist, um der Guillotine zu entgehen), die sich bereit erklärt hatte, für den Abend als ihre Anstandsdame zu fungieren, und schenkte dem Grafen ein erfreutes Lächeln.

Sie traten auf die Tanzfläche, doch als die ersten Klänge eines Folkloretanzes ertönten, vernahm Posy unvermittelt eine tiefe, keinen Widerspruch duldende Stimme. »Ich bedaure, aber diesen Tanz hat Miss Morland bereits mir versprochen«, sagte Lord Sebastian Thorndyke und ließ dem Grafen keine andere Wahl, als sich mit einer Verbeugung zurückzuziehen, während Posy gezwungen war, lächelnd zu ihm aufzusehen, auch wenn sie ihm das hämische Grinsen am liebsten mit der scharfen Kante ihres Fächers aus dem Gesicht geschlagen hätte – womit sie allerdings endgültig von allen Bällen dieser Art verbannt worden wäre.

»Wer in drei Teufels Namen ist denn dieser schlaffe Spargelzieher?« Thorndyke verneigte sich spöttisch vor Posy, während sie mit dem Tanz begannen.

»Mäßigen Sie sich«, zischte Posy, während sie und Thorndyke aneinander vorbeischritten. »Graf Jens von Uppsala ist passionierter Fechter.«

»Und zweifellos der größte Schnarchbeutel, der mir je unter die Augen gekommen ist. Jede Wette, dass er nicht allzu erpicht darauf wäre, Ihnen den Hof zu machen, wenn er wüsste, dass Sie bereits die Aufmerksamkeiten eines anderen Mannes genossen haben.«

»Wohl mehr erlitten«, gab Posy mit bebender Stimme zurück. Tatsächlich bebte sie am ganzen Körper, als sie sich daran erinnerte, wie Thorndyke ihr einen grausam fordernden Kuss nach dem anderen aufgezwungen hatte.

»Aber größeren Schaden scheinen Sie mir dabei nicht genommen zu haben. Ihr Gesicht war hübsch gerötet, als ich mit Ihnen fertig war«, sagte Sebastian spöttisch und verneigte sich vor der Lady, die gerade auf seiner anderen Seite vorüberschritt.

»Sie kaltherziges Scheusal!« Posy presste die Lippen zusammen und weigerte sich, Thorndyke für den Rest des Tanzes auch nur ein weiteres Mal in die Augen zu sehen. Als die Musik verklang, machte sie noch einen kurzen Knicks, bevor sie den Ballsaal fluchtartig verließ.

Sie lüftete den Saum ihres altmodischen hellblauen Seidenkleids und lief einen menschenleeren Korridor hinunter. Als sie am Ende des Gangs einen Moment lang verharrte, unschlüssig, ob sie sich nach links oder rechts wenden sollte, hörte sie leise, aber entschlossene Schritte hinter sich.

»Laufen Sie nur, Miss Morland«, erschallte Thorndykes warnende Stimme. »Die Jagd bringt mein Blut erst so richtig in Wallung.«

Ein Keuchen entwich Posys Mund. Sie wandte sich nach

rechts und wollte die erste Tür öffnen. Abgeschlossen, ebenso wie die beiden nächsten Türen.

Das panische Pochen ihres Herzens war nicht laut genug, die stetig näher kommenden Schritte zu übertönen. Posys Finger krampften sich um den nächsten Türknauf. Gott sei Dank – hier war nicht abgeschlossen! Sie floh in das Zimmer und versuchte die Tür hinter sich zu schließen, doch Thorndyke stemmte sich bereits mit aller Macht dagegen.

»Ich finde diese Spielchen recht ermüdend, Miss Morland«, sagte er. »Und da ich Sie zu erobern gedenke, dulde ich nicht, dass Sie anderen Männern schöne Augen machen – schon gar nicht einem derartigen Weichling.«

Ihre kraftlosen Finger gaben nach, und schon stand Thorndyke ihr gegenüber. Schatten, dunkel wie seine Seele, lagen auf seinem Gesicht, als er die Hand ausstreckte und sie an sich zog, als wäre sie leicht wie Distelwolle, ein sylphengleiches Geschöpf wie die Millionenerbin Yasmin Fairface – ihre Familie hatte mit dem Import von Möweneiern ein Vermögen gemacht –, mit der er viermal über den Tanzboden geschwebt war, bis Yasmins Mutter ihre Tochter schleunigst in Sicherheit gebracht hatte.

Doch dann verflüchtigten sich ihre Gedanken an Yasmin von einer Sekunde auf die andere, und selbst ihre Erinnerung an Graf Jens von Uppsala war plötzlich wie ausgelöscht, als Thorndykes Lippen die ihren berührten und er ihre zarten Rundungen an seinen gestählten Körper zog.

Seine hemmungslosen Küsse raubten ihr ganz offensichtlich den Verstand, da sie sich dabei ertappte, wie sie seine Küsse erwiderte, die Finger in seinen teuflisch schwarzen Locken verkrallte.

Erst als seine Lippen sich ihrem gewagten Dekolleté, der sanften Wölbung ihrer Brüste näherten, gelangte Posy wieder zur Besinnung und fand die Kraft, ihn von sich zu stoßen.

»Nie im Leben werde ich Ihnen gehören«, brachte sie atemlos hervor, und als sie sich zum Gehen wandte, folgte ihr sein hämisches Gelächter bis auf den Gang hinaus.

14

Es war keine allzu große Überraschung für Posy, als Jens auf dem Nachhauseweg vom Pub ernst wurde und vorschlug, dass sie eher eine Freundschaft statt einer Beziehung haben sollten. Tatsächlich empfand es Posy sogar als außerordentlich erleichternd, dass sie sich von nun an keine Sorgen mehr darüber zu machen brauchte, wann der große Moment der Zweisamkeit kommen würde. Wenigstens etwas, das sie von ihrer To-do-Liste streichen konnte. Über kurz oder lang aber würde sie sich vor jemandem ausziehen müssen – sobald sie herausgefunden hatte, was genau bei ihren Abenteuern im Dating-Dschungel so gnadenlos schieflief.

»Habe ich dich zu früh als meinen Freund vorgestellt?«, fragte sie.

Jens berührte sie sanft am Arm. »Vergiss es. Damit hat es überhaupt nichts zu tun.« Er strich ihr eine lose Strähne hinters Ohr; eine ziemlich intime Geste für jemanden, der ihr gerade – wenn auch noch so behutsam – den Laufpass gegeben hatte. »Ganz ehrlich, ich habe das Gefühl, du hast den Kopf nicht richtig frei für eine Beziehung. Du hast jede Menge um die Ohren und bist mit den Gedanken ganz woanders. Unser Timing scheint gerade einfach nicht zu passen.«

»Meinst du, wir sollten es vielleicht noch einmal versuchen, sobald der Laden neu eröffnet ist?«, fragte Posy vorsichtig, doch insgeheim wusste sie längst, dass Jens nicht der Mann ihrer Träume war. Sie mochte ihn wirklich, aber eben nicht so, dass sie sich danach sehnte, ihm endlich die Kleider vom Leib reißen zu können. Allmählich zweifelte sie sogar, dass es überhaupt einen Mann gab, der solche Begierden in ihr wecken würde. Alles andere mit Jens war wunderschön gewesen: die langen gemeinsamen Spaziergänge, die Abende, an denen sie es sich mit einer Flasche Wein auf dem Sofa gemütlich gemacht und ein bisschen gekuschelt hatten, all das, was man eben in einer Beziehung machte, auch wenn sie gar keine richtige Beziehung gehabt hatten. Und wenn sie nach drei Dates keine Leidenschaft für Jens aufbringen konnte, einen unglaublich netten Mann, dann war sie wohl unausweichlich dazu verdammt, irgendwann als alte Jungfer zu enden. ·

Vielleicht war es besser, wenn sie sich eine Katze zulegte – obwohl sie für Katzen eigentlich nicht sonderlich viel übrig hatte.

Leider blieb ihr keine Zeit, den Rest des Wochenendes weiter über ihre Beziehungsunfähigkeit zu grübeln, da Sam gerade eine existenzielle Krise hatte.

»Ich habe überhaupt nichts zum Anziehen!«, maulte er, als Posy am Sonntagmorgen sein Zimmer betrat, um kurz zu fragen, ob er vor Mittag aufzustehen gedachte. »Morgen fängt mein Praktikum an, und ich habe nichts, womit ich mich da blicken lassen könnte.«

»Und was ist mit der neuen Hose und dem Jackett, das du neulich bekommen hast?« Posy setzte sich auf Sams Bettkante, zog die Schubladen seiner Kommode auf und stapelte seine Klamotten auf dem Boden. Wobei sie hoffte, dass er nicht erwartete, sie würde seine Sachen auch wieder einräumen.

Sam musterte sie ungläubig. »Ich kann da doch nicht im Anzug aufkreuzen. Das ist eine IT-Firma. In Clerkenwell. Da läuft garantiert kein Mensch im Anzug herum.«

»Sebastian schon«, erwiderte Posy.

»Das ist was anderes. Er ist der Chef, und zu ihm passt das auch.« Sam hielt ihr ein paar Klamotten vor die Nase. »Hier, sieh dir bloß mal meine T-Shirts an. Entweder es sind blöde Cartoonfiguren drauf oder du hast sie mit deinen Möpsen ausgeleiert! Von meinen Jeans mal ganz zu schweigen.«

»Was stimmt denn nicht mit deinen Jeans? Sebastian hat dir doch gerade erst eine neue spendiert.«

»Die hebe ich mir erst mal auf. Und die anderen sind alle viel zu weit, und bis auf eine haben alle einen Gummizug.« Sam raufte sich die Haare, und einen Moment lang sah er aus, als würde er gleich in Tränen ausbrechen. »Du musst mir neue Sachen kaufen. Bitte, Posy, und jetzt zieh nicht so ein Gesicht. Ist dein Rabatt-Gutschein bei Gap noch gültig?«

Nicht nur das; sie hatte sogar noch einen Gutschein für Pizza Express. Nachdem sie Sam diverse langärmlige Shirts in dezenten Farben und ohne Comicfiguren sowie eine Skinny Jeans gekauft hatte, die so eng war, dass der bloße Anblick Posy das Wasser in die Augen trieb, feierten sie ihren ersten Shoppingtrip ohne Streit mit Pizza und Nutella-Cookies.

Posy hoffte, dass sie damit ein neues Kapitel in ihrer Beziehung aufschlugen und künftig ohne Streit einkaufen gehen konnten – und natürlich, ohne dass irgendwo der Sicherheitsalarm losging.

Ihr wäre nicht im Traum eingefallen, dass ihr kleiner Bruder einen Plan verfolgte. Selbst als sie wieder zu Hause waren und er ihr eine Kanne Tee ans Sofa brachte, wo sie es sich mit dem neuen Roman von Sophie Kinsella gemütlich gemacht hatte, ahnte sie noch nichts. Doch dann setzte sich Sam auf die Kante des Wohnzimmertischs, damit er Posy in die Augen sehen konnte, und sagte: »Dir ist schon klar, dass ich Sebastian reinen Wein einschenken muss, oder? Darüber, dass der Blutige Dolch in Wirklichkeit Happy Ends heißen wird.«

Vor Schreck fiel Posy fast die Tasse aus der Hand. »Was? Wieso das denn?«

»Weil es sowieso herauskommt, sobald wir die Website erstellen«, erklärte Sam. »Ansonsten stehst du mit einer Website für eine Krimibuchhandlung da, die es gar nicht gibt.«

»Aber die Technik ist doch dieselbe, stimmt's? Außerdem habe ich auch schon eine falsche To-do-Liste für den Blutigen Dolch zusammengestellt …«

»Wer einmal lügt, dem glaubt man nicht, und wenn er auch die Wahrheit spricht«, intonierte Sam mit gramvoller Stimme. »Das ist Shakespeare, weißt du.«

»Das ist nicht von Shakespeare, sondern aus Sir Walter Scotts Gedicht *Marmion*, und das wüsstest du auch, wenn du jemals im Englischunterricht aufgepasst hättest«, gab Posy barsch zurück, weil Sams Noten in Englisch eine einzige Katastrophe waren. »Komm schon, das ist doch keine große Sache. Lass sie die Website erstellen, und hinterher ersetzen wir einfach die Sachen, die wir für Happy Ends brauchen.«

»Ersetzen? Von Webdesign hast du keinen blassen Schimmer, was? So vergeudest du bloß die Zeit des Webteams. Ich will Sebastian nicht hintergehen – es war echt cool mit ihm neulich. Und du sagst doch immer, man soll nicht lügen.«

Posy hatte tatsächlich nicht die geringste Ahnung von

Webdesign. Deshalb beschloss sie, sich nicht bei den Details aufzuhalten, sondern zum Punkt zu kommen. »Ich lüge nicht, Sam, sondern gehe bloß ökonomisch mit der Wahrheit um. Du begibst dich hinter die gegnerischen Linien, unterwanderst den Feind und …«

Sam stand auf und sah seine Schwester missbilligend an. »Lüge ist Lüge, Posy, und da mache ich nicht mit.«

Er schaffte es bis zur Tür, dann war Posy bei ihm, schlang die Arme um ihn und schmiegte sich an seinen Rücken, bereit, ihre tödlichste Waffe einzusetzen. Nicht, dass sie stolz darauf gewesen wäre, doch in schweren Zeiten blieb manchmal eben nichts anderes übrig, als schweres Geschütz aufzufahren.

»Sam, mein Süßer bleibst du alle Zeit«, sang sie leise zur Melodie von Michael Jacksons *Ben*, so wie sie es schon getan hatte, als Sam noch ein Baby gewesen war, und unzählige Male danach. »Sam, ich geh mit dir durch Freud und Leid.«

»Du bist Satan«, stieß Sam hervor, während er sich aus ihrer Umarmung zu winden versuchte. »Schäm dich, Posy! Außerdem habe ich dir schon tausend Mal gesagt, dass deine Version so grottig ist, dass nicht mal der Text auf die Melodie passt.«

»Mit mir, Schatz, bist du nie allein, mit deinem einz'gen Schwesterlein …« Posy drückte Sam noch fester an sich. Egal, wie sauer seine Sturheit sie machte und ob Sebastian sein neuer Held war – sie liebte ihren kleinen Bruder über alles. Was aber noch lange nicht hieß, dass sie sich von ihm verpfeifen lassen würde. »Soll ich weitermachen? Ich habe noch einige Strophen in petto. Du kannst mitsingen, wenn du willst.«

»Nein!« Mit nahezu übermenschlicher Kraft gelang es Sam, sich von ihr loszumachen. »Okay, na gut! Ich werde den Mund halten, aber eins kann ich dir sagen: Du bist zwar mein gesetzlicher Vormund, aber als Vorbild taugst du nicht die Bohne.«

»Ich weiß«, sagte Posy, als sie es sich wieder auf dem Sofa bequem machte. »Ach ja, kannst du mir die Kekse aus der Küche bringen?«

Sam war nie lange böse auf Posy und freute sich so auf sein Praktikum, dass er am nächsten Morgen beinahe über die Schwelle hüpfte, während er ihr fröhlich zuwinkte und rief: »Ja, ja, ich habe meine Monatskarte, keine Sorge.«

Posy verbrachte den Morgen damit, die Regale in drei der Vorräume abzumontieren, damit sie die Wände endlich neu streichen konnten.

Gegen Mittag schneite eine Journalistin vom *Bookseller* herein, die mehr über Posys Pläne erfahren wollte und versprach, ihre Redakteurin breitzuschlagen, auf jeden Fall etwas über die Neueröffnung zu bringen.

Nachmittags traf sich Posy mit zwei Vertriebsleuten eines Verlags, der sich auf Liebesromane spezialisiert hatte. Sie waren Feuer und Flamme für die Idee, künftig auch Lesungen und andere Autorenveranstaltungen in Posys Laden zu veranstalten, und wollten mit ihrem Marketingteam sprechen, wie man sich zusammenschließen konnte. Außerdem versprachen sie Posy jede Menge Werbematerial, darunter auch hochwertige Stofftragetaschen, die sie gut gebrauchen konnten, da Verity in Sachen eigener Tragetaschen drastische Einsparmaßnahmen beschlossen hatte – nach einem ziemlich aggressiven Schreiben ihrer Bank, in dem sie gebeten worden waren, so bald wie möglich ein Gespräch mit ihrem persönlichen Berater zu vereinbaren. Es war das erste Mal, dass sich die Bank überhaupt bei ihnen meldete; bisher hatte sie immer nur die Kontoauszüge und Werbung für Kreditkarten geschickt.

Als Posy nach der Besprechung zum Laden zurückging, verspürte sie nicht wie gewöhnlich Panik angesichts all der Arbeit, die in den nächsten Wochen auf sie zukam, sondern tatsächlich ein wenig Hoffnung.

Sie schmiedete Pläne, doch im Gegensatz zu sonst – ihre Notizbücher waren voll mit Plänen, Projekten, Träumereien – hatte sie das Gefühl, dass ihr Vorhaben Hand und Fuß hatte, dass sie ihre Zukunft in Angriff nahm, statt bloß von einem Tag auf den anderen zu leben.

Sam war wie ausgewechselt, als er um kurz nach sechs nach Hause kam, und hatte einen träumerischen Ausdruck auf dem Gesicht. Posy war mittlerweile völlig erledigt. Stundenlang hatte sie die Wände mit Seifenlauge abgeschrubbt.

»Na, wie war dein Tag?«, fragte sie vorsichtig. »Wenn es dir nicht gefallen hat, musst du nicht …«

»Oh, Posy, es war der *Wahnsinn!*« Sam tänzelte um den Eimer mit der Lauge herum. »Jeder hat zwei Bildschirme und die neueste Software. Sogar Software, von der ich nicht mal wusste, dass es sie überhaupt gibt, und im Pausenraum stehen eine Tischtennisplatte und ein Flipper. Außerdem gibt es jede Menge zu essen, und alles umsonst. Sie hatten diese KitKats, die man sonst nur in Japan kaufen kann. Ich habe dir eins mit Salzkaramell mitgebracht.«

»Danke«, sagte Posy. »Das spare ich mir fürs Abendessen auf.« Sie war gerade in die Hocke gegangen, um die Bodenleisten zu säubern, und streckte sich. »Und waren alle nett zu dir?«

»Supernett!« Sam lächelte wie in Trance, als hätte er die letzten sechs Monate bei einer Sekte verbracht, die ihn unter psychotrope Substanzen gesetzt hatte. »Wenn du versprichst, dich nicht danebenzubenehmen, kann ich dich morgen mal herumführen.«

»Echt nett von dir.« Posy fand es rührend, dass er seine nervige große Schwester mitnehmen wollte. »Aber ich habe wirklich alle Hände voll zu tun, und Computer sind für mich ein Buch mit sieben Siegeln.«

»Sie geben auch Kurse und veranstalten Programmier-Workshops speziell für Frauen«, sagte Sam. »Melde dich doch einfach an, dann musst du mich nicht alle fünf Minuten irgendetwas fragen.«

»Müsste ich ja gar nicht, wenn du nicht dauernd das WLAN-Passwort ändern würdest«, gab Posy zurück. Die Diskussion hatten sie schon tausend Mal geführt.

»Man *soll* es aber einmal pro Woche ändern, Morland«, ertönte eine wohlbekannte Stimme. »Damit Hacker deine Daten nicht klauen können.«

Immer wieder tauchte er urplötzlich auf wie ein verdammter Flaschengeist. Doch diesmal beschloss Posy, sich nicht aus der Reserve locken zu lassen, egal, womit er sie zu provozieren versuchte. »Ich glaube nicht, dass meine Daten irgendwen interessieren könnten.«

»Siehst du, das meinte ich«, sagte Sam grinsend zu Sebastian. Er wandte sich wieder Posy zu. »Sebastian hat mich nach Hause gefahren, weil … Sei nicht schon wieder sauer, aber ich habe meine Monatskarte verloren.«

Posy war nicht sauer, auch nicht überrascht, sondern einfach nur deprimiert. »Was? Schon wieder?«

Sam hob die Schultern. »Wahrscheinlich habe ich sie bei der Arbeit liegen lassen.« Er runzelte die Stirn. »Es sei denn, ich habe sie irgendwo unterwegs verloren.«

»Das ist schon das dritte Mal in diesem Jahr«, sagte Posy. »Dafür zeige ich dich bei den Verkehrsbetrieben an.«

»Böser Junge«, sagte Sebastian. »Jetzt gibt's erst mal nur noch Brot und Wasser, bis du deiner Schwester das Geld zurückgezahlt hast.«

»Darum geht es doch gar nicht«, zischte Posy. »Sondern ums Prinzip.«

Sam ließ den Kopf hängen.

»Entschuldigung«, sagte er kleinlaut. »Kommt nicht wieder vor, versprochen. Was gibt's zum Abendessen?«

Posy deutete auf Eimer und Schwamm. »Darüber konnte ich mir noch keine Gedanken machen. Reichen dir Toast und Bohnen aus der Dose?«

Sam musterte sie entsetzt. Manchmal – nicht oft, aber gelegentlich – beneidete Posy ihre Freundinnen; sowohl Verity als auch Nina hatten ihr erzählt, dass sie sich oft einfach mit Erdnussbutter, Grissini und ein paar Oliven oder übrig gebliebenen Weihnachtsplätzchen verköstigten, wenn sie keine Lust zum Kochen hatten. Leider war das nicht drin, wenn man mit einem Fünfzehnjährigen zusammenlebte, der jeden Tag drei Zentimeter größer zu werden schien.

Posy gab Sam zehn Pfund, damit er sich um die Ecke Fish and Chips holen konnte. »Und nimm auch Erbsen dazu, Grünzeug ist wichtig für dich«, fügte sie hinzu. Sie nahm an, dass Sebastian ebenfalls gehen würde, doch er kramte in den Kartons mit dem Deko-Material, das morgens geliefert worden war.

»Danke, dass du Sam nach Hause gefahren hast.« So viel war sie ihm schuldig. Wobei … eigentlich noch eine ganze Menge mehr. »Und für das Praktikum. Und dafür, dass du dich neulich um ihn gekümmert hast.«

Sebastian lächelte. »Aber? Da kommt doch jetzt garantiert ein Aber, oder?«

»Du wirst dich wundern.« Posy war ebenso überrascht

wie er. »Das war einfach nur ein von Herzen kommendes Dankeschön. Und wo ich schon mal dabei bin: Auch Pippa war eine Riesenhilfe.«

»Wie? Keine zickigen Bemerkungen über mein Liebesleben oder meine menschlichen Unzulänglichkeiten?«

Posy dachte kurz nach und schüttelte den Kopf. »Nein, heute nicht. Aber gewöhn dich lieber nicht dran. Weil du dir über kurz oder lang sowieso wieder etwas herausnimmst, das ich nicht durchgehen lassen werde.«

»Jede Wette.« Mit der Spitze eines seiner auf Hochglanz polierten Budapester stieß er den Eimer an. »Wieso wischst du die Regale aus? Die werden doch ohnehin neu gestrichen.«

»Trotzdem. Sie sind total verschmutzt, und der Dreck muss runter.«

»Ich gefährde unsere *Entente cordiale* nur ungern, aber mir war nicht bewusst, dass du so aufs Putzen stehst, Morland«, sagte Sebastian vorsichtig. Und Posy konnte sich nicht erinnern, wann er das letzte Mal seine Worte mit so viel Bedacht gewählt hatte.

Sie zog eine Grimasse. »Tue ich auch nicht. Ich glaube, du weißt mittlerweile ziemlich genau, was ich von Hausarbeit halte.«

»Gibt es keinen Raumpfleger, der das Putzen für dich übernehmen könnte?«

»Wir haben kein Geld für irgendwelche Raumpfleger«, sagte Posy, und im selben Augenblick griff Sebastian – bei allen Fehlern, die er haben mochte, konnte man ihm ganz bestimmt nicht vorwerfen, jemals geizig gewesen zu sein – in sein Jackett, um seine Brieftasche herauszuholen. Doch Posy hob abwehrend die Hand. »Lass mich das ruhig selbst machen. Die Knochenarbeit gibt mir wenigstens das Gefühl, etwas geleistet zu haben, auch wenn ich mir dabei die Fingernägel abbreche und wegen meines Rückens demnächst zum Orthopäden muss.« Sie grinste schief. »Allmählich verstehe ich, was es heißt, die Früchte seiner Arbeit zu ernten.«

Sebastian musterte sie verwundert. »Wieso greift dir dein *Freund* eigentlich nicht unter die Arme? Ist ja nicht gerade zuvorkommend, dich den ganzen schweren Kram alleine schleppen zu lassen.«

»Und bei Yasmin stehst du immer gleich parat?«, fragte Posy zurück, während sie dachte, dass Yasmin wahrscheinlich schon beim Heben eines Teelöffels aus der Puste geriet.

»Du scheinst dich ja brennend für meine Freundin zu interessieren«, sagte Sebastian.

»Wieso? Du hast doch mit meinem Freund angefangen«, entgegnete Posy, und schon starrten sie sich wieder wütend an – was sich um einiges normaler anfühlte als das lockere Gespräch zuvor.

Es grenzte schon an eine Erlösung, als Sam kurz darauf mit dem Essen auftauchte und erstaunt die Augen aufriss, als er sah, dass Sebastian immer noch da war.

»Ich wollte gerade gehen«, sagte Sebastian. »Dir und deinem Eimer noch einen schönen Abend, Morland. Und wir sehen uns morgen, Morland junior.«

Und dann stand er noch zehn lange Sekunden verlegen herum, ehe er endlich die Ladentür hinter sich schloss.

Der Wüstling, der mein Herz stahl

Die Times vermeldete, dass Graf Jens von Uppsala seine Ver-
lobung bekannt gegeben hatte – mit einer hübschen Debütantin, die erst von wenigen Wochen in die Gesellschaft eingeführt worden war.

Posy Morland verspürte einen Anflug von Reue, während sie
an ihrem Tee nippte; sie versuchte jeden aromatischen Tropfen voll und ganz auszukosten, da sie kein Geld hatte, neuen
Tee zu kaufen. Die hübsche Debütantin war mit einer üppigen
Mitgift ausgestattet, und Graf Jens besaß ein großes Anwesen in Uppsala, das dringend einer Renovierung bedurfte.

Mit zehntausend Pfund jährlich konnte man sich die Gunst
jedes noch so eingefleischten Junggesellen sichern, dachte
Posy, während sie ihr Schultertuch zurechtzupfte, unter dem
sie die Male auf ihrem Hals verdeckte. Male, die sie Sebastian Thorndyke verdankte, der sich an ihrem zarten Fleisch
vergangen hatte.

Mit bebenden Fingern (Anm.: »Beben« nicht so inflationär
benutzen), stellte Posy ihre Teetasse ab, während sie sich an
den Abend im Almack erinnerte. Wie Thorndyke Jagd auf sie
gemacht, in jenem verlassenen Nebenzimmer in die Enge getrieben und dann, als wöge sie nicht mehr als eine Handvoll
Federn, auf eine Chaiselongue geworfen hatte.

»Tun Sie das nicht«, hatte Posy ihn angefleht, doch Thorndyke hatte nur den Kopf geschüttelt.

»Wenn ich es nicht tue, finde ich keinen Seelenfrieden mehr«, erwiderte er, während er ihren zitternden, bebenden, vibrierenden Leib an sich zog. »Ich kann an nichts anderes mehr denken als daran, Sie mit Haut und Haar zu besitzen.«

Dann küsste er sie, sanfter, als sie es für möglich gehalten hätte, und sie musste von allen guten Geistern verlassen worden sein, da sie seinen Kuss erwiderte. Ihre Zungen duellierten sich, ehe sie miteinander zu tanzen begannen, und im selben Augenblick begann er auch schon, die Verschlüsse ihres Mieders zu öffnen.

Kein Wort des Widerspruchs drang über Posys Lippen, als Thorndyke ihre schwellenden Brüste dem Mondlicht und seinen hungrigen Blicken preisgab. »Verdammt, Mädchen, wie schön du bist«, stieß er rau hervor, und schon senkte er den lüsternen Mund über eine ihrer bebenden (VERFLUCHT NOCH MAL!) Knospen.

Als er von ihr abließ, war Posy völlig aufgelöst. Ihr nacktes Fleisch glühte von seinen Liebkosungen, während ein süßes, sehnsüchtiges Gefühl der Qual zurückblieb, da Sebastian sich ihren festen Brüsten zwar mit nahezu überirdischer Hingabe gewidmet, ihr aber nicht die Unschuld und damit die Ehre genommen hatte.

Doch für andere Männer war sie nun so oder so verloren, dachte sie, während sie sich mühsam aufsetzte und ihr schamlos nacktes Fleisch mit ihrem Unterhemd bedeckte, das Sebastian ihr in seiner Begierde vom Leib gerissen hatte.

Posy wich seinem Blick aus. Ihre Wangen brannten wie Feuer, nachdem die Flammen der Ekstase erloschen waren. Doch dann hob Thorndyke ihr Kinn an, sodass ihr keine andere Wahl blieb, als ihm in die Augen zu sehen. »Dafür erlasse ich Ihnen zehn Prozent von Ihren Schulden, Miss Morland«, sagte er kalt. »Und schon sind es nur noch fünfundvierzig Guineas.«

Oh ja, selbst ohne die Male seiner Übergriffe auf ihrer ansonsten so alabasterfarbenen Haut hätte sich Posy genau an seine grausamen Worte erinnert.

Sie senkte den Kopf und begann hemmungslos zu schluchzen.

15

Am nächsten Tag war wiederum gründliches Putzen angesagt, und insofern war es Posy eine willkommene Abwechslung, als Pippa unverhofft hereinschneite.

»Hatten wir etwa ein Meeting?«, fragte Posy, die Arme bis zu den Ellbogen in der braunen Brühe; Verity und Nina hatten sich schon den ganzen Morgen mehr als rargemacht – nicht, dass Posy noch auf die Idee kam, ihnen ebenfalls Schwamm und Lappen in die Hand zu drücken.

Pippa setzte sich auf einen Hocker. »Nein, kein Meeting.«

Posy rückte erneut einem besonders hartnäckigen Fleck auf einem der unteren Regalbretter zu Leibe, wo sich Staub und undefinierbarer Schmutz zu einer klebrigen Masse verbunden hatten. »Wegen der Tragetaschen und der Kaffeebecher habe ich nachgehakt – wir kriegen zehn Prozent Rabatt, wenn die Lieferung bis Montag nicht eingetroffen ist.«

»Deswegen bin ich nicht hier. Übrigens scheinst du ja regelrecht *besessen* von diesen Tragetaschen zu sein.« Posy spürte Pippas bohrenden Blick auf ihrem Hinterkopf, sodass sich ihr plötzlich die Nackenhaare aufstellten. »Kannst du mich vielleicht mal ansehen, Posy? Ich würde dir nämlich gern eine Frage stellen – und wenn möglich auch eine ehrliche Antwort erhalten.«

Posy sah sich außerstande, den Schwamm wegzulegen

und Pippa ins Gesicht zu sehen. »Kannst du mich nicht einfach so fragen?«

»Sieh mich gefälligst an, Posy Morland!«, fauchte Pippa, und Posy drehte sich abrupt um, denn Pippas Ton duldete keinen Widerspruch (insgeheim nahm Posy sich vor, die Formulierung »keinen Widerspruch dulden« in einem der nächsten Kapitel von *Der Wüstling, der mein Herz stahl* zu verwenden – nicht, dass sie sich weiter als Autorin betätigen wollte, aber falls doch …). »Und hör mir jetzt endlich mal zu!«

»Tue ich doch«, sagte Posy. Pippa sah aus, als wären ihr sämtliche Lebensweisheiten und Durchhalteparolen abhandengekommen und als würde sie am liebsten nur noch lauthals fluchen. »Was gibt's für ein Problem?«

»Okay, du planst also eine Neueröffnung des Ladens. Aber jetzt mal Klartext – willst du Bookends tatsächlich zu einer Spezialbuchhandlung für Krimis und Thriller ummodeln?«

Posy stellten sich nun nicht nur die Nackenhaare, sondern die Härchen am gesamten Körper auf. »Ähm… was bringt dich auf die Idee, dass es nicht so sein könnte?«

Eine Frage mit einer Gegenfrage zu beantworten war ein ziemlich billiges Ausweichmanöver. Das war Posy bewusst, und Pippa offensichtlich auch, da sie die Augen zu Schlitzen verengte und genervt Luft holte. Sie wickelte eine Strähne ihres schimmernden, perfekt sitzenden Haars um ihren manikürten Zeigefinger. »So einiges«, antwortete sie. »Jedes Mal, wenn jemand Sam nach dem endgültigen Artwork für die Website fragt, wird er knallrot und sagt, du hättest es. Mattie hast du gesagt, der Name für den Laden stünde noch nicht fest, obwohl ihr euch längst darauf geeinigt hattet. Wann immer ich dir E-Mails mit Links zu Krimi-Festivals schicke, um dich auf Ideen für Autorenveranstaltungen zu bringen, kriege ich keine Antwort. Und als ich Nina beim Hereinkommen gefragt habe, ob wir genug skandinavische Krimis hätten, um damit einen ganzen Raum zu füllen, meinte sie nur, und ich zitiere: ›Woher zum Teufel soll ich das wissen?‹«

»Na ja, du weißt doch, wie Nina ist«, sagte Posy lahm. »Sie macht eben immer blöde Witze.«

»Niemand hier, dich mit eingeschlossen, scheint auch nur das allergeringste Interesse an Krimis zu haben. Außerdem hat mir Sebastian erzählt, du hättest beim Ausverkauf am Samstag die Krimis verramscht.«

»Das habe ich ihm doch schon erklärt. Es waren alte und abgegriffene Ausgaben, die ...«

»Posy, ich bin Spezialistin für nonverbale Kommunikation. Und du blinzelst die ganze Zeit, spielst mit deinen Haaren und weichst meinem Blick aus. Typische Anzeichen dafür, dass jemand lügt. Also, eröffnet hier in drei Wochen eine Krimibuchhandlung, ja oder nein?«

Posy nahm die Finger aus den Haaren und starrte auf ihre Füße. »Nein«, sagte sie leise. Aber es war keine Erleichterung, mit der Wahrheit herauszurücken; sie fühlte sich wie eine Schwerverbrecherin. »Der neue Laden wird Happy Ends heißen – die ultimative Buchhandlung für alle Frauen, die süchtig nach Liebesromanen sind.«

»Verstehe.« Pippa verschränkte die Arme. »Nein, eigentlich verstehe ich nur Bahnhof. Kannst du mir das vielleicht mal genauer erklären?«

Es brach nur so aus Posy heraus, und plötzlich fühlte es sich doch gut an, reinen Tisch zu machen, auch wenn sich in Pippas Gesicht kein Muskel bewegte – unmöglich zu sagen, was in ihr vorging.

»Ich dachte, Sebastian würde über kurz oder lang das Interesse an unserem Laden verlieren«, schloss Posy trotzig, weil es in gewisser Weise ja tatsächlich Sebastians Schuld war. »Es tut mir leid, dass ich dich angelogen und deine Dienste unter Vorspiegelung falscher Tatsachen in Anspruch genommen habe. Aber es ist einfach alles außer Kontrolle geraten.«

»Ich kann Sebastian das nicht verschweigen«, sagte Pippa.

»Du darfst es ihm nicht sagen, bitte!«, bettelte Posy, und sie schämte sich nicht einmal dafür; ganz im Gegenteil, es fühlte sich völlig natürlich an. »Ich habe schon so viel am Hals, dass ich mich nicht auch noch mit Sebastian auseinandersetzen kann.«

»Nenn mir einen guten Grund, warum ich es ihm nicht sagen sollte.«

»Ähm, weil … weil Frauen zusammenhalten müssen?«

»Posy, er zahlt mein Gehalt.«

»Ja, ich weiß. Aber irgendwie hast du es geschafft, dass er dir zuhört, auch wenn du ›Nein‹ sagst. Wenn sonst jemand etwas nicht will, stellt er einfach auf Durchzug. Ich habe doch versucht, es ihm zu erklären, mehrmals sogar.« Posy dachte kurz nach. »Obwohl … letztes Mal haben wir angefangen, uns zu streiten, bevor ich auf den Punkt kommen konnte.«

Und dann blieb ihr nichts anderes übrig, als Pippa mit in Veritys Büro zu nehmen und ihr alles zu zeigen – die Farbmuster, den Kalender mit den geplanten Veranstaltungen, das Logo für Happy Ends, die Kartons mit dem neuen Briefpapier, den Lesezeichen und den bedruckten Tüten, die am Freitag geliefert worden waren.

Verity war das blanke Entsetzen ins Gesicht geschrieben.

»Äh, alles okay?«, fragte sie schließlich, als sie die Spannung zwischen Pippa und Posy nicht mehr ertragen konnte.

»Keine Ahnung«, jammerte Posy. »Bist du sehr sauer auf

mich, Pippa? Ich wollte nicht deine Zeit verschwenden. Und wir haben sie ja auch nicht verschwendet – du hast uns erst so richtig auf die Sprünge geholfen, und deine Aufteilung der Räumlichkeiten war zehnmal besser als das, was ich mir ausgedacht hatte. Und eigentlich hat sich nichts geändert: Wir verkaufen bloß Bücher aus einem anderen Genre, das ist alles. Statt Mord und Totschlag an den Mann zu bringen, feiern wir die erlösende Kraft der Liebe. Und Liebe ist doch eine tolle Sache …«

»Du musst mit Sebastian reden«, sagte Pippa streng. »Wenn du es ihm nicht sagst, muss ich es tun.«

Natürlich blieb Posy keine andere Wahl, als reinen Tisch zu machen. Sie musste vor Sebastian zu Kreuze kriechen, das ganze Ausmaß ihres Betrugs, jede einzelne dreiste, unverfrorene Lüge eingestehen. Aber was war das Schlimmste, das ihr passieren konnte? Na schön, vielleicht würde er ihr Pippas Dienste und den Kram für die Website in Rechnung stellen, was allerdings nicht so schlimm wäre. Aber konnte er ihr als Testamentsvollstrecker womöglich den Laden vor Ablauf der zwei Jahre wegnehmen? Sie hatte Dutzende von Unterlagen und Dokumenten unterschrieben – gab es womöglich irgendeine Klausel, aufgrund derer Bookends voll und ganz in Sebastians Besitz überging, falls es gar vor Gericht ging und Posy der arglistigen Täuschung für schuldig befunden wurde?

Nein, das glaubte sie eigentlich nicht.

Trotzdem, Sebastian würde schäumen vor Wut, ihr die schlimmsten Dinge an den Kopf werfen. Nun ja, das würde sie schon aushalten, so wie er all die Jahre mit ihr umgesprungen war. Aber es würde Sam bis ins Mark treffen, wenn er nicht mehr vorbeikam, und damit würde sie nicht so leicht fertig werden.

Wer einmal lügt, dem glaubt man nicht … Sam und Sir Walter Scott hatten recht gehabt.

»Na gut, ich sage es ihm.« Posy schluckte. »Aber ich bestimme den Zeitpunkt.«

»Du hast keine Zeit.« Allmählich klang Pippa merklich genervt. »Du weißt, was Paulo Coelho sagt: ›Eines Tages wirst du aufwachen und keine Zeit mehr haben, deine Träume zu verwirklichen. Verwirkliche sie jetzt.‹«

»Für jede Gelegenheit den richtigen Spruch«, sagte Posy. »Wie behältst du die eigentlich alle?«

»Nicht für jede Gelegenheit«, erwiderte Pippa. »Aber ich habe festgestellt, dass sie so gut wie immer für einen Motivationsschub sorgen.« Sie musterte Posy mit einem ihrer durchdringenden Blicke, der nicht minder motivierend war. »Du kannst Sebastians Gutmütigkeit nicht so ausnutzen.«

Verity verdrehte die Augen, als hätte sie gerade der Schlag getroffen. »Seit wann ist Sebastian gutmütig?«

»Und wenn er etwas nicht hören will, dringt man einfach nicht zu ihm durch«, fügte Posy hinzu.

»Also, ich hatte das Problem noch nie«, gab Pippa zurück. »Und auch kein anderer bei uns in der Firma. Du musst einfach bestimmt auftreten, wissen, was du willst. Lass ihm keinen Spielraum. Du sagst, was Sache ist, und dann gib ihm Gelegenheit, es sacken zu lassen. Argumentieren, dranbleiben, nicht lockerlassen. Zack, zack, zack.«

»Zack, zack, zack«, wiederholten Posy und Verity.

»Du redest bis spätestens Montag Klartext mit ihm, sonst tue ich es. Aber es wäre mir lieber, es käme von dir. Okay?«

»Ja, aber …« Pippa hatte sich bereits zum Gehen gewandt, weshalb Posy ihr hinterherlaufen musste. »Warte doch, Pippa!«

»Hast du nicht verstanden, was eine klare Ansage ist?«
Pippa hatte die Hand bereits an der Ladentür.

»Bitte! Es geht um Mattie!«, rief Posy quer durch den Laden, worauf ein älterer Herr in Anorak und Pudelmütze, der vor einem Regal mit den letzten Ratgebern stand, irritiert in ihre Richtung sah. Pippa wandte sich um. »Sie hat mir ein paar E-Mails geschrieben – na ja, eigentlich sogar jeden Tag, aber ich bin immer noch unschlüssig, was wir mit der Teestube ...«

»Posy! Was willst du mir eigentlich noch alles beichten?«, platzte Pippa heraus, und diesmal klang sie stocksauer. »Soll das heißen, du hast immer noch keine Entscheidung getroffen?«

»Dann wird es aber langsam Zeit«, meldete sich Verity zu Wort. »Die Teestube ist verschenktes Geld. Sie bringt uns nichts ein, wenn sie weiter leer steht, und wir müssen endlich etwas verdienen, statt immer nur Geld auszugeben.«

Es schien Posy, als würde es immer nur noch mehr Stress geben, egal, wie sehr sie sich ins Zeug legte – allmählich schnürte ihr der ganze Wahnsinn regelrecht die Luft ab.

»Ist ja schon gut.« Abwehrend hob sie die Hände. »Okay, als Nächstes steht die Teestube an.«

Pippa stieß einen tiefen Seufzer aus, als wären das alles nur Lippenbekenntnisse. »Wie Walt Disney so schön sagte: ›Anfangen heißt, mit dem Reden aufzuhören und loszulegen.‹«

Jedes Mal, wenn Pippa einen ihrer Motivationssprüche brachte, wusste Posy, dass es nichts mehr gab, was sie darauf erwidern konnte. »Ich kümmere mich umgehend darum. Mattie ist doch bestimmt auch der Meinung, dass Gebäck und Liebesromane besser zusammenpassen als Krimis und Kuchen. Kannst du vielleicht vorab mit ihr reden?«

»Kann ich«, sagte Pippa. »Ich arrangiere ein Treffen, okay?«

»Ooooh, super!«, rief Nina, die oben auf der Rollleiter stand. »Könntest du vielleicht fragen, ob sie Kuchen mitbringt?«

»Schluss jetzt!« Pippa öffnete die Ladentür. »Ich sag's zum letzten Mal, und das gilt für euch alle: *Zack, zack, zack!*«

Der Wüstling, der mein Herz stahl

Sie hatte es gewusst, und so war es auch. Er schlich sich zu ihr wie ein Dieb in der Nacht. Daher schreckte sie auch nicht aus dem Schlaf, als sie hörte, wie Steinchen gegen ihr Fenster schlugen. Sie hatte sowieso kein Auge zugetan.

Abermals prasselten Kiesel gegen das Fenster, und da Posy befürchtete, dass entweder die Scheibe zu Bruch gehen oder er die Dienerschaft wecken würde, stand sie auf und spähte in die Nacht hinaus.

»Was treiben Sie denn da, Sir?«, zischte Posy, doch Thorndyke erklomm bereits den Apfelbaum, dessen Äste mittlerweile fast bis zu den Fenstern reichten, nachdem Posy gezwungen gewesen war, den Gärtner zu entlassen. »Sind Sie jetzt völlig von Sinnen?«

»Im Mondlicht unter Ihrem Fenster, wie es Shakespeare einst in Worte fasste.« Trotz der Kraftanstrengung schien Thorndyke kein bisschen außer Atem zu sein. »Sie sehen reizend aus, verehrte Miss Morland. So anbetungswürdig derangiert.«

Posy war hundertprozentig sicher, dass sie in ihrem weiten Batist-Nachthemd alles andere als reizend oder anbetungswürdig aussah, von ihrem lose geflochtenen Haar ganz zu schweigen.

»Sie müssen nicht ganz bei Trost sein, wenn Sie glauben, dass ich Sie hereinlasse«, sagte Posy mit fester Stimme. Erst

am vergangenen Nachmittag hatte sie sich ihrer Freundin Verity anvertraut. Obgleich die Tochter eines Pfarrers, hatte Verity sie weder verurteilt noch ihr Vorwürfe gemacht, sondern ihr lediglich geraten, gegenüber Lord Thorndyke standhaft zu bleiben, ihn entschieden in die Schranken zu weisen.

»Seinen Ruf und sein Herz verkauft man nicht«, hatte Verity gesagt. »Wenngleich ich vermute, dass es ihm gar nicht um die fünfzig Guineas geht. Sondern um deine Liebe, die so viel mehr wert ist.«

Und dennoch wollte Posy nicht glauben, dass ein Mann wie Thorndyke zu so etwas wie Liebe überhaupt fähig war. Lieben konnte nur, wer reinen Herzens war, und Thorndykes Herz war so schwarz wie die Kohle in Posys Keller, die allmählich auch zur Neige ging.

»Lass mich zu dir, Posy.« Thorndyke ließ nicht locker. »Lass mich in deine Schlafkammer und öffne mir die rosige Pforte zwischen deinen samtenen Schenkeln. Jetzt geh schon weg vom Fenster, damit ich zu dir kann, verdammtes Weibsbild!«

»Niemals!« Posy lehnte sich aus dem Fenster, um nicht wie ein Marktweib auf der Straße schreien zu müssen. »Hören Sie auf, mit mir und meiner Liebe zu spielen. Mir fehlen die finanziellen Mittel, um für die Schulden meiner Familie aufkommen zu können, und ich werde mich – Gott helfe mir! – nicht länger vor Ihnen erniedrigen. Lieber verbringe ich den Rest meines Lebens im Schuldturm als auch nur eine weitere Minute in Ihren Armen. Und jetzt lassen Sie mich ein für alle Mal in Frieden.«

Doch just als sie ihm das Fenster vor der Nase zuschlagen wollte, beugte er sich zu ihr herein und stahl sich einen Kuss.

Sie ~~erbebte~~ (Anm.: Schluss mit dem Unsinn!), und Thorndyke nutzte die Gelegenheit, vom Baum auf das Fenstersims zu springen.

»Soll ich mir Ihretwegen den Hals brechen, Miss Morland?«,

stieß er mit kehliger Stimme hervor. »Wären Sie dann zufrieden?«

»Ich will kein Menschenleben auf dem Gewissen haben, nicht einmal das Ihre«, sagte Posy und trat beiseite, sodass er behände in ihr Schlafgemach steigen konnte. Dann stand er vor ihr, rank und stark und erschreckend männlich in seinen engen Beinkleidern und dem elegant geschnittenen schwarzen Mantel. »Aber Sie werden mich nicht bekommen. Ich bin keine Dirne, und ich werde Ihnen nicht zu Willen sein, Sir – nicht einmal für fünfhundert Guineas.«

»Papperlapapp!«, knurrte Thorndyke, während er die Finger in ihr Nachthemd krallte und sie an sich zog. »Sie erweisen uns beiden einen Bärendienst, wenn solch harsche Worte aus Ihrem hübschen Mund dringen.«

»Lassen Sie mich in Ruhe, Mylord«, sagte Posy mit einem Anflug von Verzweiflung, während sich seine heiße Hand um die Rundung ihrer Hüfte wölbte.

»Wie könnte ich Sie in Ruhe lassen bei meinen Seelenqualen?«, erwiderte Thorndyke ebenso verzweifelt, und es gelang ihr nicht, auch nur einen Finger zu rühren, auch nur ein Wort des Widerspruchs hervorzubringen, als er ihr das Nachthemd mit solcher Leichtigkeit vom Leibe riss, als sei es aus Papier, sodass sie nackt und schutzlos in ihrer ganzen Schönheit vor ihm stand. »Leg dich zu mir, süße Posy, und gib dich meiner Liebe hin. Lass mich dir zeigen, dass sich hinter meiner kalten, gleichgültigen Fassade eine warmherzige Seele verbirgt. Ich bin dein ergebener Diener ... ich gehöre dir.«

Mit jeder seiner Beteuerungen raubte er ihr einen Kuss, schmiegte ihre Rundungen an seinen stählernen Körper, und als Posy ihre Finger durch seine nachtschwarzen Locken gleiten ließ, hob er sie auf seine Arme und trug sie zum Bett hinüber.

16

Posy überlegte, ob sie Sebastian eine E-Mail schreiben sollte. Natürlich könnte sie ihm auch ein paar Zeilen auf dem nagelneuen Happy-Ends-Briefpapier zukommen lassen – Sam könnte den Brief einfach mit ins Büro nehmen.

Aber wahrscheinlich würde Sebastian die E-Mail einfach löschen, sobald er sah, von wem sie kam, und hinterher abstreiten, sie je erhalten zu haben, und Sam, der in monotoner Regelmäßigkeit seine Monatskarte, sein Hausaufgabenheft und seine Schlüssel verlor, war alles andere als ein zuverlässiger Kurier.

Also würde sie wohl warten müssen, bis Sebastian wieder im Laden vorbeikam. Und sie konnte nur inständig hoffen, dass dieses Gespräch besser laufen würde als das, was sie sich gedanklich ausgemalt hatte. Wenn sie nur daran dachte – Sebastian würde sie verbal eingetütet haben, ehe sie überhaupt auf den Punkt kommen konnte.

»Eins solltest du dir hinter die Ohren schreiben, Morland«, würde Sebastian sagen. Der bloße Gedanke ließ sie erröten, und plötzlich zitterten ihre Hände, während sie das Regal sauber wischte. Wenn das hier vorbei, der Laden auf Vordermann gebracht und frisch gestrichen war, wollte sie nie, nie wieder einen Eimer sehen – und auch keinen einzigen Schwamm mehr, herzlichen Dank.

Dann aber nahte plötzlich Rettung. In Form von Kuchen – oder vielmehr in Gestalt von Mattie, die mit mehreren großen Tupperware-Dosen zur Tür hereinkam.

»Ich dachte, ich schau mal vorbei.« Sie stellte ihre Mitbringsel auf ein leeres Regalbrett. »Pippa meinte, du wärst beim Großputz, und die Hübsche mit den blau gefärbten Haaren hat gesagt, dass ich dich hier hinten finde.«

»Das war Nina«, sagte Posy. »Ich mache euch später miteinander bekannt.« Sie warf einen Blick auf einen abgebrochenen Fingernagel. »Aber vielleicht reden wir erst mal über die Teestube. Obwohl ich mir immer noch nicht ganz im Klaren bin, was nun eigentlich … Ich habe einfach so viel um die Ohren, aber Pippa meint, ich sollte endlich in die Gänge kommen, meinen Hintern hochkriegen und eine Entscheidung treffen.«

Mattie nickte. »Hab schon verstanden. Ganz ehrlich, ich liebe Pips über alles, aber kannst du dir vorstellen, wie es ist, mit ihr abendessen zu gehen? Du hast maximal zwei Minuten, die Speisekarte durchzusehen und dir etwas auszusuchen – das nenne *ich* Druck!« Obwohl Mattie eine weite Latzhose über einem langärmligen schwarzen T-Shirt und alte, abgenutzte Tennisschuhe trug, sah sie absolut bezaubernd aus. »Wie auch immer, ich würde die Teestube gern übernehmen, wenn dir das bei deinem Entscheidungsprozess hilft. Was ich bis jetzt von den Räumlichkeiten gesehen habe, ist perfekt geeignet. Nur diese Idee mit der Krimibuchhandlung fand ich nicht sonderlich prickelnd. Leute, die Romane über Serienkiller lesen, stehen wahrscheinlich nicht so auf Kaffee und Kuchen.«

»Fans von Agatha Christie und Dorothy L. Sayers würden bestimmt Kuchen mögen«, sagte Posy. »Und mag Kuchen nicht jeder? Ein schönes Stück Torte, das schafft Verbundenheit.«

»Aber es wird doch jetzt gar keine Krimibuchhandlung, oder?«, hakte Mattie nach.

»Gott bewahre!«, platzte Posy heraus. Ihre Seifenlauge war mittlerweile ohnehin pechschwarz, deshalb führte sie Mattie, dankbar für die Ablenkung, durch den Laden und erklärte ihr, wie alles in ein paar Wochen aussehen würde, mit grau gestrichenen Wänden, kundenfreundlicherer Aufteilung, Vitrinen im Vintage-Design und einem Logo in rosafarbener Kursivschrift.

Dann setzten sie sich ins Büro, und Verity kochte Tee, während Mattie die Tupperware-Dosen öffnete und ihre Mandarinenschnitten sowie zwei verschiedene Sorten Brownies präsentierte – Salzkaramell mit Pekannüssen und weiße Schokolade mit Passionsfrucht –, außerdem Crostini mit Gruyère und roten Zwiebeln, Käse-Schnittlauch-Muffins, einen dreischichtigen Apfel-Himbeer-Streuselkuchen, vier verschiedene Sorten Plätzchen und …

»Wann kannst du das Café eröffnen?«, fragte Nina, während sie sich ein Lavendelplätzchen auf der Zunge zergehen ließ. Eigentlich sollte sie im Laden sein, kam aber immer wieder ins Büro geflitzt, um zwischendurch von Matties himmlischen Kreationen zu kosten. »Wie wär's gleich morgen?«

»Das wäre vielleicht doch ein bisschen übereilt«, ging Posy dazwischen.

Mattie stimmte ihr zu. »Hättest du Zeit, mir die Teestube noch einmal zu zeigen?«, fragte sie.

Posy führte sie durch den Laden zu der Doppeltür, die in die Teestube führte, schloss auf und ließ Mattie allein, damit sie sich die Räumlichkeiten in aller Ruhe ansehen konnte. Sie kam gerade rechtzeitig in den Laden zurück, um einen Blick auf Piers Brocklehurst zu erhaschen, der sich soeben zur Tür hinausstahl.

Nina war nirgends zu 'sehen, doch als sie zurück zum Büro ging, hörte sie Stimmen im Hinterhof. Sie wollte gerade hinaustreten, um zu erfahren, was Piers hier verloren hatte – Nina hatte ihn doch abserviert, oder etwa nicht? –, als sie Verity sagen hörte: »Meinst du nicht, du solltest das Posy erzählen?«

Nina klang ziemlich bedrückt. »Ich will aber nicht, dass sie sich Sorgen macht. Sie hat sowieso schon so viel um die Ohren. Aber das ist schon ziemlich fies von ihm, oder?«

»Dich zu fragen, ob Posy zufällig Dreck am Stecken hat? Das ist nicht fies, sondern absolut schäbig«, erwiderte Verity entrüstet, während Posy zustimmend nickte. Was in aller Welt ging hier vor? »Wie auch immer, Posy hat nichts zu verbergen, außer vielleicht den Wollmäusen unter ihrem Sofa. Sie hat keine Geheimnisse, keine Affären, keine …«

»Na ja, so etwas wollte er auch gar nicht wissen, sondern nur, ob sie vielleicht Steuern hinterzogen hätte oder gegen die Sicherheits- und Gesundheitsbestimmungen verstoßen würde. Als ich mit ihm Schluss gemacht habe, hätte ich ihm wohl nicht erzählen dürfen, dass Posy fand, er würde nicht zu mir passen – aber das war eben einfacher, als ihm zu sagen, dass es mich irgendwie vor ihm gruselt. Hmm, vielleicht sollte ich ja doch mal mit ihm ins Bett gehen – für unser Team könnte ich ja mal ein Opfer bringen.«

Posy standen die Haare zu Berge. Einen Moment lang wusste sie nicht, wer sie mehr entsetzte – Piers, der sich offenbar an ihr rächen wollte, weil sie ihm die Tour vermasselt hatte, oder Nina, die sich mit dem Gedanken trug, doch mit diesem Mann ins Bett zu gehen, auch wenn sie ihn noch so abstoßend fand.

»Bloß nicht«, erwiderte Verity, ehe Posy die Tür zum Hof öffnen und Nina die Meinung geigen konnte. »Aber das bleibt erst mal unter uns. Und wenn dieser grässliche Typ das nächste Mal hier aufkreuzt ... Ich würde jetzt gern sagen, dass ich ihn mir höchstpersönlich vorknöpfe, aber das kriege ich nicht hin, Nina. Vielleicht sollten wir ihm Tom auf den Hals hetzen.«

Einen Moment lang herrschte Schweigen, dann brachen sie in hysterisches Gelächter aus; offenbar war die Vorstellung, wie Tom für Nina in die Schlacht zog, zum Schreien komisch. Posy fand das alles gar nicht lustig. Aber das Letzte, was sie jetzt brauchte, war noch mehr Stress. Deshalb stürmte sie auch nicht wutentbrannt auf den Hinterhof, um den beiden zu sagen, dass Piers sich warm anziehen konnte, sondern suchte stattdessen Zuflucht in ihrer Leseecke, und erst als Nina wieder hereinkam, Posys Füße aus der Nische ragen sah und wissen wollte, was sie da tat, fiel ihr ein, dass sie Mattie ganz vergessen hatte.

Als Posy die Küche betrat, kniete Mattie auf dem Boden und hatte den Kopf in den Ofen gesteckt.

Einen entsetzlichen Moment lang befürchtete Posy das Schlimmste, doch dann erinnerte sie sich, dass der Herd schon seit Ewigkeiten nicht mehr angeschlossen war. Dann kam Mattie auch schon zum Vorschein und schrieb etwas in ihr Notizbuch. »Das Café gefällt mir sehr«, sagte sie, runzelte aber leicht die Stirn dabei. »Aus welchem Grund habt ihr es denn geschlossen? Zu wenig Kundschaft? Mir ist aufgefallen, dass es gleich um die Ecke ein Deli gibt – war die Konkurrenz zu groß?«

»Nein, die Teestube war extrem beliebt. Nicht nur bei unseren Kunden, und mittags war es sowieso immer proppenvoll. Bei Stefan – ihm gehört das Deli – kann man nicht drinnen essen, und außerdem hat er sich ja auf skandinavische Sandwiches spezialisiert, Herzhaftes aus Roggen und ... oh, seine Zimtschnecken sind einfach fantastisch.« Posys Kehle war rau. Sie spürte, wie ihr die Tränen in die Augen traten, obwohl sie bislang nur von Stefan gesprochen hatte.

Würde sie ihre Trauer jemals so weit verarbeitet haben, dass sie beiläufig sagen konnte: »Oh, meine Eltern sind vor sieben Jahren ums Leben gekommen. Ja, sie fehlen mir sehr, aber die Zeit heilt alle Wunden.«

Tja, nur stimmte das leider nicht. Die Zeit heilte gar nichts. Sie sorgte bloß dafür, dass der Schmerz nur weiter und weiter zunahm, dieser unsägliche Schmerz, an den Posy sich so verzweifelt klammerte, weil sie Angst hatte, ihre Erinnerungen an das Lachen ihrer Mutter, den Geruch ihres Parfums, an die Umarmungen ihres Vaters – sie wusste noch genau, wie sie die Knöpfe seiner Weste an ihrer Wange gespürt hatte – würden nach und nach verblassen, bis nichts mehr von ihnen übrig war.

»Aber warum habt ihr die Teestube dann geschlossen, wenn sie so gut lief?«, fragte Mattie. »Seltsam. Hier sieht es aus, als wäre sie urplötzlich dichtgemacht worden, von einer Minute auf die andere. Auf der Arbeitsplatte liegt noch ein Rezeptbuch, in der Spüle stehen Teller, und in dem Schrank da drüben …«

»Meine Mutter …« Posy bekam die Worte einfach nicht heraus. Sie holte tief Luft und atmete langsam wieder aus. »Mein Vater hat die Buchhandlung geleitet, und meine Mutter … die Teestube. Und dann … dieser schreckliche Unfall auf der Autobahn, und … Wie auch immer. Lavinia, die Besitzerin des Ladens, hat dann einfach weitergemacht.« Posy schluckte. »Ich glaube, sie wollte die Teestube wieder eröffnen, aber es geschah alles so plötzlich, und sie kam wohl auch nicht über den Tod meiner Eltern hinweg. Und so blieb sie einfach geschlossen.«

Mattie verharrte reglos an der Spüle und machte keine Anstalten, Posy tröstend in die Arme zu nehmen – Gott sei Dank, denn dann hätte sie wahrscheinlich hemmungslos zu schluchzen angefangen, was wahrlich nicht sehr professionell gewesen wäre. »Das tut mir leid«, sagte Mattie leise. »Mein Vater ist gestorben, als ich zwölf war. Tja, das macht es nicht einfacher, was?«

»Nein, nicht wirklich.«

»Jetzt verstehe ich endlich. Du kannst den Gedanken nicht ertragen, dass hier jemand anders übernimmt.« Mattie ging zur Tür und ließ den Blick noch einmal durch den Raum schweifen.

In der Tat war es eine ziemlich seltsame Vorstellung für Posy, Mattie künftig an dem Ort zu sehen, den sie so sehr mit ihrer Mutter verband – doch mit einem Mal spürte sie, dass sie begann, sich an den Gedanken zu gewöhnen. »Ich weiß, das Leben geht weiter, aber Wissen und Handeln sind eben zwei verschiedene Paar Schuhe«, sagte sie. »Auf der anderen Seite ist es einfach kindisch, die Teestube verstauben zu lassen, wo hier doch Leute gemütlich bei Kaffee und Kuchen zusammensitzen und über Bücher diskutieren könnten.« Während sie sich ihre eigenen Worte kurz durch den Kopf gehen ließ, kam sie zu dem Schluss, dass eine Wiedereröffnung der Teestube eigentlich längst überfällig war. »Nun ja, wenn du sie tatsächlich übernehmen willst, solltest du dich vielleicht darauf einstellen, dass ich mich alle naselang einmische und dir ständig damit in den Ohren liege, wie es früher war. Meinst du, du könntest dich damit abfinden?«

»Ach, dann backe ich dir einfach etwas. Trauer bekämpfe ich immer mit einem schönen Stück Torte.« Mattie sah sich abermals um. »Ich kann mir kein schöneres Café vorstellen – so hell und freundlich und gleichzeitig so gemütlich. Aber wir haben noch so viel zu besprechen: Ich habe dich noch gar nicht gefragt, was du an Miete haben willst, und bis zur Neueröffnung der Buchhandlung schaffe ich es nie im Leben, hier alles auf Vordermann zu bringen. Aber wenn du dich prinzipiell mit dem Gedanken anfreunden kannst, würde ich die Teestube gerne übernehmen.« Offensichtlich war es auch für Mattie keine Kleinigkeit, da sie ein bisschen piepsig klang.

»Ich … Ich glaube nicht, dass mir die Vorstellung je wirklich behagen wird, aber wenn jemand die Richtige ist, dann du. Ziemlich widersprüchlich, was?« Posy lächelte. »Meine Mutter würde jedenfalls sicher ihren Segen geben – und dich außerdem um dein Scone-Rezept anbetteln. Also, Hand drauf?«

Mattie hielt kurz inne, und zu ihrer Verwunderung stellte Posy fest, dass sie tatsächlich befürchtete, Mattie könne in letzter Sekunde einen Rückzieher machen. »Ach ja, nur damit eines klar ist«, sagte sie. »Bei mir gibt's wirklich keine Cupcakes.«

»Damit kann ich leben«, log Posy, bereit, alles in ihrer Macht Stehende zu tun, damit Mattie es sich nicht in letzter Minute noch anders überlegte.

»Und mit Happy Ends habe ich normalerweise auch nichts am Hut, aber egal«, fügte Mattie hinzu, und dann schüttelten sie sich die Hände, ehe sie sich kurz, aber herzlich umarmten und Posy das Gefühl hatte, nicht nur eine Pächterin für die Teestube, sondern auch eine neue Freundin gefunden zu haben.

Die Freude über die frisch geschlossene Freundschaft und der viele Kuchen sorgten für die nötige Energie, die Posy brauchte, um die letzten Regale mit der Seifenlauge zu schrubben. Und dann blieb nichts mehr weiter zu tun, als den ersten Eimer Farbe zu öffnen. Jetzt gab es kein Zurück mehr, auch wenn Posy sich nicht ganz sicher war, ob es ihr gelingen würde, die Wände mit der nötigen Genauigkeit zu streichen – sie war immer noch etwas zittrig und überwältigt von ihren Gefühlen.

Posy machte sich auf die Suche nach Nina, die immer einen aufmunternden Spruch auf Lager hatte, wenn man ein wenig schwächelte. Doch bevor sie sie aufstöbern konnte, läutete die Glocke über der Tür, und Sebastian kam herein, sein Handy zwischen Ohr und Schulter geklemmt. Sofort wurde sie tiefrot, und ihr ganzer Körper schien zu kribbeln, während sie sich daran erinnerte, wie der Sebastian aus ihrem Traum durch das Schlafzimmerfenster gestiegen war und sie nach allen Regeln der Kunst verführt hatte.

»Du lieber Himmel, Brocklehurst, wieso behelligst du mich immer noch mit diesem Schwachsinn?«, schnauzte er; offenbar spielte Piers mal wieder auf der Klaviatur seiner dunklen Machenschaften. »Ich habe dir doch gesagt, dass die Gebäude unter Denkmalschutz stehen, und selbst wenn es nicht so wäre, habe ich keinerlei Interesse, mich von dir in irgendwelche dubiosen Geschäfte hineinziehen zu lassen, verstanden?«

Posy wandte sich auf dem Absatz um. Da Sebastian beschäftigt war, blieb ihr noch genug Zeit, sich in der Teestube einzuschließen, und falls er ihr hinterherkam, konnte sie ihm durch die Tür gestehen, was sie verbrochen hatte.

Ein ganz einfacher und ziemlich guter Plan.

»Hör bloß auf mit dem Gejaule, Brocklehurst. Die Jammerlappen-Tour zieht bei mir nicht. He, nicht so schnell, Morland. Wo willst du denn hin?«, rief Sebastian, ehe Posy die Flucht ergreifen konnte. Es blieb ihr also keine andere Wahl, als sich wieder umzudrehen und ein zuckersüßes falsches Lächeln auf ihr Gesicht zu zaubern.

»Oh, Sebastian! Ich habe dich gar nicht gesehen!«, behauptete Posy. Er hatte sich Verstärkung in Gestalt des alten Brummbären und des aufgeblasenen Gockels mitgebracht – sehr gut, so hatte sie wenigstens Zeugen. »Aber schön, dass du da bist – ich wollte nämlich sowieso etwas mit dir besprechen.«

»Ach ja?« Sebastian klang nur mäßig interessiert. Er ließ den Blick durch den Raum und über die leeren Regale schweifen und blickte erst auf, als Nina aus dem Büro kam und hinter die Kasse trat – wobei sie den Gockel geflissentlich ignorierte, der sich offensichtlich doch nicht die Mühe gemacht hatte, über Sebastians unselige Dating-App mit ihr anzubandeln. »Hey, Tattoo-Girl, siehst ja mal wieder echt umwerfend aus.«

Nina strich mit den Händen über ihr rotes Etuikleid, als würde sie ein paar Krümel wegwischen, und sah ihn erfreut an. »Ja, ich weiß. Schade nur, dass andere das anscheinend nicht mitbekommen«, erwiderte sie, während sie den Gockel mit einem eisigen Blick taxierte. Der verdrückte sich daraufhin schleunigst hinter den Rücken seines bulligen Kollegen.

»Wie gesagt, ich würde gern mit dir reden.« Posy war entschlossen, ihre Qualen nicht unnötig zu verlängern. »Wie wär's, wenn wir ins Büro rübergehen?«

»Geht es um die Teestube? Die Freundin von Pippa, die keine Cupcakes backen will? Die hast du doch wohl hoffentlich rausgeschmissen«, sagte Sebastian. Obwohl sich seine Augen urplötzlich zu Schlitzen verengten und seine Nasenflügel bebten, sah er immer noch absolut hinreißend aus. »Eine Teestube ohne Cupcakes, das geht einfach nicht, auch wenn ich selbst nicht viel für dieses süße Zeug übrig habe.«

»Ich stehe ehrlich gesagt auch eher auf einen saftigen

Früchtekuchen«, ließ sich Brummbär vernehmen. Posy lächelte ihn vage an, ehe sie den Blick wieder auf Sebastian richtete.

»Abgesehen von den Cupcakes ist Mattie genau die richtige Wahl für die Teestube«, erklärte sie Sebastian beinahe triumphierend, obwohl sie sich geschworen hatte, es auf keine weiteren Konfrontationen anzulegen. »Und das haben wir auch bereits per Handschlag besiegelt.«

»Ganz ehrlich, Morland – kann man dich eigentlich keine Minute allein lassen, ohne dass du irgendwelchen Unfug anstellst? Den Handschlag kannst du gleich wieder rückgängig machen.«

»Das werde ich ganz bestimmt nicht tun«, gab Posy zurück, doch Sebastian eilte bereits durch den Bogengang, der zu den Räumen führte, die nur noch neu gestrichen werden mussten. Posy winkte Brummbär und Gockel, ihr zu folgen, und flitzte hinter Sebastian her. »Kannst du vielleicht mal einen Moment lang stehen bleiben, damit ich endlich mit dir reden kann?«

»Wenn ich dauernd stehen bleiben würde, wäre ich bestimmt nicht da, wo ich heute bin.« Sebastian ging in die Hocke, um die Eimer mit der Farbe in Augenschein zu nehmen. »Wieso hast du mir nicht gesagt, dass du Extrakosten hast? Und warum, zum Teufel, steht hier nur rosa Farbe? Wir brauchen Rot und Schwarz! Eine Krimibuchhandlung in Fuchsia? Das ist doch nicht dein Ernst, oder?«

»Und das von einem, dem das Gebäck in der Teestube fehlt?«, entgegnete Posy. »Aber keine Sorge, das Pink ist nur eine Grundfarbe.«

Was natürlich gelogen war – das strahlende Fuchsia würde sparsam, aber höchst wirkungsvoll eingesetzt werden.

»Rosa ist aber keine gute Grundfarbe«, warf der alte Brummbär ein.

»Außer wenn Schweinchen Babe hier die Krimis verkauft«, fügte der Gockel hinzu.

Posy warf ihnen einen finsteren Blick zu und räusperte sich. »Okay, ist ja gut. Sebastian, ich muss dir etwas sagen.« Ihr blieb keine andere Wahl. Sie musste es tun. Obwohl es vielleicht doch besser gewesen wäre, wenn Pippa das übernommen hätte; ein paar Lebensweisheiten würden Sebastian die schlechten Nachrichten vielleicht ein wenig versüßen. Nein, den Umweg konnte sie sich sparen. Sebastian würde sie dann hinterher sowieso zur Schnecke machen. »Die rosa Farbe habe ich gekauft, weil das hier mein Laden ist, meine Teestube, und vielleicht hätte ich das von Anfang an klarstellen sollen, aber es wird keine Krimibuchhandlung geben. Sondern eine Buchhandlung für alle Leserinnen und Leser von Liebesromanen …«

»O Gott«, stöhnte Sebastian und ließ sich zu Boden sinken, ohne auf seinen sündhaft teuren Anzug zu achten. »Nicht schon wieder. Ich fasse es nicht.«

Die Hände in die Hüften gestemmt, stand Posy über ihm. Kurz spielte sie mit dem Gedanken, ihm einen Fuß auf die Brust zu setzen, damit er ihr hilflos ausgeliefert war. Nun ja, das ging vielleicht doch ein bisschen weit und führte zu nichts Gutem, außer vielleicht ein paar weiteren schwülstigen Kapiteln von *Der Wüstling, der mein Herz stahl*. »Ich hätte es dir nicht so lange verschweigen dürfen, aber der neu eröffnete Laden wird Happy Ends heißen, ob es dir nun passt oder nicht. Deshalb habe ich auch alle Krimis verramscht, die wir sowieso nicht mehr brauchen können.«

»Ist dir klar, dass ich unter deinen Rock sehen kann, Morland? Und obwohl das trotz deiner Liebestöter-Strumpfhosen ein hinreißender Anblick ist, dachte ich, dass du das vielleicht besser wissen solltest, ehe du dich zu weiterem Unfug hinreißen lässt.« Sebastian verschränkte die Hände hinter dem Kopf, als wollte er es sich noch länger auf dem Boden bequem machen.

Posy wich zurück wie von einer Tarantel gestochen. »Unverschämtheit! Wie kann man nur so unverschämt sein!« Frustriert winkte sie ab. »Mit dir zu reden ist, als würde man permanent gegen eine Wand laufen.«

»Dann halt doch zur Abwechslung mal den Mund«, erwiderte Sebastian. »Ich hoffe, du verschonst Greg und Dave mit deinem Zickentanz, wenn sie sich hier abrackern.«

»Wer sind Greg und Dave?«, fragte Posy, und der alte Brummbär trat einen Schritt vor.

»Ich bin Greg«, sagte er und zerrte seinen jungen Kollegen vor. »Und das hier ist Dave. Wie ich sehe, haben Sie schon die Regale gesäubert.«

»Äh, ja.« Posy hatte keine Ahnung, worauf er hinauswollte. »Und?«

»Das heißt, dass wir sofort mit dem Abschleifen anfangen können. Und das sollten wir tun, bevor wir die Wände streichen«, erklärte Greg. »Sonst ist hier alles voller Holzstaub. Haben Sie Planen da, mit denen wir die Möbel abdecken können?«

»Daran habe ich leider nicht gedacht«, sagte Posy. »Und was soll das heißen, dass *Sie* hier die Wände streichen wollen?«

»Jetzt fang nicht schon wieder an, Morland«, schaltete sich Sebastian ein. »Ehrlich gesagt wundere ich mich, dass du bei deiner Putzwut die Spinnweben an der Decke übersehen hast – das sieht ja aus wie im Gruselfilm.«

»Habe ich das?« Tatsächlich. Spinnweben hingen von den

Deckenleuchten und den obersten Regalbrettern, die Posy nicht gesäubert hatte – aber dort oben sah doch normalerweise sowieso keiner hin. Im selben Augenblick ging ihr auf, das Sebastian schon wieder vom Thema abgelenkt hatte. »Das Streichen übernehme ich selbst. Handwerker sind bei unserem Budget nicht drin.«

»Das wirst du nicht. Greg und Dave sind meine Hausmeister, aber in der Firma ist alles in Schuss, und ich kann sie dir für eine Woche überlassen. Wände zu streichen ist für sie um einiges spannender, als kaputte Birnen auszutauschen oder tropfende Hähne zu reparieren.«

»Und das bestimmst du so einfach über ihren Kopf hinweg?« Posy wandte sich an Greg und Dave, die interessiert ihre Malerutensilien inspizierten und miteinander tuschelten, als ließe das vorhandene Material schwer zu wünschen übrig. »Vielleicht haben sie ja gar keine Lust, meinen Spinnweben zu Leibe zu rücken.«

»Mir egal«, sagte Greg. »Wenigstens läuft hier keine laute Musik. Da kann man ja keinen klaren Gedanken fassen.«

»Also, abgemacht«, sagte Sebastian. »Kein Grund, mir zu danken, Morland. Gern geschehen.«

»Ich finde dein Angebot ja reizend, aber ich kann nicht noch mehr Hilfe von dir annehmen, solange du nicht akzeptierst, dass wir hier künftig eine Buchhandlung für Liebesromane betreiben werde. Ich habe dich *wochenlang* belogen, Sebastian!«

Posy starrte auf ihn hinab wie das Karnickel auf die sprichwörtliche Schlange, doch Sebastian blieb völlig entspannt, hatte die Augen geschlossen und gab einen sanften Schnarchlaut von sich. »Ihr könnt mich dann wecken, wenn Morland sich abgeregt hat«, sagte er.

»Aber Chef«, sagte Greg, während Dave hämisch feixte

und sich dafür einen bösen Blick von Posy einfing, die sich vornahm, dafür zu sorgen, dass es zu keinem einzigen Date zwischen ihm und Nina kommen würde. »Die junge Dame versucht Ihnen gerade etwas zu verklickern.«

»Wenn ich das Wort ›Liebesroman‹ nur höre, verfalle ich sofort in Schockstarre«, gab Sebastian zurück.

»Dafür quatschst du aber verdammt viel«, entgegnete Posy trocken, woraufhin Dave abermals schadenfroh grinste und Posy dachte, dass er vielleicht doch kein ganz so übler Typ war. »Es wird keine Krimibuchhandlung geben, Sebastian. Deinen Blutigen Dolch kannst du dir an die Backe schmieren, und jetzt, wo du's weißt, kannst du Greg und Dave genauso gut wieder mitnehmen. Die Malerarbeiten übernehme ich selbst.«

»Das ist doch lachhaft.« Sebastian erhob sich so abrupt, dass Posys Knie beim bloßen Zusehen knirschten. »Also, zuerst mal entsorgen wir die ganze rosa Farbe! Was hast du dir bloß dabei gedacht, Morland?«

Posy ballte die Fäuste und richtete den Blick zur Decke. »O Gott, gib mir Kraft!«

»Was hat Gott mit dem Anstrich von ein paar Wänden zu schaffen? Schluss jetzt mit dem Theater, ich muss los.« Er lächelte herablassend, ehe er sich abwandte und mit weit ausholenden Schritten zur Tür eilte. »Na dann, ran an die Arbeit, Jungs!«

Abermals war Posy gezwungen, ihm hinterherzulaufen. »Sebastian, kannst du mir endlich mal zuhören?«

Sebastian wirbelte herum und musterte sie besorgt – ein Gesichtsausdruck, der so gar nicht zu ihm passen wollte. »Ist doch ganz normal, dass du Zweifel hast, aber glaub mir, alles wird gut. Der Blutige Dolch wird abgehen wie eine Rakete und deine Kasse füllen – und dann darfst du mir gern deinen unendlichen Dank ausdrücken. Ach ja, übrigens, Sam geht es bestens. Wieso fragst du eigentlich nie nach, wie er sich so macht? Alle in der Firma lieben ihn, und er arbeitet selbstständig an der Website, ohne dass ihn jemand kontrollieren muss.«

»Tatsächlich? Er kriegt doch hoffentlich auch etwas Vernünftiges zu essen, oder? Nicht bloß japanische KitKats, sondern Gemüse und …«

»Oh, fast hätte ich's vergessen. Hier, fang!« Sebastian zog etwas aus seiner Jackentasche und warf es Posy zu, die ins Leere griff. Ein Salzkaramell-KitKat landete vor ihren Füßen. »Typisch!«, schnaubte Sebastian und ging weiter. »Wir brauchen schwarze Farbe. Jede Menge schwarze Farbe, und Blutrot für den dramatischen Akzent.« Er ließ den Blick über die Regale wandern. »Tja, aber wo kommt das Logo hin?«

Um ein Haar verschlug es Posy die Sprache. »Das Logo?«

»Na klar, das Logo!«, bestätigte Sebastian. Er wandte sich zu Dave. »Wo ist das Logo?«

»Hier, Chef.« Der Gockel hielt eine Posterrolle hoch, zog etwas heraus und präsentierte es der versammelten Runde.

Posy kniff die Augen zusammen. Es handelte sich offenbar um eine Schablone oder …

»Ein blutiger Dolch!«, verkündete Sebastian feierlich. »Ich denke, der beste Platz dafür ist die Wand hinter dem Ladentresen. Was meinst du, Morland – wir sind schließlich Partner, nicht wahr? Oder was hältst du davon, wenn wir das Logo auf dem Boden platzieren? Wir streichen die Bodendielen schwarz, und wenn die Kunden hereinkommen, erblicken sie als Erstes einen Dolch, von dem das Blut tropft.«

»Nein«, murmelte Posy. »Verdammt noch mal, nein!«

»Was hast du gesagt, Morland?« Sebastian nahm die Schablone und legte sie auf den Boden. »Das Logo müsste natürlich ein bisschen größer sein. Aber das lässt sich ja schnell bewerkstelligen. Gibt's hier in der Nähe einen Fotoladen?«

»Nur über meine Leiche!«

»Kein Grund, hier herumzuschreien.« Gekränkt sah Sebastian sie an. »Das war doch eine völlig harmlose Frage.« Er warf einen Blick in die Runde, zu der sich mittlerweile auch ein junges Mädchen gesellt hatte, das Sebastian offenbar um einiges interessanter fand als die Bücher in der Ramschkiste. »Wie gesagt, das Logo muss vergrößert werden. Kann das mal kurz jemand übernehmen?«

»Nein! Vergiss dein verdammtes Logo!«, brüllte Posy so laut, dass ihr die Kehle wehtat. Sie trat zu Sebastian, packte die Schablone und riss sie vor seinen Augen mitten durch. Es klang grässlich, doch Posy machte einfach weiter, riss die zwei Stücke in vier, dann in acht und warf sie Sebastian angewidert vor die Füße. »Wann geht es endlich in deinen Kopf? Es wird keinen Blutigen Dolch geben, in tausend Jahren nicht! In drei Wochen eröffnen wir eine Buchhandlung für Liebesromane, die Happy Ends heißen wird, und du kannst nichts dagegen unternehmen! Hast du mich verstanden? Hörst du mir überhaupt zu, Sebastian?«

Offenbar hatte er sie gehört; kein Wunder bei ihrer Lautstärke. In gewisser Weise hatte die Situation etwas Komisches an sich, nachdem Posy sich so lange vor diesem Moment gedrückt hatte. Immer wieder hatte sie es im Kopf durchgespielt, atemlos Argumente vorgebracht, ihre Pläne verteidigt – doch sie wäre nie darauf gekommen, dass sie sich letzten Endes in eine keifende Furie verwandeln würde. Zugegeben, sie hatte Sebastian gegenüber Klartext reden müssen, aber ihr Geschrei und ihre Zerstörungswut bereute sie schon jetzt – und wenn sie sich recht erinnerte, hatte sie auch ein paarmal mit dem Fuß aufgestampft.

Ihre einzige potenzielle Kundin hatte die Flucht ergriffen. Nina starrte Posy entsetzt an, Verity war aus ihrem Büro gekommen, einen ungläubigen Ausdruck auf dem Gesicht, und Greg und Dave blickten betreten auf ihre Füße, den Boden, nur nicht auf Posy und Sebastian, der aussah wie eine Comicfigur, der gerade ein Amboss auf den Kopf gefallen war. Von seiner lässigen Eleganz war nichts mehr übrig.

Sebastian verschränkte die Arme vor der Brust und ließ den Kopf so tief sinken, dass sein Kinn fast seinen Brustkorb berührte. »Morland«, brachte er mit gebrochener Stimme hervor. »Du willst damit sagen … du meinst, dass du mich die ganze Zeit … belogen und betrogen hast?«

Erst jetzt begriff Posy die Tragweite der Situation richtig. Ihre Wut verflog, und plötzlich verspürte sie nur noch blanke Scham. Ja, ihr war keine andere Wahl geblieben, als ihn knallhart vor vollendete Tatsachen zu stellen, hatte ihn einfach niedergeschrien, statt Ruhe zu bewahren, aber mit einem hatte sie nicht gerechnet – ihn derart verletzt vor sich zu sehen.

»*Betrogen?* Das ist ein sehr hartes Wort«, gab Posy vorsichtig zurück.

Er sah sie gekränkt an. »Mir fällt kein anderes dafür ein.«

Und plötzlich erinnerte sich Posy. Wie sie sich alle – Lavinia, Mariana, ja, und nicht zuletzt sie selbst – immer wieder hatten erweichen lassen, egal, was Sebastian als Halbwüchsiger gerade ausgefressen hatte. Seine traurigen Augen, der Schmollmund, die Art und Weise, wie ein armer Sünder dazustehen: Damit hatte er sie alle um den kleinen Finger gewickelt. Sie hatten ihm alles durchgehen lassen.

Aber sie war kein kleines Mädchen mehr. Und davon abgesehen wäre sie nie in diese missliche Lage geraten, hätte Sebastian nicht immer seinen Kopf durchsetzen müssen, ohne Rücksicht auf die Gefühle anderer Menschen zu nehmen. »Ich habe es dir mehrmals zu sagen versucht«, platzte sie heraus, und die Anklage in ihrer Stimme war nicht zu überhören. »Aber du hast ja wieder mal nur gehört, was du hören wolltest!«

»Ach ja? Viel Mühe hast du dir jedenfalls nicht gegeben«, gab Sebastian zurück. Eigentlich hätte sie erwartet, dass er sie anbrüllen, Bücher aus den Regalen reißen und quer durch den Raum schleudern würde, doch er tat nichts dergleichen, sondern stand einfach nur da und sah Posy – die *Betrügerin* – an, als hätte sie ihm soeben gestanden, dass sie aus purer Lust gerne Welpen quälte. »Und was ist jetzt mit unserer Krimibuchhandlung?«

Hilflos sah Posy zu Nina und Verity hinüber, die ebenso hilflos mit den Schultern zuckten. »Es war *deine* Krimibuchhandlung, *dein* Traum. Ich war von Anfang an dagegen.«

»Das stimmt nicht.« Sebastians Tonfall klang schärfer. »Du warst einverstanden!«

»Falsch!«, gab Posy ebenso scharf zurück. »Ich habe gesagt: ›Na schön, wie auch immer.‹ Das ist keine Zustimmung, sondern heißt: ›Du kannst mich mal.‹«

»Das heißt, dass du mich wochenlang ausgenutzt hast! Du hast mich schamlos hintergangen! Wir haben doch ausführlich darüber gesprochen!« Am liebsten hätte Posy sich die Ohren zugehalten, weil Sebastian das letzte Wort regelrecht brüllte. »Wussten die anderen Bescheid? Sam? Pippa? Wahrscheinlich bin ich der letzte Mensch in ganz London, der davon erfährt, oder?!«

»Nicht der Letzte. Sam und die anderen waren unfreiwillige Komplizen …«

»Sehr unfreiwillig«, piepste Nina.

Posy warf ihr einen finsteren Blick zu. Dann richtete sie

ihre Aufmerksamkeit wieder auf Sebastian, der kurz vorm Explodieren zu stehen schien. Und plötzlich kam ihr in den Sinn, dass sie Sebastian noch nie wirklich wütend erlebt hatte – und auch nicht wirklich wütend erleben wollte. »Pippa wusste nichts, hat aber etwas geahnt und mich zur Rede gestellt. Sie hat mich aufgefordert, mit dir zu reden, ein für alle Mal klarzustellen, was Sache ist. Und das habe ich hiermit getan. Ganz ehrlich, ich wollte nicht, dass es so weit kommt. Ehrlich, es tut mir von Herzen leid.«

»Du hast eine ziemlich seltsame Art, Reue zu zeigen«, sagte er mit eisiger Stimme.

»Es tut mir leid.« Das war die reine Wahrheit. Posy hatte nie mit einer Lüge leben wollen. Ja, sie hatte damit gerechnet, dass Sebastian sauer sein würde, aber nicht mit dieser Reaktion. Sie hatte ihn verletzt, sein Ego, seinen Stolz. »Bitte, Sebastian. Ich habe von Anfang an klar und deutlich gesagt, dass ich eine Buchhandlung für Liebesromane eröffnen will, aber du hast mir einfach nicht zugehört. Mir ist klar, dass es nicht richtig von mir war, aber ich habe nur deshalb so getan, als wäre ich mit deinen Plänen einverstanden, weil ich eine Projektmanagerin brauchte, und ohne deine Hilfe hätten wir uns niemals jemanden wie Pippa leisten können.«

»Nein, nein und nochmals nein!« Sebastian richtete seinen Zeigefinger auf sie. »Diesmal bist du zu weit gegangen, Posy! Du hast mich zum Narren gehalten, mich wie einen Idioten an der Nase herumgeführt. Und die größte Idiotin war Lavinia – was für ein Schwachsinn, dir den Laden zu überlassen.«

»Halte Lavinia da raus!« Jetzt wurde Posy laut und richtete ihrerseits den Finger auf Sebastian. »Untersteh dich, so von ihr zu reden!«

»Du hast doch keinen blassen Schimmer, wie man ein

erfolgreiches Unternehmen führt. Deine Pläne sind purer Wahnsinn! Warum ich dir kein Gehör geschenkt habe? Liebesromane, ich lache mich tot! Das sind doch alles unausgegorene Mädchenträume! Verdammt noch mal, wach endlich auf. Posy!« Mit jeder Sekunde wurde Sebastian wütender, und es war schrecklich. Mehr als das. Er brüllte nicht, gestikulierte nicht, sondern sprach mit schneidender Stimme, warf ihr eine verletzende Bemerkung nach der anderen an den Kopf. Und am schlimmsten war, dass er mit alldem vielleicht nicht ganz unrecht hatte – es war, als würde sie das hämische Echo ihrer eigenen Zweifel hören. »Das war definitiv das letzte Mal, dass ich versucht habe, dir zu helfen.«

»Mir zu *helfen*? Das nennst du Hilfe? Du bist doch vollkommen verrückt!« Posy stöhnte frustriert. »Hättest du mir auch nur eine Sekunde zugehört, wären wir nie in diese Situation geraten! Aber der allmächtige Sebastian Thorndyke glaubt ja, dass er alles weiß und das Recht hat, sich rücksichtslos über die Gefühle und Pläne anderer hinwegsetzen zu können. Das hier ist *mein* Laden, nicht deiner! Wann geht das endlich in deinen verdammten Schädel?«

Sie klang wie ein trotziges kleines Kind, und vielleicht war das der Grund, warum Sebastian spöttisch den Mund verzog. »Dein Laden? Nicht mehr lange«, zischte er. »Ich bin Lavinias Testamentsvollstrecker. Und ich kann jederzeit mein Veto einlegen.«

»Das kannst du nicht!«, entgegnete Posy, aber nun deutlich unsicherer. Sie hatte Dutzende von Dokumenten unterzeichnen müssen, und obwohl Lavinias Rechtsanwalt sie gefragt hatte, ob sie einen eigenen Anwalt zurate ziehen wolle, war Posy sicher gewesen, darauf verzichten zu können – ausgeschlossen, dass Lavinias Testament einen Haken hatte. Sie hatte versucht, die Unterlagen so genau wie möglich zu lesen, doch der endlose Papierwust mit all den Klauseln hatten sie mürbe gemacht. Und es war kurz vor dem Mittagessen gewesen, sodass ihr obendrein derart der Magen geknurrt hatte, dass ihr die letzten Seiten mehr oder minder egal gewesen waren. »Du bluffst doch nur.«

»Von wegen«, gab Sebastian kalt zurück. »Wenn ich der Meinung bin, dass die Zukunft des Ladens bedroht ist, bin ich berechtigt, die Geschäfte zu übernehmen.«

»Du hast doch nicht die geringste Ahnung von Büchern! Das ist eine andere Hausnummer als deine blöden Apps! Ob die Zukunft des Ladens bedroht ist, kannst du überhaupt nicht beurteilen!«, protestierte Posy, während ihr ein kalter Schauder über den Rücken lief.

»Das wirst du schon noch sehen«, erwiderte Sebastian.

Die beiden standen sich im leeren Laden gegenüber – Nina und Verity waren ins Büro geflohen, während Greg und Dave sich zur Tür zurückgezogen hatten und leise über die richtige Grundierung sprachen.

Davon abgesehen war es so still, dass Posy das Pochen ihres Herzens und Sebastians Atem hören konnte. Sie starrten sich feindselig an, einander so nahe, dass sich ihre Nasenspitzen beinahe berührten.

»Das kannst du nicht machen, Sebastian. Jetzt komm doch endlich mal zur Vernunft, ein einziges Mal in deinem Leben«, sagte Posy verzweifelt, doch mit dieser unbedachten Bemerkung hatte sie offenbar schon wieder das Falsche gesagt. Das Funkeln, das in Sebastians Blick trat, hatte nichts gemein mit dem spöttischen Schimmer, der sich sonst darin spiegelte, wenn sie sich in die Haare gerieten. So kalt, unbarmherzig und humorlos hatte er sie nie zuvor angesehen.

Er trat einen Schritt zurück. »Du hörst von meinem Anwalt«, sagte er und verließ er den Laden.

Der Wüstling, der mein Herz stahl

Thorndyke blieb bis zum Morgen bei ihr. Er hatte ihr die Unschuld geraubt, die Ehre, alles, was sie besaß, doch gleichzeitig hatte er aus einer ängstlichen alten Jungfer eine Frau gemacht, die jetzt reif war, gepflückt zu werden, immer und immer wieder.

So lagen sie nebeneinander, und sie konnte sich nicht sattsehen an seinem prachtvollen wie von Michelangelo höchstpersönlich in Marmor gehauenen Körper, bis unten im Haus das Leben erwachte.

»Ich muss jetzt gehen, Miss Morland.« Die Leidenschaft der vergangenen Nacht schwang in Thorndykes Stimme mit. »Ich hoffe, meine Zuwendungen ... haben Ihnen ein wenig Freude bereitet.«

Posy lächelte, obgleich es gar nicht viel zu lächeln gab, nachdem sie, eine unverheiratete Frau, auf deren fragilen Schultern solch eine große Verantwortung lastete, den schlimmsten Wüstling Londons in ihrem Bett willkommen geheißen hatte – mit Haut und Haar, und zu allem Überfluss hatte sie ihn auch noch mit lautem Stöhnen und verzückten Seufzern ermutigt, es weiter auf die Spitze zu treiben. Ihr guter Ruf war das Einzige gewesen, was sie noch besessen hatte, und selbst der war jetzt verloren.

Trotzdem lächelte sie noch immer. »Seit wann liegt es in Ihrem Interesse, mir Freude zu bereiten, Mylord?«

»Touchée, Miss Morland.« Thorndykes Augen waren schwer und schläfrig. (Anm.: Können Augen schwer sein? Oder schläfrig? Würde er nicht einfach bloß fix und fertig aus der Wäsche gucken?) »Aber ich bin nicht die Art von Schuft, die nur an ihr eigenes Vergnügen denkt. Nun ja, meine Standhaftigkeit habe ich wohl hinlänglich unter Beweis gestellt. Jedenfalls haben Sie alles andere als enttäuscht gewirkt.«

Tatsächlich hatte Thorndyke sie mit größter Behutsamkeit in die Kunst der Liebe eingeführt, mit einem Einfühlungsvermögen, das seinesgleichen suchte. Doch nun, als die ersten Sonnenstrahlen durch die Vorhänge fielen, die von Posy hastig zugezogen worden waren, als Thorndyke sich entkleidet hatte, war von der Magie der Nacht nur mehr eine flüchtige Erinnerung geblieben.

»Sie wissen sehr wohl, dass Sie mich nicht enttäuscht haben. Und doch weiß ganz London, dass Sie sich verlustieren, wo und mit wem es Ihnen gerade gefällt, stets unterwegs zum nächsten Abenteuer«, erwiderte Posy traurig. Ihr war nur allzu klar, dass es Wahnsinn gewesen wäre, mehr von Thorndyke zu erwarten – unmöglich, das Herz dieses Mannes zu gewinnen.

»Aber sind Ihre Reize fünfzig Guineas wert?«, fragte Thorndyke, und plötzlich waren seine Augen so kalt und hart wie die Diamanten, von denen seine Schatullen sicher nur so überquollen, wie Posy bei sich dachte. »Ich denke nicht.«

»Sir! Was wollen Sie damit sagen?« Hastig wollte Posy ihre Nacktheit bedecken, der Thorndyke stundenlang so ausgiebig gehuldigt hatte, doch im selben Moment schlossen sich seine Finger um ihre Handgelenke. »War das alles etwa nur ein Spiel für Sie?«

»In der Tat! Aber dieses Spielchens bin ich endgültig müde.« Thorndyke gab ein grausames Lachen von sich. »Ich hatte mit Sir Piers Brocklehurst um zehn Guineas gewettet, dass ich Sie erobern würde. Ach, kommen Sie – das Stirnrunzeln steht Ihnen gar nicht gut. Und da ich kein Ungeheuer bin, ziehe ich die zehn Guineas selbstverständlich von Ihren Schulden ab.« Er stieß Posy von sich und stieg aus dem Bett, während sie auf dem zerwühlten Laken kauerte, das Zeuge ihrer Entehrung geworden war. »Vielleicht zeigt sich Piers ja willens, den Rest Ihrer Schulden im Austausch für Ihre Gunst zu übernehmen. Aber das bezweifle ich. Er bevorzugt frischere Blümchen.«

»Wie können Sie mir das antun? Nach all dem, was zwischen uns geschehen ist? Nach all den Vertraulichkeiten, all den Versprechen, die über Ihre Lippen gekommen sind.«

»Ich habe Ihnen nie etwas versprochen, Miss Morland.« Ein mitleidloses Grinsen huschte über Thorndykes Züge, während er sich in aller Ruhe ankleidete. »Mein einziges Versprechen habe ich mir vor all den Jahren selbst gegeben – dass ich mich nie wieder von einer Frau so von oben herab behandeln lassen würde wie von Ihnen. Diese Verachtung, diese Hochnäsigkeit, als würde ich aus den Niederungen der Gosse stammen und nicht Sie! Wären Sie ein Mann, hätte ich Sie für Ihre Anmaßung zum Duell gefordert. Aber Sie sind eben kein Mann, und so habe ich eine andere Form der Rache gewählt.«

»Sie Bestie! Sie Unhold! Wäre ich ein Mann, würde ich Ihnen mit bloßen Händen den Schädel zertrümmern!« Posy richtete sich auf, wandte den Blick ab von Thorndykes hämisch gekräuselten Lippen, griff nach dem Krug auf dem Nachttisch und schleuderte ihn in Richtung seines verhassten Gesichts.

Thorndyke fing den Krug mit einer Hand. »Mehr haben Sie nicht zu bieten? Und so etwas will eine rechte Frau sein?« Er gab ein hohles Lachen von sich. »Ich werde mich nun zurückziehen, meine Holde – in anmutigere Gefilde.«

»Raus!«, kreischte Posy ihn an. »Fahren Sie zur Hölle, ein für alle Mal!«

Thorndyke, der gerade dabei war, sein Halstuch zu binden – oh, wäre es doch nur ein Henkersstrick gewesen! –, hielt inne. »Die Hölle werden Sie wohl sehr viel besser kennenlernen als ich. Der Schuldturm ist kein Damenstift.« Spöttisch verneigte er sich vor ihr. »Ich empfehle mich, Madame«, sagte er. Und dann stieg er aus dem Fenster, gerade in dem Moment, als Little Sophie an der Tür klopfte.

17

Am Tag nach ihrem Streit erwartete Posy fast, dass Sebastian in den Laden geplatzt kam und so tat, als wäre rein gar nichts passiert. »Ich bitte dich, Morland, ich würde dir doch nicht meine Anwälte auf den Hals hetzen.«

Inzwischen hätte sich Posy sogar über sein Gefasel über den Blutigen Dolch gefreut, doch er kam nicht. Die Stille war geradezu ohrenbetäubend, seine Abwesenheit regelrecht mit Händen greifbar. In letzter Zeit war er erstaunlich oft hier gewesen, fast täglich, und jetzt war er plötzlich weg; wahrscheinlich um ein ganzes Heer an Anwälten zu befehligen, damit sie ihm die Kontrolle über die Buchhandlung verschafften und Posy und Sam auf die Straße setzten. Allein die Vorstellung war unerträglich.

Sam hingegen schien sich nicht die geringsten Sorgen um ihre Zukunft zu machen. Nina hatte Sophie alles über den Streit erzählt, als sie vorbeigekommen war, um ihren Lohn abzuholen, Sophie hatte es dann Sam erzählt, dem die Vorstellung, er könnte sein Praktikum bei Sebastian verlieren, mehr zu Herzen ging als das Schicksal der Buchhandlung.

»Sebastian hat echt miese Laune«, berichtete er am nächsten Tag. »Er hat sich in seinem Büro eingeschlossen, und wenn er mal rauskommt, passt ihm nichts – vom Geschmack seines Kaffees bis hin zur neuesten App, die sie gerade entwickeln. Ich habe dir doch gleich gesagt, dass es ein

Fehler ist, ihn anzulügen«, fügte er hinzu, was gerade aus seinem Mund völlig absurd klang, schließlich war er derjenige, der ständig wegen seiner Hausaufgaben log. Trotzdem war Posy bewusst, dass er natürlich recht hatte.

Sie hatte eine Mail an Pippa geschrieben:

Ich habe versucht, Sebastian zu sagen, was Sache ist. Aber es ist komplett in die Hose gegangen. Jetzt ist er genervt und stocksauer. Ich bin auch genervt und stocksauer, aber es tut mir auch leid, dass ich es so weit habe kommen lassen. Ich weiß, dass ich dich damit in eine blöde Situation bringe, aber könntest du vielleicht versuchen, ihm meine Sicht der Dinge zu erklären?

Es war sinnlos. Posy bekam eine automatische Antwortmail, in der es hieß, Pippa könne nicht auf ihre Mails reagieren, da sie sich gerade in Vancouver in einer globalen Denkfabrik über die Zukunft der globalen Denkfabriken Gedanken machte, eine Angelegenheit, die all ihre Zeit in Anspruch nahm.

Doch Posy kam kaum dazu, sich über Sebastians Befindlichkeiten Gedanken zu machen, da sich auch ihr eigenes Leben ziemlich zeitintensiv gestaltete. Ihre Tage bestanden weitgehend aus Terminen mit Vertriebsexperten, PR-, Marketingleuten und Lektoren. Eigentlich hätte ihr das Ganze Spaß machen müssen, Posy hatte bisher kaum wichtige Geschäftstermine gehabt, aber das tat es nicht. Absolut nicht. Vor allem nicht der Termin mit dem Geschäftskundenberater der Bank, der mit verkniffener Miene Veritys akribisch geführte Bücher unter die Lupe nahm, ehe er ihnen erklärte, dass sie maximal noch ein halbes Jahr so weitermachen könnten, und sich erkundigte, ob sie eine Erweiterung ihres Dispolimits wünschten.

Inzwischen war es Mitte April. Der Himmel über Bloomsbury war zartblau, und die Bäume auf dem Platz explodierten förmlich in einem Meer aus rosa und weißen Blüten, doch für Posy war die Welt immer noch so grau und trostlos wie in den Tagen unmittelbar nach Lavinias Tod: genau dieselbe Weltuntergangsstimmung, ein nagendes Gefühl der Bedrohung, gepaart mit der Gewissheit, dass alles zum Scheitern verurteilt war, was sie anfasste. Sam war gerade aus Wales zurückgekommen, wo er die Osterferien bei ihren Großeltern verbracht hatte, und trieb Posy bereits wieder in den Wahnsinn, da er jeden Satz mit den Worten »Na ja, also Sebastian sagt ja …« einleitete. Eigentlich hatte Posy geglaubt, alles locker zu schaffen, wenn sie Sam nicht zu bekochen und zu versorgen hatte, doch sie hatte nicht einmal die Hälfte ihrer Liste abgearbeitet.

Verzweifelt versuchte sie, diese neue Stimme in ihrem Kopf zu ignorieren, die ihr unmissverständlich erklärte, dass es schlicht unmöglich war, Happy Ends in etwas mehr als zwei Wochen zu eröffnen. Dann waren es plötzlich nur noch genau zwei Wochen. Dann eine Woche und sechs Tage. Der Countdown lief, die Uhr tickte, es gab noch jede Menge zu tun, und Posy hatte mit dem Streichen noch nicht mal angefangen.

Nach der Unterhaltung zwischen Greg und Dave hatte sie im Internet recherchiert: Bevor man die eigentliche Farbe auftragen konnte, war eine Schicht Grundierung nötig. Leider hatte sie nicht bedacht, wie viele Regale es in der Buchhandlung gab, ganz zu schweigen davon, wie viel Grundierung sie benötigen würde. Und dann musste sie auch noch warten, bis die Grundierung vollständig getrocknet war, ehe sie die eigentliche Farbe auftragen konnte. Und natürlich hatte sie nicht daran gedacht, eine schnell trocknende Grundierung zu nehmen. Sebastian hatte völlig recht – sie war eine Witzfigur, die absolut nichts auf die Reihe bekam.

Das nächste Problem waren die Vitrinen im Vintage-Stil, die sie bei eBay gekauft hatte, obwohl Verity meinte, sie könnten sie sich nicht leisten. Nun stellte sich heraus, dass sie irgendwo auf dem Transport über die M1 verloren gegangen waren.

Auch die Fassade musste eigentlich noch gestrichen werden, bevor das Schild angebracht werden konnte, und überall standen Kartons voller Bücher herum, die darauf warteten, in die Regale eingeräumt zu werden, die wiederum darauf warteten, dass die Grundierung endlich trocknete.

Nina und Verity halfen, so gut es ging. Die Krise war so groß, dass Verity sich sogar bereit erklärte, ans Telefon zu gehen, und als Posy endlich den ersten Eimer mit grauer Farbe öffnete, tauschte Nina selbstlos ihre figurbetonten Kleider gegen Jeans und T-Shirt, um beim Streichen zu helfen.

»Ich weiß gar nicht, wieso wir uns überhaupt die Mühe machen«, sagte Posy, als sie und Nina mit den Regalen im hintersten Raum anfingen. »Immerhin könnte Sebastian jeden Moment mit einem Räumungsbescheid hereinkommen, und der ganze Aufwand wäre umsonst gewesen.«

»Das würde er doch nicht tun«, wandte Nina ein, klang aber keineswegs überzeugt. »Was sollte Sebastian denn mit einer Buchhandlung wollen?«

»Wir werden nie im Leben fertig.« Laut ausgesprochen, klang es gleich noch viel schlimmer, als es morgens als Erstes und abends als Letztes zu denken, bevor sie in einen unruhigen Schlaf fiel. »Ich habe keine Ahnung, wie wir alles schaffen wollen. Wir hinken jetzt schon eine Woche hinterher.«

»Ach, das kriegen wir schon hin. Wir arbeiten abends einfach länger. Ich kann notfalls bei dir auf dem Sofa übernachten, außerdem ... wer braucht schon so was wie Schlaf?« Nina schwenkte ihre Schaumstoffrolle und verspritzte überall graue Farbe. »Schlaf ist was für Verlierer!«

Am nächsten Tag wurde Posys Interview im *Bookseller* veröffentlicht.

Der Artikel machte das Ganze noch realer. Und beängstigender. Bereits vor Wochen hatten sie den Punkt erreicht, an dem eine Umkehr unmöglich war, und inzwischen befanden sie sich auf direktem Kollisionskurs mit der Katastrophe. Als Posy all ihre Pläne, ihre Hoffnungen und Träume schwarz auf weiß vor sich sah, war es, als würde sie durch den luftleeren Raum trudeln, ohne irgendetwas, woran sie sich festhalten konnte.

Institution unter den Londoner Buchhandlungen in neuem Gewand

Romantik liegt in der Luft bei Bookends, einer der beliebtesten Buchhandlungen Londons.

Ab 7. Mai wird die 1912 von Lady Agatha Drysdale, Suffragette und Literaturmäzenin, ins Leben gerufene Buchhandlung in Bloomsbury unter dem Namen Happy Ends als »die Anlaufstelle für all jene, die ihre romantischen Buchwünsche erfüllen möchten« weitergeführt. Geleitet wird die Buchhandlung von Posy Morland, der Agathas charismatische Tochter Lavinia Thorndyke den Laden nach ihrem Tod im Februar dieses Jahres vermacht hat.

Posy, erklärte Liebhaberin von Regency-Liebesgeschichten, vor allem aus der Feder von Georgette Heyer, hat den Laden einer umfassenden Renovierung unterzogen und ein luftiges Ambiente geschaffen, das es den Kunden erleichtert, ihre Lieblingslektüre zu finden, sei es nun Jane Austen oder Jackie Collins, Young-Adult-Literatur oder Erotik. Happy Ends bietet auch eine neu gestaltete Onlinepräsenz und eine Auswahl an Geschenkartikeln wie bedruckte Tragetaschen, Schreibwaren und exklusive Duftkerzen. Die Neueröffnung der Buchhandlung wird mit einem großen Romantikfestival über die gesamte Eröffnungswoche hinweg gefeiert, mit Signierstunden, einer Blogger-Teeparty und einer großen Einweihungsfeier. Die angeschlossene Teestube, die während der vergangenen Jahre geschlossen war, soll noch vor Ende des Sommers ebenfalls wieder ihre Pforten öffnen.

»Die Liebe steht im Mittelpunkt der wichtigsten Werke in Kunst und Literatur, und in schweren Zeiten gibt es nichts Tröstlicheres, als in einem Buch zu schmökern, das ein Happy End garantiert«, so Posy Morland. »Obwohl der Laden einen neuen Namen, eine neue Besitzerin und ein anderes Sortiment haben wird, ist er für mich nach wie vor ein Familienunternehmen. Deshalb bin ich auch so froh, dass Lavinias Enkel Sebastian (Sebastian Thorndyke, IT-Unternehmer und Erfinder der HookApp; Anmerkung der Redaktion) sich ebenfalls in die Buchhandlung einbringt. Er hat sich gemeinsam mit meinem jüngeren Bruder Sam um die Entwicklung unserer Homepage gekümmert. Mit Happy Ends führen wir die Tradition von Bookends weiter: Wir haben den Anspruch, unsere besten Freunde sowie das Beste in uns selbst auf den Seiten jener Bücher zu finden, die wir am meisten lieben.«

Obwohl der Artikel durchweg positiv war, wünschte Posy sich, er wäre nie erschienen. Abgesehen davon hätte sie bequem ohne das Foto leben können, auf dem sie in einem der neuen »Happy Ends«-Shirts, das alle ab sofort bei der Arbeit tragen sollten – selbst Nina, die alles andere als begeistert darüber war, dass sie ihr Fifties-Pin-up-Styling ablegen sollte –, süßlich in die Kamera lächelte.

Kaum war der Artikel online, wurde Posy von einer Welle an E-Mails und Anrufen von Lektoren, Bloggern und Freunden aus anderen Buchhandlungen überflutet … es meldeten sich sogar ein paar Stars der Literaturszene, die sie bislang nur bei Branchenpartys aus der Ferne bewundert hatte. Kein Einziger warf ihr vor, mit ihrem Schund Lavinias Erbe in Grund und Boden zu stampfen. »Lavinia wäre bestimmt sehr, sehr stolz auf Sie, meine Liebe«, schrieb eine von Lavinias Freundinnen und Grande Dame der Verlagsszene ihr in einer E-Mail. »Ich kann es kaum erwarten, Happy Ends einen Besuch abzustatten und meiner Enkelin ihre erste Georgette Heyer zu kaufen.«

Eigentlich hätte so viel Zuspruch Posy Mut machen sollen. Sie hätte die Pippa in sich aktivieren und sich vor Augen führen müssen, dass es nicht schlimm war, hinzufallen. Liegen zu bleiben dagegen sehr wohl … dass sie weitermachen musste, weil sie es Bookends, dem Andenken an Lavinia und ihren Eltern schuldig war. Aber es funktionierte nicht. Es war zu spät. Und allerhöchste Zeit, der Realität ins Auge zu blicken. Posy trat aus dem Hinterzimmer, ging zur Tür, schloss ab und drehte das Schild um. Ihre Hände waren eiskalt.

Tom stand hinter der Kasse. »Was ist los? Es ist doch erst halb vier. Andererseits ist nicht viel los, und viel Ware haben wir auch nicht mehr. Soll ich dir beim Streichen helfen?«

Posy schüttelte den Kopf. Selbst diese winzige Geste genügte, dass ihr die Tränen in die Augen schossen, die sie so unbedingt hatte zurückhalten wollen. Sie wandte sich etwas ab, damit Tom ihre nassen Wangen nicht sehen konnte. »Nein. Wir treffen uns in fünf Minuten bei den Sofas.«

Sie brauchten nicht einmal eine Minute, um sich zu versammeln. Tiefe Besorgnis zeichnete sich auf ihren Gesichtern ab, während Posy sich unablässig die Wangen mit einem Taschentuch abtupfte. »Was steht an, Boss?«, fragte Nina. »Wenn ich länger bleiben soll, ist das gar kein Problem. Eigentlich bin ich ja verabredet, kann aber jederzeit absagen, kein Ding.«

Wieder schüttelte Posy den Kopf. Diesmal war sie wild entschlossen, ihre Tränen im Zaum zu halten. »Nein, du brauchst keine Überstunden mehr zu machen. Keiner von euch muss das tun, denn selbst wenn ihr es tun würdet, wären wir trotzdem nie so weit, dass wir den Laden neu eröffnen können. Wir … *ich* schaffe das einfach nicht.« Posy spürte den dicken Kloß in ihrer Kehle, spürte, wie ihr Herz und ihr Schädel im Gleichklang hämmerten, während ihre Augen von den drohenden Tränen brannten. Noch zwei Minuten, schätzte sie, dann wäre es mit ihrer Selbstbeherrschung vorbei. »Die große Neueröffnung … sie wird am Montag nicht stattfinden.« Beim letzten Wort brach ihre Stimme.

»Aber sie *muss*«, warf Verity ein. »Die ganze Woche über sind Veranstaltungen geplant, und unsere Finanzen sind jetzt schon am Limit, weil …«

»Das weiß ich, aber es ist Freitagnachmittag. Selbst wenn wir das ganze Wochenende durchackern würden, wäre der Laden bis Montag nie im Leben fertig. Und das Problem ist ja gar nicht das Streichen, sondern dass wir mit den Arbeiten draußen noch nicht mal angefangen haben. Ich musste den Termin mit dem Schildermacher schon zweimal verschieben. Wir haben noch keine Inventur der neuen Ware gemacht, mal ganz davon abgesehen damit begonnen, sie

einzuräumen. Die Vitrinen sind noch … Gott weiß wo …
es ist das völlige Chaos. Eine einzige Katastrophe. Außerdem … was nützt das alles, wenn dieser verdammte Sebastian Thorndyke jederzeit hier antanzen und uns den Laden einfach wegnehmen könnte?«

»Vielleicht solltest du dir einen Anwalt nehmen«, sagte Tom … als hätte Posy nicht selbst schon daran gedacht. Doch ein Anwalt von einem Kaliber, das sie sich leisten konnte, wäre kein Gegner für die Armee an knallharten Rechtsverdreher, die Sebastian auf der Gehaltsliste hatte.

»Wir könnten doch den Hauptraum so weit fertig machen und den Rest nach und nach auf Vordermann bringen«, schlug Nina lahm vor – ihnen allen war klar, dass das nur ein Tropfen auf dem heißen Stein wäre.

»Es tut mir so leid. Ich habe euch komplett hängen lassen. Ich bin eine grauenvolle Chefin. Eigentlich hätte ich den Laden gar nicht erst übernehmen dürfen.« Weiter kam Posy nicht. Und das nicht, weil ihr die Tränen die Stimme raubten, sondern weil alle anderen aufstanden und sie in eine kollektive Umarmung schlossen. Ihr Gesicht lag an Ninas Brust, die bestimmt in kürzester Zeit vollkommen nass sein würde, weil Posys Tränen inzwischen ungehindert flossen. Ihr Ohr war gegen Toms Schulter gepresst, während Verity, die ja nicht der Typ für Umarmungen war, ihr den Rücken tätschelte und unablässig »Na, na« murmelte.

Wenig später brachen sie auf. Posy bestand darauf. Es gab nichts mehr zu tun; Sam war mit ein paar Schulfreunden nach Camden gefahren und würde erst zurückkommen, wenn ihm das Geld ausgegangen war und der Hunger zu groß wurde, und so blieb Posy allein im leeren Laden zurück.

Bookends. Dieser Laden war stets der Ort gewesen, an

dem sie glücklich gewesen war. Ihr sicherer Hafen. Aber jetzt war auf einmal alles ganz anders. Der heimelige Geruch nach Büchern war verschwunden, überdeckt von dem stechenden, alles übertünchenden Gestank nach frischer Farbe. Die Regale waren leer, und in sämtlichen Ecken standen Kartons mit Büchern und Schreibwaren.

Man macht immer kaputt, was man liebt. Diesen Satz hatte Posy irgendwo einmal gelesen, und er stimmte. Indem sie versucht hatte, Bookends zu etwas anderem zu machen, als es gewesen war, hatte sie nicht nur seine Seele zerstört, sondern auch diese ganz eigene Atmosphäre, die Posy das Gefühl gegeben hatte, zu Hause zu sein, sobald sie durch die Tür getreten war.

Aber das war noch nicht alles. Posy konnte nicht verstehen, wie ihr jemand so sehr fehlen konnte, der sich die meiste Zeit wie ein echter Quälgeist aufgeführt hatte. Nicht zu fassen, dass sie erst jetzt, als es zu spät war, begriff, wie sehr sie ihn vermisste …

Als es plötzlich an der Tür klopfte, bekam sie beinahe einen Herzinfarkt. Posy sah eine große, schlanke Gestalt. Ihr Herz machte einen Sprung wie ein Lachs auf dem Trockenen. Doch schon im nächsten Moment erkannte sie, dass sie sich getäuscht hatte. Es war bloß Piers Brocklehurst, und er war so ziemlich der letzte Mensch, den sie jetzt sehen wollte. Oder zumindest einer der fünf Menschen, die ihr gut und gern gestohlen bleiben konnten.

Sie schloss die Tür auf. »Nina ist nicht da«, sagte sie statt einer Begrüßung. »Außerdem dachte ich, sie hätte Sie abserviert.«

Piers lächelte verkniffen. »Ich bin nicht wegen Nina hier. Sondern eher geschäftlich.«

Posy starrte auf seine Gucci-Slipper. Männer, die Schuhe

ohne Socken trugen, waren irgendwie eklig, dachte sie gerade, doch seine Worte rissen sie aus ihren Gedanken. Bestürzt sah sie ihn an. »Ich dachte, Sie und Sebastian hätten einen Strich unter die Sache gezogen.«

Piers' Lächeln wurde noch eine Spur breiter und wirkte so bedrohlich, dass er ohne Weiteres als Kinderschreck durchgegangen wäre. »Oh, das würde ich nicht sagen. Ehrlich gesagt ist Sebastian der Grund, weshalb ich hier bin.«

Es wurde immer schlimmer, geradezu katastrophal. »Sebastian hat Sie hergeschickt? Das glaube ich nicht!«

Posy hatte mit einem Schreiben seiner Anwälte gerechnet, in dem sie aufgefordert wurde, unverzüglich Laden und Wohnung zu räumen. Oder, noch schlimmer, eine Horde Lakaien, die sie vor die Tür setzten, die Sebastian dann mit einem neuen Schloss versehen konnte, ehe er alles verriegelte und verrammelte.

Ein klein wenig hatte sie darauf gehofft, dass er persönlich auftauchen würde, damit sie vielleicht Gelegenheit hätte, ihm noch einmal ins Gewissen zu reden. Nicht, dass Sebastian ein Mann mit einem Gewissen wäre, was ja bewiesen war, indem er einfach Piers herschickte, damit dieser die Drecksarbeit für ihn erledigte.

»Dieser Kerl, es ist ja unglaublich!«, rief sie. »Hat nicht mal den Mumm, die schlechten Nachrichten selbst zu überbringen.«

Ein verwirrter Ausdruck huschte kurz über Piers' gewohnt blasiertes Gesicht, doch dann zuckte er die Achseln. »Thorndyke war ja schon immer ein dubioser Typ.«

»Ich hätte wirklich mehr von ihm erwartet«, fuhr Posy fort. Die ganze Zeit hatte ihr Bauchgefühl gesagt, dass Sebastian über kurz oder lang einlenken, seinen Fehler einsehen würde. So viel zu ihrem Bauchgefühl.

»Mir ist klar, dass das absolut peinlich ist, aber könnte ich vielleicht reinkommen? Um ein paar Sachen auszumessen?« Piers hatte sich bereits an Posy vorbeigezwängt. »Keine Angst, Sie werden kaum merken, dass ich überhaupt hier bin.«

Verblüfft sah Posy zu, wie er an der Kasse vorbei ins Hinterzimmer ging.

»Moment mal!«, setzte sie an, hielt jedoch inne. Sollte Piers doch den Zollstock schwingen. Aber welche Rolle spielten die Maße eigentlich noch, wenn Sebastian das ganze Haus abreißen wollte? Und stand es nicht unter Denkmalschutz? Was sollte das Ganze? Wieso ließ er zu, dass sie ihr Heim und ihre Lebensgrundlage verlor, jenen Ort, an dem all ihre Erinnerungen an Lavinia und ihre Eltern …

Das hätte Lavinia niemals gutgeheißen. Posy blickte auf das Foto von ihr und Perry auf dem Tisch in der Mitte des Hauptraums. Und Posys Eltern ebenso wenig. Und wenn sie einfach hier stand und zuließ, dass Sebastian über ihren Kopf hinweg entschied, wäre das ein Verrat an den anderen. Ein Verrat an der Erinnerung an sie. Gott, wie sehr würden sie sich schämen, wenn sie sie jetzt sehen könnten. Wie enttäuscht wären sie von ihr, weil sie sich von ein paar nicht gestrichenen Regalen gleich entmutigen ließ.

Sie war so lange deprimiert und niedergeschlagen gewesen, dass sie im ersten Moment Mühe hatte, die Gefühle zuzuordnen, die in ihr aufkamen. Etwas, das in ihrem Bauch aufflackerte und dafür sorgte, dass sie die Fäuste ballte.

Sie konnten immer noch am Montag eröffnen. Wenn Posy mit den anderen das ganze Wochenende schuften würde wie die Verrückten, könnten sie den Hauptraum und vielleicht die Zimmer auf der rechten Seite fertig bekommen, und die linke Seite, die zur Teestube führte, würden sie einfach mit einem Vorhang abhängen. Es wäre vielleicht nicht die Eröffnung im großen Stil, die sie sich vorgestellt hatte, aber es würde gehen.

Auf jeden Fall würde ihr der verdammte Sebastian Thorndyke den Laden nicht so einfach wegnehmen. Entschlossen schüttelte sie den Kopf. Sie würde dem *Bookseller* noch ein Interview geben, in dem sie Sebastian nach allen Regeln der Kunst denunzierte. Sie würde die gesamte Literaturszene der Stadt hinter sich scharen, eine Petition starten, eine Riesenkampagne, damit die Buchhandlung auch weiterhin von den Menschen betrieben werden konnte, die sie so liebten.

Und falls es zum Äußersten kommen sollte, würde Posy die ursprüngliche Besitzerin, die ehrenwerte Agatha, wieder aufleben lassen und sich in bester Suffragetten-Tradition vor die Ladentür ketten.

Aber zuerst musste sie dafür sorgen, dass die Buchhandlung am Montagmorgen eröffnungsbereit war.

»Piers?«, rief sie, worauf er im Torbogen auf der rechten Seite erschien.

»Was gibt's?« Er zog die Brauen zusammen. »Sie sind ja ganz aus dem Häuschen. War es so ein schlimmer Schock? Tja, wurde auch Zeit, dass Sie herausfinden, wie Thorndyke wirklich tickt.«

Posy hätte schwören können, dass sie das bereits ganz genau wusste. Hinter der aufgeblasenen, patzigen Fassade steckte nicht eigentlich ein gar nicht so übler Kerl, wie sie gerne geglaubt hätte, sondern bloß eine fürchterliche Nervensäge. Und hatte Nina nicht selbst gesagt, dass Piers in Wahrheit ein fieser Typ war? Vor dem Hintergrund von Ninas kurzen, aber prägnanten Worten, mit denen sie ihre zwei Dates mit diesem Kerl zusammengefasst hatte, bekam Piers' Lächeln plötzlich etwas überaus Heimtückisches. Mit seinem aus dem Gesicht gekämmten Haar und den leblosen Augen wirkte er fast wie ein Bösewicht aus einem Comic. Und dann fiel ihr noch etwas ein ... etwas, wovon sie nie wirklich herausgefunden hatte, was es damit auf sich hatte. Über Piers, der versucht hatte, ihr irgendetwas anzuhängen ...

Sie verdrängte den plötzlichen Anflug von Angst. Verity mochte nicht in der Lage sein, sich Piers vorzuknöpfen, sie hingegen schon. »Sie müssen jetzt gehen«, sagte sie mit fester Stimme. »Es ist mir egal, was Sebastian sagt. Ich gebe nicht klein bei. Am Montagmorgen eröffnet Bookends unter dem neuen Namen Happy Ends. Und wenn es das Letzte ist, was ich tue.«

»Ich will Ihnen ja nicht zu nahe treten, aber danach sieht es hier weiß Gott nicht aus«, erklärte Piers glatt.

Posy winkte nur ab. »Pfff! Natürlich schaffen wir das!« Sie stemmte die Hände in die Hüften. »Ich will ja nicht unhöflich sein, aber ich habe eine Menge zu tun, deshalb muss ich Sie jetzt leider rauswerfen.« Posy setzte ein Lächeln auf, um ihren Worten ein wenig die Schärfe zu nehmen, aber eigentlich war es ihr egal.

Sie ging zur Tür. Piers folgte ihr. »Ich verstehe das«, sagte er. »Wirklich. Und ich finde es gut, dass Sie Thorndyke die Stirn bieten. Wird auch Zeit, dass das mal jemand tut.«

»Und wie!«, rief Posy überrascht. Sie wäre nie im Leben darauf gekommen, dass sich ausgerechnet Piers als Verbündeter entpuppen würde. Trotzdem folgte sie ihm nach draußen, um sicherzugehen, dass er auch wirklich verschwand. »Er ist so ein Wichtigtuer! Stolziert hier herum, erteilt allen Anweisungen und hört nie zu, wenn andere etwas sagen. Für wen hält sich dieser Kerl eigentlich?«

»Und diese Angeber-Anzüge«, schnaubte Piers. »Ich kapiere einfach nicht, was Frauen an ihm finden.«

»Ich jedenfalls nichts!«

»Sie haben wirklich Klasse, Posy. Nicht wie Nina ... nur Arsch, aber keinerlei Klasse, das Mädchen«, fuhr Piers fort. Dabei hatten sie sich gerade so gut verstanden.

Posy warf ihm den vernichtendsten Blick zu, den sie zustande brachte. »So etwas über eine Frau zu sagen ist abscheulich, ganz egal, über welche. Aber dann noch über eine meiner engsten ...«

»Was ist denn da unten?« Piers hörte ihr gar nicht zu, was ihr einen kleinen Stich versetzte, weil sie unwillkürlich an den anderen Mann denken musste, der sich ebenfalls stets weigerte, ihr zuzuhören. Piers zeigte auf die Luke mit den beiden verwitterten Holztüren vor dem Panoramafenster des Ladens. »Geht es hier in den Keller?«

»Was?« Posy folgte seinem Blick. »Ach, da ist nur der Kohlenkeller. Nein! Nicht die Türen aufmachen! Da gibt es nichts zu sehen. Bitte, Piers! Ich sage, Sie sollen sie nicht aufmachen. Wieso hört ihr Männer eigentlich nie auf das, was man euch sagt?«

Piers hatte den Riegel zurückgeschoben und spähte in die gähnende Finsternis. »Da ist etwas.«

Posy erschauderte. »Ja. Spinnen. Los, machen Sie die Türen wieder zu.«

»Was ist das da in der Ecke? Das Glänzende?«

Wider besseres Wissen trat Posy näher und spähte mit zusammengekniffenen Augen in das Kellerloch. »Wahrscheinlich eine alte Vitrine. Los, kommen Sie jetzt ... ohhhhhh!«

Posy spürte eine Hand im Rücken, dann taumelte sie mit ausgestreckten Armen geradewegs in die Schwärze hinein. Es fühlte sich an, als wäre sämtliche Luft aus ihrer Lunge gepresst worden, als sie mit voller Wucht auf Hände und Knie fiel. Staub wirbelte unter ihren Fingern auf, und sie begann panisch zu husten. Spinnweben streiften ihr Gesicht und verfingen sich in ihrem Haar. Sie rappelte sich auf, doch bevor sie Piers fragen konnte, was zum Teufel das Ganze sollte, erhaschte sie einen Blick auf ihn, sah das triumphierende Grinsen auf seinem Gesicht, ehe die Tür mit einem lauten Knall zuschlug.

»Lassen Sie mich sofort raus!«, schrie sie. Ihre Worte hallten von den Wänden wider. »Das ist nicht lustig, Piers!«

Keine Antwort.

Als sie das letzte Mal hier eingesperrt gewesen war, hatte sie noch aufrecht stehen können, doch inzwischen waren viele Jahre vergangen. Falls sie versuchen würde sich aufzurichten, könnte sie sich womöglich den Kopf anstoßen. Das Ganze hier war nichts als ein Loch, das noch nicht einmal die Bezeichnung Keller verdiente; ein Verschlag, ursprünglich für die Lagerung von Kohlen gedacht, in den letzten Jahren jedoch eher genutzt, um irgendwelchen Krempel unterzustellen, mit dem sie nichts anzufangen wussten.

Es war feucht und stickig. Posy setzte sich auf den Boden und streckte die Beine aus. Obwohl sie nichts sehen konnte, verriet ihr das Brennen an Händen und Knien, dass sie sich die Haut aufgeschürft hatte. Ihre Jeans war zerrissen, und sie hatte den dumpfen Verdacht, dass der Sauerstoff hier drinnen nur noch für wenige Minuten reichen würde.

In diesem Moment glitt etwas über ihre Hand, etwas Weiches, Spinnenartiges, und als sie angestrengt lauschte, hätte sie schwören können, das leise Klackern von Krallen zu hören. Rattenkrallen. Das war der Augenblick, als sie schrie – ein leiser, dünner Schrei, weil ihre Lungen nach dem heftigen Stoß völlig leer waren. Weil sie, o Gott, falls sie hier drinnen nicht vorher erstickte, bei lebendigem Leib von den Ratten und Spinnen gefressen werden würde. In ein paar Tagen würde man ihre blutige, hässlich angeknabberte Leiche finden. Vielleicht würden sich die Ratten auch so über sie hermachen, dass man sie nur noch anhand ihres Gebisses identifizieren könnte.

Sie kniff die Augen so fest zusammen, dass winzige Sterne vor ihren Lidern tanzten, und ließ dann die herzzerreißenden Bilder jenes Moments vor sich Gestalt annehmen, in dem die Klappen geöffnet werden würden. Der grausige Fund. Die Kriminaltechniker, die von Ratten abgenagte Knochen heraustrugen – die Reste dessen, was von Posy Morland geblieben war. Sam, den Pants und Little Sophie gewaltsam daran hindern mussten, sich in das Kellerloch zu werfen; Nina und Verity, die sich schluchzend aneinanderklammerten; Tom, der sich verzweifelt vor- und zurückwiegte; Sebastian, ganz in Schwarz, die Züge wie versteinert und von gnadenloser Entschlossenheit, Posys Tod aufs Schlimmste zu rächen.

Die Sterne verglommen, als Posy den Kopf schüttelte. Was stimmte bloß nicht mit ihr? Diese Schreiberei hatte offenbar jede noch halbwegs funktionierende Gehirnzelle weggeschmolzen und sie zu einer melodramatischen Spinnerin gemacht. Niemand würde ihren Tod rächen, schon gar nicht Sebastian.

Denn Posy würde leben. Heute war nicht der Tag, an dem sie von Ratten zu Tode gebissen wurde. Oder jämmerlich erstickte. Dafür hatte sie noch zu viel zu tun.

Inzwischen hatten sich ihre Augen an die Dunkelheit gewöhnt, sodass sie einzelne Umrisse ausmachen konnte. Ihr Blick fiel auf einen alten Hocker, der nach Sams letztem Wachstumsschub hier gelandet war. Er hatte Metallbeine. Perfekt.

Sie wappnete sich innerlich und betete, sich nicht Nase

an Nase mit einer Ratte wiederzufinden. Dann richtete sie sich so gut es ging auf, humpelte in die Ecke, schnappte sich den Hocker und trat damit zur Klappe. Keinerlei Geräusche drangen von draußen herein, noch nicht einmal Piers' höhnisches Gelächter.

»Lassen Sie mich raus!«, schrie sie ein letztes Mal, doch Piers war längst gegangen oder in den Laden zurückgekehrt, wo er Gott weiß was trieb. Tom hatte ihr belustigt von einem unter Denkmalschutz stehenden Pub in Oxford erzählt, den ein Bauunternehmer kurzerhand bis auf die Grundmauern abgefackelt hatte, weil die Stadtverwaltung seine Bebauungspläne für einen Apartmentkomplex nicht genehmigen wollte. »Sie lassen mich jetzt sofort hier raus! Auf der Stelle!«

All das Holz! Die Bücher! Der Laden würde innerhalb von Sekunden wie Zunder brennen!

Posy holte tief Luft und ignorierte die Schmerzen in ihren Händen und Knien, während sie alle Kraft zusammennahm und so fest wie möglich die Hockerbeine gegen die Türen knallte.

Doch sie bewegten sich keinen Millimeter. Schließlich musste sie den Hocker absetzen und nach Luft schnappen, während das Gefühl allmählich in ihre Arme zurückkehrte. Gerade als sie ihre schmerzenden Glieder reckte, wurden die Türen unvermittelt aufgerissen. Die plötzliche Helligkeit ließ ihre Augen tränen, während sie blinzelnd in ein Gesicht blickte, das sie nur allzu gut kannte.

»Morland, Gott sei Dank, es geht dir gut!«

18

»Sebastian!«, rief Posy. »Was um alles in der Welt machst du denn hier?«

»Wonach sieht es denn aus?«, blaffte Sebastian und streckte mit einer gebieterischen Geste die Hand aus. »Los, mach schon, ich habe nicht den ganzen Tag Zeit.«

Posy hätte locker darauf verzichten können, ausgerechnet von Sebastian gerettet zu werden. Sie wäre durchaus in der Lage gewesen, sich selbst zu befreien, trotzdem ergriff sie seine Hand und ließ sich mit einem wenig schmeichelhaften Ächzen von ihm aus dem Kohlenkeller ziehen.

»Wie konntest du das tun?«, rief sie, sobald sie den festen Boden von Rochester Mews wieder unter den Füßen hatte. »Wie konntest du diesen Mistkerl schicken, damit er die Drecksarbeit für dich erledigt?«

»Ich habe überhaupt niemanden geschickt!«

»Aber was hatte Piers dann hier zu suchen?«

In diesem Moment ertönte ein lauter Knall aus dem Laden. Als sie sich umwandten, sahen sie, wie sich ein Tsunami aus grauer Farbe über das Fenster ergoss, an der Scheibe hinunterlief und die Sicht auf das Ladeninnere verhinderte.

»Was zum Teufel ist denn da los?«

»Was in drei Teufels …«

Posy musste die Augen schließen, sie ertrug den Anblick einfach nicht. Nach ein paar Sekunden schlug sie sie wieder auf, aber, nein, das war kein verdammter Albtraum. Sondern entsetzliche Realität. Verzweifelt schlug sie sich die Hände vors Gesicht. »Mein Laden! Er ist ruiniert! Wieso tut er so etwas Schreckliches?«

»Mir ist schon klar, was er da treibt.« Sebastians Gesicht war beinahe so grau wie die Farbe, die sich in einer Pfütze auf dem Holzboden ergoss. »Keine Angst, Morland, ich werde den Kerl umbringen!«

Sebastian stürmte durch die Tür, während Posy ihm langsam folgte. Erst jetzt stellte sie fest, dass ihr das Ausmaß des Schadens nur ansatzweise bewusst gewesen war. Nicht nur die Scheibe war voller Farbe, sondern die zähflüssige graue Masse war überall, nur nicht dort, wo sie sein sollte: auf dem Fußboden, auf der Kasse, auf den Bücherkartons, auf der Vitrine im Hauptraum und selbst auf dem großen Tisch in der Mitte mit dem Foto von Lavinia und Perry. Der Anblick der Farbkleckse auf der gerahmten Fotografie war das Allerschlimmste. Posy wäre am liebsten in Tränen ausgebrochen.

Einzig Sebastian war unversehrt, der gerade mit einem zappelnden, fluchenden Piers im Schwitzkasten auf Posy zukam.

»Ich habe ihn erwischt, als er durch die Hintertür abhauen wollte«, stieß er atemlos hervor, weil Piers sich mit aller Kraft aus Sebastians Umklammerung zu befreien versuchte. »Wie man es bei einem widerwärtigen Feigling wie ihm erwarten würde!«

Piers schrie etwas, doch die Worte blieben ihm im Halse stecken, weil Sebastian den Arm um seine Kehle presste.

»Sehen Sie nur, was Sie angerichtet haben!« Posy konnte sich noch nicht einmal durchringen, ihn anzuschreien. Ihre Stimme war leise und kläglich. »Was habe ich Ihnen denn getan?«

»Lass mich sofort los, Thorndyke!« Endlich gelang es Piers, sich Sebastians Umklammerung zu entwinden. Schwer atmend und schwitzend stand er vor ihnen. »Es ist nichts Persönliches, Posy, obwohl … na ja, eigentlich schon. Sie haben Nina gesagt, dass sie sich am besten von mir fernhalten sollte, und das, nachdem ich sie zweimal exklusiv zum Essen ausgeführt, aber nicht mal einen Blowjob dafür bekommen habe.«

»Sie sind so was von ekelhaft!«

Piers plusterte sich auf, als hätte Posy ihm ein Kompliment gemacht. »Und was dich angeht, Thorndyke. Du bist immer noch dieselbe miese kleine Ratte wie damals, als du mich in Eton verpfiffen hast und ich beinahe rausgeflogen wäre. Ich war ja bereit, die Vergangenheit ruhen zu lassen und Größe zu beweisen …«

»Du hast doch nicht die leiseste Ahnung, was Größe überhaupt bedeutet. Bestimmt überrascht es dich nicht zu hören, dass Brocklehurst Jungs aus den unteren Klassen terrorisiert hat. Er hat sie gezwungen, irgendwelche Drecksarbeiten für ihn zu erledigen.« Sebastian legte erneut die Hand um Piers' Kehle.

»Ich habe keine Ahnung, was hier eigentlich los ist.« Posy blickte nach oben und stellte fest, dass selbst die Decke Farbspritzer abbekommen hatte. »Ich dachte, ihr beide hättet das Kriegsbeil begraben und vorgehabt, Rochester Mews gemeinsam dem Erdboden gleichzumachen, nur um danach einen eingezäunten Apartmentkomplex für ekelhaft reiche Säcke zu errichten.«

»Das wollte ich nie!«, erklärte Sebastian aufgebracht, als wäre allein der Gedanke eine Beleidigung. »Ich denke gerade über mehrere Möglichkeiten nach und war bloß neugierig, ob Brocklehurst sich geändert hat, als er bei mir auf der Matte stand. Aber wie man sieht, ist alles noch beim Alten.«

»Hör doch auf mit diesem Schwachsinn! Ich habe Pläne entwickelt und dir verraten, wen du bei der Stadtverwaltung schmieren musst, damit die Sache läuft.« Piers ballte die Fäuste und warf Sebastian einen hasserfüllten Blick zu. Mit einem Mal spürte Posy eine Art Flattern im Magen, als hätte Piers ein Messer hineingerammt und würde es nun genüsslich umdrehen. »Ich hatte ein Mitglied der saudi-arabischen Königfamilie schon so weit, für ein Fünf-Millionen-Penthouse zu unterschreiben. Hast du eine Ahnung, wie tief ich diesen Typen dafür in den Hintern kriechen musste? Und dann kommst du plötzlich mit diesem Schwachsinn daher, der Platz stünde unter Denkmalschutz. Du bist doch nichts als ein aufgeblasenes Arschloch, das für Rechte von Leuten kämpft, die zu lasch sind, es selber auf die Reihe zu kriegen.« Piers plusterte sich auf. Posy war erstaunt, dass er nicht auch noch seine schauderhaften roten Hosenträger schnalzen ließ. »Nur die Stärksten überleben, schon mal gehört? Ich habe keine Ahnung, wieso du so scharf darauf bist, Posy zu beschützen, als wärst du ein Scheißritter auf einem Scheißschimmel. Selbst du, Thorndyke, kannst doch deutlich Bessere haben, oder nicht?«

Sebastian schien länger über seine Worte nachzudenken, als eigentlich nötig war. Posy hatte heute offenbar noch nicht genug gelitten. Nicht nur, dass sie nach Meinung des aufgeblasenen Piers ein schutzbedürftiger Schwächling war, er hatte ihr auch noch vor Augen geführt, dass sie weit außerhalb der Liga spielte, aus der Sebastian üblicherweise seine Liebhaberinnen wählte.

»Das kommt darauf an, was du mit besser meinst«, räumte Sebastian ein. »Aber sie ist meine Posy, und du hast sie in der Kohlenkammer eingeschlossen, was vor zwanzig Jahren schon einmal passiert ist. Und du hast den Laden ruiniert, den Posy heiß und innig liebt, und deshalb werde ich dich jetzt ruinieren.«

»Ha! Das würde ich ja gern mal …« Weiter kam Piers nicht, weil Sebastian sich auf ihn stürzte. Die beiden Männer flogen geradewegs zur Tür hinaus auf die Straße.

Sie kullerten ein paar Meter über das Kopfsteinpflaster, ehe sie sich fingen und auf die Füße kamen. »*En garde*!«, schrie Piers. Und dann gingen sie aufeinander los, jeder einen Arm kerzengerade nach vorn ausgestreckt.

Sie waren eben Jungs aus den besten Kreisen. Ihre einzige Kampferfahrung hatten sie im Fechtunterricht in Eton gesammelt. Posy verdrehte die Augen, als sie umeinander herumtänzelten, immer wieder den Arm vorschnellen ließen, um dem anderen einen Hieb zu versetzen, ehe sie sich wieder zurückzogen. Die Gefahr, dass sie sich gegenseitig ernsthaft verletzen könnten, war nicht allzu groß, was ein echter Jammer war, da Piers eine anständige Abreibung mehr als verdient hätte.

»Erbärmlich!«, murmelte sie. »Damit ist doch keinem geholfen.«

Piers gelang es irgendwie, sich so um Sebastian herumzumanövrieren, dass dieser mit dem Rücken zum Schaufenster stand, dann stürzte er sich auf ihn und begann, wild auf ihn einzuschlagen, während Sebastian alle Hände voll zu tun hatte, ihn sich vom Leib zu halten.

Als Piers ihn am Kragen packte, schrie Sebastian gellend: »Nicht der Anzug! Fass meinen Anzug nicht an!«

Posy hatte genug von dem Theater, außerdem wollte sie nicht schuld sein, wenn einer von ihnen durch die Fensterscheibe fiel. Sie rannte in den Laden, um die Pfütze aus grauer Farbe herum und ins Hinterzimmer, wo sie Veritys dickes Thesaurus-Wörterbuch aus dem Regal riss, das sie gern zurate zog, wenn sie Beschwerdebriefe formulierte.

Sie rannte wieder hinaus, wo Piers Sebastian immer noch gegen die Ladenfront drückte und gerade zum Schlag ausholte. Nicht Sebastians bildschönes Gesicht! Posy ließ das Buch mit aller Kraft auf die Stelle zwischen Piers' Schulterblättern krachen. Und sie hatte Bärenkräfte. Immerhin verdiente sie ihren Lebensunterhalt damit, Bücherkartons herumzuwuchten.

Es fühlte sich so gut an, dass sie es gleich noch einmal wiederholte.

»Das ist für meinen Laden!«, schrie sie, als Piers von Sebastian abließ. »Und das ist dafür, dass du meinen Sebastian schlägst. Und das ist dafür, dass du deine schmutzigen Finger nicht von Sebastians Anzug lässt. Und das ist … für Nina. Und das noch mal für meinen Laden, und das ist für …«

»Genug jetzt! Schaff mir bloß diese Irre vom Hals!«, rief Piers, der versuchte, mit den Armen seinen Kopf zu schützen.

»Und das ist dafür, dass du mich als Irre bezeichnet hast.« Posy ließ das Wörterbuch ein weiteres Mal auf Piers' Rücken knallen, während Sebastian sie beschwichtigend am Arm berührte.

»Ich komme in Frieden, Morland«, sagte er, weil sich Posys Blutdruck unübersehbar bereits im roten Bereich befand und ein falsches Wort oder auch nur ein falscher Blick dazu führen könnte, dass auch er den Thesaurus zu spüren bekäme. »Ich unterbreche dich ja nur ungern, ehrlich, aber du solltest jetzt vielleicht lieber aufhören.«

Posy hielt inne, aber erst nach einem letzten Hieb »dafür, dass du mich ins Kohlenloch geschubst hast«, ehe sie mit

Farbklecksen bespritzt schwer atmend dastand. Ihre Wangen fühlten sich an, als hätte jemand einen Flammenwerfer auf sie gerichtet. Bestimmt war ihr Gesicht rot wie eine überreife Tomate.

Piers trat einen Schritt zur Seite. Auch er war völlig außer Atem und zuckte vor Schmerz zusammen, als er sich aufrichtete. Auch sein Gesicht war dunkelrot angelaufen, und er warf Posy einen finsteren Blick zu. »Ich werde dich wegen tätlichen Angriffs anzeigen.«

»Gern.« Posy stemmte die Hände in die Hüften. »Und ich dich wegen Sachbeschädigung.«

»Tätlicher Angriff, vielleicht sogar schwere Körperverletzung, ist allemal schlimmer als Sachbeschädigung«, erklärte Piers und zog bereits sein Handy aus der Tasche seiner lächerlichen roten Angeber-Jeans. Plötzlich hatte Posy Angst. Fürchterliche, lähmende Angst.

»Das kann schon sein«, schaltete sich Sebastian ein und strich das Revers seines Sakkos glatt. Posy hatte keine Ahnung, wie er das angestellt hatte, aber es war ihm gelungen, kein einziges Tröpfchen Farbe abzubekommen. Stattdessen sah er wie üblich aus wie aus dem Ei gepellt. »Aber während du die Polizei anrufst, werde ich veranlassen, dass sämtliche deiner Konten leer geräumt und die ekelhaften Fotos aus deinem Computer direkt an deine Mutter gemailt werden. Rein zufällig ist einer meiner besten Freunde ein Hacker, der in Mumbai lebt. Netter Typ, aber man will ihn lieber nicht als Feind haben. Wie geht es übrigens deiner Mutter? Wohnt sie immer noch in Cheam?«

Piers hielt inne und steckte das Telefon wieder ein. »Elender Drecksskerl«, stieß er hervor, machte kehrt und stakste davon. »Schlampe!«

Es brachte Posy schier um, Piers das letzte Wort zu lassen, wo sie ihm doch am liebsten allerlei Obszönitäten hinterhergebrüllt hätte, darunter auch einige Anweisungen, was er mit verschiedenen Körperteilen anstellen sollte, doch sie verkniff sie sich und sah zu, wie er im Laufschritt um die Ecke trabte und verschwand.

»Natürlich wäre ich mit Brocklehurst auch allein fertig geworden, aber wer hätte gedacht, dass du so zur Gewalttätigkeit neigst, Morland? Ich werde jedenfalls nie wieder etwas tun, womit ich deinen Unmut auf mich ziehe.«

»Kann ich das bitte schriftlich haben?«

»Ohne meinen Anwalt unterschreibe ich grundsätzlich nichts.«

Nun, da Piers verschwunden war, blieb nur noch Sebastian, mit dem Posy fertig werden musste.

Sebastian. Posy vermisste die unbeschwerten Tage, als Sebastian bloß ein nervtötender Besucher gewesen war, der sich zum Glück nicht allzu häufig in die Buchhandlung verirrte. Seit Lavinias Tod jedoch stand er ununterbrochen auf der Matte und machte es ihr unmöglich, in ihre alte Lethargie zu verfallen. Selbst in seiner Abwesenheit geisterte er noch als Figur aus *Der Wüstling, der mein Herz stahl* in ihrem Kopf herum. Was bedeutete, dass sie ununterbrochen an ihn dachte. An sie beide, in höchst kompromittierenden Situationen, in denen Mieder zerrissen, Münder erkundet wurden … Sie war nur froh, dass es düster genug war, um die Röte ihrer Wangen zu kaschieren, wenn auch leider nicht düster genug, um das Chaos im Laden zu verbergen.

»Ich habe keine Ahnung, wo ich anfangen soll«, sagte sie, eher zu sich selbst, weil Sebastian ungewöhnlich still war – was wohl daran lag, dass er mit seinem Handy beschäftigt war. »Vielleicht ist das ja ein Zeichen des Universums, dass ich aufgeben soll«, murmelte sie und stieß einen Seufzer aus. »Na gut, du hast gewonnen. Du kannst den Laden haben.«

Einen Moment lang herrschte Stille, dann hob Sebastian den Kopf und sah sich um. »Echt fieser Plan, Morland. Du versuchst, mich in dein Chaos mit hineinzuziehen, aber daraus wird nichts. Hast du zufällig Papiertaschentücher da?«

Wie gewohnt hatte Posy Mühe, seinem Gedankengang zu folgen. »Was?«

»Papiertaschentücher, Lappen, was auch immer. Sieh mal, ich habe es gegoogelt.« Sebastian hielt ihr sein Handy vor die Nase. »Hier steht, dass es wichtig ist, die Farbe so weit wie möglich wegzuwischen, bevor sie trocknet. Los, Morland, Zeit ist Geld.«

Und das stimmte auch. Posy blieb noch nicht einmal Zeit, in Gelächter auszubrechen, als Sebastian in den Overall schlüpfte, den Nina sich besorgt hatte, damit keine Farbkleckse auf ihre Jeans und T-Shirts kamen. Natürlich war er ihm viel zu klein – der Saum endete ein gutes Stück über seinen Knöcheln.

Posy machte sich daran, die Putzutensilien zusammenzusuchen, und legte los. Es war verblüffend, wie viel man mit warmem Wasser, Spülmittel und sämtlichen Hand- und Geschirrtüchern, die sie fanden, erreichen konnte.

Natürlich gab es den einen oder anderen Schaden – die Bücher auf dem Tisch in der Mitte des Hauptverkaufsraums waren hinüber, außerdem hatte einer der Lichtschalter offensichtlich einen Kurzschluss. Einen Bücherkarton hatte es ebenfalls erwischt, aber immerhin nur einen einzigen. Es hätte viel schlimmer kommen können. Sie hatten die Malerfolie bereits auf dem Boden ausgelegt und über die Sofas ausgebreitet, weil Posy versehentlich Grundierung vom Pinsel getropft war, als man sie zu einem Kunden gerufen hatte.

Eine Stunde lang arbeiteten sie schweigend vor sich hin. Posy rechnete die ganze Zeit damit, sich sarkastische Bemerkungen anhören zu müssen – darüber, dass sie sowieso nichts richtig machen konnte und es idiotisch von ihr gewesen war, Piers überhaupt an die Luke des Kohlenkellers zu lassen – doch stattdessen herrschte Stille. Tödliche, ohrenbetäubende Stille.

»Steht die Gasse tatsächlich unter Denkmalschutz?«, fragte sie irgendwann.

»Natürlich nicht! Aber ich musste Brocklehurst schließlich irgendetwas erzählen, um ihn mir vom Hals zu halten.« Plötzlich entwickelte Sebastian ein ungewohnt großes Interesse an dem Farbklecks vor ihm auf dem Boden. »Und um deine Befürchtungen zu zerstreuen, ich könnte aus der Gasse einen riesigen Parkplatz oder so etwas machen. Dass du immer nur das Schlechteste über mich denken musst.«

»Ja, aber ... das tue ich doch gar nicht.«

Doch Sebastian ging nicht darauf ein. Es war höchst irritierend. Als Posy die letzten Farbreste von den glücklicherweise noch leeren Regalen wischte, warf sie Sebastian, der gerade das Foto von Lavinia und Perry säuberte, einen verstohlenen Blick zu. Er sah ganz anders aus als sonst – sein Haar war zerzaust, aber schließlich hatte er ja eine wilde Schlägerei hinter sich, und der weiße Overall aus dem Baumarkt entsprach so gar nicht dem, was er sonst trug.

»Ich denke, wir sind fertig«, sagte Posy schließlich. »Schon komisch, was ... dass wir Farbe von Regalen abkratzen müssen, die eigentlich gestrichen werden sollen.«

Wieder gab Sebastian keine Antwort, was höchst ungewöhnlich war. Doch erst seine Miene ließ Posys Alarmglocken schrillen. Er hatte die Brauen zusammengezogen und starrte sie finster an, während er den Mund öffnete und wieder schloss, als wären ihm die Worte in der Zwischenzeit abhandengekommen.

»Alles in Ordnung?«, fragte Posy mit einem Anflug von Besorgnis. »Soll ich dir was holen? Wasser? Tee? Möchtest du dich hinsetzen?«

»Gar nichts ist in Ordnung.« Sebastian ließ sich am nächsten Regal zu Boden gleiten. »Weit davon entfernt.«

So schlimm konnte es wohl kaum um ihn stehen, wenn er sich auch jetzt noch wie eine Dramaqueen aufführen konnte, dachte Posy, während sie sich auf die Sofalehne gegenüber von ihm setzte. »Los, raus mit der Sprache, was liegt an?«

»Vermutlich kennst du die Antwort schon.« Sebastian kreuzte die Arme vor der Brust und ließ den Kopf auf die Brust sinken. »Ich bin völlig verwirrt, Morland.«

»Ist das so? Wenn du mich fragst, ist Verwirrung ein Fremdwort für dich.« Nun war es an Posy, ihn finster anzusehen. »Du bist entschlossen, Sebastian. Ein Mann, der die Dinge in die Hand nimmt. Ich würde dich nie als jemanden bezeichnen, der nicht Herr der Lage ist.«

Er hob den Kopf und sah sie bekümmert an. »Verwirrung ist das einzige Wort, um zu beschreiben, was ich empfinde, seit ich den Artikel im *Bookseller* gelesen habe …«

»Du liest den *Bookseller*?«, fragte Posy ungläubig. »Wieso denn das?«

»Ich habe dir doch erzählt, dass ich ihn abonniert habe.« Sebastian massierte sich die Nasenwurzel. »Manchmal habe ich den Eindruck, als würdest du mir überhaupt nicht zuhören, Morland. Das ist sehr deprimierend.«

Posy verdrehte die Augen. »Zurück zu dir.« Sie holte tief Luft, stand auf und ging vor ihm auf die Knie. »Ich will mich nicht mehr mit dir streiten. So richtig fetzen, meine ich. So, dass wir tagelang nicht mehr miteinander reden. Das war schrecklich, und ich will es nicht mehr. Aber ich habe dir mehr als einmal erklärt, dass ich mich gern auf romantische Literatur spezialisieren möchte. Daraus habe ich ja kein Geheimnis gemacht. Aber es tut mir leid, dass ich dich angelogen und so getan habe, als wäre ich mit deinen Plänen zum Blutigen Dolch einverstanden, damit ich mit Pippa weiterarbeiten kann. Du musst mir glauben, dass es mir leidtut. Ich ertrage diese entsetzliche Stille zwischen uns nicht länger.«

»Ich genauso wenig. Und es könnte schon sein, dass ich ein bisschen überreagiert habe, als du mir gesagt hast, was Sache ist. Aber ich hätte nicht im Traum daran gedacht, dass du …« Sebastian schüttelte den Kopf, als ihm ein weiteres Mal aufzugehen schien, dass ihm die richtigen Worte fehlten. »Dass du …«

»Dass ich eine dreiste Lügnerin bin«, warf Posy ein.

»Geradezu machiavellistisch.« Der Anflug eines Lächelns spielte um seine Lippen. »Hinterhältig. Gemein. Durchtrieben. Ich habe dich unterschätzt, aber du musst zugeben, Morland, dass der Blutige Dolch eine Spitzenidee war.«

Sebastian würde in absehbarer Zeit gnadenlos darauf herumreiten, das stand jetzt schon fest. »Ich hasse Krimis, Sebastian. Wie die Pest.« Posy ertappte sich dabei, wie sie Sebastians Hand nahm und ihre Finger mit den seinen verschränkte, um ihren Worten die Schärfe zu nehmen. Sebastian schien völlig verblüfft über die Geste zu sein, denn er ließ es geschehen und musterte sie argwöhnisch, als hätte er Zweifel daran, dass sie es ernst mit ihm meinte. »Am Anfang gibt es immer gleich einen Mord … fürchterliche Dinge, und in meinem Leben ist schon so viel Schlimmes passiert, dass ich in meiner Freizeit nicht auch noch davon lesen will. Verstehst du das?«

»Ja«, antwortete er leise und beugte sich vor, sodass seine Stirn einen Moment lang die ihre berührte. Es kam ihr vor, als würden sie im Gleichklang atmen. Posy konnte nicht sagen, wie lange sie so verharrten, bis Sebastian plötzlich sagte: »Aber Schnulzen, Morland. Das ist doch lächerlich.« Doch er ließ sie nicht los, strich stattdessen mit seinem Daumen rhythmisch über ihren Handrücken, was sich seltsam beruhigend anfühlte. »Sie vermitteln den Frauen die falsche Hoffnung, dass sie eines Tages ihrem Ritter in schimmernder Rüstung begegnen, aber so etwas gibt es nun mal nicht. Das ist ein unerreichbares Ideal, und die Enttäuschung ist vorprogrammiert, wenn man nach einem Mann sucht, der wie der romantische Held aus einem Buch sein soll.«

»Ich weiß selbst, dass das wahre Leben nicht wie ein Liebesroman ist«, sagte Posy, während Sebastians Hand sich fester um ihre Finger schloss. »Du liebe Güte, wie gut ich das weiß, trotzdem möchte ich es so gern glauben. Vielleicht gibt es mir deshalb so einen Kick, eine Geschichte über zwei Menschen zu lesen, die all die Hindernisse überwinden, auch wenn sie ohnehin meist von ihnen selbst verschuldet sind, nur um am Schluss ihr Happy End erleben zu dürfen. Ich weiß, dass ich eigentlich losziehen und mich nach dem Richtigen umsehen sollte, aber seit meine Eltern gestorben sind, bin ich völlig blockiert.«

Inzwischen strömten ihr die Tränen über das Gesicht. Sebastian öffnete den Reißverschluss seines Overalls, zog sein Einstecktuch heraus und tupfte ihr mit einer Behutsamkeit, die sie ihm gar nicht zugetraut hätte, die Wangen ab. »Und jetzt Nase putzen«, befahl er.

»Ich will aber dein Einstecktuch nicht vollrotzen«, sagte sie, denn Sebastian hatte völlig recht – das wahre Leben hatte nicht mal ansatzweise Ähnlichkeiten mit einem Liebesroman. »Ich habe nämlich bestimmt eine Menge Ruß in der Nase … von den Stunden, die ich im Kohlenkeller eingesperrt war.«

»Ich würde das Tuch lieber ruinieren, als dich mit laufender Nase hier sitzen zu lassen«, gab Sebastian zurück. »Kein schöner Anblick, Morland. Du bist keine, der Tränen gut stehen, deshalb schlage ich vor, du hörst lieber auf damit. Außerdem hast du keine *Stunden* im Kohlenkeller gesessen. Als ich in die Gasse eingebogen bin, habe ich gesehen, wie Brocklehurst dich reingeschubst hat. Du warst höchstens eine Minute da drin. Ehrlich gesagt, noch nicht mal das.«

»Es waren Stunden«, widersprach Posy. »Ich habe dem Tod ins Auge geblickt. Das dauert definitiv länger als eine Minute.«

Damit waren sie wieder auf vertrautem Terrain. Posy starrte Sebastian finster an. Der wiederum zeigte keinerlei Reue. Sie riss ihm das Tüchlein aus der Hand und trompetete mit aller Kraft hinein, sorgsam darauf bedacht, seine entsetzte Miene beim Anblick der schwarzen Rotzspuren auf dem einst jungfräulich sauberen Stoff zu ignorieren.

»Danke schön«, sagte sie. Dieser Kerl konnte einem wirklich den letzten Nerv rauben, aber er hatte auch noch andere Seiten. »Jahrelang habe ich auf der Stelle getreten, aber in den letzten Monaten hatte ich das Gefühl, es geht endlich wieder vorwärts. Und einen großen Teil davon habe ich dir zu verdanken«, sagte sie, doch Sebastian zuckte nur mit den Achseln. »Hättest du mich nicht pausenlos gepiesackt und unter Druck gesetzt, hätte ich den Hintern nie hochgekriegt, sondern wahrscheinlich weiterhin nur Listen geschrieben und Panik geschoben, wann immer Verity mir gesagt hätte, dass wir kein Geld haben.« Sie rutschte neben ihn, weil ihr allmählich die Knie wehtaten. »Es ist, als hätte ich jahrelang wie eine Schlafwandlerin gelebt, aber du ... du bist wie ein unverschämter Wecker, nach dem Motto: ›Los, Morland, aufwachen, du Faulpelz!‹«

Sebastian schnaubte entrüstet. »Das klingt aber überhaupt nicht nach mir ... außerdem habe ich dich niemals als Faulpelz bezeichnet!«

»Du hast gesagt, ich wäre fürchterlich faul«, erinnerte Posy ihn. »Das ist dasselbe.«

»Ganz bestimmt nicht. Es bedeutet bloß, dass deine hausfraulichen Qualitäten praktisch nicht vorhanden sind. Du solltest dir eine Putzfrau nehmen, Morland. Es kann nicht gut für euch sein, wenn du und Sam so viel Staub einatmet. Das blockiert die Lungen. Was gibt es da zu grinsen? Ich meine es völlig ernst.« Er stieß ihr den Ellbogen in die Rippen. »Todernst sogar.«

»Ich grinse nur, weil ich dich endlich durchschaue«, sagte sie.

»Auch das bezweifle ich. Ich bin ein Rätsel, ein Geheimnis, ein Mysterium, ein Paradoxon ...«

»Fest steht, dass du dich wahnsinnig gern selbst reden hörst. Aber du hast tatsächlich recht, du bist ein Paradoxon. Du wirfst anderen die schlimmsten Gemeinheiten an den Kopf, aber letztlich spielt das alles keine Rolle, weil du dann wieder unglaublich nett und einfühlsam bist.«

»Wenn du jetzt mit dem Klischee ankommst, dass Taten mehr zählen als Worte, springe ich aus dem Fenster oder fange ganz laut an zu schreien. Noch habe ich mich nicht entschieden, was davon«, gab Sebastian zurück, aber Taten zählten tatsächlich mehr als Worte, und da er keine Anstalten machte aufzustehen, beschloss Posy, dass es höchste Zeit wurde, etwas zu trinken.

Sie holte den Notfall-Pinot-Grigio aus dem Bürokühlschrank. Sebastian nahm einen kräftigen Schluck und maulte noch nicht einmal, weil sie bereits daraus getrunken hatte und ihr Speichel am Flaschenhals klebte; dagegen konnte er sich einen Kommentar über die Qualität von Wein in Flaschen mit Schraubverschluss nicht verkneifen.

Posy spürte, wie der Alkohol ihr neuen Mut verlieh. »Abgesehen davon, dass du mich auf der ganzen Linie beleidigt hast und an allem nur rummeckerst, von meinen Haaren bis zu meinem Literaturgeschmack, warst du die ganze Zeit nach Lavinias Tod für mich da. Du hast mir geholfen, hast mir deine Mitarbeiter zur Verfügung gestellt, alle möglichen Männersachen und Technikkram mit Sam gemacht, außerdem hast du ihn komplett neu eingekleidet – obwohl ich deswegen immer noch ein bisschen sauer auf dich bin. Selbst diese Geschichte mit Lavinias Sofa war eigentlich ganz nett gemeint.«

»Ich bin nicht nett, sondern der unverschämteste Kerl von ganz London«, erklärte Sebastian trotzig. »Aber ich konnte nicht in dem Wissen weiterleben, dass du es jedes Mal riskierst, dir eine Feder in den Po zu piksen, wenn du dich hinsetzt.«

»Was uns zu den Schwindeleien wegen des Ladens führt«, fuhr Posy fort. »Du hast gedacht, du hilfst mir. Du warst sicher, eine Krimibuchhandlung würde besser funktionieren als eine, die auf Liebesromane spezialisiert ist. Aber eines weiß ich ganz genau, Sebastian. Erfolg kann man nur mit etwas haben, wenn man Leidenschaft mitbringt. Und meine Leidenschaft sind nun mal Liebesromane. Ich kenne den Markt, ich kenne die Kunden. Und wenn alles komplett schiefläuft – und das ist es ja bereits –, habe ich zumindest daran geglaubt und bin nicht kampflos untergegangen.«

»Gar nichts ist komplett schiefgelaufen«, widersprach Sebastian und nahm die Flasche entgegen, die sie ihm hinhielt. »So weit würde ich es nie kommen lassen, und wenn ich jede einzelne rührselige, pappsüße Schmonzette in diesem Laden selbst kaufen müsste.«

»Da! Genau das meine ich«, rief Posy. »Unverschämt und süß in einem Satz. Ich habe keine Ahnung, wie du das machst.«

»Jahrelange Übung.« Er hielt inne und wurde ernst. »Ich bin nicht süß. Sondern unhöflich und gemein. Ein Ekelpaket. Ein Verführer von unschuldigen Jungfrauen und glücklich verheirateten Damen. Der Inbegriff des moralischen Niedergangs der Gesellschaft. Letzteres stammt übrigens aus dem *Spectator*.«

»Ach, halt den Mund, Sebastian«, wiegelte Posy ab, »sonst wird mein nächstes Projekt, dich in den süßesten Mann von ganz London zu verwandeln.«

»Verschone mich, Morland«, erwiderte Sebastian gedehnt. Posy spürte, wie ihr vor Rührung beinahe die Tränen kamen. So sehr er sie manchmal auf die Palme brachte, mochte sie ihn offen gestanden richtig gern. Und nach ein paar weiteren Schlucken Pinot Grigio mochte sie ihn sogar noch ein bisschen mehr. Ehrlich gesagt war sie nicht sicher, ob sie ihn je schon so gemocht hatte wie in diesem Augenblick. Es war eine reine Wohltat, dass Sebastian den Zauber des Moments durchbrach, indem er aufstand und ihr die Hand hinstreckte. »Eigentlich könntest du mir ja mal deinen Laden zeigen.«

Posy ließ sich hochziehen (er verzog zwar kurz das Gesicht vor Anstrengung, behauptete aber steif und fest, das seien bloß die Nachwirkungen von seiner Prügelei mit Piers) und führte ihn herum.

Inzwischen war es dunkel geworden. Posy knipste die restlichen Lichter an und führte Sebastian in den Raum, in dem sie am weitesten gekommen waren, damit er sich einen Eindruck davon verschaffen konnte, wie die grau gestrichenen Regale mit der fuchsiafarbenen Genre-Beschriftung aussahen. Sie zeigte ihm die endlos vielen Kartons mit Büchern, die noch eingeräumt werden mussten, die Fotos ihrer Vintage-Vitrinen, die nach wie vor nicht angekommen waren, und die Waren, die darin ausgestellt werden sollten: Kerzen, Karten, Notizbücher, Kaffeebecher. Sie zeigte ihm die Lesezeichen, die man bei jedem Kauf als Geschenk erhalten würde, die Tragetaschen und die T-Shirts. Und das winzige Regal für die einzigen Krimis in ihrem Sortiment, unter anderem die Romane von Dorothy L. Sayers und eine Handvoll Krimis von Margery Allingham und Ngaio Marsh. Den Tisch in der Mitte würden sie auch weiterhin Lavinias Lieblingsbüchern widmen. Schließlich führte Posy Sebastian zur Teestube, die ausgeräumt und zum Streichen vorbereitet worden war.

Die ganze Zeit über war Sebastian auffallend still gewesen und hatte Posy erzählen lassen, nur einen einzigen Kommentar zu ihrer Besessenheit von bedruckten Tragetaschen hatte er sich nicht verkneifen können. Nun sah er sich in dem stillen, leeren Raum um. »Nicht übel. Wirklich nicht übel, Morland«, sagte er leise. »Ich wünschte, ich könnte behaupten, mehr dazu beigetragen zu haben, aber das hast du alles ganz allein geschafft. Das hier ist dein Traum, den du umgesetzt hast. Wahrscheinlich musstest du genau deswegen auch diese ramponierten alten Vitrinen kaufen, obwohl du genauso gut neue hättest nehmen können. Aber ich gebe zu, dass das Ganze einen gewissen Charme hat.«

So etwas aus Sebastians Mund war der reinste Ritterschlag. Posy hatte keine Ahnung, wie sie auf das Lob reagieren sollte, und senkte den Kopf. »Na ja, das Problem ist nur, dass der Laden bis zur großen Eröffnung am Montag nie im Leben fertig sein wird. Auf gar keinen Fall. Es macht mich zwar nicht gerade glücklich, aber ich habe es inzwischen akzeptiert. Wenn ich mich richtig ins Zeug lege und das ganze Wochenende durchackere, ohne zu schlafen, kann ich es schaffen, dass der Hauptraum und die Zimmer auf der rechten Seite fertig und eingeräumt sind. Alles andere wird eben noch warten müssen.«

Sebastian nickte und verkniff sich einen besserwisserischen Kommentar darüber, dass Posy gnadenlos absoff, wenn er nicht hier war, um ihr zu helfen. Hätte er es gewagt, hätte sie ihm mit der Weinflasche eins übergebraten ... ausgerechnet jetzt, wo sie Waffenstillstand geschlossen hatten.

Sebastian spähte durch die Glastüren in die Teestube. »Was passiert hiermit?«

Posy schnitt eine Grimasse. »Mattie hofft, dass sie vor Ende der Schulferien aufmachen kann, aber vorher müssen wir die Küche noch auf Vordermann bringen.«

»Ich war nicht mehr hier seit ... na ja, seit die Teestube geschlossen wurde.« Während des Rundgangs hatte Sebastian sie kein einziges Mal mehr berührt, doch nun ergriff er ihre Hand. »Ich denke die ganze Zeit, dass deine Mutter jede Sekunde mit einem Teller voller Pfannkuchen aus der Küche kommt.«

Sie blickten beide zur Tür hinter dem Tresen. »Ich auch.« Posy seufzte. »Aber es wird nicht passieren, auch wenn ich es mir noch so sehr wünsche.«

Sebastian drückte ihre Finger. »Es ist genauso, wie du gesagt hast. Du kannst nicht ewig weiterschlafen. Lavinia hat mir immer gesagt, dass du einfach noch ein bisschen Zeit brauchst. Aber jetzt ist viel Zeit vergangen, Morland, und du musst aufwachen.«

»In letzter Zeit fühle ich mich, als wäre ich hellwach.«

»Ich habe dir noch gar nicht gesagt, weshalb ich hergekommen bin.« Sebastians Stimme war ganz rau, als bekäme er eine Erkältung – oder, was wahrscheinlicher war, als hätte er zu viele Farbdämpfe eingeatmet. »Wegen des Interviews im *Bookseller*. Obwohl gerade Funkstille zwischen uns herrscht, hast du dich bei mir bedankt. Du hast gesagt, ich wäre wie ein Familienmitglied für dich. Offenbar siehst du mich als eine Art anmaßenden älteren Bruder, der dich unterdrückt und bevormundet.«

»Na ja, dass du anmaßend bist, stimmt zumindest«, murmelte Posy, heilfroh, dass sie in einer dunklen Ecke stand, sodass er die Röte nicht sehen konnte, die ihr wieder einmal in die Wangen gestiegen war. Ansonsten waren ihre Empfindungen für Sebastian nicht einmal ansatzweise die, die man für einen Bruder hatte. Kein Mensch schrieb Schmonzetten über einen Mann, der gewissermaßen wie ein Bruder für einen war. Das war falsch, ganz, ganz falsch. Falscher ging es gar nicht.

Posy wappnete sich innerlich, ihn anzusehen. Sebastian blickte sie ebenfalls an. Wieder schwieg er, was an sich schon nervig genug war, und Posy wollte beim besten Willen nichts einfallen, was sie sagen könnte. Sie hielten sich immer noch bei den Händen, und allmählich fühlte es sich etwas unangenehm an. Nein, unangenehm war nicht das richtige Wort dafür … eher angespannt, sogar leicht erotisch. Schlagartig war sie sich ihrer Hand überdeutlich bewusst, und sie hatte Angst, sie könnte unangenehm feucht sein oder gar schwitzen.

Gerade als sie sich befreien wollte, ließ Sebastian sie los und legte die Hände um ihr Gesicht. Schlagartig spürte sie ein Rauschen im Kopf, wie eine züchtige junge Regency-

Dame, die noch nie von einem Mann berührt worden war, während Sebastians Lippen sanft ihre Stirn berührten. »Das ist doch lächerlich«, sagte er.

Eine unerklärliche Schüchternheit ergriff Besitz von Posy. »Ja, nicht? Ich hatte ja keine Ahnung, dass du ... dass ich ... o Gott, das ist echt lächerlich. Sogar völliger Irrsinn.«

Mit einer betont brüderlichen und unerotischen Geste zerzauste er ihr das Haar und wich zurück. »Ich meine, jetzt wo wir wieder Freunde und sozusagen fast Geschwister sind, ist es doch idiotisch, dich mit einer halb fertigen Website und einem Laden, der eher noch einer Baustelle gleicht, allein zu lassen. Ich habe Sam wieder und wieder gefragt, wie es mit der Grafik aussieht. Kein Wunder, dass er nicht mit der Sprache rausrücken wollte.« Er warf Posy einen missbilligenden Blick zu. »Ich fasse es nicht, dass du auch Sam in deinen Schwindel mit hineingezogen hast.«

Die Spannung war verflogen. Allerdings schien sie ohnehin einseitig gewesen zu sein, und es gab absolut keinen Grund, weshalb Posy enttäuscht sein sollte. Immerhin stand Sebastian vor ihr, und er war nun mal nicht der Typ für die ewige große Liebe, sondern jemand, der seine Frauen sofort in den Wind schoss, nachdem er sie flachgelegt hatte. Außerdem war er Sebastian! Und sie war Posy. Und sie beide waren wie Wasser und Öl oder wie Streifen und Punkte und eine Menge anderer Dinge, die nicht gut zusammenpassten. Außerdem war er ein unhöflicher Klotz. Sie zuckte zusammen, als sie mitbekam, dass er mit den Fingern vor ihrem Gesicht herumschnippte. »Hallo, Morland, hierbleiben. Nicht wieder einschlafen.«

»Hör auf damit! Du stichst mir noch ein Auge aus«, herrschte Posy ihn an. »Und nur fürs Protokoll – ich habe Sam überhaupt nicht in meinen Schwindel mit hineingezogen, sondern musste ihn mittels extremer emotionaler Erpressung daran hindern, mich zu verpfeifen.«

»Gut. Ich finde die Vorstellung, dass Sam ebenfalls gegen mich war, grauenvoll.« Sebastian klatschte in die Hände. »Also, zurück zum Thema. Die Grafik. Willst du sie mir zeigen, bevor die nächste Eiszeit anbricht?«

»Sie ist auf einem dieser USB-Dinger«, sagte Posy. »Oben. Ich hole ihn dir.«

»Na dann los. Was glaubst du, wie lange du brauchst, sie in deinem Chaos zu finden? Reichen zehn Minuten?«

»Ich weiß genau, wo der Stick ist«, erklärte Posy, und das stimmte auch. Allerdings nur, weil Sam darauf bestanden hatte, dass sämtliche Kabel, USB-Sticks und sonstiger Technikkram in einer bestimmten Schublade aufbewahrt werden mussten.

»Wenn du in einer halben Stunde nicht wieder hier bist, schicke ich einen Suchtrupp los«, warnte Sebastian.

Als Posy die Treppe hinaufging, war sie immer noch nicht sicher, wie sie es geschafft hatten, die Spannung zwischen ihnen in Rekordzeit verpuffen zu lassen.

19

Nachdem Posy hektisch die gesamte Computerschublade durchforstet hatte und dann schnell wieder nach unten gelaufen war, nahm Sebastian den USB-Stick entgegen und marschierte mit einem schnippischen »So, jetzt kannst du gern weiterschlafen, Morland« zur Tür hinaus.

Aber Schlaf war so ziemlich das Letzte, was Posy im Sinn hatte. Wie sollte sie zur Ruhe kommen, wenn Sebastian eine regelrechte Achterbahn der Gefühle in ihr ausgelöst hatte? Gefühle, die sie so gern für jemanden wie Jens empfunden hätte, wo zumindest theoretisch die Möglichkeit bestand, dass er sie erwiderte. Sie musste sie irgendwie unterdrücken, sie austreten wie die verglimmenden Reste eines Lagerfeuers, und Erde darüberschaufeln, damit die Glut im Keim erstickt wurde. Das war die schlaueste Lösung.

Außerdem war an Schlaf nicht zu denken, solange Sam sich in Camden Town herumtrieb, inmitten von Junkies und allen möglichen anderen dubiosen Gestalten. Deshalb würde sie wach bleiben und warten, bis sie sicher sein konnte, dass er unversehrt nach Hause gekommen war.

Einen Moment lang war sie versucht, den Computer hochzufahren und noch ein Kapitel von *Der Wüstling, der mein Herz stahl* zu schreiben, doch der heutige Abend hatte ohne den Hauch eines Zweifels bewiesen, dass nichts Gutes dabei herauskam. Der fiktiven Posy konnte sie ein Happy

End angedeihen lassen, das sie verdiente, die richtige Posy hingegen wusste, dass sich ganze Abgründe des Schmerzes und des Leids auftun konnten, wenn sich der Held und die Heldin das erste Mal geküsst, einander ihre unsterbliche Liebe gestanden hatten und gemeinsam in den Sonnenuntergang geritten waren.

Als sie nach oben ging, wurde ihr bewusst, dass selbst ein Buch an diesem Abend keinen Trost spenden würde. Stattdessen nahm sie die Schlüssel vom Haken in der Küche und schloss die Tür zum einstigen Zimmer ihrer Eltern auf.

Dass sie Sebastian erzählt hatte, sie käme regelmäßig herein, war keine Lüge gewesen, doch sie blieb immer nur ganz kurz, um staubzusaugen und irgendwelche Gegenstände gerade zu rücken, die eigentlich nicht gerade gerückt zu werden brauchten, weil niemand sie je bewegte. Posy blieb nie lange in diesem Zimmer.

Es sah noch alles genauso aus wie damals, damit Mum und Dad, sollten sie eines Tages zurückkehren, ohne Umschweife wieder ihre Plätze einnehmen könnten. Die Haarbürste ihrer Mutter, die gerahmten Familienfotos, alles befand sich immer noch auf der Kommode. Das Buch, das ihr Vater zuletzt gelesen hatte, lag nach wie vor auf dem Nachttisch, mit der alten Postkarte als Lesezeichen.

Posy hatte die Heizung längst abgedreht, und obwohl es warm draußen gewesen war, fühlte sich die Luft kühl und schal an. Längst war der leise Geißblatt-Hauch des Parfums ihrer Mutter verflogen, ebenso wie der altmodisch pudrige Geruch von Dads Pomade.

Sie sah sich noch einmal ausgiebig um, dann holte sie tief Luft, straffte die Schultern und schwor sich, endlich zu tun, wozu sie bisher nie den Mut aufgebracht hatte.

Im obersten Regal des Kleiderschranks standen Schuhkartons mit alten Fotos, Geburtstags-, Weihnachts- und Dankeskarten, Schulbenachrichtigungen und alten linierten Notizbüchern, in die ihr Vater all seine Gedichte geschrieben hatte – Papier über Papier, Tausende und Abertausende Worte aus zwei Leben.

Posy hatte sie hier versteckt, wo man sie nicht auf den ersten Blick sehen konnte, hatte sie nie geöffnet und gelesen, sondern stets versucht, nicht an sie zu denken. Doch nun, als Sam – exakt fünf Minuten vor dem Zapfenstreich – nach Hause kam, fand er Posy im Schneidersitz auf dem Boden, inmitten all der Erinnerungen und so verzweifelt weinend, dass ihr ganzer Körper geschüttelt wurde.

»Posy, was machst du denn hier?« Im ersten Moment hatte sie ihn gar nicht gehört, doch dann drang der panischschrille Unterton, den man eher in der Stimme eines viel kleineres Kindes vermuten würde, in ihr Bewusstsein. Sie zwang sich, ihre Tränen hinunterzuschlucken und fuhr sich zornig mit dem Handrücken über die Wangen. »Bitte, wein doch nicht.«

Sam war ihr kleiner Bruder. Sie kümmerte sich um ihn, war für ihn verantwortlich. Normalerweise standen sein Glück und sein Wohlbefinden an oberster Stelle. Aber heute war Sam derjenige, der sie in die Arme schloss, sie behutsam wiegte und ihr beruhigend über das Haar strich.

Erst nach einer gefühlten Ewigkeit schienen ihre Schluchzer abzuebben. Sam rutschte neben sie und legte ihr den Arm um die Schultern. »Besser?«, fragte er besorgt.

Posy schniefte, dann nickte sie. »Ja. O Gott, es tut mir so leid. So hättest du mich nicht sehen sollen.«

»Ist schon in Ordnung. Es macht mir nichts«, sagte er ein wenig unsicher. »Ist etwas passiert?« Sein Blick fiel auf die halb leere Weinflasche. »Bist du betrunken?« Ein leiser Vorwurf schlich sich in seine Stimme.

»Blödsinn! Sebastian war hier und hat etwas davon getrunken. Ich hatte nur ein, maximal zwei Gläser.« Inzwischen fühlte sie sich deutlich besser, als wären die Tränen nötig gewesen, um die Spinnweben der Vergangenheit abzustreifen.

»Hat er irgendetwas gesagt, das dich so aus der Bahn geworfen hat?«, hakte Sam beharrlich nach. »Sonst kommst du doch nie hier rein und ...«

»Na ja, manchmal schon ...«

»Aber nur zum Staubsaugen, und so oberflächlich, wie du saugst, dauert es gerade mal fünf Minuten. Außerdem hast du die ganzen Sachen herausgeholt.« Ganz behutsam berührte Sam den Rand eines Fotos, riss jedoch die Hand zurück, als hätte er sich verbrannt. »Das tust du sonst nie.« Wieder strich er über das Foto. »Von wann ist das?«

Posy nahm das Foto. »Das war auf dem Sommerball in ihrem Abschlussjahr in Oxford, also muss es ... lass mich nachdenken ... 1986 gewesen sein.« Die beiden sahen blutjung aus, kaum älter als Sam jetzt. Ihr Vater trug einen Secondhand-Anzug und einen Porkpie-Hut, ihre Mutter ein Ballkleid mit aufgedrucktem Klatschmohn im Fifties-Stil. »Damals waren sie beide gerade einundzwanzig. Ihre Geburtstage lagen nur einen Monat auseinander, wusstest du das? Mum hatte im November, Dad im Dezember.« Plötzlich keimte eine längst vergessene Erinnerung in ihrem Gedächtnis auf. »Einmal im Jahr hat Dad Mum damit aufgezogen. Sie sei ja viel älter als er, hat er dann immer gesagt, und sie wurde jedes Mal wütend und schimpfte: ›Aber es ist doch bloß ein Monat, Ian.‹« Durch ihre tränennassen Wimpern warf sie Sam einen Blick zu. »Ob du auch nach Oxford gehst, was meinst du? Ich will dich nicht unter Druck setzen, aber die Vorstellung, dass du in ihre Fußstapfen trittst, ist so schön.«

Sam biss sich auf die Lippe. Vor wenigen Minuten noch waren ihre Rollen vertauscht gewesen, doch nun wirkte er mit einem Mal wieder sehr jung und verunsichert, als er Posy das Foto aus der Hand nahm. »Manchmal habe ich Angst, ich vergesse, wie sie ausgesehen haben«, gestand er leise. »Weil wir … na ja, wir haben nirgends Fotos von ihnen stehen. Ich weiß ja, wieso das so ist … weil es dich nur traurig machen würde, aber manchmal fällt es mir schwer, mich an sie zu erinnern.«

Posy schlang den Arm um ihn, strich ihm das Haar aus der Stirn und gab ihm einen Kuss auf die Wange. Sam musste völlig durcheinander sein, sonst hätte er Posys Zärtlichkeiten wohl kaum zugelassen. »Es tut mir so leid«, sagte sie. »Es war unglaublich schmerzlich für mich. Das ist das erste Mal, dass ich die Sachen ansehe, seit ich sie damals weggepackt habe. Ich dachte einfach, Fotos oder andere Erinnerungen von ihnen aufzustellen, wäre zu schlimm für mich. So konnte ich so tun, als wären sie gar nicht richtig weg. Aber ich habe ganz vergessen, wie es dir damit wohl geht. Hasst du mich jetzt deswegen?«

»Natürlich nicht«, erklärte Sam fest. »Außerdem habe ich auf YouTube-Videos gefunden, wo Dad aus seinen Gedichten liest. Auf einem sieht man auch Mum neben der Bühne stehen. Aber ich sehe sie mir nicht so oft an, weil ich dann immer ganz traurig werde. In diesen Momenten verstehe ich auch, wieso du nicht gern von ihnen sprichst.«

»Tue ich das wirklich nicht?«, fragte Posy erschrocken. »Ich rede doch bestimmt oft von ihnen.«

»Nein, Pose.«

»Komisch. Weil ich eigentlich ununterbrochen an sie denke.« Posy beugte sich vor, um Sam noch einen Kuss auf die Wange zu geben. »Es tut mir aufrichtig leid, Sam. Ich habe mich wirklich bemüht, aber es ist mir erst jetzt so richtig bewusst geworden. Wenn du über sie reden willst oder dich irgendetwas besonders interessiert, frag mich einfach.«

Sam legte den Kopf auf Posys Schulter. »Na gut, solange du mir versprichst, dass du dich nicht aufregst. Ich mag es nicht, wenn du weinst. So richtig, meine ich. Wenn du wieder mal wegen deiner speziellen Mädels-Phase flennst, kann ich damit umgehen, aber …«

Sie mussten beide grinsen – während ihrer letzten »speziellen Mädels-Phase« war Posy in Tränen ausgebrochen, weil Rauch aus dem Ofen gequollen war und den Feueralarm ausgelöst hatte, sodass sie mit dem Besenstiel auf das Plastikding an der Decke schlagen musste, damit es endlich aufhörte. Posy schob die Fotos auf dem Boden hin und her. »Ich habe die Sachen viel zu lang versteckt. Und das tut keinem von uns gut, stimmt's? Wir sollten uns mal an einem Samstagnachmittag hinsetzen, alle Fotos zusammen durchsehen und unsere Lieblingsaufnahmen aussuchen, die wir dann rahmen lassen. Wenn du sie vorher anschauen willst, tu das ruhig. Du weißt ja, wo der Schlüssel hängt.« Erst jetzt merkte Posy, wie dämlich das klang. »Jetzt wo ich es sage … eigentlich ist es doch total albern, die Tür abzuschließen. Lächerlich.«

»Was ist mit ihren ganzen Sachen? Den Kleidern und so?« Sam strich sich seinen Pony aus der Stirn. »Findest du nicht, wir könnten sie allmählich aussortieren?«

Posy wappnete sich für den obligatorischen schmerzhaften Stich, doch er kam nicht. Stattdessen spürte sie lediglich ein leises dumpfes Pochen. Wenn sie es schaffte, jemand Wildfremdes wie Mattie die Teestube betreiben zu lassen, konnte sie doch wohl ein Zimmer ausmisten, dessen Bewohner längst tot waren und auch nicht zurückkommen würden, um ihre alten Sachen anzuziehen oder angefangene Bücher zu Ende zu lesen. Sebastian hatte recht gehabt mit seiner Bemerkung, sie hätte das Zimmer ihrer Eltern in einen Schrein verwandelt. Sie hatte solche Angst gehabt, sie womöglich zu vergessen. Doch solange Posy sie in ihrem Herzen trug, Fotos von ihnen aufstellte und Sam all die Geschichten über sie erzählte, würden sie immer ein Teil von ihr bleiben.

»Das Zimmer ist wahnsinnig groß«, stellte sie unvermittelt fest. Nun, da sie den Raum selbst sah, statt nur der zwei Menschen, die ihn einst mit Leben gefüllt hatten, wirkte er auf einmal viel größer und leerer.

»Ja, klar, trotzdem sollte es nicht allzu lange dauern«, meinte Sam.

»Es ist viel größer als unsere beiden Zimmer.« Posy verzog das Gesicht, als sie aufstand. Ihre Glieder schmerzten vom langen Sitzen. »In dein Zimmer passt ja kaum ein Bett und ein Schrank. Es ist nicht richtig, dass du deine Hausaufgaben all die Jahre auf einem winzigen Fleck auf dem Boden machen musstest.«

»Ist doch nicht so schlimm. Manchmal gehe ich auch runter ins Büro.«

Posys Entschluss stand fest. An ihrer Idee gab es absolut nichts Trauriges oder Schmerzhaftes, vielmehr drängte sich die Veränderung geradezu auf. »Du solltest dieses Zimmer hier nehmen«, sagte sie. »Wir könnten einen richtigen Schreibtisch ans Fenster stellen. Und ein neues Bett besorgen wir dir auch. Dein altes wird ohnehin bald viel zu kurz sein. Und du kannst auch Freunde über Nacht einladen, statt immer nur zu ihnen zu gehen. Was hältst du davon?«

»Aber wenn es dich traurig machen würde und du abends nicht mehr reinkämst, um Gute Nacht zu sagen, kann ich auch in meinem alten Zimmer bleiben.« Sam sah sich um. »Na ja, mehr Platz gibt es hier natürlich schon. Darf ich die Wände schwarz streichen?«

Posys Toleranz hatte ihre Grenzen. »Vergiss es!«, rief sie entsetzt. »Außerdem tue ich das nicht aus purer Herzensgüte, sondern weil ich dein Zimmer gut gebrauchen könnte, um all meine Bücher unterzubringen. Vielleicht richte ich mir ja sogar eine kleine Leseecke ein.«

»Es wundert mich, dass du dir keine riesige Leseecke einrichten willst«, brummte Sam. »Du jagst mich sicherlich bald auf die Straße, damit du dir auch noch mein Zimmer unter den Nagel reißen und noch mehr Bücher horten kannst.«

Nachdenklich legte Posy den Finger ans Kinn. »Ich habe da eine Idee. Wie schnell kannst du draußen sein, was denkst du?«

Schnaubend verdrehte Sam die Augen. Zur Strafe packte Posy ihn am Ärmel und schloss ihn in eine feste Umarmung, bis er sich zu lösen versuchte. »Ich hab dich lieb«, erklärte sie nachdrücklich. »Sehr sogar. Ich werde immer versuchen, das Richtige zu tun, auch wenn es manchmal völlig verkehrt rüberkommt.«

Sam schlang für einen kurzen Moment die Arme um sie und flüsterte ebenso eindringlich: »Ich hab dich auch lieb, Pose. Keine Ahnung, was aus mir geworden wäre, wenn du beschlossen hättest, dass du mich lieber nicht um dich haben willst. Und ich weiß ja, dass ich manchmal echt nervig sein kann, trotzdem bin ich dir für alles dankbar, was du tust. Und jetzt lass mich endlich los!«

Vielleicht lag es am Wein, an ihrem Weinkrampf oder auch daran, dass sie endlich ihre Trauer ein Stück weit überwunden hatte. Vielleicht war sie auch nur vom Streichen und den Sorgen völlig erschöpft, jedenfalls fiel sie ins Bett und schlief sofort ein.

Posy hatte keine Ahnung, was sie geweckt hatte, aber aus dem Laden schienen Geräusche zu kommen, und als sie die Treppe hinunterkam, wimmelte es nur so von Menschen.

Hier stimmte doch etwas nicht. Noch war der Laden geschlossen. Es war mitten in der Nacht, sie trug ihre Schlafanzughose und …

»Mum? Dad?«

Da waren ihre Eltern – viel jünger, als sie die beiden in Erinnerung hatte, und in den Klamotten des längst vergangenen Oxford-Sommerballs.

»Posy, da bist du ja!« – Lavinia und Perry, ebenfalls von dem Foto auf dem Tisch zum Leben erwacht.

Neben ihnen stand eine Frau in einem altmodischen Kleid mit Turnüre und einer Schärpe quer über der Brust, auf der »Wahlrecht für Frauen« prangte.

»Agatha?«, stieß Posy hervor.

»Für Sie immer noch die Ehrenwerte Lady Agatha Drysdale«, informierte Agatha Posy mit eisiger Stimme. »Was haben Sie mit meiner wunderbaren Buchhandlung angestellt?«

»Genau, Posy, was hast du nur angerichtet? Was für ein Chaos!«, rief Lavinia, und Perry nickte zustimmend. Erst jetzt fiel Posy auf, dass sämtliche Besucher mit grauer Farbe bekleckert waren. »Wie konnte ich mich nur so in dir täuschen?«

»Als Mädchen hast du dich so gut gemacht, aber als Erwachsene bist du eine echte Katastrophe«, sagte ihr Vater. »Man muss sich fragen, wie du es geschafft hat, dass Sam nicht völlig vor die Hunde geht.«

Ihre Mutter seufzte. »Was man von Bookends leider nicht behaupten kann. Wenn einem eine Sache am Herzen liegt, muss man sich auch dafür ins Zeug legen, das habe ich dir doch immer gepredigt. Und jetzt willst du einen halb fertigen, nein, noch nicht einmal halb fertigen Laden eröffnen?«

Es war so schön, sie alle wiederzusehen. Sie waren so nahe, dass Posy am liebsten zu ihnen gelaufen wäre und sie in die Arme geschlossen hätte – mit Ausnahme der Furcht einflößenden Agatha –, aber sie alle wirkten so schrecklich enttäuscht und bestürzt.

»Na ja, ich weiß ja, dass der Laden früher viel netter aussah, aber …«

»Du hättest den Laden Sebastian vermachen sollen, Lavinia«, sagte Perry. »Er hatte so großartige Pläne damit. Und Sebastian ist einer, der die Ärmel hochkrempelt und anpackt, und keiner, der ewig zaudert und hadert. Im Gegensatz zu dir, Posy.«

»Ich weiß«, sagte sie. »Aber ich habe mir doch Mühe gegeben.«

»Ich kann nicht zulassen, dass in meinem Laden ein völliges Durcheinander herrscht und nur seichte Bücher verkauft werden«, erklärte Agatha und bohrte Posy ein »Wahlrecht für Frauen«-Fähnchen in die Brust, auch wenn Posy nicht sagen konnte, wo sie das auf einmal herhatte. »Nur über meine Leiche wird Bookends zu Happy Ends!«

»Ich will ja nicht respektlos sein, Agatha, aber eigentlich sind Sie ja bereits tot.« Posy legte flehend die Hände aufeinander. »Es tut mir so unendlich leid. Aufrichtig leid. Ich habe mir solche Mühe gegeben, aber es ist alles komplett schiefgelaufen.«

»Posy! Posy! Posy!«

Drohend traten die fünf auf sie zu, immer näher und

näher. Posy wäre am liebsten in Tränen ausgebrochen. Sie wünschte sich so sehr, dass ihre Eltern sie in die Arme nahmen und beteuerten, dass alles wieder gut werden würde. Sie wünschte sich, dass Lavinia und Perry stolz auf sie waren und Agatha zufrieden, dass ihr Erbe weiterlebte, doch stattdessen bildeten sie einen Kreis um sie, nahmen sie immer mehr in die Zange, als wollten sie Posy am liebsten packen und auf dem Scheiterhaufen verbrennen.

»Was ist?« Die Gestalten kamen noch näher, bis Posy sah, dass es keine fünf Geister waren, die sie heimsuchten, sondern ein einzelner, durchaus lebendiger Sebastian. Allerdings in fünffacher Ausfertigung.

»Aufwachen, Morland. Ich versuche schon eine halbe Ewigkeit, dich wachzukriegen!«

»Ich bin wach! Hellwach!«

»Nein, das stimmt nicht. Posy! Posy! Wach auf! Los, du musst endlich aufwachen!« Sie spürte Hände, die sie von den fünf ärgerlichen Sebastians wegzogen, und als sie die Augen aufschlug, war da nur ein ärgerlicher Sam, der versuchte, ihr die Bettdecke wegzuziehen. »Wird auch langsam Zeit. Und du besitzt die Frechheit zu behaupten, ich würde wie ein Toter schlafen.«

Posy setzte sich auf. Sie musste mit offenem Mund geschlafen haben, denn es fühlte sich an, als wäre etwas während der Nacht in ihre Mundhöhle gekrabbelt und dort verendet. »Ich hatte einen ganz schlimmen Albtraum!«

»Na und?« Sam zog sie am Arm. »Du musst runterkommen. Jetzt sofort. Du wirst es nicht glauben.«

Posy schlug ihn weg. »Was glauben?« Sie sah auf ihren Wecker. »Schon acht Uhr? Ich wollte doch ganz früh aufstehen und mit dem Streichen anfangen!«

Sie schlug die Decke zurück und tappte auf unsicheren

Beinen in Richtung Badezimmer, doch Sams Hand legte sich erneut wie ein Schraubstock um ihren Arm. Er zog sie in Richtung Treppe. »Dafür ist jetzt keine Zeit mehr«, drängte er. »Da unten sind lauter Leute.«

Mit hämmerndem Herzen ging Posy die Treppe herunter. Was, wenn Sebastian es sich doch noch einmal anders überlegt hatte? Wenn der Gerichtsvollzieher vor der Tür stand?

Auf der untersten Stufe blieb sie abrupt stehen, als sie den Lärm hörte, der von draußen hereindrang. Wie viele Gerichtsvollzieher brauchte man wohl, um eine Frau und einen Jungen im Teenageralter zwangszuräumen?

»O Gott«, stöhnte sie.

»Los, Posy, mach schon.« Sam zerrte sie die letzte Stufe herunter und um die Ecke in den Laden. »Sieh nur, all die Leute!«

Durch das Ladenfenster sah Posy (bei der Gelegenheit bemerkte sie auch einen Farbfleck, den sie am Vorabend übersehen hatte) die Gestalten mit den erwartungsvollen Gesichtern, die alle auf sie gerichtet waren.

»Hier!« Sam drückte ihr den Schlüssel in die Hand, den sie umständlich ins Schloss fummelte.

»Was um alles in der Welt ...«, begann sie, als ihr Blick auf Gockel und Brummbär und drei weitere Männer in mit Farbklecksen übersäten Overalls fiel, die mit Eimern, Farbrollen, Pinseln und weiteren Malerutensilien bewaffnet vor ihr standen.

»Der Chef schickt uns«, sagte Greg. »Wo sollen wir anfangen?«

»Ich habe keine Ahnung«, antwortete Posy, als noch mehr Leute in den Laden strömten. »Was ist denn hier bloß los?«

»Du bist nicht die Einzige, die ein Notfallmitarbeiter-Meeting einberufen kann«, erklärte Nina und schlenderte herein.

»Genau dasselbe haben wir gestern Abend im Midnight Bell getan.«

»Das war eher eine Art Kriegsrat«, warf Verity ein, die mit ihren Eltern und zwei ihrer vier Schwestern hereinkam. »Pippa sagt doch immer, dass man mit vereinten Kräften am meisten erreichen kann, deshalb haben wir ein paar Stammkunden gefragt, ein paar Gefallen eingefordert ...«

»Wobei Verity sich wieder mal geweigert hat, den Hörer in die Hand zu nehmen.« Tom schob ein Grüppchen junger Leute herein. »Das sind meine Studenten aus dem Kurs für Lyrik aus dem Ersten Weltkrieg, die für ein paar Bonuspunkte alles tun würden.«

Immer noch mehr Menschen strömten herein – Kunden mit ihren Eltern, Pants, Yvonne und Gary. Der wunderbare Stefan aus dem Deli, die australischen Schankkellner aus dem Midnight Bell, und ganz hinten entdeckte sie Mattie hinter einem riesigen Stapel Tupperware-Dosen und Pippa mit einem Tablet in der einen und einem Klemmbrett in der anderen Hand.

»Ich fasse es nicht«, stieß Posy hervor und drehte sich einmal ungläubig um die eigene Achse. All die Leute, Freunde, Kollegen, Nachbarn und Wildfremde. Posy hatte alle Mühe, nicht in Tränen auszubrechen. Sie stand da, klappte den Mund auf und zu, weil ihr schlicht die Worte fehlten. »Gestern dachte ich noch, dass das Ganze ein Flop auf der ganzen Linie ist, und jetzt ... das.«

Pippa legte ihr den Arm um die Schultern. »›Man kann viele Niederlagen erleben, nur geschlagen geben darf man sich nicht‹, hat Maya Angelou mal gesagt. Kann sein, dass wir die eine oder andere Schlacht verloren haben, aber den Krieg werden wir gewinnen.« Sie strahlte Posy an. »Soll ich die Organisation übernehmen? Die Aufgaben verteilen und all das. Ich habe mir die Freiheit genommen, auf dem Weg hierher ein paar Aufgabenblätter zusammenzustellen.«

Posy nickte lahm. »Bitte. Gern. Tu dir keinen Zwang an.«

Es schien, als hätte jeder etwas zu tun, nur Posy nicht. Tom und Nina teilten die Studenten ein, die sofort mit dem Einräumen der bereits gestrichenen Regale anfingen, andere machten sich bereits daran, die Vorräume auf der rechten Seite zu streichen. Greg sprach Posy ein Lob aus, weil sie »die Regale so sorgfältig abgeschmirgelt und mit Grundierung gestrichen« hatte.

Im Hauptraum hatte eine ganze Armee an Leuten das Mobiliar ausgeräumt – alles, was sich bewegen ließ, stand auf dem Hof – und putzte, schmirgelte und grundierte die Regale.

Es war unglaublich. Unfassbar. Ein wahres Wunder. Aber der vielleicht unglaublichste, unfassbarste, wundersamste Moment war der, als Verity zu ihr kam, als Posy gerade mit der Kurierfirma telefonierte, und ihr energisch den Hörer aus der Hand riss.

»So, Sie hören mir jetzt mal ganz genau zu«, blaffte sie ins Telefon, worauf ihr Vater, der Pfarrer, sicher die Hände gefaltet und ein stummes Gebet gen Himmel gesandt hätte. »Wenn diese Vitrinen nicht bis drei Uhr heute Nachmittag hier stehen, komme ich höchstpersönlich bei Ihnen vorbei und sorge dafür, dass Sie Ihren jämmerlichen Arsch in Bewegung setzen. Ist das klar? Ja? Gut. Sie wollen nämlich nicht erleben, dass ich bei Ihnen aufschlage, das können Sie mir glauben!«

Um Punkt drei Uhr nachmittags wurden die Vitrinen geliefert. Posy redete noch mit dem Mann, der das Schild über dem Laden anbringen sollte, und wollte anschließend Tee, Milch und Kekse für die Helfer besorgen, nachdem Georgio und Toni, die die Imbissbude an der Ecke betrieben, bereits eine Runde Fish and Chips für alle zum Mittagessen spendiert hatten.

Auf dem Weg zu Sainsbury's ließ sie ihren Gedanken freien Lauf. Wenn der Tag zu Ende war, wäre Bookends Geschichte, und es würde nur noch Happy Ends geben. Der ganze Laden. Mit den Nebenräumen. Innerhalb von nur einem Tag. Ehrlich gesagt lagen sie so gut im Zeitplan, dass Greg und Mattie darüber diskutierten, in welchem Zustand wohl der Fußboden unter dem alten, rissigen Linoleum sein mochte. Eines stand jedenfalls fest: Am Montagmorgen würde es keine halbherzige Eröffnung geben.

Es fehlte nur einer: Sebastian. Was auch gut so war. Ehrlich. Sebastian hatte Pippa, Greg und Dave und die Handwerker geschickt und ihr gestern Abend eine geschlagene Stunde geholfen, die verspritzte Farbe aufzuwischen. Aber schon den ganzen Tag über spürte sie seine Abwesenheit mehr denn je. Immer wieder hatte sie innegehalten und sich umgesehen, auf der Suche nach dem großen, schlanken Mann im Anzug mit dem tiefschwarzen Haar, nur um etwas traurig festzustellen, dass er nicht hier war.

Doch plötzlich wurde sie aus ihren Gedanken gerissen, als sie hörte, was eine Frau im Vorbeigehen ihrer Freudin zuflüsterte: »Du lieber Gott, wie läuft denn die herum? Und wieso hat sie lauter Scheißhaufen auf der Hose?«

Auch als sie und Tom um fünf Uhr nachmittags die Sofas wieder aufstellten und Nina und Verity den großen Ventilator anschalteten, damit die restlichen Regale über Nacht trocknen konnten, trug Posy noch immer ihre Schlafanzughose.

»Okay, Leute«, rief sie. »Zeit, dass ihr nach Hause geht.

Das ist ein Befehl!« Die Freiwilligen packten ihre Sachen und zogen von dannen, mit Posys aufrichtigem Dank und einer Einladung zur offiziellen Eröffnungsparty am folgenden Samstag im Gepäck.

»Noch eine Runde in den Pub?«, fragte Nina hoffnungsvoll – samstagabends war sie grundsätzlich auf der Piste.

Posy schüttelte den Kopf. »Ich bin so geschafft, dass ich wohl nicht mal die paar Meter bis zum Midnight Bell auf allen vieren kriechen könnte.«

»Du siehst auch echt fertig aus«, bestätigte Verity. »Geh früh ins Bett. Morgen gibt es nicht mehr allzu viel zu tun, du kannst also ausschlafen. Ich wünschte, ich könnte das auch«, fügte sie bedauernd hinzu, aber sie hatte familiäre Verpflichtungen, und laut Verity hörten ihre Eltern und ihre Schwestern »ums Verrecken nicht auf zu quasseln. Kaum holt einer von ihnen mal Luft, packt der Nächste die Gelegenheit beim Schopf und quasselt weiter, bis ich nicht mehr weiß, wo mir der Kopf steht.« Sie schloss die Augen und seufzte. »Noch ein Tag voll von unendlichem Gequassel. Einen Tag schaffe ich noch. Vierundzwanzig Stunden, dann war's das.«

»Wenn du Lust hast, könnten Sam und ich ja morgen vorbeikommen, und wir gehen gemeinsam mittagessen«, meinte Posy und hielt ihr die Tür auf. »In Islington gibt es einen Pub, der einen tollen Sonntagsbraten auf der Karte hat. Melde dich einfach.«

Nina blieb noch fünf Minuten und versuchte, sie zu einem Gläschen zu überreden, aber Posy blieb standhaft. Schließlich sperrte sie die Ladentür ab und schlurfte nach oben.

Eigentlich hatte sie sich das Wochenende völlig anders vorgestellt. Sie hatte gedacht, sie würde bis zu den Ellbogen in grauer Farbe stecken und nur ab und zu innehalten, um ein paar bittere Tränen zu vergießen. Doch nun hatte sie nichts vor, dafür gab es jede Menge Möglichkeiten, was sie machen könnte. Erstens hatte sie einen ganzen Stapel Romane, mit denen sie noch nicht angefangen hatte, außerdem drei aufgezeichnete Folgen von *Call the Midwife*, im Kühlschrank standen der restliche Pinot Grigio und eine Schachtel Schokoladentrüffel von einer dankbaren Kundin – Posy hatte ihr die antiquarische Ausgabe eines Romans von Florence Lawford besorgt, nach der die Frau jahrelang gesucht hatte.

Es war nicht unbedingt das aufregendste Abendprogramm, aber Posy hatte auch schon deutlich freudlosere Samstage verbracht. Trotzdem saß sie eine halbe Stunde später vor dem Computer und öffnete ein neues Dokument, denn es hatte sich herausgestellt, dass sie noch ein weiteres Happy End brauchte als das, was sie heute bekommen hatte.

Der Wüstling, der mein Herz stahl

Trotz allem, was er ihr angetan hatte, trotz all der Scham und Erniedrigung verzehrte sich Posy immer noch nach Lord Thorndyke. Sie dürstete nach seinen Berührungen, sehnte sich nach seinem Lächeln, fragte sich ein ums andere Mal, ob sie sich seine Zärtlichkeit nur eingebildet hatte.

Trotzdem dachte sie nicht daran, ihm ihre Aufwartung zu machen. Er hätte ihr ohnehin nur die kalte Schulter gezeigt. Und es stand fest, dass sie nicht um seine Liebe betteln, sich nicht von ihm abhängig machen würde. Posy mochte nicht viel besitzen – tatsächlich sah es ganz danach aus, als würde sie das Haus alsbald verkaufen müssen, um sich und Sam vor dem Schuldgefängnis bewahren zu können –, doch sie hatte ihren Stolz.

Und so kam er stattdessen zu ihr. Es war ein stürmischer Abend; der Wind heulte, und Regen prasselte gegen die Fenster. Alle Bediensteten, selbst Little Sophie, hatte Posy mittlerweile entlassen müssen, und als sie das Klopfen an der Tür hörte, musste sie wohl oder übel selbst öffnen, auch wenn sie befürchtete, dass sie sich wahrscheinlich nur wieder einem Gerichtsvollzieher gegenübersehen würde.

Angst und Beklommenheit schnürten ihr die Kehle zu, während sie den schweren Schlüssel drehte, doch als sie die Tür öffnete, stand zu ihrer Überraschung Thorndyke vor ihr. Seine Kleidung war komplett durchweicht; Wasser tropfte von seinen rabenschwarzen Locken, und in seinen Augen stand nichts als pure, nackte Verzweiflung. In letzter Sekunde stellte er seinen bestiefelten Fuß in die Tür, bevor Posy sie ihm vor der Nase zuschlagen konnte.

»Nein! Schenken Sie mir wenigstens Gehör«, stieß er heiser hervor.

»Bei allem Respekt, Sir, ich glaube nicht, dass Sie irgendetwas sagen könnten, was ich gerne hören würde.«

»Das mag ja sein, aber ich will, dass Sie es wissen. Dass ich Sie liebe, über alles liebe! So sehr, dass ich allmählich den Verstand verliere! Deshalb habe ich Sie aufgesucht – um Sie zu bitten, mich von meinem Elend zu erlösen. Und wenn Sie meine Liebe trotzdem nicht erwidern können, werde ich London verlassen, mich auf meinen Landsitz zurückziehen und nie wieder Ihre Schwelle mit meinem Schatten verdunkeln. Aber mein Herz, mein Herz wird Ihnen für immer und ewig gehören.«

Posy legte die Hand auf ihre Brust, unter der ihr eigenes Herz bebte wie nie zuvor (Anm.: Jetzt darf doch wohl ruhig mal wieder gebebt werden, oder?). »Sir! Geht es Ihnen nicht gut?«, fragte sie, da er offensichtlich im Fieberwahn sprach.

»Hast du mir nicht zugehört, Weibsbild? Ich liebe dich so sehr, dass ich keinen klaren Gedanken mehr fassen kann, nicht mehr weiß, wer ich bin! Ja, bestimmt kein Mann, der deiner Zuneigung würdig ist – aber könntest du meine Liebe nicht wenigstens ein kleines bisschen erwidern?«

»Niemals könnte ich …«, gab sie zurück, doch diese Worte waren nichts als Gewohnheit, kamen nicht aus ihrem Herzen. Konnte sie sich tatsächlich ein Leben ohne diesen unmöglichen Mann vorstellen? Ein abgrundtief ödes, tiefgraues Dasein, das …

Er hatte ihrem Körper Melodien entlockt, die sie nie zuvor

gekannt hatte, und ohne ihn würde sie wieder in gähnender Stille versinken.

»Vielleicht, Sir, könnte ich Sie lieben«, sagte sie. »Vielleicht könnte ich mich Ihnen hingeben. Vielleicht könnte ich Ihnen mein Herz anvertrauen, das Ihnen ja längst …«

Nein! Nein! Nein! NEIN-NEIN-NEIN-NEIN-NEIN-NEIN-NEIN!!!!

Genug jetzt! Schluss mit diesem Unsinn, sagte Posy sich streng und fing an, jede einzelne Zeile, jedes einzelne Wort zu löschen.

Das hier war nicht die Realität, sondern bloß eine idiotische Sehnsucht, völlig sinnlos und vergeblich noch dazu. Etwas, das sie zu schreiben begonnen hatte, um ihren Frust über Sebastian loszuwerden, ohne ihm körperlichen Schaden zuzufügen. Aber irgendwann war eine Liebesgeschichte daraus geworden, eine komplett übertriebene, künstlich aufgeblasene Liebesgeschichte. Aber eben eine Liebesgeschichte.

Eigentlich verdiente Sebastian es gar nicht, das Objekt ihrer hormongesteuerten Fantasien zu sein; schließlich hatte er seit Lavinias Tod doch bloß versucht, ihr unter die Arme zu greifen und zu helfen. Ja, er hatte ihr geholfen und war dabei schrecklich unhöflich und gemein gewesen, trotzdem – er war Sebastian, und sie hatte ihn unfreiwillig zum Helden ihrer peinlichen Schmonzette gemacht. Und dabei noch nicht einmal seinen Namen geändert!

Wie hatte die Geschichte überhaupt eine so besorgniserregende Wendung nehmen können? Hatte sie etwa Gefühle für ihn? Natürlich empfand sie etwas für ihn! Solange sie denken konnte – die gesamte Bandbreite des Alphabets von A wie ärgerlich bis Z wie zittrig – anders konnte sie wohl kaum das Gefühl beschreiben, das sie überkam, wenn sie sich hitzige Wortgefechte lieferten wie die Volleys im letzten Satz eines Wimbledon-Matches.

Plötzlich war da so eine Spannung zwischen ihnen gewesen, wie sie sie noch nie erlebt hatte. Sie hatten Händchen gehalten, sogar ziemlich ausgiebig, und dann hatte Sebastian ihr Gesicht umfasst und sich vorgebeugt, und Posy hätte schwören können, dass er sie gleich küssen würde. Beim Gedanken daran machte ihr Herz einen komischen kleinen Satz. Wie hätte sie wohl reagiert, wenn er es tatsächlich getan hätte?

Darüber brauchte sie keine Sekunde nachzudenken. Sie hätte seinen Kuss erwidert, aber dann hätte Sebastian sie weggestoßen und irgendetwas Gemeines gesagt, weil alles nur ein grausamer Scherz gewesen wäre. Er hatte bestenfalls Mitleid mit ihr, die Art von Mitleid, die man für eine nervige kleine Schwester empfand; abgesehen davon konnte sie definitiv nicht mit den Frauen konkurrieren, mit denen er sich sonst umgab. Dafür war ihr Leben viel zu chaotisch, zu unorganisiert. Außerdem tat sie doch die ganze Zeit nur so, als wäre sie erwachsen. Nach allem, was sie sich während der letzten Wochen geleistet hatte, drängte sich doch der Verdacht auf, dass sie sich emotional kein Stück weiterentwickelt hatte, sondern immer noch das einundzwanzigjährige Mädchen war, das an einem warmen Sommerabend plötzlich seine Eltern durch einen Unfall verloren hatte.

Weshalb sollte ein Mann, noch dazu einer wie Sebastian Thorndyke, sich ausgerechnet mit jemandem wie ihr einlassen wollen?

Es war also allerhöchste Eisenbahn, dem Ganzen einen Riegel vorzuschieben. Ende der Geschichte. Löschen. Löschen. Löschen.

Posy zog die Schublade auf und kramte hektisch nach dem USB-Stick. Erst wenn sie alle Beweise beseitigt hatte, würde sie wieder Ruhe finden. Aber die Sticks sahen irgendwie alle gleich aus – beim letzten Besuch in einem Elektromarkt hatte sie gleich einen ganzen Vorrat gekauft. Als sie ihn endlich gefunden hatte und ihn einsteckte, stand ihr der kalte Schweiß auf der Stirn und ihre Hände zitterten.

Auf dem Stick befand sich keine einzige Seite von *Der Wüstling, der mein Herz stahl,* sondern diverse InDesign-Dokumente mit der Grafik von Ninas Tattoo-Künstler für ihr Logo. Das hatte noch nichts zu bedeuten, denn Sam hatte die Daten an mehrere Stellen geschickt – an die Druckerei für das Briefpapier, an die Firma, bei denen sie die Tragetaschen bestellt hatten. Es hatte nichts zu bedeuten. Deshalb gab es auch keinen Grund dafür, dass Posy plötzlich das Gefühl hatte, keine Luft mehr zu bekommen.

»Scheiße! Scheiße! Scheiße!«, murmelte sie, ehe sie anfing, sämtliche USB-Sticks in der Schublade zu überprüfen.

Auf keinem war *Der Wüstling, der mein Herz stahl* abgespeichert. Posy stand auf, fegte durch die Wohnung, durchsuchte sämtliche Schubladen, Porzellanschälchen und Blechdosen, doch das Einzige, was sie fand, waren alte Knöpfe und Haarspangen.

Sie spürte, wie ihr die Tränen kamen. Und plötzlich hatte sie das Gefühl, sich gleich übergeben zu müssen, denn es gab nur einen sehr plausiblen und offensichtlichen Grund, weshalb sie den USB-Stick nicht finden konnte, auf dem all ihre kranken Fantasien abgespeichert waren: Sie hatte ihn Sebastian gegeben.

Posy stürzte zum Kühlschrank, nahm die Weinflasche heraus, goss eine große Menge in einen Kaffeebecher und kippte sie in einem Zug hinunter. Eigentlich trank man in

Situationen wie diesen ja einen Brandy, aber sie hatte noch nie welchen probiert, deshalb würde der Pinot Grigio reichen müssen.

Als Nächstes machte sie sich erneut auf die Suche, die ebenfalls ergebnislos verlief. Schließlich setzte sie sich auf die Treppe und überlegte, ob sie Sebastian anrufen sollte. Es war Samstag. Wahrscheinlich hatte er sich den Inhalt des USB-Sticks sowieso noch nicht angesehen. Sie könnte einfach in seine Wohnung nach Clerkenwell fahren, die Sticks austauschen und beruhigt nach Hause zurückkehren.

Ganz einfach.

Sie zog ihr Handy heraus und scrollte durch ihre Kontakte bis zu Sebastians Nummer.

Aber was, wenn er den Stick doch eingesteckt und das Dokument entdeckt hatte? Wenn seine Neugier gesiegt hatte? Sebastian war schrecklich neugierig, das wusste jeder. Was wäre dann?

Gütiger Gott, sie wagte es nicht einmal, auch nur daran zu denken.

Um sich Mut zu machen, nahm sie noch einen Schluck aus der Tasse und stützte den Kopf in die Hände. Erst nach einer Weile hörte sie ein Klopfen. Jemand war unten an der Tür. Hoffentlich war es Nina, die sich im Midnight Bell ein paar Drinks gegönnt hatte und nun Verstärkung brauchte. Nina würde wissen, was zu tun war.

Posy ging die Treppe hinunter und durchquerte den Laden, doch die Gestalt vor der Tür sah eindeutig nicht nach Nina aus. Absolut nicht.

20

Posys Hände zitterten, wie sie noch nie zuvor gezittert hatten, als sie die Tür aufschloss. Am liebsten hätte sie kehrtgemacht, wäre nach oben in ihr Zimmer gelaufen und hätte sich die Decke über den Kopf gezogen.

»Oh, hallo, Sebastian«, sagte Posy, wobei ihr der schrille Unterton in ihrer eigenen Stimme nicht entging. »Das ist ja eine Überraschung.«

Er war ganz in Schwarz gekleidet. Mit entschlossener Miene trat er über die Schwelle des Ladens, machte die Tür zu und drehte den Schlüssel um.

Posy lehnte sich gegen den Tisch in der Mitte des Raums und umklammerte die Kante. Ihre Hände fühlten sich schweißnass an. »Ein bisschen spät für einen Besuch, findest du nicht?«

Sebastian, der immer noch kein Wort gesagt hatte, musterte Posy mit zur Seite geneigtem Kopf. Er schien nicht wütend zu sein, machte aber auch nicht den Eindruck, als würde er sich am liebsten über Posy und ihre albernen literarischen Ergüsse vor Lachen ausschütten.

Vielleicht hatte er sie ja doch nicht gelesen und war tatsächlich einfach so vorbeigekommen.

»Gut, dass du hier bist«, sagte sie ein wenig verzweifelt. »Ich glaube, ich habe dir gestern Abend den falschen USB-Stick gegeben. Der richtige liegt oben. Den anderen brauchst du dir gar nicht anzusehen, es ist nichts Wichtiges drauf. Absolut nichts Wichtiges. Nichts, was dich interessieren würde, aber es …«

»Im Mondlicht unter Ihrem Fenster, wie es Shakespeare einst in Worte fasste«, sagte Sebastian und trat einen Schritt auf Posy zu, deren Augen sich vor Schreck weiteten. »Sie sehen reizend aus, verehrte Miss Morland. So anbetungswürdig derangiert.«

Oh nein! Nein! Nein! Nein! NEIN-NEIN-NEIN-NEIN-NEIN-NEIN-NEIN!

Posy bemühte sich um ein unbeschwertes Lachen, das ihr jedoch im Halse stecken blieb. Ihr Herz hämmerte wie bei einem Marathonläufer kurz vor der Zweiundvierzig-Kilometer-Marke. »Bist du betrunken?«, stammelte sie, während er immer noch auf sie zukam. »Ich denke, du solltest jetzt lieber gehen, Sebastian. Es ist schon spät, und ich bin hundemüde. Außerdem ist heute Samstag. Du hast doch bestimmt ein heißes Date.«

Sebastian kam noch ein Stückchen näher. Er ließ sich alle Zeit der Welt dabei. »Ich bin der Dirnen, der Kurtisanen und der Frauen anderer Männer überdrüssig.« Er musste jedes einzelne grauenvolle Wort, das sie geschrieben hatte, auswendig gelernt haben. Voller Entsetzen starrte sie ihn an und kämpfte dabei gegen einen Anfall von Ohnmacht an, denn plötzlich war es im Laden, trotz des Ventilators in der Ecke, drückend heiß geworden. Posy glühte förmlich. O Gott, und er roch so gut. »Aber Ihrer überdrüssig zu werden kann ich mir nicht vorstellen – und deshalb werde ich nicht ruhen, ehe Sie mir gehören.«

Posy trat um den Tisch herum und hob eine Hand, um Sebastian abzuwehren, auf dessen Gesicht ein Lächeln getreten war, das mindestens ebenso teuflisch war wie das seines Pendants aus Posys Liebesromanze. »Bitte, Sebastian, du musst jetzt wirklich gehen«, flehte sie, doch als sie sich umwandte und fliehen wollte, packte er sie am Arm, zog sie an sich und … küsste er sie etwa auf die Wange? Ja. Seine Lippen streiften hauchzart über ihr Gesicht, während sie sich außerstande sah, sich vom Fleck zu rühren. Sie wollte zurückweichen, doch der Befehl ihres Gehirns schien nicht in ihren Beinen anzukommen.

»Laufen Sie nur, Miss Morland. Die Jagd bringt mein Blut erst so richtig in Wallung«, flüsterte Sebastian ihr ins Ohr und küsste erneut ihre glühend heiße Wange – er hatte diese schrecklichen Zeilen gelesen und daraus geschlossen, dass sie in den letzten Wochen Gefühle für ihn entwickelt hatte, und jetzt bildete er sich ein, er könnte herkommen und sich einfach über sie lustig machen. Als wäre das Ganze ein Riesenspaß.

»Nicht!« Posy versuchte, sich ihm zu entziehen, doch seine Arme hatten sich um ihre Taille geschlungen. »Das ist nicht witzig, sondern es tut mir weh. Bitte lass das!«

Sebastian ließ die Arme sinken. Posy wünschte, er würde irgendetwas sagen, seine Rolle verlassen. Sie wünschte, er würde sie aufziehen, ihr irgendetwas an den Kopf werfen, was sie mit einer flapsigen Bemerkung quittieren könnte – so wie sie es früher getan hatten. Doch Sebastian nahm ihre Hand, drehte sie um und drückte einen Kuss auf ihre Handfläche, während Posy ihn argwöhnisch beobachtete.

Er runzelte die Stirn – vielleicht war ihre Hand ja so schweißnass, dass er abzurutschen drohte. Das würde erklären, weshalb er stattdessen ihren Mundwinkel küsste. »Wenn ich es nicht tue, finde ich keinen Seelenfrieden mehr«, sagte er und küsste sie erneut. »Ich kann an nichts anderes mehr denken als daran, Sie mit Haut und Haar zu besitzen.«

»Okay, das reicht jetzt«, sagte Posy und schob Sebastian von sich, ohne einen Gedanken an seinen Anzug zu verschwenden. »Ich hätte das nicht schreiben dürfen. Ehrlich gesagt habe ich es auch gar nicht getan. Ich habe es für eine Freundin Korrektur gelesen und fand die Idee ganz nett, einfach die Namen auszutauschen. Was ein Fehler war. Ja gut, es war ein Fehler …«

»Wie könnte ich Sie in Ruhe lassen bei meinen Seelenqualen?« Das Gemeinste daran war, dass er sich anhörte, als würde er es tatsächlich ernst meinen. Vielleicht lag es auch an der Art, wie er auf sie zukam, ganz langsam, wie ein geschmeidiger Panther, in dessen Augen das gierige Funkeln eines Raubtiers lag.

»Du hast mich im Lauf der Jahre ziemlich drangsaliert.« Entrüstet stemmte sie die Hände in die Hüften. »Ich glaube, das hier ist noch schlimmer als damals, als du mich in den Kohlenkeller gesperrt hast. Du bist ein absoluter Mistkerl!«

»Ach, halt einfach den Mund, Morland.« Unvermittelt hatte Sebastian seine Maske fallen lassen. »Ich versuche ernsthaft, dich zu verführen, also lass dich gefälligst verführen!«

Seine Worte schienen ihn selbst ebenso zu schockieren wie Posy, doch dann lagen ihre Arme mit einem Mal um seinen Hals. Ihr war bewusst geworden, wie schön es wäre, von ihm verführt zu werden. Sogar sehr schön. »Tja, wenn das so ist, dann los, verführ mich eben, verdammt noch mal!«

Und genau das tat er auch. Er küsste Posy, und sie erwiderte seinen Kuss. Sebastians Mund war so wunderbar, wenn ausnahmsweise einmal keine Boshaftigkeiten aus ihm herausdrangen. Er war sanft, aber fordernd, spielerisch, aber leidenschaftlich, und Posy ertappte sich bei dem Gedanken, dass sie am liebsten nie wieder aufhören würde, ihn zu küssen, auch dann nicht, als sie sich, immer noch eng umschlungen, durch den Laden die Treppe hinaufkämpften.

Nur für einen kurzen Moment ließen sie voneinander ab, als sie auf halber Höhe der Treppe innehielten, um Atem zu schöpfen, und Sebastian mit zitternden Fingern Posys geblümte Bluse aufknöpfte. »Ich zittere«, sagte er mit einem verschmitzten Grinsen. »Beben und vibrieren, aber hauptsächlich zittern.«

»Halt den Mund«, sagte Posy. »Ich will kein Wort von *Der Wüstling, der mein Herz stahl* aus deinem Mund hören.«

»Dann solltest du mich wohl lieber küssen«, sagte Sebastian, und genau das tat sie. Doch als sie es zu ihrem Bett geschafft hatten, sich gegenseitig die Kleider vom Leib rissen und Sebastian sich vorbeugte, um das kleine Muttermal über ihrem Bauchnabel zu küssen, murmelte er: »Im Gegensatz zur landläufigen Meinung ist das Wort ›Nein‹ sehr wohl Teil meines Wortschatzes. Deshalb frage ich dich jetzt ganz höflich und nett, ob du mir die rosige Pforte zwischen deinen samtenen Schenkeln öffnest, Morland?«

»Du bist ein sehr, sehr böser Mann«, sagte Posy und begann sich genüsslich unter ihm zu rekeln. »Aber wo du sowieso schon auf halbem Wege bist, habe ich nichts dagegen einzuwenden.«

»Das war echt gut«, sagte Sebastian danach. »Sogar sehr gut. Was dir an Erfahrung fehlt, machst du durch deine Begeisterung wieder wett, Morland.«

Posy fühlte sich, als würde sie in einer Blase der Euphorie schweben. Sebastian lag neben ihr und strich ihr übers Haar, allerdings zwangen ihn immer wieder verknotete Strähnen, innezuhalten. »Wohingegen du ja genug von beidem hast«, gab sie zurück, doch dann schwieg sie, weil sie nicht recht wusste, was sie sagen sollte. Es war eine ganze Weile her, seit sie das letzte Mal mit einem Mann im Bett gelegen hatte, und sie war nicht sicher, was jetzt passieren sollte: Eine ausgedehnte Unterhaltung darüber, was gerade vorgefallen war, die unweigerlich zu der Frage führen würde, wie es jetzt weitergehen sollte? Was unweigerlich zu einer Auseinandersetzung führen würde, an deren Ende entweder Sebastian aufspringen und verschwinden oder Posy ihn an die frische Luft setzen würde, und genau das wollte sie nicht – nicht zuletzt, weil sie sich kaum bewegen konnte.

Doch ab jetzt würde es ziemlich kompliziert werden oder sogar richtiggehend peinlich, immerhin war in der Vergangenheit einiges zwischen ihnen vorgefallen. O Gott, sie hatte mit Sebastian Sex gehabt, und nun würde sie nur ein weiterer Name auf der langen Liste der Frauen werden, die er abserviert hatte, weil gerade eine hübschere seinen Weg kreuzte.

Ihre Euphorie verflog schlagartig. Stattdessen spürte sie Panik aufsteigen, doch bevor sie ihre Beine, die immer noch aus Watte zu bestehen schienen, überreden konnte, ihren Dienst wieder aufzunehmen, schlang Sebastian die Arme um sie und raunte ihr ins Ohr: »Ich will ja kein Stimmungskiller sein, aber ich bin völlig ausgetrocknet. Könntest du mir vielleicht eine Tasse von deinem ungenießbaren Tee machen?«

»Wieso sollte ich, wenn er ohnehin ungenießbar ist?«, schnappte Posy, doch seltsamerweise waren weder die unangebrachte Bemerkung über ihre Fähigkeiten bei der Teezubereitung noch ihre patzige Erwiderung ein Stimmungskiller. Auch dann nicht, als Posy unter der Bettdecke in ihren Morgenrock schlüpfte. Denn obwohl sie gerade Sex gehabt hatten, war sie nicht bereit, splitternackt vor ihm durchs Zimmer zu tänzeln. Es war nun einmal ihre Art, sich gegenseitig aufzuziehen und sich Beleidigungen an den Kopf zu werfen, und dass sich auch jetzt, *danach*, nichts daran geändert hatte, war eine enorme Beruhigung.

Zur Feier des Tages nahm sie die edlen Clipper-Teebeutel, goss frische Vollmilch in die Becher und arrangierte sogar ein paar Kekse auf einem Teller. Sie trug das voll beladene Tablett in ihr Zimmer, wo Sebastian immer noch scheinbar bester Dinge in ihrer Blümchenbettwäsche von Marks & Spencer lümmelte.

»Du warst viel zu lange weg«, beschwerte er sich. »Ich habe dich schrecklich vermisst«, fügte er gerade hinzu, als Posy ihm erklären wollte, dass ein Wasserkessel nun mal seine Zeit brauchte.

»Ich war doch bloß fünf Minuten weg«, protestierte sie und reichte ihm einen der Becher, wobei sich ihre Finger berührten. Augenblicklich spürte Posy ein Prickeln, das durch ihren ganzen Körper lief, von den Zehen bis in ihre Haarspitzen, die sich anfühlten, als stünden sie unter Strom. Was wahrscheinlich auch genauso aussah, nach allem, was sie und Sebastian zwischen den Laken veranstaltet hatten.

»Ich kenne niemanden, der so schnell und häufig rot wird wie du«, bemerkte Sebastian, als Posy ihren Morgenrock abstreifte und unter die Decke glitt. »Und dass du überall rot wirst, macht es noch hinreißender ... und ich meine wirklich überall.«

Im Gegensatz zu Posy schien Sebastian nicht einmal ansatzweise verlegen zu sein. Stattdessen war es für ihn offenbar völlig normal, in einem fremden Bett zu liegen. Posy dachte an all die anderen Frauen. Keine von ihnen war lange geblieben, aber sie und Sebastian waren Freunde ... und

Posy wusste noch nicht einmal, wie sie bezeichnen sollte, was sie jetzt waren.

»Du denkst wieder mal laut, Morland.« Sebastian stellte seinen Becher ab und küsste Posys Schulter. »Davon bekomme ich Kopfschmerzen.«

»Ich fand es schrecklich, dass wir nicht miteinander geredet haben«, platzte Posy heraus. »Als du nicht mehr vorbeigekommen bist. Und wenn das hier bedeutet, dass es jetzt wieder so ist, weil du ja nicht gerade ein glückliches Händchen mit Langzeitbeziehungen hast, ist es vielleicht besser, wir sorgen gleich jetzt für klare Verhältnisse. Wir einigen uns einfach darauf, dass es ein kurzer Moment der Unbedachtheit war und dass es besser für uns beide ist, wenn wir …«

»Heiraten«, sagte Sebastian. »Vor allem jetzt, da ich dich ja schamlos ausgenutzt habe. So läuft es doch in deinen grauenvollen Romanzen, stimmt's?«

»Sie sind nicht grauenvoll«, widersprach Posy. »Na ja, der Roman, den ich geschrieben habe, ist es schon. Aber bin in Wahrheit nicht ich diejenige, die dich schamlos ausgenutzt hat und … Moment mal! Noch mal zurück zum Anfang. Hast du gerade … Hast du mir gerade einen *Antrag* gemacht?«

»Ich muss dich noch mal fragen, Morland, ob du mir jemals zuhörst. Mir gefällt es eigentlich ganz gut, den romantischen Helden zu spielen«, erklärte Sebastian, während Posy versuchte, sich aufzusetzen. »Hör endlich auf mit diesem Gezappel! Allerdings solltest du wissen, dass ich nicht die Oberarmmuskeln habe, um dich auf mein Pferd zu heben. Abgesehen davon kann ich auch gar nicht reiten, aber wir müssen trotzdem heiraten.«

Das genügte. Posy löste sich aus seiner Umarmung und

starrte ihn an. Er machte nicht den Eindruck, als wollte er sie auf den Arm nehmen, sondern wirkte todernst. »Wieso um alles in der Welt sollten wir das tun?«, fragte sie.

Sebastian setzte sich auf und schob sich ein Kissen in den Rücken. Dann kreuzte er die Arme vor der Brust und seufzte, als hätte er keine Ahnung, wieso Posy sich so anstellte. »Also, Lavinia hat dich heiß und innig geliebt – genauso wie mich, was erklärt, weshalb sie nicht die beste Menschenkenntnis hatte. Genau das habe ich versucht, dir gestern Abend zu erklären.«

»Was? Daran erinnere ich mich überhaupt nicht.«

»Noch mal – ich muss dir leider sagen, dass du mir einfach nie richtig zuhörst.« Betrübt schüttelte Sebastian den Kopf. »Wir haben doch darüber gesprochen. Du hast das Gefühl, die ganzen letzten Jahre geschlafen zu haben, und Lavinia hat mir die ganze Zeit zu erklären versucht, dass du noch nicht bereit dafür warst aufzuwachen. Was denkst du: Wieso hat sie mir wohl das Grundstück und dir den Laden hinterlassen?«

»In dem Brief stand, wir sollten Freunde werden.« Posy lächelte. »Und dass ich dir von Zeit zu Zeit die Ohren lang ziehen soll.« Posys Miene wurde ernst. Wann immer die Rede auf Sebastian gekommen war, hatte Lavinia ärgerlich, aber auch liebevoll den Kopf geschüttelt. *Der Junge ist einfach unmöglich. Er hat ein Herz aus Gold, keine Frage, aber was nützt das, wenn man es so gut versteckt?* Das waren immer ihre Worte gewesen. Aber dann ... »Sie hat mir mehrmals gesagt, dass du einfach nur die richtige Frau an deiner Seite brauchst. Eine, die dich wirklich liebt.«

»Du warst nicht die Einzige, die einen Brief bekommen hat.« Sebastian schälte sich aus dem Laken, um auf dem Fußboden nach seiner Hose zu tasten. Er zog seine Brieftasche heraus und hielt ihr ein cremefarbenes gefaltetes Blatt Papier hin. »Hier.«

Lavinias Handschrift in dunkelblauer Tinte zu sehen schmerzte immer noch ein wenig; so wie in den Momenten, wenn Posy ganz hinten in einer Schublade eine von Lavinias Listen fand und ihr die Trauer um sie einen Stich versetzte.

Lieber Sebastian,

mein lieber, lieber Junge. Es ist so schwer, Auf Wiedersehen zu sagen. Bitte sei dir stets gewiss, wie sehr ich dich liebe. Weil ich dich so liebe, wünsche ich mir, dass du glücklich wirst – und rein zufällig weiß ich, dass es nur einen Menschen gibt, der dir wahres Glück schenken kann.

Posy.

Noch ist sie nicht bereit, Sebastian, weil sie nach wie vor in ihrer Trauer gefangen ist. Aber ich weiß, wie wir es schaffen können, dass sie wieder zu sich selbst findet. Und wenn das erst geschehen ist, wird sie auch zu dir finden.

Das ist einer der Gründe, weshalb ich Bookends ihr vermache, aber nicht der einzige. Es ist ihr Zuhause, und ich habe ihr und Sam nach dem Tod ihrer Eltern versprochen, dass es das auch immer bleiben wird. Ich weiß, dass die Geschäfte furchtbar schlecht laufen, und Posy ist nun diejenige, die den Laden wieder auf die Erfolgsspur bringen muss. Aber ich bin zuversichtlich, dass ihr das gelingen wird. Dass sie es schafft, Bookends neues Leben einzuhauchen. Sie muss begreifen, dass sie stark ist und auf eigenen Füßen stehen kann, und wenn sie das erst weiß, kriegt sie alles in den Griff. Selbst dich, mein Liebling.

Dir habe ich das Grundstück hinterlassen, weil es die perfekte Methode ist, euch einander näher zu bringen. Hilf ihr,

so gut du nur kannst, Sebastian, aber bevormunde sie nicht.
Sollte das Ganze in die Hose gehen oder gar der Gerichts-
vollzieher vor der Tür stehen, biete ihr Unterstützung und Rat
an, aber lass ihr den Raum und die Zeit, die sie braucht.

Ihr beide werdet am Ende zueinanderfinden, und wenn ihr
nur halb so glücklich werdet, wie Perry und ich es waren, habt
ihr viele wunderbare Jahre vor euch.

Ich zähle auf dich. Lass mich nicht im Stich, Sebastian.

Auch wenn ich vielleicht schon bald nicht mehr hier sein
werde, höre ich niemals auf, dich zu lieben.

Lavinia

Posy hatte Mühe, die letzten Zeilen zu lesen. Die Worte verschwammen vor ihren Augen, während ihr die Tränen über die Wangen liefen und von der Nasenspitze tropften. Sebastian hatte durchaus recht gehabt mit seinem Urteil, dass sie nicht zu denjenigen gehörte, die selbst dann noch hübsch waren, wenn sie bitterlich weinten.

»Sie hat dich wirklich sehr geliebt, Sebastian«, sagte Posy. Zumindest das stand fest, wohingegen Posy keine Ahnung hatte, was sie zu all den anderen Dingen sagen sollte, die Lavinia geschrieben hatte.

»Und dich hat sie auch von Herzen geliebt, Posy. Wäre sie jemand, der gerne wettet, hätte sie Geld darauf gesetzt, dass wir eines Tages ein Paar werden. Das hat sie immer gesagt. Es war ihr innigster und letzter Wunsch, Morland.«

»Bist du sicher? Einer von Lavinias letzten Wünschen war auch der, dass du mich nicht bevormundest. Aber was das angeht, hast du auf ganzer Linie versagt.«

Sebastian tat so, als würde er sich an seinem Tee verschlucken. »Das stimmt doch gar nicht. Das war ein Zeichen wahrer Liebe. Und wie oft bin ich vorbeigekommen und habe versucht, dir aus der Patsche zu helfen, dabei hast du das längst selbst erledigt. Du bist eine Frau, die ihr Leben im Griff hat, Morland.« Der Blick, den er ihr zuwarf, löste eine Flut an Empfindungen in den Teilen ihres Körpers aus, die sich definitiv noch in der Erholungsphase befanden. »Genauso, wie Lavinia es vorhergesehen hat.«

»Trotzdem ist das nicht mal annähernd ein Grund zu heiraten. *Heiraten!*« Posy zog sich die Decke über den Kopf, um Sebastian nicht ins Gesicht sehen zu müssen, auf dessen Miene sich dieselbe Mischung aus Entrüstung und Zärtlichkeit abzeichnete, die sie von Lavinia kannte.

»Ich finde, das ist sogar ein ganz ausgezeichneter Grund zu heiraten. Aber ich habe durchaus auch noch andere. Willst du sie hören?«, fragte er eifrig.

»Nein«, rief Posy unter der Decke.

»Entschuldigung, aber ich kann dich nicht hören, Morland. War das ein Ja? Also: Erstens gehst du ganz wunderbar mit Sam um, was darauf schließen lässt, dass du eines Tages eine gute Mutter sein wirst, auch wenn wir nicht gleich am Anfang welche bekommen sollten. Erst wenn er angefangen hat zu studieren und du, keine Ahnung, einunddreißig bist oder so. Zwei oder vier Kinder wären ideal, habe ich mir überlegt – keine ungeraden Zahlen, weil sich sonst immer einer ausgeschlossen fühlt. Und auf keinen Fall ein Einzelkind. Ich bin Einzelkind, und du siehst ja selbst, was aus mir geworden ist.«

Posy zog die Bettdecke zur Seite, setzte sich auf und verpasste ihm einen Hieb auf den Oberarm – nicht fest, trotzdem verzog Sebastian schmerzverzerrt das Gesicht und rieb sich den Arm. »Redest du gerade über die Anzahl unserer gemeinsamen Kinder?«

»Natürlich bekommen wir Kinder. Es wäre doch schade, dein gebärfreudiges Becken ungenutzt zu lassen! Außerdem – nur fürs Protokoll – du hast echt Wahnsinnsbrüste!« Und da sie sich ohnehin direkt vor seiner Nase befanden, nutzte Sebastian die Gunst der Stunde, mit dem Daumen über eine ihrer rosafarbenen Brustwarzen zu streichen. Schlagartig war Posys Gehirn wie vernebelt. »Graf Jens von Uppsala ist aber nicht mehr aktuell, oder?«

»Du kannst es einfach nicht lassen, sondern musst ständig aus diesem grauenhaften Buch zitieren, was?«

»Genau. Ich habe das ganze Werk auswendig gelernt. Und es ist überhaupt nicht grauenhaft. Sondern ein erster Entwurf. Etwas, an dem noch gearbeitet wird. Ich fand es ziemlich fesselnd. Außerdem hat mir dieser Lord Sebastian Thorndyke gut gefallen. Er ist so fordernd und dynamisch.« Sebastian wandte sich ihrer anderen Brust zu, bis Posy seine Finger wegschlug und sich die Decke bis zum Hals hochzog. »Das heißt, du triffst dich also immer noch mit ihm?«

»Wir sind ... genauer gesagt, Jens ist zu dem Schluss gelangt, dass wir besser Freunde sein sollten.« Das Ganze hier führte doch zu nichts. Nie im Leben. Heiraten würden sie jedenfalls nicht, so viel stand fest ... »Und was ist mit dir und Yasmin?«

»Seit dem Räumungsverkauf habe ich sie nicht mehr gesehen. Sie hat mir eine SMS geschickt, es wäre ihr alles zu viel.« Sebastian drehte sich um, sodass er bäuchlings auf der Decke lag und den Kopf in Posys Schoß legen konnte. »Jetzt bist du dran, mir die Haare zu streicheln, Morland«, sagte er und seufzte wohlig, als Posy gehorchte. »Wie du also siehst, komme ich mit Frauen überhaupt nicht gut zurecht.«

Posy hielt inne. »Du warst mit Tausenden von Frauen aus, Sebastian!«

»Erstens sollst du nicht aufhören, und zweitens waren es keine Tausende. Auch keine Hunderte. Nicht mal hundert. Ich habe kein Problem, mit Frauen ins Gespräch zu kommen, das stimmt, aber dann habe ich keine Ahnung, was ich mit ihnen anfangen soll«, gestand er leise. »Meine ganze Kindheit über haben mich meine Großeltern und eine ganze Armee von Kindermädchen betüddelt, meine sämtlichen Stiefväter konnten mich nicht ausstehen, dann hat man mich in ein Jungen-Internat abgeschoben, wo ich mit all den anderen Strebern Computerspiele gespielt habe, bis ich viereckige Augen hatte. Mit achtzehn war ich an der Uni, wo plötzlich all diese Mädchen hinter mir her waren, ohne dass ich einen Finger dafür rühren musste. Deshalb habe ich mich natürlich nie sonderlich angestrengt, allerdings bin ich nicht sicher, ob das letztlich so gut war.«

»So ungern ich es auch sage, aber du bist wunderschön und steinreich, und Lavinia hatte völlig recht: Du hast ein sehr großes Herz – zumindest, wenn du jemanden an dich heranlässt. Deshalb ist es nur logisch, dass die Mädchen sich für dich interessiert haben.«

»Ich bin überhaupt nicht schön«, widersprach Sebastian. »Schönheit ist nichts, was ein Mann anstrebt.« Er hob seinen Arm. »Außerdem bin ich ein Spargeltarzan. Das mag ja ganz praktisch sein, wenn man gerne Anzüge trägt. Aber du solltest mich mal in Jeans und T-Shirt sehen. Ich sehe aus, als käme ich gerade frisch aus dem Hungerstreik.«

»Ich fand dich immer wunderschön«, gestand Posy. »Bis zu dem Tag, als du mich im Kohlenkeller eingesperrt hast.«

»Lass gut sein, Morland«, meinte Sebastian. »Ich kann einfach nicht mit Frauen. Ich meine, wenn ich ein Mädchen gern mag ... so richtig gern, meine ich ... knalle ich ihr am Ende bloß gemeine Beleidigungen vor den Latz, statt ihr meine Gefühle zu gestehen. Ich bin ein hoffnungsloser Fall.«

»Sebastian, du knallst *jedem* Beleidigungen vor den Latz.«

»Das stimmt nicht. Ich kann manchmal taktlos sein, das ist wahr, aber sobald ich in deiner Nähe bin, verhasple ich mich ständig, und wenn ich mich anstrenge, geht meistens alles komplett in die Hose. Aber ich werde mir in Zukunft noch mehr Mühe geben, versprochen. Also, jetzt aber zurück zu unseren Hochzeitsplänen.«

Posys Herz machte einen Satz. Für einen kurzen Moment war es, als könnte sie wieder zu träumen wagen, doch dann schloss sie die Augen. »Es wird keine Hochzeit geben. Wir hatten ja noch nicht mal ein richtiges Date!«

»Ein Date? Was soll das bringen? Ist doch sterbenslangweilig. Wir kennen uns eine halbe Ewigkeit, deshalb ist es doch so, dass wir den ganzen Quatsch einfach auslassen und gleich heiraten können.«

»Aber Sebastian, wir streiten uns ununterbrochen.«

»Was sich liebt, das neckt sich. Deine Eltern hatten sich auch pausenlos in der Wolle. Weißt du noch, wie Angharad drei geschlagene Tage lang nicht mit Ian geredet hat, weil er ein Buch verkauft hat, in dem ein Rezept war, das sie gerade ausprobiert hat? Sie war mittendrin, und er hat es ihr einfach weggenommen«, meinte Sebastian. Posy konnte sich nicht daran erinnern, nahm sich aber vor, sich die Geschichte zu merken, um sie später Sam zu erzählen. Sam! Was würde er wohl zu den jüngsten Entwicklungen sagen? »Und Lavinia und Perry hatten auch nichts dagegen, wenn ab und zu so richtig die Fetzen flogen. Perry hat mir mal erzählt, das erste Jahr ihrer Ehe wäre im Grunde ein einziger Dauerstreit gewesen, und einmal hätte sie ihm sogar ein ganzes Brathähnchen an den Kopf geworfen. Also, ich fände es lustig, wenn du mir ein Brathähnchen an den Kopf werfen würdest.«

»Sagt der Mann, der ja schon einen Anfall kriegt, wenn man sein Jackett auch nur anfasst«, bemerkte Posy und kringelte eine seiner dunklen Locken um ihren Finger. »Aber deine Haare fasse ich sehr gerne an … nicht, dass das eine solide Basis für eine Ehe wäre, aber trotzdem. Lass uns einfach über etwas anderes reden, ja?«

»Also, ich habe keine Lust auf eine endlose Verlobungszeit. Wie denkst du über große Hochzeiten? Wie ich dich kenne, bestehst du auf eine ausladende Robe, Blumengestecke und einen Brautwalzer, aber wenn es nach mir ginge, können wir uns auch gern vormittags auf dem Standesamt von Euston trauen lassen und zum Abendessen nach Paris fahren. Wenn du willst, könnten wir Sam mitnehmen. Übrigens, wo steckt er überhaupt?«

»Er übernachtet bei Pants. Er meinte, er bekäme Kopfschmerzen von den Farbdämpfen.«

»Wenn das so ist, sollten wir uns schleunigst anziehen und zu Pants rübergehen, damit ich offiziell bei Sam um deine Hand anhalten kann. Vielleicht könnten wir ja schon am Montag heiraten, wenn wir die Papiere zusammenkriegen. Wie lange braucht man, um ein Blitzaufgebot zu bestellen? Wo ist mein Handy? Das muss ich sofort googeln.«

»Es wird keine Hochzeit geben!«, rief Posy. »Spinnst du? Weshalb um alles in der Welt sollte ich dich heiraten?«

»Weil ich dich liebe, Morland. Ich bin schon eine ganze Weile bis über beide Ohren verknallt in dich, allerdings hat es ein bisschen gedauert, bis ich es kapiert habe. Deshalb habe ich die letzten Wochen versucht, dir zu zeigen, wie wichtig du mir bist, und jetzt, wo ich es getan habe, können wir die nächsten sechzig Jahre damit verbringen, uns zu streiten und danach grandiosen Versöhnungssex zu haben. Das wird super!«

»Hör auf damit!« Posy legte ihm den Zeigefinger auf die Lippen. »Wir werden nicht heiraten. Mag ja sein, dass ich etwas für dich empfinde und auch ein bisschen verknallt in dich bin, aber ich liebe dich nicht.«

Sebastian küsste ihre Fingerspitzen, dann nahm er ihre Hand. »Ach nein?« Ihr Geständnis schien ihn nicht im Mindesten zu irritieren. »Ich denke eher, du wirst schon noch herausfinden, dass du es tust. Und ich hatte schon Angst, du könntest mich nur als großen Ersatzbruder betrachten – das hast du gestern Abend sogar selbst gesagt …«

»Du warst derjenige, der behauptet hat, ich würde dich als großen Bruder sehen, der mich ständig bevormundet«, widersprach Posy. »Zugegeben habe ich nur den Teil mit der Bevormundung.«

»Tja, wie schade, dass du das nicht gestern Abend schon gesagt hast«, gab Sebastian schnippisch zurück, doch dann lächelte er. »Aber ich kann dir wohl verzeihen. Schließlich sind Happy Ends dein Lebenselixier, deshalb hast du bestimmt auch eines für Miss Morland und Lord Thorndyke geplant.«

»Na ja, schon, aber sie sind ja keine realen Personen …« In diesem Moment begriff Posy, was sie vor einer Stunde geschrieben hatte. Ein Happy End. Ihr Herz und ihre Finger waren ihrem Verstand ein Stückchen voraus gewesen. »Vielleicht … vielleicht könnte ich dich tatsächlich lieben, aber das heißt noch lange nicht, dass ich dich auch heiraten werde.«

»Wir werden heiraten.«

»Definitiv nicht.«

»Das sehe ich aber anders, Morland.«

Es war sinnlos. Wenn Sebastian sich erst einmal etwas in den Kopf gesetzt hatte, war nichts mehr zu machen. Deshalb sagte Posy dasselbe wie beim letzten Mal, als er sie in eine Zwangslage gebracht hatte. »Na schön, wie auch immer.«

21

Posy hatte dem Tag so lange entgegengefiebert, und nun, da er gekommen war, konnte sie es kaum glauben.

Sie war umgeben von all den Menschen, die sie liebte: Sam, ihren Großeltern, Tanten und Onkeln und Cousins aus Wales, Nina, Verity, Tom und, ja, auch Sebastian, denn inzwischen wusste sie, dass auch sie ihn liebte. Endlich bekam sie ihr ganz eigenes Happy End.

Außerdem waren Pants und Little Sophie mit ihren Eltern gekommen, der Großteil der anderen Ladenbesitzer aus der Rochester Street und eine Handvoll Stammkunden, die sie besonders mochte.

Posy konnte beim besten Willen nicht aufhören zu grinsen, auch wenn ihre Wangen bereits von der ungewohnten Anspannung schmerzten. Sie konnte sich nicht erinnern, schon einmal so glücklich gewesen zu sein wie in diesem Moment, an diesem Tag, und mit einem Mal hielt sie es keine Sekunde länger aus. Sie musste sich eine ruhige Ecke suchen und alles erst einmal sacken lassen. Eigentlich durfte niemand so glücklich sein. Das war schlicht und ergreifend unfair.

»Wieso hockst du hier in der Ecke und schmollst? Sebastian flippt schon komplett aus und denkt, du hättest die Fliege gemacht.« Nina war unvermittelt aufgetaucht und ging vor ihr in die Hocke. »Kein Thema. Niemand würde es dir übel nehmen.«

»Ich bin nur ein bisschen überwältigt, das ist alles«, gestand Posy. »Alles ging so schnell. Auf einmal ist alles ganz anders, und ich hinke noch ein bisschen hinterher.«

»Du selbst musst die Veränderung sein, die du dir wünschst.« Pippa schob Nina beiseite. »Los, es wird höchste Zeit für eine kleine Ansprache und den Kuchen. Du hast doch ein paar Worte vorbereitet, oder?«

Natürlich hatte Posy das nicht. Sie würde improvisieren müssen und einfach aussprechen, was ihr Herz bewegte, auch wenn es gerade wie eine Buschtrommel hämmerte. »Eigentlich nicht, aber das kriege ich schon hin.«

»›Sie hielt die Worte wie Wolken in den Händen und wrang sie aus bis auf den letzten Tropfen‹«, zitierte Posy, und Pippa runzelte die Stirn.

»Ist das von Steve Jobs?«

»Nein, definitiv nicht.« Posy lachte, ließ sich von Pippa hochziehen und strich ihr weißes Kleid glatt. Dann schob Nina sie in den Hauptraum, sorgsam darauf bedacht, dass sie nirgendwo stehen blieb, um zu plaudern. Es war, als würde Posy von einer Welle positiver Energie und Glückwünschen getragen.

Am Tisch mitten im Raum erwarteten Sebastian und Sam sie bereits. »Na endlich!«, rief Sebastian, obwohl Posy höchstens zehn Minuten weg gewesen sein konnte. »Ich lasse bei dir noch einen GPS-Sender einbauen.«

»Ich glaube nicht, dass das erlaubt ist«, wandte Sam ein und hielt inne. »Außerdem ist das auch kein sonderlicher Vertrauensbeweis eines Ehemanns.«

»Nein, das ist wahr. Und schließlich habe ich vor, der beste Ehemann der Welt zu werden«, erklärte Sebastian im Brustton der Überzeugung. »Immerhin habe ich mich kein einziges Mal über das Chaos oben beschwert, oder?«

Posy verdrehte die Augen. »Aber nur, weil du deine Putz-frau rübergeschickt hast, als du wusstest, dass wir weg sind, außerdem verstehe ich nicht, wieso du …«

»Meine Damen und Herren, dürfte ich um Ihre Aufmerk-samkeit bitten?« Nina klatschte in die Hände, bevor Posy Sebastian noch etwas vor den Latz knallen konnte. »Wir werden jetzt den Kuchen anschneiden, und dann würde Posy gern ein paar Worte sagen. Und Sebastian sicher auch – mehr als nur ein paar Worte, nehme ich an.«

»Wohl wahr«, murmelte Sam, worauf Sebastian ihm einen leichten Klaps auf den Kopf verpasste.

»Mund halten, Morland junior«, sagte er. »Und ich dachte ernsthaft, du wärst mein Lieblings-Morland.«

Irgendjemand reichte Posy ein Kuchenmesser, das sie Sebastian spielerisch gegen die Rippen drückte, bis er so tat, als würde er einen imaginären Reißverschluss über den Lip-pen verschließen. Schön wär's …

Mit einem nervösen Lächeln wandte Posy sich wieder ihren Gästen zu. Doch als sie ihren Blick durch die Buch-handlung schweifen ließ, entspannte sie sich augenblicklich. Ihre wunderbare Buchhandlung, mit den grauen Wänden und den fuchsiafarbenen Akzenten – selbst Tom hatte zuge-geben, dass sie ihm gefielen.

Hier und da brannten Kerzen – allerdings waren sie so platziert, dass sie nicht mit den Büchern in Berührung ka-men – und verbreiteten einen herrlich süßen Duft nach Geißblatt als Andenken an ihre Mutter und nach Rosen im Gedenken an Lavinia. Elaine, der Kerzenmacherin, war es sogar gelungen, den leicht moschusartigen Duft nach alten Büchern heraufzubeschwören.

In den Vintage-Vitrinen, die eine gesamte Wand im Haupt-raum einnahmen, wurden Becher, Briefpapier, T-Shirts, Posys heiß geliebte Tragetaschen, Halsketten und Ringe mit eingravierten Zitaten aus berühmten Romanen und allerlei andere Geschenkartikel präsentiert.

Und dann fiel Posys Blick auf die Bücher.

Sie waren fein säuberlich in die Regale einsortiert, wo sie darauf warteten, dass sie von jemandem gekauft wurden und sie gemeinsam auf Reisen gehen, sich verlieben, ein Abenteuer erleben konnten. Womöglich spiegelten die Worte auf den Seiten genau die Empfindungen wider, die eine Leserin lange Zeit in ihrem Herzen getragen, aber nie laut auszusprechen gewagt hatte. Jedes einzelne Buch versprach seiner Leserin, dass es immer noch so etwas wie ein Happy End gab, so gewaltig die Hindernisse auch sein mochten, die einem das Leben in den Weg stellte.

Ein Happy End war ein Happy End, auch wenn es nur im Buch existierte.

»Eine Rede, eine Rede!«

Posy schreckte aus ihren Gedanken und blickte in die Augenpaare, die erwartungsvoll auf sie gerichtet waren, während sie das Kuchenmesser in der Hand hielt. In diesem Moment spürte sie eine Hand, die sich um ihre Finger schloss.

»Lass dir Zeit, Morland«, murmelte Sebastian.

Posy holte tief Luft. Sie war inmitten ihrer Freunde, daher gab es keinerlei Grund, Angst zu haben. Sie musste nur aussprechen, was in ihrem Herzen schlummerte, denn ihr Herz würde sie niemals im Stich lassen.

»Ich will es kurz machen, weil ich lieber endlich den Kuchen anschneiden und probieren möchte«, sagte sie mit leicht heiserer Stimme. »Ich möchte euch allen dafür danken, dass ihr gekommen seid, denn ihr habt meinen Traum vom Happy End wahr werden lassen. Ganz besonders möchte ich meinen wunderbaren Kollegen danken. Ich kann mich glücklich schätzen, jeden Tag mit meinen besten Freunden zusammenarbeiten zu dürfen: Nina, Verity, Tom und Little Sophie. Danke für eure harte Arbeit.« Posy musste innehalten, weil die Anwesenden applaudierten, außerdem musste sie Atem schöpfen. Dann wandte sie sich Sam zu, der den Kopf schüttelte und ein lautloses Nein mit den Lippen formte. »Danke an meinen schlauen jüngeren Bruder, der sich um unsere Website gekümmert hat und bereit war, bei uns mitzumachen, und an Pippa, die mir beigebracht hat, wie man Klartext redet. Aber am meisten danke ich meinen Eltern, weil sie mir beigebracht haben, dass ich niemals allein sein werde, solange ich Bücher um mich habe, und Lavinia, die an mich geglaubt und mir ihren Laden anvertraut hat und …«

»Komm langsam zum Ende, Morland«, raunte Sebastian, gerade als Posy in ihrer Dankesrede auf ihn kommen wollte. »Ich merke gerade, dass mich kluge, erfolgreiche Frauen total antörnen und ich dich unbedingt demnächst küssen muss.«

Prompt kam sie aus dem Konzept und konnte mit einem Mal nur noch daran denken, dass sie ihn gleich küssen würde. Während der letzten Tage hatte Posy ziemlich oft ans Küssen gedacht, wenn es gerade nicht möglich gewesen war … obwohl sie sich offen gestanden ziemlich oft geküsst hatten.

»Eigentlich würde ich gerne Sebastian danken, aber wir alle wissen, dass ihm der Dank nur zu Kopf steigen würde.« Posy drückte seine Hand, und er erwiderte den Druck, bis sie ihm ihre Finger entziehen musste, um das Prachtstück an Torte aufzuschneiden – ein roter Biskuitkuchen, den Mattie gebacken und mit einem Jane-Austen-Zitat auf dem Guss verziert hatte: *Bei keiner Beschäftigung amüsiert man sich besser als beim Lesen!*

Damit hatte Posy ihre Pflicht erfüllt. Doch bevor sie die Kuchenstücke verteilen konnte, legte Sebastian ihr den Arm um die Schultern. »Ich würde gerne auch noch etwas sagen«, meinte er lässig, trotzdem spürte Posy, wie sein Herz hämmerte. »Dieser Laden ist bereits seit hundert Jahren im Besitz meiner Familie, und ich möchte Morland dafür danken, dass sie ihm neues Leben eingehaucht hat. Ich wollte aus Bookends eine Krimibuchhandlung machen und glaube immer noch, dass es ein Erfolg geworden wäre, aber inzwischen ist mir auch klar geworden, dass Romantik eigentlich gar nicht so übel ist. Und ich finde es gut, dass Happy Ends ein auf Liebesromane spezialisierter Familienbetrieb ist, weil Morland und ich nämlich heiraten werden ...«

»Tun wir nicht!«, widersprach Posy. »Ich habe nie gesagt, dass wir es tun werden.«

»Du hast ›Na schön, wie auch immer‹ gesagt. Ich habe das von meinem Anwalt prüfen lassen, und er hat bestätigt, dass es als Zustimmung gewertet werden kann«, informierte Sebastian sie.

»Dafür hast du keine Zeugen. Außerdem würde ein Richter deinen Anwalt schon allein deshalb nach Hause schicken, weil du nicht bei klarem Verstand bist.«

»Sei nicht albern. Wir wissen beide, dass wir längst verheiratet wären, wenn das Aufgebot nicht achtundzwanzig Tage lang ausgehängt werden müsste.« Sebastian blickte auf die Gäste. »Ihr seid übrigens alle eingeladen.«

»*Vielleicht* werden wir eines Tages heiraten, irgendwann in ferner Zukunft, aber kein halbwegs vernünftiger Mensch heiratet jemanden, der ihn noch nicht mal richtig ausgeführt hat«, sagte Posy und wünschte, sie würden das Thema nicht schon wieder durchkauen; schon gar nicht vor all den Leuten, deren Blicke gespannt zwischen ihr und Sebastian hin-

und herschweiften, als wäre ihr Disput tausend Mal spannender als jede Rede.

Aber vielleicht warteten sie auch bloß darauf, dass es endlich Kuchen gab.

»Wir werden heiraten, Morland, dagegen kannst du nichts tun. Du solltest nur am fraglichen Tag in einem hübschen Kleid und mit einem Blumenstrauß in der Hand auftauchen.«

»Wir werden nicht heiraten!«, wiederholte Posy, diesmal lauter, damit auch diejenigen es mitbekamen, die es beim ersten Mal womöglich überhört hatten.

Sebastian schwieg, während sie das erste Kuchenstück herausschnitt und es auf einen Pappteller gab, doch dann ergriff er erneut das Wort.

»Drei Wochen muss das Aufgebot noch aushängen, also werde ich dich bis dahin einfach ein paarmal ausführen«, erklärte er. »Und dann können wir heiraten. Oder?«

»Ich überlege es mir«, sagte Posy und schob ihm ein Stückchen Kuchen in den Mund, bevor er etwas erwidern konnte. »Aber es ist höchst unwahrscheinlich. Und jetzt halt den Mund und iss.«

Während Sebastian brav kaute, hob Posy eilig ihr Glas und forderte die anderen auf, sich zuzuprosten: »Auf Happy Ends und alles, was dazugehört!«

Als die Worte Happy Ends über ihre Lippen kamen, schüttelte Posy ungläubig den Kopf. Sebastian heiraten? Ernsthaft? Das war doch das Lächerlichste, was sie je gehört hatte.

22

Sie hat ihn geheiratet, lieber Leser.

Dank

Ich danke Rebecca Ritchie, dem Ass unter den Agentinnen, Karolina Sutton, Lucy Morris, Melissa Pimental und allen bei Curtis Brown. Weiter gilt mein Dank Martha Ashby, die wirklich Ahnung von Liebesromanen hat, Kimberley Young, Charlotte Brabbin und dem Team bei HarperCollins.

Ich danke auch Eileen Coulter für ihre Geduld, als ich ihr das Buch gewissermaßen diktiert habe, während wir auf den Straßen und Wegen rings um den Norden von London unterwegs waren.

Annies fünf Lieblings-Liebesromane

1. *Stolz und Vorurteil* von Jane Austen (logisch!)
»Ich muss Ihnen einfach sagen, wie sehr ich Sie bewundere und liebe.« Ach, sprechen Sie ruhig weiter, Mr. Darcy. Wenn Sie es unbedingt müssen.

2. *Die Jungfernfalle* von Georgette Heyer
Der erste Roman von Georgette Heyer, der mir in die Hände fiel, daher wird er immer einen ganz besonderen Platz in meinem Herzen haben. Kapriziöse Erbinnen und süffisante Helden sind wie literarische Schokolade für mich.

3. *Zimmer mit Aussicht* von E. M. Forster
Dieses Buch habe ich in einer Phase meines Lebens gelesen, in der ich sehr beeinflussbar war, und bis heute sehne ich mich danach, von einem jungen Mann auf einem toskanischen Veilchenfeld in eine leidenschaftliche Umarmung gezogen zu werden. Bisher ist es noch nicht dazu gekommen, aber ich gebe die Hoffnung nicht auf.

4. *Zwei an einem Tag* von David Nicholls
Eine Liebesgeschichte, die sich anfühlt, als hätte ich sie selbst erlebt, und ein Liebesroman, von dem ich mir wünsche, ich hätte ihn selbst geschrieben.

5. *Der Schurke und sein geliebter Blaustrumpf* von Courtney
   Milan

Eine Liebesgeschichte um eine Suffragette, geschrieben von
meiner Lieblingsautorin, wenn es um aktuelle historische
Liebesromane geht. Der Roman fände gewiss Lady Agathas
Billigung.

Annies fünf Lieblings-Buchhandlungen

1. *Persephone Books*, Lamb's Conduit Street, London
Sämtliche Ähnlichkeiten mit Happy Ends sind rein zufällig!
Ich liebe diese herrlich skurrile Buchhandlung, die schon
1702 gegründet wurde und sich darauf spezialisiert hat, ver-
griffene Bücher in einer eigenen Reihe neu zu veröffent-
lichen – mit einem schicken grauen Cover, wunderschönem
Vorsatzpapier und Lesebändchen.

2. *Shakespeare & Co.*, Rue de la Bûcherie, Paris
Die legendäre Buchhandlung für englischsprachige Bücher
wurde in den 1930er-Jahren von Sylvia Beach gegründet und
musste 1940 geschlossen werden, als die Nazis in Paris ein-
marschierten. 1951 wurde Shakespeare & Co. in einem anderen Gebäude am linken Seineufer neu eröffnet. Wann immer
ich in Paris bin, pilgere ich dort hin. (Nicht, dass das allzu
häufig vorkäme. Leider!)

3. *Ripping Yarns*, Highgate, London (leider geschlossen)
Früher war dies meine Haus- und Hofbuchhandlung für
antiquarische Romane. Regelmäßig habe ich hier den Duft
alter Büchern eingeatmet und bin um die Originalausgaben
der Jugendbücher von Elinor Brent-Dyer herumgeschlichen,
die ich mir nicht leisten konnte.

4. *The Old Children's Bookshelf,* **Canongate, Edinburgh**
In dieser wunderbaren Buchhandlung findet man antiquarische Kinderbücher in rauen Mengen; außerdem auch Neuauflagen geheimnisvoller Liebesschmöker. Bei jedem meiner Besuche dort gehe ich mit vollen Taschen und einer spürbar leereren Brieftasche wieder hinaus.

5. *Foyles,* **Charing Cross Road, London**
Als ich noch klein war, galt ein Ausflug »in die Stadt« erst als runde Sache, wenn ich bei Foyles war. Über Wochen sparte ich mein Taschengeld, um mir Bücher zu kaufen, und selbst heute ist es etwas ganz Besonderes für mich, durch die Türen des mittlerweile schick renovierten Ladens zu treten.

Fragen an Annie Darling

1. Was hat Sie zu *Der kleine Laden der einsamen Herzen* inspiriert?

Meine zwei größten Leidenschaften sind Buchhandlungen und Liebesromane (na ja, das dürfte jetzt mein Britisch-Kurzhaar-Kater Mr. Mackenzie nicht hören, denn natürlich gehört auch er zu meinen größten Leidenschaften). Ich habe oft davon geträumt, eine Buchhandlung wie Happy Ends zu eröffnen und einen Liebesroman im Stil von *Der Wüstling, der mein Herz stahl* zu schreiben. Eines Abends saß ich also mit einem Buch auf dem Sofa, im Fernsehen lief nichts Interessantes, und da prallten die beiden Ideen aufeinander. Das war die Geburtsstunde von *Der kleine Laden der einsamen Herzen*.

2. Wer ist Ihre literarische Lieblingsheldin? Und wer Ihr romantischster Held?

Fitzwilliam Darcy und Miss Elizabeth Bennet, ganz klar. Eine Alternative gibt es nicht. Beide haben ihre Fehler, trotzdem sind sie die Vorbilder für sämtliche literarischen Heldinnen und Helden nachfolgender Generationen.

3. Wenn Sie auf eine einsame Insel nur ein einziges Buch mitnehmen könnten, welches wäre das?

Ein Buch? Nur ein einziges? Ihr würdet mich also nicht nur auf eine einsame Insel verbannen, sondern mir auch nur ein einziges Buch geben? Was für eine grausame Prüfung! Das kann ich so schnell nicht beantworten. Darüber muss ich erst nachdenken.

4. Was ist Ihre Lieblings-Buchhandlung?
Eine Buchhandlung, die nicht mehr existiert: Marks & Co. aus Helene Hanffs wunderbarer Biografie *84, Charing Cross Road. Eine Freundschaft in Briefen.*

5. Küssen – Heiraten – Umbringen: Darcy, Heathcliff, Rochester. Was mit wem und wieso?
Heathcliff küssen, weil all die qualvolle Leidenschaft geradezu prädestiniert ist, zu einzigartigen Küssen zu führen.

Darcy heiraten, weil er 10 000 Pfund im Jahr verdient und große Ähnlichkeit mit Colin Firth hat.

Und Rochester definitiv umbringen. Ich fand schon immer, dass er ein fürchterlicher Langweiler ist und Jane Eyre ohne ihn definitiv besser dran wäre.

Quellennachweis:

Das Zitat auf S. 11 stammt aus: Emily Brontë, *Sturmhöhe. Roman*, Manesse Verlag 2011, Übers.: Ingrid Rein.

Das Zitat auf S. 16 stammt aus: Evans G. Valens, *The Other Side of the Mountain*, HarperCollins 1989.

Das Zitat auf S. 60 stammt aus: Oscar Wilde, *The Decay of Lying: And Other Essays*, Penguin Classics 2010.

Das Zitat auf S. 76 stammt aus: Charlotte Brontë, *Jane Eyre. Roman*, Manesse Verlag 2016, Übers.: Andrea Ott.

Die Zitate auf S. 212 und 387 stammen aus: Jane Austen, *Stolz und Vorurteil. Roman*, Reclam Verlag 1981, Übers.: Ursula und Christian Grawe.

Das Zitat auf S. 252 stammt aus: Sir Walter Scott, *Marmion: A Tale of Flodden Field*, Cosimo Classics 2005.

Das Zitat auf S. 268 ist dem Twitter-Account von Paulo Coelho entnommen.

Das Zitat auf S. 269 stammt von Walt Disney; Quelle nicht eindeutig.

Das Zitat auf S. 353 stammt von Maya Angelou, http://www.independent.co.uk/news/people/maya-angelou-dies-you-may-encounter-many-defeats-but-you-must-not-be-defeated-9449234.html.

Das Zitat auf S. 384 stammt aus: Marcus Zusak, *The Book Thief*, Black Swan 2016.

Das Zitat auf S. 394 stammt aus: *Stolz und Vorurteil. Roman*, Manesse Verlag 2003, Übers.: Andrea Ott.

Lesen Sie auch >>

LESEPROBE

So geht es weiter in Bloomsbury …

ANNIE DARLING

Sommer in Bloomsbury

ROMAN

Verity Love ist Single und glücklich damit: Sie liebt ihre
schnuckelige Dachwohnung, ihre verfressene, eigenwillige
Katze und ihren Job in einer kleinen Londoner Buchhandlung,
die nur Liebesromane mit Happy End verkauft. Wenn bloß
die ständigen Verkupplungsversuche ihrer Kolleginnen nicht
wären! Fremde Menschen mag Verity nämlich überhaupt
nicht, deshalb beschäftigt sie sich viel lieber im Hinterzimmer
mit dem Papierkram, statt Kunden zu bedienen. Kurzerhand
erfindet sie Peter – ihren umwerfend attraktiven und wahnsinnig
charmanten Freund. Doch als sie in einer heiklen Situation einen
gutaussehenden Fremden als Peter ausgeben muss, wird ihr
Leben plötzlich ganz schön kompliziert …

Kapitel 1

Es ist eine allgemein anerkannte Wahrheit,
dass ein Junggeselle im Besitz eines schönen Vermögens
nichts dringender braucht als eine Frau.

Peter Hardy, der Ozeanograf, war der beste feste Freund, den man sich vorstellen kann.

Er sah gut aus: blond und braun gebrannt von den zahllosen Stunden an den exotischsten Stränden der Welt, mit Augen so tiefblau wie das Meer – ohne dabei so übertrieben attraktiv zu sein, dass er auf andere einschüchternd gewirkt hätte.

Abgesehen davon war er ein schlauer Kopf. Schließlich war eine Karriere als Meereskundler ohne Einserzeugnis und mehrere Uni-Abschlüsse wohl kaum möglich. Zudem besaß er einen fantastischen Sinn für Humor – ein klein wenig trocken, dazu ein bisschen albern, und er beherrschte es wie kein anderer, wahnsinnig witzige Katzen-Videos auf YouTube aufzustöbern.

Und damit war die Liste seiner Qualitäten bei Weitem noch nicht zu Ende: Jeden Mittwochabend und Sonntagmorgen rief er seine Mutter an, er war immer superpünktlich und schickte, sollte er sich doch einmal verspäten, was jedoch nie vorkam, sofort eine Nachricht mit einer Entschuldigung. Darüber hinaus war er ein aufmerksamer, rücksichtsvoller und leidenschaftlicher Liebhaber, ohne dabei auf allzu abseitigen Schweinkram zu stehen. Peter Hardy würde seine Freundin niemals anbetteln, in rosa Latex zu schlüpfen oder ihn mit einer nassen Socke ins Gesicht zu schlagen.

Peter Hardy war schlicht und ergreifend ein super Fang, er wusste ganz genau, worauf es einer Frau in einer Beziehung wirklich ankam. Verity Love, die als Pfarrerstochter eigentlich als leuchtendes Beispiel vorangehen sollte, würde ihn bei nächster Gelegenheit abschießen müssen.

Was du heute kannst besorgen…, dachte sie, umklammerte ihr Glas viel zu sauren Pinot Noir und rang sich ein dünnes Lächeln ab, während ihre Freundinnen immer noch in den höchsten Tönen von Peter Hardy und seinen Beziehungsqualitäten schwärmten.

»Er klingt absolut toll. Süß, aber trotzdem wie ein richtiger Mann«, säuselte Posy. »Also, wann lernen wir ihn endlich kennen?«

»Ach, du weißt doch, wie es immer ist. Er hat so viel um die Ohren. Eigentlich ist er so gut wie nie hier. Allmählich wird das echt zum Problem…«

»Wir verstehen schon. Du willst ihn ganz für dich haben.« Nina nickte. »Wir kennen das alle, aber ehrlich, Very, das geht jetzt schon seit Monaten so. Du kannst uns deinen heißen Ozeanografen nicht ewig vorenthalten.«

»So lange schon?« Aber Nina hatte recht. Es war Mitte Juni, und Peter war dankbarerweise Mitte November auf der Bildfläche erschienen, gerade noch rechtzeitig, um Verity zu ersparen, als Single bei all den Weihnachtsfeiern auftauchen zu müssen. Zu den meisten war sie gar nicht erst gegangen, aber wer konnte es ihr auch verdenken, wenn sie es nach drei Jahren Dürreperiode mit ihrem Ozeanografen-Gott erst mal wieder so richtig krachen ließ. »Du liebe Zeit, ein halbes Jahr! Wahnsinn!«

»Tu nicht so unschuldig! Ihr seid doch garantiert noch in der Phase, in der ihr es wie die Karnickel treibt, noch dazu, wo ihr euch so selten seht.« Nina strich sich ihr – neuerdings platinblond gefärbtes – Haar hinter die Ohren und stieß einen leisen Seufzer aus. »O Gott, wie ich diese Anfangszeit vermisse, in der man am liebsten gar nicht mehr aus der Kiste rauswill … bevor man anfängt sich darüber zu streiten, wer den Müll rausbringt oder wieso er es ums Verrecken nicht hinkriegt, den Klodeckel runterzuklappen.«

Verity nahm noch einen Schluck Wein zur Stärkung. Sie saßen in ihrem Lieblingspub in Bloomsbury, direkt um die Ecke der Buchhandlung, in der sie alle drei arbeiteten – ehemals Bookends, heute Happy Ends, seit Posy den Laden vor ein paar Monaten geerbt und in ein »Paradies für alles, was das romantische Herz begehrt« verwandelt hatte.

Sie machten ziemlich oft nach Feierabend noch einen Abstecher ins Midnight Bell, ein winziges Pub mit Arts-and-Crafts-Vertäfelungen aus den 1930ern an den Wänden und im Art-déco-Stil gefliesten Toiletten. Hier bekam man bis acht Uhr abends für einen Zehner eine Flasche Wein und zwei Tüten Chips – wen kümmerte es da, dass der Chlorgestank aus dem Schwimmbad in einem der angrenzenden Häuser herüberwehte und sie ihre Handtaschen nicht auf den Boden stellen konnten, weil Tess, der zum Pub gehörende Hund, sie bloß hemmungslos beschlabbern würde? Tess roch selbst aus zwanzig Metern Entfernung eine Tüte Bombay-Mix oder einen Apfel in den Tiefen einer Tasche.

»Na ja, ehrlich gesagt bin ich gerade am Überlegen, ob das mit mir und Peter eine Zukunft hat.« Verity trank ihr

Glas aus und zwang sich, Posy und Nina anzusehen, die sie beide mit einer Mischung aus Verblüffung und Entsetzen anstarrten.

»Nein!«

»Du hast doch gesagt, er sei perfekt!«

»Habe ich nicht«, protestierte Verity. »*Ihr* habt das gesagt. Ich habe nur bestätigt, dass er ein netter Kerl ist.«

»Aber er *ist* perfekt«, erklärte Posy im Brustton der Überzeugung. Auch wenn sie frisch verheiratet war, hatte es manchmal den Anschein, als würde sie tiefere Gefühle für Peter Hardy hegen als Verity selbst. Andererseits machte die Tatsache, dass Posy dem unverschämtesten Kerl von ganz London das Jawort gegeben hatte, ihre Schwäche für Peter Hardy etwas nachvollziehbarer. »Aber warum? Jeder halbwegs vernünftige Mensch würde doch alles tun, um einen Mann wie ihn zu halten, oder etwa nicht?«

»Weil er mich niemals so sehr lieben wird wie … äh, wie das Meer, und die See kann eine grausame Geliebte sein.« Verity war ziemlich sicher, dass das Zitat aus *Moby Dick* stammte. Oder vielleicht auch aus *Titanic*. Jedenfalls aus irgendwas mit viel Wasser. »Er ist ständig weg, und wie sollte das funktionieren, wenn es etwas Ernstes wäre oder wir vielleicht sogar Kinder hätten? Wie könnte ich sicher sein, dass er nicht von einem Hai gefressen wird oder sein Taucheranzug einen Riss bekommt?«

»Ich wusste gar nicht, dass Ozeanografen in haiverseuchten Gewässern zu tun haben«, wandte Nina stirnrunzelnd ein. »Gibt es für so was keine Sicherheitsvorschriften?«

»Sie müssen bei Arbeitsantritt eine Verzichterklärung unterschreiben«, sagte Verity und stand auf. Genug jetzt. Das Ganze dauerte schon viel zu lange. Leider entpuppten sich ihre Beine als nicht ganz so unerschütterlich wie ihr Vorsatz, sodass sie einen Moment lang schwankend neben dem Tisch stand.

»Aber wir haben doch noch nicht mal die erste Flasche ausgetrunken!« Nina schwenkte die Weinflasche, in der noch ein winziger Rest schwappte. »Außerdem ist es gerade mal halb acht. Schwächelst du etwa?«

»Vielleicht weil du pausenlos an Peter Hardy, den Ozeanografen, denken musst?«, fügte Posy mit einem verschmitzten Grinsen hinzu.

Kopfschüttelnd schnappte Verity ihre Handtasche. »Ich verstehe überhaupt nicht, wieso du ihn immer so nennst. Als wäre sein Beruf ein Teil seines Nachnamens. Aber egal. Tut mir leid, dass ich kneife, aber ich habe ja gleich gesagt, dass ich nur auf einen Sprung mitkomme. Ihr wisst, dass ich nicht gern direkt von der Arbeit zu einer Verabredung gehe.«

»O mein Gott, du triffst dich gleich mit Peter Hardy, stimmt's? Um mit ihm Schluss zu machen?« Nina sah aus wie eine jüngere Schwester von Marilyn Monroe mit Piercings und Tattoos, allerdings hatte sie Verity einmal gestanden, dass sie als Teenager nicht besonders hübsch gewesen sei (»Ich hatte eine Zahnspange wegen meiner Hasenzähne und war flach wie ein Brett.«), diesen Mangel jedoch durch ihre Lebhaftigkeit zu kompensieren versucht hätte. Und selbst heute noch, obwohl sie sich längst in eine atemberaubende Pin-up-Schönheit im Fifties-Stil verwandelt hatte, hatte sie für jede Situation eine übertriebene Grimasse parat – gerade riss sie ihre großen blauen Augen auf, zog die Nase kraus und ließ den Mund weit offen stehen.

»Ich habe mich noch nicht entschieden.« Verity zwängte sich aus ihrer Ecke, wobei sie um ein Haar über Tess gestolpert wäre, den stämmigen Bullterrier, der angetrabt gekommen war, um zu sehen, ob nicht vielleicht doch ein paar Chips zu Boden gefallen waren.

»Aber du kannst ihn doch nicht abservieren, bevor wir ihn kennengelernt haben«, jammerte Posy. »Können wir nicht mitkommen? Nur um kurz Hallo zu sagen …«

»Du brauchst nicht Hallo zu sagen. Du bist verheiratet«, erklärte Verity.

Posy zuckte zusammen. »O Gott. Stimmt ja. Das vergesse ich ständig.« Sie hielt kurz inne, sammelte sich aber sofort wieder. »Egal. Wir sind hier nicht im neunzehnten Jahrhundert, sondern in einem Zeitalter, in dem verheiratete Frauen sehr wohl mit Männern reden dürfen, die nicht ihre Ehemänner sind.« Sie schüttelte den Kopf und schnaubte. »Ich kann es immer noch nicht fassen, dass ich einen Ehemann habe. Iiihh! Sebastian Thorndyke ist mein Mann. Wie zum Teufel konnte das passieren?«

Ganz einfach: In einer ziemlich verrückten Zeit, in der Posy die Buchhandlung neu eröffnet hatte und in der viele höchst merkwürdige und ungewöhnliche Dinge passiert waren, die Verity nach wie vor nicht recht einzuordnen wusste, war Posy dem Charme von Sebastian, ihrem erklärten Erzfeind, verfallen und hatte ihm vor wenigen Wochen auf dem Rathaus von Camden das Jawort gegeben. Es war kaum genug Zeit geblieben, um Konfetti auf das vermeintlich überglückliche Paar regnen zu lassen, als es auch schon über die Straße und in den Bahnhof St. Pancras gestürzt war, um mit dem Eurostar nach Paris zu rasen und dort die Eheschließung zu feiern, noch bevor die Tinte auf dem Trauschein trocken war. Eigentlich war es kein Wunder, dass Posy ein bisschen durch den Wind war, statt mit einem seligen Lächeln durch die Gegend zu laufen.

Verity machte sich die Tatsache, dass ihre Freundin nicht

wusste, wo ihr der Kopf stand, schamlos zunutze. »Du soll-test vielleicht lieber nach Hause zu Sebastian gehen. Ich meine, rein theoretisch seid ihr doch immer noch in den Flit-terwochen, oder?«

»Geh nicht. Ich finde, du solltest keine dieser Frauen wer-den, die all ihre Freunde in den Wind schießen, nur weil sie einen Ring am Finger haben.« Nina schmollte. Als Posy sich zu ihr umwandte, nutzte Verity die Gelegenheit, zur Tür zu hasten, während ihr Ninas Stimme quer durch den Pub folgte. »Wieso ist Peter Hardy, der Ozeanograf, eigentlich nicht auf Facebook? Ist doch komisch, oder?«

Das war es tatsächlich, aber Verity hatte es ihnen bereits erklärt, und ihre Schwester Merry hatte ihr Rückendeckung gegeben – als Ozeanograf stand Peter im Dienste mehrerer Regierungen und hatte Zugang zu vertraulichen Informatio-nen über den Klimawandel, daher war es ihm nicht gestattet, sich in den sozialen Medien zu betätigen.

Oder so etwas in der Art.

Es hatte geregnet, während sie im Pub gewesen waren. Verity stieg der herrliche Geruch von nassem, heißem Asphalt in die Nase, als sie über das rutschige Kopfsteinpflaster auf der Rochester Street ging, vorbei an den Läden, die sie in- und auswendig kannte: das schwedische Deli, den altmodischen Süßigkeitenladen, die Boutiquen. Kurz überlegte sie, ob sie in die Wohnung über dem Happy Ends gehen sollte, wo Posy sie und Nina mietfrei wohnen ließ, aber noch fühlte sie sich nicht recht zu Hause dort. Außerdem war es Freitagabend, und Veritys Freitagabend-Rituale waren in Stein gemeißelt.

Sie bog um die Ecke in die Theobalds Road, hastete an den Läden, Büros und der Immobilienagentur mit den leuch-tend bunten Eames-Stühlen vorbei, dann ging sie nach links in die hell erleuchtete Southampton Row, wo reges Treiben herrschte – Leute befanden sich auf dem Weg zu ihren Verabredungen oder standen plaudernd und lachend vor irgendwelchen Pubs. Sie lief eine schmale Straße entlang, vorbei an einem noch altmodischeren Pub als dem Midnight Bell, und blieb vor einem kleinen italienischen Restaurant stehen. Über der Tür hing ein rotes Schild, und die Fenster waren beschlagen. Stimmengewirr, Gelächter und das Klirren von Gläsern schlugen ihr entgegen, und der köstliche Duft nach Knoblauch und Kräutern stieg ihr in die Nase, als sie die Tür öffnete.

Verity hatte das Il Fornello an einem Freitagabend vor einigen Jahren entdeckt, als sie die Straße entlanggeschlendert war, weil sie nicht nach Hause gewollt hatte – damals noch ein Doppelzimmer, das sie mit ihrer Schwester Merry in einem Haus in Islington teilte, das der Tochter eines Gemeindemitglieds ihres Vaters gehörte. Die Familie bestand aus fünf Kindern, einem spanischen Kindermädchen, zwei Bichon Frisés, mehreren Meerschweinchen und einem Goldfisch. Häufig waren die Gerüche und die Geräuschkulisse schier unerträglich. Erschwerend kam hinzu, dass Verity sich gerade von Adam, ihrem damaligen Freund, getrennt hatte. Die Trennung war alles andere als freundschaftlich verlaufen, und sich in einem so lauten, von Gerüchen erfüllten Haushalt, in dem sie noch nicht einmal ein eigenes Zimmer hatte, ihrem Liebeskummer und Weltschmerz hinzugeben, war ziemlich schwierig gewesen.

Deshalb war sie durch die Straßen gewandert, mit blutendem Herzen und schmerzenden Füßen, und hatte sich, obwohl ihr schon die Vorstellung, allein zu Abend zu essen, den kalten Schweiß auf die Stirn getrieben hatte, von Luigi, dem Besitzer, ins Il Fornello locken lassen. Und so wie damals trat er auch heute auf sie zu, um sie zu begrüßen.

»Ah! Miss Very! Sie sind heute Abend spät dran. Wir dachten schon, Sie würden nicht mehr kommen. Ihr üblicher Tisch?«

»Ich musste unterwegs noch etwas erledigen.« Als sie zu ihrem angestammten Platz ging (ganz hinten in der Ecke, sodass bloß kein kontaktfreudiger Single auf die Idee kam, ihr ein Gespräch aufs Auge zu drücken), warf sie einen Blick über die Schulter, nur um Posy und Nina am Fenster stehen und sich die Nasen platt drücken zu sehen.

Das durfte doch wohl nicht wahr sein!

War es aber.

Ihre Neugier im Hinblick auf Peter Hardy, den Ozeanografen, hatte offensichtlich über ihre Vernunft gesiegt, deshalb hatten sie sich an ihre Fersen geheftet. Und jetzt würden sie zweifellos ins Restaurant platzen, sobald sie Verity auf ihrem Stammplatz zwischen den rustikalen Tischen und Bänken entdeckten. Veritys Herzschlag verlangsamte sich, ebenso wie die Zeit, die schließlich nahezu völlig stillzustehen schien. Verity stieß zitternd den Atem aus. Sie würde das hinkriegen. Keine Frage. Knallhart und rotzfrech. Das Problem war nur, dass Verity alles war, bloß nicht knallhart und rotzfrech.

Sie hatte genau zwei Alternativen: Sich der Situation stellen oder die Kurve kratzen, und Verity entschied sich ausnahmslos für Letzteres, wenn sie unter Druck geriet. Sie könnte die Treppe hinauflaufen, sich in der Damentoilette einschließen und sich rundweg weigern, wieder herauszukommen.

Der Haken dabei: Das war kein Plan, sondern purer Schwachsinn. Sie war eine erwachsene, vernünftige Frau und würde sich der Situation stellen und sich irgendeine Ausrede einfallen lassen müssen; zum Beispiel, dass Peter

Hardy, der Ozeanograf, sie längst abserviert und sie vorhin versucht hatte, es ihnen zu erzählen … er sei in letzter Zeit ziemlich distanziert gewesen … und dann die große Entfernung zwischen ihnen und so weiter und so fort. Dies wäre die perfekte Gelegenheit, ihn final in den Orbit zu schießen … aber leider war sich Verity ihrer Unzulänglichkeiten nur allzu bewusst, und dazu gehörte auch ihr mangelndes Improvisationstalent.

Denk nach! Lieber Gott, mach, dass mir etwas einfällt!

Hektisch sah sie sich um, während Luigi immer noch neben ihr stand. »Alles in Ordnung, Miss Very? Sie sind ja ganz rot im Gesicht. Aber es ist heute Abend auch wirklich schwül, nicht? Ich hoffe nur, Sie brüten nichts aus.«

Das war's, dachte Verity resigniert. In diesem Moment sah sie ihn.

Er saß an einem Zweiertisch im hinteren Teil des Raums. Der andere Stuhl war frei, so als würde er nur darauf warten, dass sie hinüberging und sich zu ihm setzte. Was sie auch tat, in der Hoffnung, dass seine Begleitung nicht in dieser Sekunde von der Toilette zurückkehrte.

Der Mann blickte stirnrunzelnd von seinem Handy auf. Jung genug war er. Dreißig vielleicht. Er hatte keine Tattoos am Hals, trug keine abgerissenen Klamotten, sondern ein einfaches weißes Hemd und einen Pulli darüber, der fast dieselbe Farbe hatte wie seine blaugrünen Augen, aus denen er sie überrascht ansah. Der reicht aus, dachte sie. Für den Notfall reicht er aus.

»Hallo?«, sagte er mit eisiger Stimme. Eine Frage, keine Aussage. Nach dem Motto: Wer zum Teufel bist du, und wieso setzt du dich einfach an meinen Tisch?

Verity riskierte einen Blick durch den Raum und stellte fest, dass sich ihre schlimmsten Befürchtungen bestätigten:

Posy und Nina waren eingetreten und hielten nach ihr Ausschau. In diesem Augenblick entdeckte Posy sie und stieß Nina an, die prompt herüberwinkte. Verity wandte sich wieder dem Typen zu. O Gott. Er sah alles andere als erfreut aus.

»Bitte entschuldige. Bist du allein hier?«

Er blickte auf sein Handy und runzelte erneut die Stirn. Na ja, eigentlich hatte sie sich bisher noch gar nicht geglättet; vielmehr vertieften sich die Furchen sogar noch. »Sieht ganz so aus.« Nun verschwanden die Falten, und ein flüchtiges Lächeln breitete sich auf seinem Gesicht aus. »Ich weiß, es herrscht ziemlich viel Betrieb, aber ich würde trotzdem lieber alleine essen, wenn es …«

»Very! Hör auf, so zu tun, als hättest du uns nicht gesehen!«

Verity schloss die Augen, angetrieben von einer unsinnigen, aber inbrünstigen Hoffnung: Solange sie Posy und Nina nicht sah, konnten auch sie sie nicht sehen. Leider grätschte ihr die Realität wieder mal dazwischen. »Bitte«, stieß sie kläglich hervor. »Ich flehe dich an. Bitte spiel einfach mit, bitte.«

»Wobei mitspielen?«, fragte er, aber es war zu spät. Verity spürte Hände, die sich schwer auf ihre Schultern legten, dann stieg ihr der schwere Rosenduft von Ninas Parfum in die Nase.

»Very! Willst du uns denn nicht vorstellen?«